대산세계문학총서 013

코린나 이탈리아 이야기 2

Corinne, ou L'Italie

Madame de Staël

코린나 이탈리아 이야기 2

마담 드 스탈 지음
권유현 옮김

문학과지성사
2002

지은이 **마담 드 스탈**(1766~1817, Madame de Staël)
파리 출생. 루이 16세 때에 재무대신을 지낸 네케르의 딸로서, 주불 스웨덴 대사인 스탈 남작과 결혼하였다. 소녀 시절에 어머니의 살롱에 모이는 계몽사상가들에게 영향을 받아 민주주의 사상과 인류의 영원한 진보의 이상을 품게 되었고, 근대 입헌사상의 획기적 저서인 『입헌정치론』으로 유명한 콩스탕의 애인이었다. 나폴레옹과의 불화로 1803년 국외로 추방되어 독일·이탈리아·영국 등지를 유랑하면서, 각국의 풍토와 사회제도의 차이를 흥미롭게 관찰하였고, 독일의 낭만주의 문학과 철학의 영향을 받았다. 그 후 오랫동안 스위스의 코페에 체재하면서 여러 작품을 집필하였다.
대표작품으로는 소설로 『델핀 Delphine』(1802), 『코린나 Corinne』(1805)가 있으며, 그 외에 문학평론으로 『사회제도와의 관련하에서 고찰한 문학론 De la Littérature considérée dans ses rapports avec les institutions sociales』(약칭: 『문학론』, 1800), 『독일론 De l'Allemagne』(1810)이 있다. 『문학론』은 사회 환경과 문학의 관계에 주목함으로써 19세기 실증적 비평의 선구가 되었으며, 『독일론』은 당시 융성하던 독일의 낭만주의를 프랑스에 소개하며 프랑스 낭만주의의 성장에 기여하였다.

옮긴이 **권유현**(權由賢)
1955년 서울 출생. 서울대학교 불문과를 졸업하고 이화여대에서 문학박사학위를 받았다. 서울대·이화여대·경원대 등에서 강사를 역임하였고, 저서로 『마담 드 스탈 연구』가 있으며, 역서로 장 그르니에의 『편지 I』, 다니엘 미테랑의 『모든 자유를 누리며』, 알랭 핑켈크로트의 『사랑의 지혜』, 장 기통의 『나의 철학유언』, 에밀 졸라의 『작품』이 있다.

대산세계문학총서 **013**

코린나
— 이탈리아 이야기 2

지은이__마담 드 스탈
옮긴이__권유현
펴낸이__채호기
펴낸곳__문학과지성사

등록__1993년 12월 16일 등록 제10-918호
주소__서울 마포구 서교동 363-12호 무원빌딩 4층 (121-838)
전화__편집부 338)7224~5 영업부 338)7222~3
팩스__편집부 323)4180 영업부 338)7221
홈페이지__www.moonji.com

제1판 제1쇄 2007년 8월 ??일

ISBN 89-320-1352-7
ISBN 89-320-1246-6(세트)

ⓒ 권유현

이 책은 대산문화재단의 외국문학 번역지원사업을 통해 발간되었습니다.
대산문화재단은 大山 愼鏞虎 선생의 뜻에 따라 교보생명의 출연으로 창립되어 우리 문학의 창달과 세계화를 위해 다양한 공익문화사업을 펼치고 있습니다.

잘못된 책은 바꾸어드립니다.

Madame de staël

코린나_이탈리아 이야기 | 차례

코린나_이탈리아 이야기 1

제1부　오스왈드 • 11
제2부　카피톨리노 언덕의 코린나 • 37
제3부　코린나 • 61
제4부　로마 • 83
제5부　묘지 · 교회 · 저택 • 127
제6부　이탈리아인의 생활과 기질 • 145
제7부　이탈리아 문학 • 179
제8부　조각과 회화 • 211
제9부　민중의 축제와 음악 • 255
제10부　성주간(聖週間) • 273
제11부　나폴리와 산 살바토레 수도원 • 305

원주 • 329
옮긴이 주 • 333

코린나_이탈리아 이야기 2

제12부　넬빌 경의 이야기 • 11
제13부　베수비오 산과 나폴리의 전원 • 49
제14부　코린나의 이야기 • 77
제15부　로마와의 이별, 베네치아 여행 • 111
제16부　오스왈드의 출발과 부재 • 159
제17부　스코틀랜드의 코린나 • 205
제18부　피렌체에서의 나날들 • 245
제19부　오스왈드의 이탈리아 귀환 • 271
제20부　결말 • 309

원주 • 339
옮긴이 주 • 342
옮긴이 해설 : 19세기 낭만주의를 이끈 여성주의 소설 • 346
작가 연보 • 358
기획의 말 • 362

…… 그대의 이름을 듣게 하노라,

아펜니노 산맥을 둘로 갈라놓고,

바다와 알프스로 둘러싸인 아름다운 나라에.

페트라르카

일러두기

1. 소설 번역에 사용한 텍스트는, 1820년에 간행된 마담 드 스탈의 전집(총 17권) Oeuvres Complètes, publiées par son fils, précédées d'une notice par Madame Necker de Saussure(Paris: Treuttel et Würz Libraires, 1820, 17 vols) 중 제8, 9권(『코린나』)이다.

2. 책 제목인 'Corinne'는 이탈리아 사람인 주인공의 이름 'Corinna'를 프랑스식으로 부르는 데서 연유한다. 역자는 이를 원래의 이탈리아 이름대로 '코린나'로 하기로 정하였다. '코린나'라는 이름의 유래에 대해서는 본문 제14부 제4장의 원주 (29)를 참조하자.

3. 소설에 등장하는 인명·지명·작품명도 원칙적으로 원어 발음대로 표기하였다. 예를 들면 Pindare는 '핀다로스'로, Naple는 '나폴리'로 옮겼다. 다만 '성 베드로 성당'처럼 우리나라에서 이미 널리 사용되고 있는 명칭은 굳이 '산 피에트로 성당'이라고 옮기지 않고 그 관례적인 표현에 따랐다.

4. 원서에 이탤릭체로 표기된 부분은 번역문에서도 그대로 살렸다. 단, 작품명인 경우에는 이탤릭체로 하지 않고 『 』표시를 하였다.

5. 프랑스어와 함께 이탈리아어 혹은 영어가 병기되어 있는 경우, 외국어를 괄호 안에 넣어 표기하였으며, 시 인용에서는 한글 번역 뒤에 시 원문을 실었다.

6. 이탈리아어나 영어만이 단독으로 사용된 경우에는 따로 병기하지 않고 번역하였다. 단, 원어의 발음을 그대로 적는 것이 좋다고 생각되는 때에는 한글로 소리나는 대로 적고 원어를 병기하였다.

7. 원주의 경우, *로 표시된 주와 괄호 안 숫자로 설명한 주를 구분하여 함께 책 뒤에 실었으며, 이탈리아의 정치가·문인·예술가나 그들의 작품 위주로 별도의 설명이 필요한 부분은 옮긴이 주를 달아 이해를 돕고 있다.

제12부
넬빌 경의 이야기

제 1 장

저는 아버지의 집에서 사랑을 받고 귀하게 자랐어요. 제가 세상을 알고 난 후 그것의 고마움을 더 깨닫게 되었지요. 저는 누구보다도 아버지를 깊이 사랑하였어요. 하지만 만약 제가 그때 이 세상에 저의 아버지 같은 분이 없다는 사실을 지금처럼 잘 알고 있었더라면, 아버지를 향한 애정은 더욱 애절하고 헌신적이었을 거예요. 그분이 살아 계실 적의 여러 모습이 기억나는데, 매우 소박하셨던 분 같아요. 아버지 자신도 그렇게 생각하고 계셨고, 오늘날 그 가치를 알게 되니 가슴이 아파요. 이제는 존재하지 않는 소중한 분에 대한 가책의 마음은 신의 자비가 그 고통에서 구원해주기 전까지는 영원한 고통으로 남아 있게 되겠죠.

저는 아버지 곁에서 행복하게 잘살고 있었어요. 그러나 군에 입대하기 전에 여행을 하고 싶어했어요. 우리나라에서는 웅변을 하는 남자들에게는 군대를 가는 대신 민간 경력을 쌓을 수 있는 혜택이 주어져요. 그러나 저는 지금도 그렇지만, 몹시 수줍어하고 대중 앞에서 이야기하는 것을 매우 고통스러워하기 때문에, 군대를 가는 쪽이 차라리 더 나았어요. 환멸의 가능성보다는 뚜렷한 위험에 도전하고 싶었거든요. 저의 자존심은 모든 면에 있어서 야심적이라기보다는 상처받기 쉬운 편이에요. 그래서 저는 사람들로부터 비난받을 때에는 그들을 유령으로, 또 칭찬받을 때에는 그들을 난쟁이로 생각하였어요. 저는 프랑스에 가보고 싶었어요. 프랑스는 인류의 긴 역사를 뒤집고 세계사를 다시 시작해보겠다고 혁명이 일어난 곳이에요. 저의 아버지께서는 파리에 대한 몇 가지 편견을 갖고 계셨어요. 아버지께서는 루이 15세 집권 말기에 파리를 보셨는데, 어떻게 도당이 국민으로 변하고, 편견이 미덕으로, 자만이 열정으로 변할 수 있는지 도무지 이해하지 못하셨어요. 그럼에도 불구하고 아버지께서는 당신의 주장을 고집하려고 하지 않으시고 제가 원하던 여행을 허락하셨어요. 아버지께서는 의무를 이행하는 경우가 아니면 아버지로서의 권위를 웬만하면 행사하지 않으셨어요. 그분은 항상 그 권위가 진실과 인간이 본래 갖고 있는 더 자유롭고 자연스러운 애정의 순수성을 변질시킬까봐 두려워하셨고, 또 무엇보다도 사랑받기를 원하셨지요. 따라서 그분은 1791년 초에 제가 21살이 되었을 때 반년 동안의 프랑스 체제를 허락하셨고, 저는 우리와 그토록 가까운 이웃이면서 제도도 습관도 우리와 너무 다른 이 국민을 알기 위해서 출발했어요.

저는 절대로 이 나라를 좋아할 수 없을 것이라고 생각하였어요. 저는 영국인의 자존심과 무게 때문에 이 나라에 대한 선입견을 갖고 있었거든요. 심정과 사색을 존중하는 태도가 비웃음을 당할까봐 걱정하였어요. 모든 도약을 좌절시키고 모든 사랑에 환멸을 주는 그 방법을 저는 좋아하지 않았어요. 많은 사람들이 칭찬하는 프랑스의 쾌활함의 본질이라는 것도 저에게는 한심하게 보였어요. 왜냐하면 그것은 제가 소중하게 생각하는 감정을 밟아 뭉개는 것이기 때문이었어요. 그때는 프랑스인이 정말 월등하다는 사실을 몰랐어요. 그들은 기품 높은 자질에다가 매력이 넘치는 예절을 겸비하고 있었어요. 저는 파리의 사교계에 넘치는 솔직함과 자유스러움에 놀랐어요. 그곳에서는 매우 중요한 사안이

현학적이지도 않고, 또 경박하지도 않게 취급되고 있었어요. 심오한 사상이 회화의 전통이 되어 있고, 전세계의 혁명은 파리의 사교계를 더욱 매력적으로 만들기 위하여 일어나는 듯이 보였어요. 저는 엄격한 교육을 받고 뛰어난 소질을 지니고 있으며, 유용한 인재가 되기보다는 남을 기쁘게 하려는 마음이 간절한 사람들을 만나보았어요. 그들은 의회에서의 동의, 이어 살롱에서의 동의를 추구하며, 사랑받기보다는 오히려 갈채받기 위해서 여성들의 사교계에서 살고 있는 사람들이었어요.

파리에서는 모든 일이 외면적인 행복과 연결되어 있어요. 생활의 사소한 부분에 있어서까지 불편한 점은 조금도 없었어요. 마음속으로는 이기주의를 취하더라도 외견상은 절대 그렇지 않거든요. 그들은 어떤 일이나 이득에 매달려 있어도, 결실을 많이 내지는 않으며, 또 그것 때문에 부담을 느끼지도 않아요. 그들은 다른 곳에서라면 긴 설명을 필요로 하는 일도 한마디로 표현하고 빨리 이해할 수 있도록 쉬운 의사 소통을 택하죠. 또 실존의 독립과는 상반되는 모방의 정신이 대화 속에 다른 어느 곳에서도 볼 수 없는 조화와 상냥함을 끌어들여요. 말하자면 그들은 지적인 매력을 해치는 일 없이 인생에 변화를 추구하고, 생각을 깊이 하지 않으며 쉽게 사는 방법을 모색해요. 이 모든 기분 전환의 수단 외에도 연극 · 외국인 · 신문이 넘치는, 그야말로 파리는 세계에서 제일가는 사교 도시예요. 지금 황무지 한가운데에서, 세계에서 가장 활동적인 도시의 사람들로부터 멀리 떨어져 있는 이 은둔지 한가운데에서, 파리라는 이름을 불러보니 묘한 기분이 드네요. 하지만 파리에서의 체제와 그것이 제게 미친 영향에 대해 말씀을 드리겠어요.

믿을 수 있으시겠어요, 코린나? 지금은 이렇게 어둠과 절망에 빠져 있는 제가 그 지적인 소용돌이에 매혹되어 있었다는 것이! 당시 저는 사색의 기회는 한순간도 갖지 못하였지만 싫증이 난 적이 없었고, 사랑하는 능력을 스스로에게서 발견한 반면, 괴로워하는 능력은 둔해져 대단히 편안하였어요. 만약 자기 진단을 하여본다면, 진지하고 다감한 성격의 남자는 강하고 깊은 감명을 받으면 지치고 마는 것 같아요. 이러한 남자는 언제나 본래의 성격으로 되돌아가게 마련이니까요. 그러나 잠시 동안 거기에서 탈피해보는 것은 그에게 좋은 영향을 미쳐요. 코린나, 당신은 저를 저 이상으로 추켜올려주어서, 제가 원래 지닌 우울한 성격을 없애주셔요. 그러나 이제부터 제가 말씀드리려는 여성은 제가 실제로 지니고 있다고 생각되는 가치보다 저를 깎아내림으로써, 제 마음속의 슬픔을 달래주었어요. 그러나 아무리 제가 파리의 생활에 익숙해졌다고 하여도, 한 남자의 우정이 없었다면 파리는 오랫동안 저를 만족시켜주지 못했을 거예요. 그 사람은 옛날식 성실성으로 완벽하게 프랑스인의 성격을 대표하였고, 새로운 교양으로 완벽하게 프랑스 정신을 대표하였어요.

　이제부터 이야기하게 될 여러 사람들의 실명은 밝히지 않겠어요. 제 이야기를 들으시면 왜 감추지 않으면 안 되는지 아시게 될 거예요. 레이몽 백작은 프랑스 제일가는 명문의 자제예요. 그분의 정신은 조상 대대로 내려오는 기사로서의 자부심에 넘쳐 있고, 그분은 계몽 사상이 자기 희생을 명하면 이성에 의해 그것에 따르는 사람이었어요. 그는 자진하여 혁명에 가담하지는 않았으나, 모든 당이 나름대로 지니고 있는 훌륭한 점을 좋아했어요. 어느 당에는 다른 당을 인정하려는 용기가 있는가 하면 다른 당에는 자유에 대한 사랑이 있다고 하면서요. 이득을 목적으로 하지 않는 것은 무엇이든 그의 마음에 들었어요. 그에게는 고통을 받고 있는 모든 사람들의 주장이 정당하게 들렸어요. 그리고 이 너그러운 성격은 자기 자신의 생활을 거의 돌보지 않음으로 해서 더욱 돋보였어요. 그 자신이 불행해서가 아니라, 그의 마음과 사회가 너무 대조적이고 또 그런 일이 너무 비일비재하므로 날마다 사회에 고통을 느끼고 자신의 일을 잊어버리기 때문이에요. 저는 레이몽 백작의 관심을 얻어 기뻤어요. 그는 저의 천성인 신중한 성격을 없애보려고 하였어요. 그는 우리의 인연을 정말로 소중한 멋진 우정으로 만들었어요. 그는 사람을 돕는 일에도, 작은 기쁨을 주는 일에도 조금도 귀찮아하지 않았어요. 그는 저와 함께 지내기 위하여 일 년에 반쯤은 영국에 거처를 마련할 생각을 할 정도였어요. 그가 그의 재산을 모두 저와 함께 나누어 갖자고 하는 바람에 말리느라고 애를 먹은 적도 있었으니까요.

그는 이렇게 말했어요.

"저에겐 부유한 노인과 결혼하여 살고 있는 누이 하나밖에 없어요. 그렇기 때문에 제 돈을 마음대로 쓸 자유가 있어요. 게다가 혁명이 돌아가는 낌새가 심상치 않고, 이러다 언제 죽을지도 모르니, 그것을 당신 것이라고 생각하고 써주세요."

아! 이 고결한 레이몽은 그의 운명을 너무나 잘 예견하고 있었어요. 자기 자신을 알게 되면 자기의 운명에 대해서도 속지 않는 법이지요. 대부분의 경우 예감이란 아직 자신도 완전히 알지 못하는 자기 자신에 대한 또 하나의 판단일 뿐이에요. 숭고하고 성실하고 무분별 그 자체였던 레이몽 백작은 그의 마음을 활짝 열고 있었어요. 그런 인품을 대하는 것이 저로서는 새로운 기쁨이었죠. 영국에서는 마음속의 소중한 부분은 쉽게 사람의 눈에 띄지 않게 하고, 무엇이든 모두 의심부터 하고 보는 습관이 있으니까요. 하지만 제 친구가 베푸는 아낌없는 친절에 저는 편안한 마음과 함께 신뢰의 기쁨을 맛보았어요. 그의 자질에 의심을 가져본 적은 한번도 없었어요. 그를 처음 본 순간부터 전부 알아보았으니까요. 그와의 사이에 체면을 지킨다는 생각은 조금도 느껴지지 않았어요. 더욱 고마운 것은 그는 제가 스스로를 편하게 생각할 수 있도록 해주었어요. 그 사람은 경쟁 의식을 갖기 전, 즉 직업이 확정되고 나서 장차 나아갈 분야에 들어가기 전의 젊은 시절 아니고는 느끼지 못했던 완벽한 우정, 전우로서의 동지애를 갖게 하는 그런 프랑스인이었어요.

어느 날 레이몽 백작은 제게 이렇게 말했어요.

"누이동생은 미망인이에요. 솔직히 그 점이 그렇게 마음 아프진 않아요. 저는 그 결혼을 별로 좋아하지 않았으니까요. 저나 그녀나 재산이 없던 시기에 누이동생은 최근에 죽은 노인의 구혼을 받아들인 것이에요. 지금 저의 재산은 그 후에 받게 된 상속에 의한 것이죠. 그래도 저는 제 힘이 닿는 한 극구 그 결혼을 반대했어요. 저는 이해타산에 의해 행동하는 것이 싫었고, 더구나 인생의 가장 엄숙한 일을 그렇게 하는 것이 싫었어요. 그러나 결국 그녀는 사랑하지도 않는 남편과 잘 지내었어요. 세간에서는 이런 모든 일이 문제 될 것이 없다고 하지요. 혼자가 된 그녀는 저의 집으로 돌아왔어요. 당신도 그녀를 만나게 될 테지만, 그녀는 정말로 사랑스러운 사람이에요. 당신네 영국인은 여러 가지 발견하는 것을 좋아하지요. 저의 경우는 먼저 얼굴 표정으로 모든 것을 알아내는 것을 좋아해요. 오스왈드, 저는 감정을 드러내지 않는 당신의 태도를 싫어해본 적이 없어요. 그런데 제 누이동생의 태도에는 왠지 저를 좀 거북하게 하는 데가 있어요."

레이몽 백작의 누이동생인 달비니 부인은 그 이튿날 아침에 도착하였고, 저는 그날 밤 그 집에 찾아갔어요. 그녀는 얼굴이나 음성은 오빠와 닮았지만 말하는 태도는 전혀 달랐고, 눈매가 훨씬 온화하고 세련되었어요. 게다가 그녀는 대단한 미인이었고, 몸매에는 기품이 넘쳤으며, 몸기짐은 우아하기 이를 데 없었어요. 예의에 어긋나는 말은 한마디도 하지 않았어요. 예의가 지나치게 바르다는 것 외에는 어떠한 점에서도 부족함이 없었어요. 그녀는 능숙하게 자존심을 내세우면서도, 그녀의 체면을 떨어뜨리지 않고서 상대가 마음에 들었다는 점을 표현하였어요. 왜냐하면 정에 관한 모든 문제에 있어서 그녀는 마치 그녀의 마음속에서 일어나는 일을 남에게 알리고 싶지 않다는 듯이 이야기하였기 때문이에요. 이런 방식은 제가 좋아하는 영국 여성의 태도와 분명히 닮은 것이었어요. 제 눈에 달비니 부인은 너무 자주 스스로 감추고 싶어하는 것을 감추지 못하는 것 같았고, 그녀 곁에서 느끼는 사랑을 우연히 자연스럽게 고백할 기회를 주지 않는 것 같았어요. 그러나 이러한 생각은 뇌리를 스쳐갔을 뿐이고 저는 달비니 부인에게서 언제나 온건하고 신선한 것을 느꼈어요.

저는 누구에게서도 아첨하는 소리를 들어본 적이 없어요. 우리나라에서는 사랑이든, 사랑이 불어넣는 열정이든 간에 마음 깊이 간직하지요. 그러나 자존심을 치켜올려 누군가의 호감을 산다는 것은 있을 수 없는 일이에요. 더구나 영국에서는 대학을 졸업할 나이의 저에게 관심을 갖는 사람은 아무도 없었어요. 달비니 부인은 제가 하는 말에는 무엇이든지 감탄하였어요. 끊임없이 저를 지켜보고 관심을 보였어요. 제가 도대체 어떤 인간인지 그녀가 전부 안다고 볼 수는 없겠죠. 그러나 그녀는 깜짝 놀랄 정도의 통찰력으로 저의 사소한 데까지 이것저것 관찰하고 그것을 저에게 알려주는 것이었어요. 때때로 그녀의 화술은 좀 기교적이며, 너무 말을 잘하고, 목소리도 너무 부드럽고, 문장은 미리 신중하게 짜여진 것 같다는 생각이 들곤 하였어요. 그러나 더할 수 없이 성실한 오빠와 닮았으므로, 이러한 의심이 들어도 멀리 쫓아보내고 그녀에 대해서 매력을 느끼게 되었어요.

어느 날 저는 레이몽 백작에게 오누이가 닮은 것 같다는 이야기를 하였더니, 그는 그 말에 대해서 고마워하였어요. 그러나 잠시 생각하더니 이렇게 말하는 것이었어요.

"하지만, 제 누이동생과 저는 성격상 닮은 데가 없는걸요."

이렇게 말하고 나서 그는 입을 다물어버렸어요. 그러나 나중에 다른 많은 사정과 함께 그 말을 다시 생각해보니, 그는 누이동생과 저의 결혼을 원치 않았다는 확신이 들었어요. 후에 밝혀진 바는 아니지만, 그녀는 그때부터 그렇게 할 작정이 아니었다고 확실히 말할 수 없거든요. 우리는 함께 살았고, 그녀와 함께 보낸 시간들이 쌓여갔어요. 즐거운 시간이 많았고 괴로움은 전혀 없었어요. 그녀가 언제나 저와 의견을 같이한 때부터 알게 된 사실인데, 그녀는 제가 무슨 말을 하기 시작하면 그녀가 그 말을 끝내든지, 아니면 제가 할말을 앞서 맞히고는 성급히 그것에 동조하곤 하였어요. 이렇게 외견상으로는 완벽하게 친절하였지만, 그녀는 저의 행동에 대단히 독재적인 간섭을 하고 있었어요. 이런 식이었어요.

분명 당신은 이렇게 행동하실 테고, 저런 식으로 하지는 않겠지요.

그런데 이 말을 들으면, 저는 정말 그대로 되어 있었어요. 만약 제가 그녀의 기대를 배반한다면, 그녀의 존경을 더 이상 받지 못할 것 같았어요. 그리고 저에게는 매우 아첨하는 듯한 표현이라고 생각될망정, 이 존경이 소중하였어요.

하지만, 코린나, 당신을 알기 전부터도 그렇게 생각하고 있었지만, 달비니 부인에 대한 감정은 사랑이 아니었어요. 이 점은 믿어주세요. 사랑한다는 말을 한 적도 없었어요. 이렇게 아름다운 여자가 아버지 마음에 드는지도 알 수 없었어요. 아버지는 제가 프랑스 여인과 결혼한다고는 생각하지 못하셨고, 저도 아버지의 허락 없이는 아무것도 할 생각이 없었어요. 이제 와 생각하면 저의 침묵이 달비니 부인에게 불쾌하였겠지요. 왜냐하면 때때로 그녀는 기분이 상하여 쓸쓸해 보였고, 비록 그녀는 의식하지 못하였지만 가끔씩 얼굴 표정이 아주 싸늘해지면서 나중에 감동적인 이유를 붙여 변명하려고 했기 때문이에요. 그러나 저는 그 변덕을 저로서도 만족스러운 것만은 아닌 우리 두 사람의 관계 탓으로 생각했어요. 왜냐하면 약간 사랑하는 것이나 전혀 사랑하지 않는 것이나 괴롭기는 마찬가지이기 때문이에요.

레이몽 백작도 저도 그녀에 대해서는 언급을 피했어요. 그렇게 하여 처음으로 우리 사이에 어색한 분위기가 감돌았어요. 달비니 부인은 오빠에게 그녀와의 일에 대해서 아무런 언급도 하지 말아달라고 몇 번이나 부탁하였고, 제가 놀라자 그녀는 이렇게 말하는 것이었어요.

"당신의 생각이 저와 같을지는 모르겠지만, 저는 좋아하는 사람과의 사이에 비록 절친한 친구라 할지라도 제3자가 끼여드는 것을 참을 수 없어요. 애정에 관한 일은 비밀로 하고 싶어요."

그 설명이 마음에 들어 저는 그녀가 바라는 대로 하였어요. 그때 저는 스코틀랜드로 돌아오라는 부친의 편지를 받았어요. 아버지께서는 프랑스에 체류하기로 약속한 여섯 달이 지났고, 프랑스의 혼란이 날로 심해져 외국인이 그곳에 더 머무는 것은 적당하지 않다고 생각하셨어요. 이 편지를 읽자 저는 무척 괴로웠어요. 그렇지만 역시 아버지의 말씀이 전적으로 옳다고 느꼈어요. 아버지를 만나고 싶은 마음도 굴뚝같았어요. 그러나 레이몽과 그의 누이동생의 사교계에서 보내는 파리의 생활이 너무도 재미있었기 때문에 그곳으로부터 발을 빼는 일은 괴로운 일이었어요. 저는 곧 바로 달비니 부인을 찾아가 편지를 보였어요. 그녀가 편지를 읽고 있는 동안 저는 고통에 젖어 그녀가 편지에서 어떤 인상을 받는지 보지 못했어요. 다만 출발을 미루고, 아버지께는 몸이 아프다는 편지를 드리라고, 결국 아버지의 뜻에 따르지 말고 핑계를 대라고 시키는 그녀의 몇 마디를 들었을 뿐이에요. 그녀가 이 단어를 사용했던 것으로 기억이 돼요. 저도 대답하려고 하였죠. 출발이 그 이튿날로 결정되어 있다고 말하려고 하던 참이었어요. 그런데 마침 레이몽 백작이 들어와 어떤 일인지를 눈치채고 너무나 단호한 어조로 아버지의 뜻에 따라야 하며, 망설일 필요가 없다는 것이었어요. 저는 그 즉각적인 결단에 놀랐어요. 저는 그가 애원하며 붙들 줄 알았어요. 저는 미련을 버리지 못하여 괴로워하였는데, 그가 그렇게 쉽게 진정이 될 줄은 몰랐거든요. 그래서 저는 한때 그의 우정을 의심하였죠. 그는 제 마음을 읽고는 제 손을 잡고 말하였어요.

"세 달 후면 저도 영국에 갈 텐데, 도대체 무엇 때문에 경을 프랑스에 붙잡아놓겠어요? 붙들지 않는 데에는 다 이유가 있어요."

하고 그는 낮은 소리로 덧붙였어요. 그러나 그 소리가 그의 누이동생에게 들렸고, 그녀는 서둘러 혁명의 와중에 영국인에게 닥칠 수도 있는 위험을 피하는 것이 현명하다고 말했어요. 그러나 지금 생각해보니 레이몽 백작이 은근히 하려고 했던 말은 그 말이 아니었던 것 같아요. 그러나 그는 누이동생의 설명에 반박도 동의도 하지 않았어요. 저는 떠나려고 하였고, 그는 더 이상 그 일에 대해 제게 설명할 필요가 없다고 생각하였어요.

"만약 제가 우리나라에 도움이 된다면, 저도 조국에 남을 거예요."

하고 그는 말을 계속하였어요.

"그렇지만 당신도 보셨잖아요. 이제 프랑스는 없어요. 프랑스인을 한데 모으는 사상과 감정은 이미 사라지고 말았어요. 여전히 그 땅을 그리워할 것 같아요. 하지만 당신과 같은 공기를 마시게 되면, 그때 저도 조국을 다시 찾게 되겠죠."

이토록 가슴에 와 닿는 진지한 우정의 말에 얼마나 감격하였던지요! 그 순간 레이몽 백작은 그 누이보다도 저를 훨씬 더 사랑했어요! 그녀도 그 사실을 곧 눈치채었고, 그날 저녁 저는 그녀의 새로운 면모를 보게 되었어요. 손님들이 찾아왔고, 그녀는 그녀의 집에서 훌륭하게 그들을 대접하였어요. 그녀는 제가 떠난다는 소식을 매우 간략하게 전하며, 아무렇지도 않은 듯한 태도를 취했어요. 전에도 여러 번 그녀가 체면을 매우 중시하여 저에게 보여주는 마음을 남에게 절대 보여주지 않는다는 사실을 알고 있었어요. 그러나 이번에는 좀 지나치다 싶었고, 그녀의 냉정한 태도에 마음이 상하였기 때문에 다른 손님들보다 먼저 자리를 떠서 한순간이라도 그녀와 함께 있지 않겠다고 결심하였어요. 그녀는 이튿날 아침, 제가 출발하기에 앞서 작별 인사를 하기 위해 오빠에게 다가가는 것을 보았어요. 그러자 그녀는 제게 가까이 오더니 모든 사람에게 들릴 정도로 크게 저에게 영국 친구에게 보내는 편지를 부탁한다고 말하고 아주 작은 소리로 급하게 덧붙이는 것이었어요.

"당신은 오빠 걱정만 하시는군요. 오빠하고만 이야기를 나누시고. 이런 식으로 제 마음을 찢어놓고 떠나실 작정이세요!"

그리고 나서 그녀는 자리로 돌아가서 여러 사람들 가운데 앉았어요. 저는 어쩔 줄 모르고, 그녀의 소원대로 남아 있으려고 했어요. 그때 레이몽 백작이 와서 제 팔을 잡고 그의 방으로 데려갔어요.

손님이 모두 떠났을 때, 달비니 부인의 방에서 두 번의 노크 소리가 났어요. 레이몽 백작은 그 소리에 아무 신경도 쓰지 않았지만 제가 억지로 그를 독촉하여 무슨 일인지 알아보러 보냈어요. 달비니 부인이 몸이 아프다는 대답이었어요. 저의 마음은 몹시 흔들렸어요. 다시 한번 그녀를 보고 싶었고 그녀에게 돌아가고 싶었어요. 레이몽 백작은 제가 그렇게 하려는 것을 단호하게 말렸어요.

"그런 소란은 피하세요."

하고 그는 말했어요.

"여자들은 혼자 있을 때 더 위로받는 법이니까요."

저는 변함없이 친절한 제 친구가 누이동생에 대하여 보이는 이토록 대조적인 엄격함이 이해되지 않았어요. 그래서 우리는 다음날 만나 작별하였는데, 일종의 거북함이 섞이는 바람에 서먹한 이별을 하게 되었어요. 아! 만약 그의 누이동생으로서는 저를 행복하게 해줄 수 없다고 생각하여 우리를 떼어놓으려 한 그의 친절한 배려를 제가 진작 알았더라면! 만약 어떤 사건으로 우리들이 영원히 헤어지게 될 것인지 미리 알았더라면, 우리들의 이별은 그에게나 저에게나 만족스러운 것이 되었겠지요!

제 2 장

오스왈드는 잠시 이야기를 그쳤다. 코린나는 열심히 귀를 기울이며, 그가 다시 입을 여는 시간이 길어질까봐 가만히 입을 다물고 있었다.

"그랬다면 제가 행복하였겠지요."

하고 그는 계속하였다.

"그때 달비니 부인과 관계를 끊었더라면, 그대로 아버지 곁에 남아 있었더라면, 프랑스 땅에 발을 디디지 않았더라면! 그러나 저의 숙명이, 나시 말하자면 저의 성격적인 결함이 영원히 인생을 망쳐버렸어요, 맞아요, 영원히, 사랑하는 그대 곁에 있으면서도.

저는 스코틀랜드에서 아버지와 일 년 가까이 지냈어요. 우리들의 애정은 날이 갈수록 더하여갔어요. 저는 하늘에 있는 영혼의 성역에 들어가서 아버지와 맺은 우정 속에 혈연의 친근감을 느끼고 있었어요. 이 혈연의 신비스러운 끈이야말로 우리의 존재 전체에서 나오는 것이죠.

레이몽 백작으로부터는 정다운 편지들을 받고 있었는데, 그는 저를 찾아오기 위하여 재산을 돈으로 바꾸는 일이 어렵지만 그 계획에 대해서는 굽히지 않고 계속 노력하고 있다고 말하였어요. 저는 변함없이 그를 좋아하였어요. 그렇지만 아버지와 비교될 수 있는 벗이 있겠어요! 아버지를 존경한다고 해서 아버지와 친하지 않은 것도 아니었어요. 저는 아버지의 말씀을 마치 신의 말씀과도 같이 믿었고, 불행하게도 제가 성격상 갖고 있는 우유부단함은 아버지가 일단 말씀을 하시면 사라졌어요. 어느 영국 시인은 *신성한 것을 사랑하기 위하여 하늘이 우리를 만드셨다*고 노래하였지요. 아버지는 제가 얼마큼 아버지를 사랑하는지 알지 못하셨어요. 저의 운명적인 행동 때문에 그분은 그 점을 의심할 수밖에 없었어요. 그렇지만 아버지는 저를 불쌍히 여기셨어요. 임종하시는 자리에서 당신이 죽은 후, 제가 겪을 고뇌에 대해 가엾게 여기셨어요. 아! 코린나, 이 슬픈 이야기를 계속해보겠어요. 저의 용기를 일깨워주세요. 저에겐 그것이 필요해요."

"사랑하는 오스왈드,"

하고 코린나가 말했다.

"당신을 누구보다도 가장 숭배하고 사랑하는 사람에게 제발 당신의 숭고하고 다감한 마음을 보여주세요."

"아버지는 저를 아버지의 일로 런던에 심부름을 보내셨어요."

하고 넬빌 경은 말을 계속하였다.

"저는 제게 불행이 닥치리라고는 생각하지도 못하고서, 아버지를 살아서 다시는 만날 수 없는데 그분 곁을 떠났어요. 마지막으로 말을 주고받을 때에 아버지는 전에 없이 기분이 매우 좋으셨어요. 의로운 사람의 마음은 꽃과 같이 황혼에 향기를 더 뿜는 법이겠지요. 아버지는 눈에 눈물을 머금고 저를 포옹하셨어요. 아버지는 저에게 자주 당신의 나이가 되면 모든 것이 엄숙하게 보인다는 말씀을 하셨어요. 그러나 저는 그분의 인생을 저의 인생과 같이 생각하고 있었어요. 우리들은 서로 마음이 썩 잘 통했고, 또 아버지에게는 사랑할 수 있는 젊음이 있으셨기 때문에 아버지가 늙으셨다는 생각을 하지 못하였어요. 사랑이 강하면 이상하게도 경외에 가까운 믿음이 드는 법인가 봐요. 아버지는 이번에 대문까지 저를 전송해주셨어요. 그 집은 제가 다시 돌아왔을 때부터 저의 슬픈 마음과 같이 텅 비고 황폐한 것이 되었어요.

런던에 도착하고 일주일도 안 되어 저는 달비니 부인으로부터 운명의 편지를 받았어요. 지금도 그 편지의 한자 한자를 기억하고 있어요. 편지에는 이렇게 적혀 있었어요.

"어제 8월 10일[1]에 오빠는 튈르리 궁전에서 왕을 경호하고 있다가 암살당하였어요. 저는 오빠의 동생이기 때문에 추방당할 것이고, 박해를 피하기 위해서는 몸을 숨겨야 해요. 레이몽 백작은 그와 저의 전 재산을 영국으로 옮겨버렸어요. 당신께서는 이미 받으셨는지요? 혹은 오빠가 당신께 맡기기 위해서 누구에게 그것을 위임하였는지 아시는지요? 저는 오빠로부터 그가 습격당하리라는 것을 안 순간, 그 궁전에서 쓴 한마디의 편지밖에는 받지 못하였어요. 무엇이든지 당신과 상의하라는 말뿐이었어요. 만약 당신이 이곳으로 저를 구하러 와주신다면, 당신은 제 목숨을 구해주시는 것이에요. 아직까지 영국인은 프랑스에서 자유롭게 여행할 수 있고, 저는 여권을 받을 수 없는 형편이에요. 레이몽의 누이라 하여 혐의를 받고 있어서요. 만약 당신이 레이몽의 불쌍한 누이가 걱정이 되어 데리러 와주신다면, 친척인 드 말티그 씨에게 저의 은신처를 문의하여주세요. 만약 저를 구하시려는 온정이 당신께 있다면, 한시도 지체 말고 실행에 옮겨주세요. 양국간에 조만간 전쟁이 난다고 하니까요."

이 편지가 제게 미친 영향을 한번 생각해보세요. 제 친구는 죽었고, 그의 누이는 절망하고 있으며, 그들의 재산은 그녀에 의하면 제 수중에 와 있다는 것이었어요. 저는 그런 통지를 받아본 일이 없는데도 말이에요. 이러한 상황에서 달비니 부인의 위험과 또 제가 데리러 가면 살 수 있다는 그녀의 믿음을 아울러 생각해보세요. 주저할 수 없다는 생각이 들었어요. 그래서 그녀로부터 받은 편지와 이 주일 이내에 돌아오겠다는 저의 편지를 인편을 통해 아버지 댁에 보냈어요. 정말 무자비한 우연에 의하여 제가 심부름을 보낸 사람이 도중에 병을 얻는 바람에, 도바에서 아버지께 보낸 두번째 편지가 먼저 것보다 앞서 도착하게 되었어요. 그래서 아버지는 이유도 모른 채 저의 출발을 알았고, 그 내용을 알게 되었을 때 아버지는 이미 저의 여행에 대한 불안에 사로잡혀, 거기에서 헤어나지 못하셨어요.

저는 사흘 만에 파리에 도착하였어요. 그곳에서 달비니 부인이 육백 리 떨어진 시골 마을에 숨어 있다는 것을 알고 그녀를 만나기 위해 계속 갔어요. 다시 만났을 때 저희는 서로 깊은 감동을 느꼈어요. 그녀는 불행 속에서도 몸가짐에 꾸미거나 부자연스러운 데가 없었기 때문에 예전보다 더 사랑스러웠어요. 우리들은 그녀의 기품 높은 오빠를 함께 애도하였어요. 그리고 잘 알려진 혁명의 참사도 애석해하였어요. 저는 걱정이 되어 그녀의 재산에 대해 물어보았어요. 그것에 관하여 아무것도 알지 못한다는 대답이었어요. 그러나 미처 며칠도 안 되어 저는 레이몽 백작이 재산을 위탁한 은행가가 이미 그 재산을 그녀에게 돌려보낸 사실을 알게 되었어요. 그리고 이상하게도, 우리가 있던 마을의 상인이 때마침 일러준 말에 의하면, 그녀는 처음부터 재산에 관한 일로 걱정을 해본 일이 없다는 것이었어요. 저는 이해할 수가 없어 달비니 부인에게 어떻게 된 일인지 물어보려고 갔어요. 그녀의 집에 친척인 드 말티그 씨가 와 있었는데, 빠른 말씨로 태연하게 그는 달비니 부인이 영국으로 떠났다고 믿었으며 그 후 한 달 동안 소식을 들은 적이 없었던 은행가가 방금 파리에 도착하였다는 사실을 알려주기 위해 왔다고 말하였어요. 달비니 부인도 그 말을 확인해줘서 저는 그 말을 믿었어요. 그러나 그녀가 편지에서 말했던 오빠의 편지를 제게 보여주지 않으려고 끊임없이 이런저런 핑계를 대는 것을 보고, 저는 그녀가 저에게 그녀의 재산에 관한 일로 걱정을 하도록 수작을 꾸몄다는 사실을 알게 되었어요.

적어도 그 여자가 부자이고, 저와 결혼을 원하는 데에 있어서 아무런 사심이 섞여 있지 않은 것은 사실이에요. 그러나 달비니 부인의 큰 잘못은 사람의 감정을 이용하여 일을 꾸미고, 사랑하는 것으로 충분할 텐데 일부러 속임수를 쓰고, 솔직하게 그녀가 느끼는 바를 보여주지 않고 끊임없이 숨기는 점이었어요. 그도 그럴 것이 그녀는 사람의 행동이나 생각까지도 계획하여 꾸미면서, 또 사람의 관계를 정치적 책략과 같이 취급하면서 저를 사랑한다고 하였으니까 말이에요.

달비니 부인이 슬퍼하는 모습은 외적인 매력을 더해주고 애처로운 인상을 주어 제 마음을 극도로 아프게 하였어요. 저는 그녀에게 아버지의 허락 없이는 결혼하지 않겠다고 분명히 말했어요. 그러나 그녀의 매력적인 용모에 정신없이 빠져 있는 제 마음을 실토하지 않을 수 없었어요. 그리고 그녀는 무슨 수를 써서라도 저를 사로잡으려는 계획에 착수하고 있었으므로, 저는 그녀가 제 욕망을 단호하게 거절하지 않을 것이라는 걸 언뜻 짐작할 수 있었어요. 따라서 지금 우리 둘 사이에 일어난 일을 다시 생각해보면, 그녀가 당황하였던 것은 사랑과는 무관한 이유들 때문이고, 겉으로 갈등하던 것은 비밀스런 마음속의 생각들 때문이었던 것 같아요. 그녀와 단둘이서 하루 종일 있다 보면, 아무리 조심하려는 다짐에도 불구하고 저는 충동을 이겨내지 못하게 되었고, 달비니 부인은 모든 것을 제게 맡김으로써 모든 의무를 제게 지웠어요. 그녀는 틀림없이 실제보다 더 괴로워하고 더 후회하는 척했어요. 또 바로 그 가책 때문에 저를 그녀의 운명에 단단히 묶어놓았어요. 저는 그녀를 영국으로 데려가 아버지께 소개하고 그녀와의 결혼을 허락해달라고 청하려고 했어요. 그러나 그녀는 결혼하지 않고서는 프랑스를 떠나지 않겠다며 거절하였어요. 그녀가 그렇게 생각하는 것도 당연한 일이었겠지요. 그러나 제가 아버지의 승낙 없이는 결혼을 결정할 수 없다는 뜻을 굽히지 않는 것을 보자, 그녀는 영국으로 돌아가야 할 의무가 있는 저를 떠나지 못하게 붙잡는 과오를 저질렀어요.

두 나라 사이에 전쟁이 일어났고,[2] 저는 프랑스를 몹시 떠나고 싶어했어요. 따라서 그것을 막으려는 달비니 부인의 방해도 심해졌어요. 어느 때에는 여권을 내지 못한다고 하였고, 또 어느 때에는 제가 혼자 떠나려고 하면, 제가 떠난 후 그녀 혼자 프랑스에 남을 경우 저와 연락한다는 의심을 받아 신상이 위험해진다고 고집을 피웠어요. 그토록 친절하고 절도 있는 여성이 때때로 절망에 빠지는 것을 보니까 제 마음은 완전히 뒤집어지곤 하였어요. 그녀는 매력적인 용모와 우아한 재치로 저를 즐겁게 하여주었고 괴로워하는 모습으로써 저를 겁먹게 하였어요.

여자가 눈물을 이용하여 눈물에 약한 사람을 굴복시키는 것은 잘못된 일이겠지요. 그러나 여자들이 두려움 없이 이 방법을 쓴다면 예외 없이 일시적으로는 효과를 거둘 거예요. 분명히 감정이라는 것은 그것을 장난삼아 조정하려는 사람에 의해 약해지게 되어 있죠, 그리고 너무 자주 눈물을 보게 되면 상상력이 식어버려요. 그러나 그 무렵 프랑스에는 흥미와 동정을 살 만한 일들이 얼마든지 있었어요. 또한 달비니 부인의 건강도 날마다 나빠지는 듯이 보였어요. 게다가 병이란 여자들이 남자를 사로잡는 강력한 수단이 되지요. 코린나, 당신처럼 능력과 정신에 정당한 자신을 갖고 있지 못한 여자들이나, 또 우리 영국 여성들같이 자존심이 높고 수줍음이 많아 거짓말을 못하는 여자들이 아니고서는, 여자들은 동정을 사기 위한 잔재주에 의지하게 되어요. 그 여자들에게서 가장 많이 볼 수 있는 것은 참다운 감정을 숨기려고 하는 점이에요.

저도 모르는 사이에 달비니 부인과 저와의 관계에 제삼자가 끼여들고 있었어요. 드 말티그 씨였어요. 그는 그녀를 좋아하고 있었고, 그녀가 결혼해주기만을 간절히 바라고 있었어요. 그 사람은 나쁜 짓에만 머리를 쓰고 다른 일에는 도통 관심이 없는 사람이었어요. 그 사람은 목표에는 흥미가 없었지만 계략을 꾸미는 일을 좋아했어요. 그래서 그는 언제든지 자기의 계획을 수행할 기회만 오면 부인의 계획쯤은 망칠 각오를 하고 당장은 나와 결혼하고 싶어하는 달비니 부인을 돕고 있었어요. 그는 이상하게도 반감이 가는 사람이었어요. 서른 살이 채 안 되었는데 그의 태도나 외모는 모두 놀라울 정도로 냉담했어요. 영국 사람들도 차갑다고 비난을 받지만, 저는 그 사람이 방에 들어왔을 때 그 지극히 심각한 태도에 필적할 만한 것을 본 적이 없어요. 만약 그가 농담을 좋아하지 않고, 또 무슨 일에도 감동을 받지 않는 사람으로서는 매우 특이하게 수다스럽지 않았더라면, 저는 그 사람을 프랑스인이라고 생각하지도 못했을 거예요. 자기는 원래 감수성이 강하고 열광적인 사람이었으나 프랑스 혁명을 겪고 인간에 대해 알게 되고 나서 그 모든 것이 다 소용없나는 것을 깨닫게 되었노라고 했어요. 그 사람은 또 말하기를 이 세상에 돈이나 권력, 혹은 그 둘 모두 외에 좋은 것은 없으며, 우정이란 일반적으로 상황에 따라 생길 수도 있고 버릴 수도 있는 수단에 지나지 않음을 깨닫게 되었다고 하였어요. 그는 그 생각을 실천하는 데에 능숙하였지만, 그것을 발설하는 잘못을 저질렀어요. 그는 다른 프랑스인들처럼 인기를 얻으려고 하지는 않았지만 여전히 대화로 돋보이고 싶어했기 때문에 매우 경솔하였어요. 그런 점에서는 달비니 부인과 많이 달랐어요. 그녀는 그녀의 목적을 이룩하려고는 했지만, 드 말티그 씨와 같이 부정한 방법으로 두드러지려는 욕심에서 본심을 누설한 적은 없었어요. 이 두 사람 사이에서 이상한 것은 열정적인 여자는 그녀의 비밀을 숨기고, 냉정한 남자는 숨길 줄 모른다는 점이었어요.

    드 말티그 씨는 이런 사람이었지만 달비니 부인에게 이상한 영향력을 갖고 있었어요. 그가 그녀의 마음을 꿰뚫어보거나, 그녀가 그에게 모든 것을 다 털어놓거나 둘 중 하나였어요. 늘 숨기고 사는 이 여자는 가끔 숨쉬기 위해 경솔해질 필요가 있었는지도 모르겠어요. 어쨌든 드 말티그 씨가 그녀를 똑바로 쳐다보면 그녀는 어쩔 줄 몰라했던 것이 사실이에요. 만약 그가 기분이 안 좋은 듯하면, 그녀는 그를 혼자 있게 하기 위해 일어섰어요. 또 그가 기분이 나빠서 나가면, 금세 그에게 편지를 쓰기 위해 방에 들어박히곤 하였어요. 저는 달비니 부인에 대한 그의 영향력에 대해, 그가 부인을 어린 시절부터 알고 있었고 친척이라고는 오직 그 사람밖에 없던 시절부터 그녀의 일을 보아주고 있었기 때문일 것이라고 나름대로 이해하였어요. 그러나 이 괴상한 배려의 주요 원인은 제가 훨씬 나중에 알게 된 일이지만, 그녀가 세워놓은 계획 때문이었어요. 그 계획이란 만약에 제게 버림받을 경우에 그와 결혼하려는 것이었어요. 왜냐하면 그녀는 어떻게 해서라도 버림받은 여자로 알려지고 싶지 않았기 때문이에요. 그러한 결심을 보면 그녀가 저를 사랑하지 않는다고 생각할 수도 있지만, 그럼에도 불구하고 그녀가 저를 선호하는 이유는 사랑밖에는 없었어요. 그러나 그녀는 평생 어떠한 일에 휘말려도 계산을 하였고, 자연스러운 애정에도 사교계의 인위적인 위선이 섞여 있었어요. 그녀는 감동을 받아서 울기도 하였지만, 한편 그녀가 울면 다른 사람의 마음을 누그러뜨릴 수 있다는 생각 때문에 울었어요. 사랑을 받아서 행복한 것은 자신이 사랑을 하기 때문이기도 했지만, 다른 한편 세상 사람들에게 체면이 서기 때문이었어요. 혼자 있을 때에는 착한 마음을 갖고 있었지만, 그것이 그녀의 자존심과 욕망에 도움이 되지 않을 때에는 그런 마음이 되지 않았어요. 말하자면 그녀는 고상한 사회에서 자라난, 또 그러한 사회에 알맞은 사람이며, 또 감정으로 무언가 효과를 얻으려고 하는 편이 감정 자체보다 더 강한 나라에서 흔히 볼 수 있는 진실을 조작하는 기술을 터득하고 있는 사람이었어요.

저는 오랫동안 아버지로부터 편지를 받지 못하고 있었어요. 전쟁이 일어나서 편지 왕래가 두절되었기 때문이에요. 겨우 어느 기회에 편지가 도착하였어요. 아버지는 저의 의무와 아버지의 애정을 일깨우며 떠날 것을 간곡히 명하셨어요. 아울러 아버지는 만약 제가 달비니 부인과 결혼하면 그것 때문에 당신은 평생 괴로워하실 것이라고 다시 한번 강조하시고 여하튼 독신으로 영국에 돌아오도록, 당신의 의견을 들은 후에 결정하도록 당부하셨어요. 저는 그 자리에서 답장을 써 아버지의 동의 없이는 결혼하지 않겠다는 약속을 하고 빠른 시간 내에 아버지께 돌아가겠다고 다짐하였어요. 달비니 부인은 저를 붙잡기 위하여 처음에는 간청을 하다가, 잘 안 되자 술책을 쓰려고 작정하였던 것 같아요. 그러나 그때 제가 그것을 어떻게 눈치챌 수 있었겠어요!

어느 날 아침, 그녀는 저의 집으로 왔어요. 창백하고 머리가 헝클어진 채로, 자기를 지켜달라고 말하면서 제 품에 뛰어들었어요. 그녀는 겁에 질려 죽을 듯한 모습이었어요. 너무 흥분해 있었기 때문에 그녀의 말을 잘 이해할 수는 없었지만 레이몽 누이로서 체포 영장이 떨어졌기 때문에, 그녀를 잡으러 오는 사람들을 피해 안전한 곳에 숨어야 한다고 했어요. 그때는 여자들도 처형당하였으니 이 모든 두려움은 당연하다는 생각이 들었어요.[3] 저는 그녀를 저에게 성실하게 대해주는 어느 상인이 있는 곳으로 데려갔어요. 그녀를 그곳에 숨기고 그녀를 구했다고 생각했어요. 드 말티그 씨와 저 이외에 그녀의 은신처를 아는 사람은 없었어요. 그런 상황에서 어떻게 한 여성의 운명에 강한 관심을 쏟지 않을 수 있겠어요! 어떻게 쫓기고 있는 사람을 떨어뜨려놓을 수 있겠어요! 어떻게 이런 나날들 속에서 이런 순간들 속에서 "당신은 내게 도움을 청하였지만, 그럴 순 없어요"라고 말할 수 있었겠어요. 그렇지만 여전히 아버지가 마음에 걸려서 저는 몇 번이나 달비니 부인에게 혼자 떠날 수 있는 허락을 받아보려고 했어요. 그러나 그녀는 만약 제가 떠난다면 암살자에게 가서 자수하겠노라고 저를 협박하였고, 대낮에 두 번씩이나 외출을 하여 저를 고통과 두려움의 극심한 불안 속에 빠뜨렸어요. 저는 거리에서 그녀의 뒤를 쫓아가며 돌아오라고 간청하였지만 허사였어요. 다행히도 우연인지 미리 계획된 일인지 모르겠지만, 그때마다 드 말티그 씨와 만나게 되어 그 사람이 그녀의 경솔한 처신을 꾸짖고 그녀를 데리고 왔어요. 따라서 저는 머물러 있기로 단념하고 아버지께는 할 수 있는 데까지 변명의 편지를 썼어요. 그러나 저는 무서운 일이 벌어지고 있는 와중에, 조국이 프랑스와 전쟁 중일 때에 프랑스에 있는 자신이 부끄러웠어요.

 드 말티그 씨는 제가 양심의 가책을 느끼는 사실에 대해서 늘 놀리곤 하였어요. 그는 재치가 있는 사람이긴 하였지만, 이런 놀림이 제게 어떤 영향을 미치는지 짐작도 하지 못했고 알려고 하지도 않았어요. 그 사람의 희롱 때문에 그가 누르려고 하였던 모든 감정이 제 마음속에서 다시 눈뜨게 되었어요. 달비니 부인은 제가 어떤 인상을 받았는지 알아차렸어요. 그러나 그녀에게는 드 말티그 씨를 조절할 수 있는 능력이 없었어요. 그는 관심이 없는 일에는 기분 내키는 대로 행동하는 사람이에요. 그녀는 저의 마음을 달래기 위하여 그녀의 진정한 고통, 과장된 고통에 기대었어요. 그녀는 사람의 마음을 움직이기 위해서도, 또 비위를 맞추기 위해서도 자기의 건강이 좋지 않은 것을 이용하였어요. 하긴 그녀가 제 발 아래에 정신을 잃고 쓰러질 때만큼 매력적인 모습은 없었으니까요. 그녀는 자신의 다른 매력과 마찬가지로 미모를 더욱 돋보이게 하는 법을 알고 있었어요. 그녀의 외적 매력 그 자체로도 감정과 교묘하게 결합되어 저를 사로잡기에 충분하였어요.

저는 이와 같이 시종 혼란스럽고 망설이는 상태에서, 아버지로부터 편지를 받을 때에는 몸이 떨려오고 편지가 오지 않으면 더욱 불행해하면서, 달비니 부인의 매력에, 특히 그녀가 두려워하는 절망에 붙들려 있었어요. 그녀는 묘하게 복잡한 인물로서, 평상시에 생활하는 태도는 누구보다도 부드럽고 온화하고 명랑하였지만 싸움을 할 때에는 더할 나위 없이 격하였어요. 그녀는 행복과 공포를 이용하여 사람을 조정할 줄 알았고, 항상 그런 식으로 자신의 천성을 수단으로 삼았어요. 그러던 어느 날, 1793년 9월이었어요. 프랑스에 온 지도 1년 이상 지났는데, 아버지로부터 간단한 편지 한 통을 받았어요. 그 짧은 글의 내용은 너무나 무섭고 괴로운 것이라서, 코린나 당신에게 그 내용을 차마 말씀드릴 수가 없군요. 너무나 쓰라린 일이어서요. 아버지께서는 이미 병에 걸리셨지만, 그 사실을 제게 알리지 않으셨어요. 저를 배려하는 섬세한 마음과 자존심 때문에 그렇게 하지 못하셨죠. 그러나 아버지의 편지에는 제가 집을 비우고 있는 사실에 대해서, 또 지금까지도 왜 그러셨는지 이유를 모르겠지만 제가 달비니 부인과 결혼할 수도 있다는 가능성에 대해서 매우 강한 우려가 표명되어 있었어요. 그 편지를 읽으면서도 저는 제 앞에 이미 다가와 있던 불행을 짐작조차 하지 못하였어요. 그렇지만 저는 마음에 깊은 충격을 받고, 이젠 더 주저할 것 없이 그녀에게 작별을 고하리라 단단히 결심하고 달비니 부인에게 갔어요. 그녀는 제 결심이 굳어진 것을 재빨리 간파하고 생각에 잠기더니 갑자기 일어서서 저에게 말했어요.

"떠나시기 전에 부끄럽지만 말씀드릴 것이 있어요. 만약 저를 버리신다면, 당신으로 인해 죽는 것은 저 하나뿐이 아니에요. 저의 치욕과 죄 많은 사랑의 열매가 저의 뱃속에서 함께 죽겠지요."

저는 뭐라고 형용하기 어려운 감동을 맛보았어요. 그 신성한 의무, 그 새로운 의무가 마음을 가득 채우고 저는 달비니 부인의 가장 충실한 노예처럼 그녀에게 복종하였어요.

저는 그녀가 원하는 대로 결혼하려고 하였어요. 때마침 자기의 본명을 관공서에 신고하지 않고서는 프랑스에서 영국인이 결혼할 수 없다는 커다란 장애에 부딪히지 않았더라면 말이에요. 따라서 저는 우리의 결혼을 우리가 함께 영국에 갈 수 있을 때까지 연기하고, 그때까지 달비니 부인 곁을 떠나지 않기로 결정하였어요. 그녀는 저와의 작별이라는 당면한 위험이 없어지자 안심하고 처음에는 안정을 되찾았어요. 그러나 얼마 안 가서 그녀는 제가 결혼의 난관을 스스로 극복하지 않는다고 불평을 하였고, 번갈아 가며 화를 내기도 하고 슬퍼하기도 하였어요. 저는 그녀가 마음먹은 대로 되었어요. 그리고 저는 심한 우울증에 빠졌죠. 날마다 집에 틀어박혀 있었고 외출할 수도 없었어요. 저 자신도 확실히 알 수 없었지만, 아버지의 건강이 좋지 않다는 예감이 줄곧 저를 괴롭혔고 저는 그 생각에서 헤어나지 못하였어요. 그러나 저는 자신의 예감을 믿고 싶지 않아서 그것을 제가 약한 탓으로만 돌렸어요. 달비니 부인의 고통이 제게 안겨준 두려움 때문에 생긴 비정상적인 상태에서 저는 의무와 정열을 상대로 싸우고 있었어요. 당연히 정열이라고 해야 할 것을 마치 의무처럼 생각하고 괴로워하였던 것이에요. 달비니 부인은 저를 그녀 집에 오게 하려고 끊임없이 편지를 보내왔어요. 집으로 가서 그녀와 만났을 때도 저는 그녀의 상태에 대해서는 언급하지 않았어요. 그녀가 저에 대한 권리를 갖고 있다는 사실을 일깨우고 싶지 않아서였어요. 지금 생각해보니 그녀 역시 의당 그 말을 해야 함에도 불구하고 별로 그것에 대해 언급하지 않았던 것 같아요. 하지만 저는 너무 고민에 빠진 나머지 아무것도 눈치챌 수 없었어요.

결국 제가 집에 사흘 간 틀어박혀 가슴에 사무치는 후회에 시달리면서, 아버지 앞으로 스무 번이나 편지를 썼다가 다시 찢곤 했을 때, 저와는 서로 잘 맞지 않아서 찾아오지 않던 드 말티그 씨가 집에 왔어요. 저를 혼자 있게 하지 않으려고 달비니 부인이 보낸 것이었어요. 그러나 곧 아시게 되겠지만 그 사람은 자기의 사명을 다하는 데 별로 관심이 없었어요. 그는 갑자기 들어왔기 때문에 제가 숨길 사이도 없이 제 얼굴이 눈물로 흥건한 것을 보았어요.

"경이 그렇게 고민을 하여보신들 무슨 소용이 있겠어요?"

하고 그는 말했어요.

"제 사촌과 헤어지든지, 결혼을 하든지 하세요. 어느 쪽이면 어때요. 그럼 고민이 끝날 텐데."

"인생에는 여러 상황이 있어요."

하고 저는 대답하였어요.

"스스로를 희생하더라도 어떻게 이 모든 의무를 다해야 할지 아직까지도 모르겠군요."

"자기를 희생시켜서는 안 되지요."

하고 드 말티그 씨는 말하였어요.

"저는 어떤 경우라도 희생이 필요한 경우는 없다고 생각해요. 빈틈없이 해내면 무엇이든지 해낼 수 있어요. 머리를 써보세요."

"제가 원하는 것은 빈틈없는 것이 아니에요."

하고 저는 말하였어요.

"되풀이 말씀드리지만 제가 최소한 바라는 것은 제가 행복해지는 것을 포기하는 한이 있더라도 사랑하는 사람을 슬프게 만들지 않는 것이에요."

"제발 제 말을 들어보세요."

하고 드 말티그 씨는 말하였어요.

"이른바 인생이라고 하는 어려운 과업과 그것을 더욱 복잡하게 만드는 감정을 혼동하여서는 안 되는 거예요. 감정은 마음의 병이에요. 저도 몇 번, 다른 병들과 마찬가지로 이 병에 걸린 적이 있어요. 그러나 이 병에 걸렸을 때 저절로 사라지겠지 하고 타이르지만 언제나 말뿐이에요."

"그렇지만"

하고 저는 그에게 어떤 생각도 설득시킬 수 없었고, 또 그러고 싶지도 않았기 때문에 단순한 일반론으로 해두기 위해서 말하였어요.

"우리가 감정을 배제할 수 있게 되면, 명예와 미덕이 남게 되겠죠. 그런데 이러한 명예와 미덕은 모든 면에서 우리의 욕구와 대립되는 것이죠."

"명예,"

하고 드 말티그 씨는 대답하였어요.

"명예라고 하는 것은 모욕당했을 때 싸우는 것을 말씀하시는 것이겠지요? 이 점에 대해서는 의심의 여지가 없어요. 그러나 이런 것이 아니라면 이런저런 잡다한 문제로 쓸데없이 걱정하여 무슨 이득이 있겠어요?"

"어떠한 이득이라니요!"

하고 저는 말을 막았어요.

"이득을 따지는 것이 아닌데요."

"좀더 심각하게 말해보겠어요."

하고 드 말티그 씨는 계속하였어요.

"그보다 더 명료하게 의미를 전달할 방법은 없을 테니까요. 예부터 우리는 명예로운 불행, 영광스러운 불운이라는 말을 해왔어요. 그러나 지금 세상에서는 이른바 신사양반들이라고 하는 신분 있는 사람들이 너나 할 것 없이 나쁜놈으로 인식되어 박해를 당하고 있어요. 그들은 망에 걸린 참새이든지, 아니면 그곳에서 탈출한 참새라는 차이밖에 없어요."

"그외에도 차이가 있다고 생각해요."

하고 저는 대답하였어요.

"경멸당해 마땅한 유복함을 택할 것인지, 아니면 뜻 있는 사람들에게 존경받는 역경을 택할 것인지의 차이가 있겠죠."

"그렇다면 가르쳐주세요."

하고 드 말티그 씨가 말하였어요.

"존경받을 만한 용기로서 당신의 괴로움을 위로하여주는 뜻 있는 사람들이 누구인지를. 저는 반대로 소위 덕이 있다는 사람들은 당신이 행복하면 당신을 너그럽게 보아주고 당신이 권력이 있으면 당신을 좋아하는 사람들인 것 같아요. 당신이 부친께 거역하지 않는 것은 틀림없이 훌륭한 일이에요. 부친께서 지금까지도 당신의 일에 간섭하셔서는 안 되는데도 말이에요. 그러나 그렇다고 해서 어떻든 이곳에서 당신의 인생을 망쳐서도 안 되겠지요. 저로 말씀드리면 어떠한 일이 있어도 제 친구들에게는 절대로 제가 고민하는 모습을 보여서 괴롭히고 싶지 않고 저 자신도 위로받아야 하는 남의 울적한 모습을 보고 싶지 않거든요."

"저는,"

하고 저는 단호히 말했어요.

"신사에게 있어서 인생의 목표는 자기 자신만을 위한 행복이 아니고 다른 사람을 위한 덕이라고 생각해요."

"덕, 덕이라……"

하고 잠시 머뭇거리더니 드디어 마음을 정하고 드 말티그 씨가 말하였어요.

"그것은 서민들의 용어로서, 전조라는 말이 진지하게 사용되는 경우지요. 아직까지도 몇 마디의 말과 아름다운 음색에 감동받는 선량한 사람들이 있어요. 악기를 연주하는 것은 그 사람들을 위한 것이에요. 이른바 양심·헌신·열광이라고 하는 시적인 것은 이 세상에서 성공하지 못한 사람들을 위로하기 위하여 만들어진 것이에요. 죽은 자들을 위하여 노래하는 깊은 구렁텅이에서*와 같은 것이지요. 유복한 처지에 있는 살아 있는 사람들은 그 따위의 찬사는 전혀 탐내지 않아요."

저는 이 말에 너무도 화가 나서 소리를 버럭 지르지 않을 수 없었어요.

"만약 제가 달비니 부인 집의 주인이라면, 그녀가 이런 식으로 생각하고 함부로 말하는 사람을 집에 받아들이는 것에 대해 화를 낼 거예요."

"그 점에 관해서,"

하고 드 말티그 씨는 말하였어요.

"틈나는 대로 무엇이 마음에 드는지 결정하세요. 그러나 저의 사촌누이가 제 말을 믿는다면, 이 결혼 문제로 그토록 불행한 얼굴을 하고 있는 남자와 결혼하지는 않겠죠. 오래 전에 이미 그녀가 당신에게 말할 수도 있었을 텐데. 저는 누이에게 마음이 약해서 수고할 가치도 없는 일에 온갖 방법을 동원하고 있다고 꾸짖고 있는 참이에요."

말투 때문에 더욱 모욕적으로 들린 이 말에 저는 드 말티그 씨에게

나가자는 눈짓을 하였어요. 가는 도중 그 사람은 그토록 태연하게 자기의 소신을 계속 펼쳐나갔어요. 얼마 후 죽을지도 모르는데 그는 종교적이거나 감성적인 이야기는 한마디도 하지 않았어요.

그는 이렇게 말했어요.

"제가 당신네 젊은이들이 하는 말장난에 좀 가담하였다고 해서, 당신은 우리나라에서 일어난 사태가 저를 병들게 했다고 생각하세요? 당신은 언제면 당신의 섬세한 태도가 아무 소용도 없다는 것을 깨닫겠어요?"

저는 그에게 대답했어요.

"현재 당신 나라에서 성실성이 다른 어느 곳보다 도움이 안 된다는 점은 인정해요. 그러나 모든 일은 그때 당장은 아니더라도 시간이 흐르면 그에 합당한 보상을 받게 마련이죠."

"그렇군요."

드 말티그 씨는 대답하였어요.

"저 세상 일까지 계산에 넣는군요."

"당연한 것 아니겠어요? 우리 둘 중에 한 명도 곧 진실을 알게 될 테지요."

"죽게 되는 사람이 바로 저이더라도,"

하고 그가 웃으며 말하였어요.

"제가 죽음에 관해서 아무것도 모를 것이 분명해요. 당신이더라도 제게 알려주기 위해 돌아오시진 않을 것 아니겠어요."

말하는 도중에 저는 제가 만약 드 말티그 씨의 칼에 맞아 죽는다면, 아버지께 저의 운명을 알리고, 당연히 그럴 권리가 있다고 생각되는 달비니 부인에게 저의 재산의 일부를 분할하는 아무런 조치도 취하지 않은 사실을 깨달았어요. 생각에 잠겨 있는 동안에 우리들은 드 말티그 씨집 앞을 지나게 되었고, 제가 그에게 편지를 두 통 쓸 수 있도록 들어가게 해달라고 부탁하였더니 그는 승낙하였어요. 도시 밖으로 나가기 위해 다시 출발하면서 저는 그에게 편지를 맡기고, 마치 믿을 수 있는 친구에게 말하듯이 달비니 부인을 잘 돌봐달라고 진심에서 우러나오는 부탁을 하였어요. 이러한 신뢰의 표시가 그의 마음을 움직였어요. 왜냐하면 공공연히 부도덕을 표방하는 사람들도 우연히 경의의 표시를 받게 되면 우쭐해지기 때문이죠. 성실성을 찬양하기 위하여 이 점을 지적하지 않을 수 없군요. 우리들이 놓인 상황 역시 드 말티그 씨가 감동받을 정도로 진지한 것이었는데도, 그는 다른 사람에게 그것을 눈치채지 못하게 하고 싶어서였는지, 제가 느끼기에 그가 감동받은 사실을 더욱 심각하게 둘러대며 놀림조로 말하였어요.

"넬빌 경, 당신은 훌륭한 사람이에요. 당신을 위해서 무언가 좋은 일을 하고 싶어요. 좋은 일을 하면 행복해진다고 하고, 선량한 마음은 어린이의 마음이라고 하며, 지상에서보다 천상에서 상을 받는다고 말하잖아요. 그러나 당신에게 도움이 되기 전에 우리들의 관계는 끝을 보게 되어 있어요. 제가 당신에게 무슨 말씀을 드려도 우리들이 결투를 벌이는 사실에는 변함이 없어요."

이 말에 저는 매우 건방진 태도로 찬성의 뜻을 보임으로써 대답을 대신하였어요. 왜냐하면 조심스럽게 말해봤자 소용이 없다고 생각되었기 때문이었어요. 드 말티그 씨는 냉담하고 태연한 말투로 계속하였어요.

"달비니 부인은 당신에게 어울리지 않아요. 두 사람의 성격은 전혀 닮은 데가 없는걸요. 게다가 당신의 부친께서도 당신이 이 결혼을 하겠다고 하면 실망하실 거예요. 그럼 당신은 부친의 마음을 아프게 해드렸다는 사실에 절망하겠죠. 따라서 만약 제가 살아남는다면 제가 달비니 부인과 결혼하는 것이 좋겠고, 혹시 제가 죽더라도 그녀는 다른 남자와 결혼하는 것이 좋을 것 같아요. 제 사촌누이는 대단히 분별 있는 사람이며, 사랑하고 있을 때조차도 그녀가 더 이상 사랑받지 못할 경우에 대비하여 항상 신중한 조심을 게을리 하지 않으니까요. 당신도 그녀의 편지를 읽어보시면 모든 것을 잘 아시게 될 것이에요. 편지를 당신에게 넘기겠어요. 편지는 책상 안에 있는데, 열쇠는 여기에 있어요. 저는 제 사촌이 이 세상에 태어날 때부터 그녀를 알고 있었어요. 그녀는 수수께끼 같은 데가 있지만, 저에겐 아무 비밀도 없다는 것을 당신도 잘 알겠죠. 그녀는 제가 하고 싶은 말만을 한다고 생각하고 있어요. 제가 그 어느 것에도 휘둘리지 않는 것은 사실이에요. 뿐만 아니라 저는 심각한 일도 별로 중요하게 생각하지 않아요. 또 저는 여자 문제로 우리 남자들 사이에 비밀이 있어선 안 된다고 생각해요. 만약 제가 죽는다면, 이런 일이 제게 닥치는 것은 달비니 부인의 아름다운 눈동자 때문이에요. 그녀를 위해 기꺼이 죽을 각오는 되어 있지만, 이중의 음모를 꾸며 이런 꼴이 되었으니 그녀에게 감사할 처지는 못 되지요. 더구나,"

하고 그는 말을 보태었어요.

"결투에서 제가 진다고 정해진 것도 아니잖아요."

마침 시가지를 벗어나게 되어 그는 말을 마치면서 칼을 빼고 겨누었어요.

그는 이상할 정도로 힘있게 말하였고, 저는 그가 한 이야기에 어리둥절해 있었어요. 위험이 다가와도 그는 동요하는 기색 없이 더욱 기세가 등등했어요. 저는 그가 숨기려고 하는 본심을 말한 것인지, 아니면 복수하기 위하여 일부러 거짓말을 꾸민 것인지 분간이 가지 않았어요. 그렇지만 마음속으로 이런 회의가 들면서도 저는 그의 목숨을 살리기 위하여 많은 신중을 기하였어요. 그 사람의 몸 동작은 저만큼 숙련되어 있지 못하였고, 마음만 먹으면 얼마든지 그의 심장에 제 칼을 찔러넣을 수도 있었지만, 저는 그의 팔에 상처를 입히고 칼을 손에서 떨어뜨리게 하는 것으로 끝내었어요. 그는 저의 처사에 감복한 듯하였어요. 그래서 제가 그를 집에 데려다주면서 그와 결투하기 전에 주고받은 말을 상기시키자 그는 이렇게 말하였어요.

"제가 사촌누이의 신뢰를 배반하였다는 것이 분하군요. 위기란 포도주같이 머리로 올라오는가 봐요. 하여튼 이제 와서 어쩔 수 없죠. 당신도 달비니 부인과 행복하지 않았을 테니까요. 그녀는 당신에게 너무 교활해요. 저는 상관없어요. 아무리 제가 그녀를 매력적이라 생각하고 그녀의 재치를 마음에 들어해도, 그것을 가지고 그녀가 저에게 피해를 줄 수는 없을 것이며, 모든 점에서 우리는 서로 도울 거예요. 결혼은 우리 모두에게 이롭거든요. 그러나 당신은 비현실적이니까 그녀의 속임수에 잘 넘어갈 테지요. 저를 죽이고 말고는 오직 당신의 뜻에 달렸기 때문에, 저는 당신에게 목숨을 빚졌어요. 따라서 제가 죽은 후에 드리겠다고 약속한 편지를 거절할 수는 없어요. 읽어보시고 영국으로 떠나세요. 달비니 부인이 슬퍼할 일에 너무 괴로워하지 마세요. 그녀는 당신을 사랑하니까 울겠지요. 그러나 다시 일어설 거예요. 불행하게 되지 않기 위해서, 더군다나 불행한 여자로 사람들의 눈에 비치지 않기 위해서. 매우 분별 있는 여자니까요. 세 달 후엔 드 말티그 부인이 되어 있을 테지요."

그 사람이 말한 것은 모두 사실이었어요. 그가 보여준 편지가 그것을 증명해주었어요. 저는 달비니 부인이 저에게 결혼을 강요하기 위하여 얼굴을 붉히며 고백한 몸의 상태가 사실이 아니라는 것, 이 점에 관하여 저를 비열하게 속였다는 것을 알게 되었어요. 그 여자가 저를 사랑한 것만은 분명한 듯해요. 드 말티그 씨에게 보낸 편지에도 그렇게 적혀 있었으니까요. 그러나 그녀는 온갖 방법을 다 동원하여 그에게 애교를 부리고, 희망을 갖게 만들고, 그의 마음에 들기 위하여 평상시에 저에게 보여주었던 모습과는 너무도 딴판인 성격을 그에게 보여주고 있어서, 저는 그녀가 우리들의 결혼이 성사되지 못할 경우에 그 사람과 결혼하려는 의도로 그를 조정하고 있다는 의심을 품지 않을 수 없었어요. 코린나, 그 여자는 그런 여자였어요. 그 여자는 저에게서 영원히 마음과 양심의 평화를 빼앗아갔어요!

    저는 출발 직전에 그녀에게 편지를 썼고 다시는 그녀를 보지 못했어요. 그리고 드 말티그 씨가 예언한 바와 같이 그 후 그녀가 그 사람과 결혼하였다는 소식을 알게 되었어요. 그러나 그때는 불행이 저를 기다리고 있다는 생각은 꿈에도 하지 못하였어요. 왜냐하면 저는 아버지의 용서를 받을 수 있으리라고 생각했기 때문이에요. 제가 그 동안 얼마나 잘못 생각하고 있었는지 말씀드리면, 아버지는 저를 동정하여 전보다도 더 저를 사랑하여주시리라 생각하고 있었어요. 밤낮으로 쉬지 않고 독일을 지나서 한 달 가까이 걸려 영국에 도착하여, 아버지의 한량없는 사랑을 굳게 믿고 있었어요. 그런데 코린나, 배에서 내리자 한 장의 공문서가 아버지의 별세를 알려주는 것이 아니겠어요! 그 순간부터 이십 개월이 지났지만, 아버지는 저를 따라다니는 유령처럼 언제나 제 앞에 있어요. 넬빌 경은 *방금 서거하셨습니다* 라고 말하는 글씨들이 마치 붙타고 있는 것같이 보였어요. 그것에 비하면 저기 우리의 눈앞에 있는 화산 같은 것은 하나도 두렵지 않아요. 그뿐이 아니에요. 저는 아버지가 저의 프랑스 체제에 대해 몹시 괴로워하시다가 돌아가신 것을 알게 되었어요. 제가 군 복무의 의무를 저버리는 것은 아닌가, 별로 적합하다고 생각되지 않는 여자와 결혼하는 것은 아닌가, 조국과 전쟁 중인 나라에 체류하면서 영국의 체면을 통째로 떨어뜨리는 것은 아닌가 하고 걱정하셨다는 것이에요. 그러한 마음의 고통이 아버지의 죽음을 앞당기지 않았다고 누가 장담하겠어요! 코린나, 코린나! 제가 돌아가시게 한 것은 아닐까요, 말씀해보세요, 그런 것은 아닐까요?"

"아니에요."

하고 그녀는 소리쳤다.

"아니에요. 당신은 불운하였을 뿐이에요. 당신은 그때까지 친절하고 너그러운 마음으로 살아오신 거예요. 저는 당신을 사랑하고 또 그만큼 존경하고 있어요. 제 마음속에 들어와 당신 자신을 판단해보세요. 제 마음을 당신의 양심이라 생각하고 판단해보세요. 지금 당신은 고통 때문에 정신이 혼미하셔요. 당신을 사랑하는 사람의 말을 믿으세요. 아! 제가 느끼는 사랑은 환상 같은 것이 아니에요. 당신은 최고의 남자이시며 감수성이 제일 강한 분이시기 때문에 저는 당신께 감탄하고 또 존경하고 있어요."

"코린나,"

하고 오스왈드가 말하였다.

"그런 칭찬의 말씀은 저에게 어울리지 않아요. 하지만 그렇다고 해서 제가 그렇게 죄가 깊지만은 않을지도 모르겠다는 생각이 드는군요. 아버지께서는 돌아가시기 전에 저를 용서해주셨어요. 저는 아버지께서 제 앞으로 쓰신 마지막 편지에서 친절한 말씀을 발견하였어요. 제가 보내드린 편지 한 통을 받으신 후였고, 그 편지에서 저는 변명을 늘어놓았지요. 그러나 불운이 닥쳐왔고, 저의 고통이 아버지의 마음을 갈가리 찢어놓았던 것이에요.

아버지의 성으로 돌아와 예전부터 있던 하인들에게 둘러싸였을 때, 저는 그들이 하는 위로의 말을 물리치고, 그들 앞에서 저의 죄를 인정했어요. 무덤에 가서 무릎을 꿇고, 마치 아직도 저에게 속죄의 기회가 있는 것처럼 아버지의 허락 없이는 절대 결혼하지 않겠다는 맹세를 하였어요. 아! 이미 세상에 계시지 않는 분에게 어떻게 약속을 할 수 있겠어요! 그때 제가 헛소리같이 중얼거린 말이 무슨 의미가 있겠어요! 아무튼 아버지 생전에 허락하시지 않으셨던 것은 아무것도 하지 않겠다는 맹세로서 그런 말을 한 것 같아요. 코린나, 사랑스러운 코린나, 지금 이 말에 왜 그렇게 떠세요? 오직 능란한 솜씨로 세련된 취미를 고쳐시키고, 속임수를 쓰는 여자에 대한 희생을 아버지는 저에게 요구하실 수 있었어요. 그러나 제가 처음으로 사랑을 느낀 여자는 대단히 진지하고 가식이 없으며 마음이 넓은 사람이에요. 첫사랑은 마음을 어지럽히는 일이 없이 맑게 하여주어요. 그런데 왜 하늘의 신들이 저를 그녀로부터 떼어놓겠어요?

제가 아버지의 방에 들어갔을 때 아버지의 외투·안락의자·검이 보였어요. 그것들은 예전과 같은 장소에 여전히 있었어요. 그러나 아버지가 계시던 장소에는 아무도 없었어요. 소리를 질러 불러보아도 아무 소용이 없었죠! 이 원고, 아버지의 명상록만이 저에게 대답하여주었어요. 당신도 이미 몇 부분을 읽어보셨죠."

오스왈드는 코린나에게 그것을 건네주면서 말하였다.

"저는 항상 이것을 제 몸에 간직하고 있어요. 부모에 대한 자식의 의무에 관해 쓰신 부분을 읽어보세요. 코린나, 읽어주세요. 당신이 아름다운 목소리로 읽으면 이 내용이 더욱 마음속 깊이 들려올 것 같아요."

코린나는 오스왈드의 요청대로 다음 부분을 읽었다.

"아! 연로하신 아버지와 어머니에게 자신감을 잃게 해드려서는 안 된다! 그들은 머지않아 스스로를 이 세상의 쓸모없는 존재라고 생각하게 된다. 이젠 부모에게 조언을 바라지 않는 너희들을 보고 어떻게 그들이 자부심을 가질 수 있겠는가? 너희들은 완전히 현재라는 시간을 살고 있다. 너희를 지배하는 어떤 정열에 의해서 현재에 맡겨져 있다. 따라서 현재와 관련되지 않은 것은 모두 낡고 구식으로 보인다. 말하자면 너희들은 심정적으로나 정신적으로 자기 자신에만 빠져 있어서, 자기만의 역사적 시점을 형성하려는 데에 급급하여 언제나 시간과 인간이 닮아 있다는 점을 간과한다. 너희들에게 경험의 권위란 하나의 허구로 여겨지든지, 혹은 노인에 대한 신뢰나 자존심이라는 그들의 마지막 남은 낙에 예정된 허무한 보증서로 보인다. 너희들의 생각은 얼마나 잘못된 것인가! 세계라고 하는 이 거대한 극장은 출연자를 바꾸지 않는다. 무대에 등장하는 것은 언제나 인간이다. 그러나 인간은 교체되지 않는다. 여러 모습으로 변화할 뿐이다. 이 모든 형태는 옛날부터 반복되어온 몇몇 정열에 의존하므로, 사생활의 사소한 발상에 있어서 과거에 관한 지식인 경험으로부터 샘과 같이 유익한 교훈이 넘쳐 나오지 않는 일은 절대 없다.

아버지와 어머니를 존경하라. 그들을 존경하고 경의를 표현하여라. 비록 그것이 그들이 지배하고 그들만이 주인이었던, 이미 돌아오지 않는 과거를 위한 것일지라도. 비록 그것이 영원히 잃어버린 세월, 그들의 이마에 당당하게 그 자취가 새겨지는 세월을 위한 것일지라도.

이것이 너희의 의무이다. 우쭐하여 인생의 길을 자기 혼자 뛰고 싶어 초조해하는 아이들이여. 너희들에게 자리를 양보하는 데에 늑장을 부리던 부모가 가버리는 것을 너희는 의심할 수 없다. 아직까지도 너희에게 상처를 줄 수 있는 엄격함이 담긴 말씀을 하시는 아버지, 노령으로 자식들에게 폐를 끼치는 도움을 청하는 어머니, 그들은 떠나버린다. 너희들의 어린 시절의 세심한 보호자들이, 사춘기의 활기찬 보호자들이. 그들은 떠나고, 너희에게 절친한 친구를 찾아보아도 소용없다. 그들이 떠나버리면 이제 그들은 너희들 곁에 없을 테고, 그렇게 되면 그들은 너희들에게 새로운 모습으로 나타날 것이다. 왜냐하면 시간이 지금 우리가 보고 있는 사람들을 늙게 만들고, 죽어서 모습이 사라진 부모를 다시 젊게 만들기 때문이다. 시간이 그때까지 우리들이 몰랐던 빛을 부모에게 준 것이다. 더 이상 변화도 나이도 없는 영원한 모습 속에서 부모를 보게 된다. 만약에 부모가 이승에 덕의 증거를 남긴다면, 우리는 상상 속에서 그들을 천상의 빛으로 장식하고, 선택받은 자들의 장소에 있는 그들을 우러러볼 것이며, 영광과 기쁨의 장소에 머무는 그들을 바라볼 것이다.

그들의 성스러운 후광이 그려지는 눈부신 색 가까이에서는 아무리 눈부시게 밝은 대낮이더라도 우리의 모습은 형체도 없이 사라지고 만다."(1)

"코린나."

하고 넬빌 경은 가슴이 찢어지는 듯한 고통으로 소리를 질렀다.

"아버지는 이러한 감동적인 탄식을 저를 향해 쓰신 것이 아닐까요?"

"아니에요, 아니에요."

하고 코린나는 대답하였다.

"당신도 잘 아시다시피 아버지께서는 당신을 지극히 사랑하시고 당신의 친절함을 믿으셨어요. 이 성찰은 당신이 지금 자책하는 잘못을 범한 때보다 훨씬 이전에 쓰신 것으로 들리는데요."

코린나는 아직 손에 들고 있는 문집을 쳐다보면서 말을 계속하였다.

"그것보다 이 문장을 들어보세요. 몇 쪽인가 앞에 있는 관용에 대한 성찰인데 한번 들어보세요."

"우리들은 함정에 둘러싸여 비틀거리며 인생을 걷고 있다. 우리들의 감각은 거짓된 미끼에 유혹된다. 또 우리들의 상상력은 그릇된 빛에 현혹된다. 그리고 우리들의 이성조차도 날마다 경험으로부터 그에게 부족한 지혜와 그가 필요로 하는 자신을 얻고 있다. 제일 큰 약점에 뒤엉켜오는 많은 위험, 한정된 예지의 힘, 협소한 능력과 함께하는 많은 관심, 마지막으로 미지의 많은 사물들과 이다지도 짧은 인생. 이러한 모든 상황과 우리들에게 주어진 조건은 사회 도덕의 질서에 있어서 관용이라는 것을 믿으라는 하늘의 경고가 아닌가? …… 아! 약하지 않은 인간이 어디 있는가? 단 하나의 회한도, 단 하나의 후회도 없이 자신의 인생을 뒤돌아볼 수 있는 인간이 어디에 있는가? 그러한 인간만이 소심한 영혼의 동요와 무관하다. 그는 한번도 자신을 성찰한 적이 없고, 고독한 양심 속으로 침잠한 적이 없다."(2)

"이것이,"

하고 코린나가 말하였다.

"당신의 아버지께서 하늘에서 당신에게 하시는 말씀이에요. 이것이 당신을 위한 말씀이에요."

"맞아요."

하고 오스왈드가 말하였다.

"그렇군요. 코린나, 당신은 천사와 같이 위로해주시면서 저에게 선행을 베풀어주시는군요. 그러나 만약 제가 아버지가 돌아가시기 전에 잠깐이라도 그분을 뵐 수 있었더라면, 제가 그분의 이름을 욕되게 하지 않았다는 것을 알아주셨다면, 그것을 믿는다고 제게 말씀해주셨다면, 저는 더할 나위 없는 죄인으로서 회한의 마음에 시달리지 않았을 텐데. 이렇게 정서가 불안한 행동도 하지 않을 테고, 어느 누구에게 행복을 약속할 수 없는 불안한 심경도 아니겠지요. 약하다고 저를 비난하지 마세요. 양심의 문제에 있어서는 용기도 어쩔 수 없는 것이니까요. 용기도 양심에서 나오는 것이니까요. 어떻게 양심을 이길 수 있겠어요? 저녁 어둠이 다가오는 지금도 저는 구름 사이에서 저를 위협하는 번갯불이 번득이는 것만 같아요. 코린나! 코린나! 당신의 불행한 연인을 안심시켜주세요. 아니면 저를 이 땅에 눕혀주세요. 제가 지르는 소리에 틀림없이 땅이 갈라지고 저는 저승으로 떨어질 수 있을 것이에요."

제13부
베수비오 산과 나폴리의 전원

제 1 장

넬빌 경은 그의 영혼 전부를 뒤흔들어놓은 쓰라린 고백을 한 후에 오랫동안 완전히 소진한 채로 있었다. 코린나는 살며시 그의 이름을 불러 정신을 차리게 하려고 애썼다. 베수비오 산에서 떨어지는 불의 강이, 어두워짐에 따라 눈에 띄게 되어 오스왈드의 고통스러운 상상력을 매우 자극하였다. 코린나는 그의 느낌을 알아채고 그를 괴롭히는 추억에서 그를 끌어내어주기 위해 불타는 용암의 재 가장자리로 서둘러 그를 데리고 갔다.

그곳에 도착할 때까지 그들이 건너간 땅은 발을 내디딜 때마다 내려앉아, 생명을 위협하는 이 지역에 그들이 들어오지 못하도록 막는 것 같았다. 이 장소에서 자연은 인간과 아무런 관계가 없다. 인간은 이제 더 이상 지배자가 아니라는 것을 알게 된다. 자연은 죽음에 의하여 인간의 독재로부터 벗어나 있다. 불의 급류는 장례 행렬의 빛깔을 하고 있다. 그럼에도 불이 포도밭이나 수목을 태울 때에는 밝고 찬란한 불꽃이 나오는 것을 볼 수 있다. 그러나 용암 그 자체는 어둡고 지옥의 강을 연상시키는 것 같다. 용암은 낮에는 검고 밤에는 붉은 토사와 같이 서서히 굴러떨어진다. 용암이 다가올 때 불꽃이 타는 작은 소리가 들리는데, 그 소리는 작지만 큰 힘을 얻기 위한 책략을 꾸미는 소리같이 들리기 때문에 그만큼 으스스하다. 동물의 왕인 호랑이도 이와 같이 느린 걸음으로 살며시 다가온다. 이 용암은 절대 서둘지 않고, 그러나 한순간도 지체하지 않고 다가온다. 만약에 용암이 높은 벽이나 가는 길을 막는 어떤 건축물에라도 부딪히면, 멈추어 서서 장애물 앞에 검은 역청색의 급류를 쌓아올려 결국은 그 불타는 파도 밑으로 장애물을 삼켜버리고 만다. 그 속도가 인간이 그 앞을 피할 수 없을 정도로 빠르지는 않다. 그러나 그것은 시간과 같이 경솔한 사람과 노인을 덮친다. 그들은 용암이 느리고 조용히 다가오기 때문에 그것을 피하는 것쯤은 문제가 아니라고 믿는다. 용암의 광채가 너무도 강렬하기 때문에 땅이 하늘에 반사되는 듯하고 하늘에 계속하여 번갯불을 번쩍이는 것 같다. 이번에는 하늘이 바다에 비치고 자연은 이 세 가지의 불의 양상에 안긴다.

용암이 흘러나오는 깊은 구렁 안에서는 화염의 회오리 소리가 들리고 또 눈에도 보인다. 땅속 깊이 무슨 일이 일어나는지 두렵고, 발밑에서 이상한 격동이 땅을 진동시키고 있는 것이 느껴진다. 용암의 분출 지점을 둘러싸고 있는 바위들은 유황과 역청으로 덮여 있어, 그 색깔이 지옥과 비슷하다. 납빛의 초록색, 황토색이 섞인 노랑색, 거무스름한 붉은 색이 눈에 부조화를 이루고 시각을 자극한다. 마치 밤에 마녀들이 달을 지상으로 부를 때 내는 날카로운 소리가 우리의 귀를 찢는 것과도 같다.

화산 주변에 있는 것은 모두 지옥을 연상시킨다. 분명 시인들의 묘사는 이곳에서 따왔을 것이다. 여기에 서 있으면 왜 사람들이 신의 뜻에 어긋나는 악한 천재의 존재를 믿었는지 이해가 된다. 이런 곳을 바라보면서 사람들은 과연 선의만이 이 세상 창조의 현상을 관장하고 있는 것인지, 아니면 무엇인가 숨겨진 원리가 인간과 마찬가지로 자연을 난폭하게 만드는 것은 아닌지 자문하지 않을 수 없게 된다.

"코린나."

하고 넬빌 경이 소리쳤다.

"이 지옥의 경계에서 괴로움이 생기는 것이 아닐까요? 죽음의 천사는 저 산꼭대기에서 날아오는 것이 아닐까요? 만일 제가 당신의 맑은 눈동자를 보고 있지 않다면, 저는 이곳에서 신의 작품이 세계를 장식하고 있다는 기억조차 잃을 뻔했어요. 그러나 이 지옥의 광경이 아무리 무시무시하다고 해도 마음속의 회한만큼 무섭지는 않아요. 어떤 위험에도 맞설 수 있지만, 어떻게 이미 이 세상에 없는 사람으로부터 우리가 그에게 저질렀다고 자책하는 잘못을 용서받을 수 있겠어요? 절대로! 절대로 안 돼요! 아! 코린나, 쇠와 불이 말하는 알 수 없는 이야기! 고통에 대한 몽상이 만들어낸 체벌, 끊임없이 돌아가는 바퀴, 가까이 다가가려고 하면 사라지고 마는 물, 들어올리기가 무섭게 떨어지고 마는 돌, 이런 것들은 두번 다시 돌이킬 수 없는 끔찍한 생각을 표현하기에는 너무도 빈약한 이미지일 뿐이에요!"

오스왈드와 코린나 사이에 무거운 침묵이 감돌았다. 안내인들도 멀리 떨어져 있었다. 더구나 분화구 근처에는 동물도, 벌레도, 초목도 존재하지 않았으므로 타오르는 불꽃의 윙윙거리는 소리밖에는 들려오지 않았다. 그러나 마을에서 나는 소리가 그곳까지 들려왔다. 바람을 타고 들려오는 종소리였다. 죽음을 애도하는 종소리일 수도 있고, 출생을 알리는 소리일 수도 있었다. 어쨌든 종소리는 나그네의 마음에 부드러운 감동을 일으킨다.

"오스왈드."

하고 코린나가 말하였다.

"우리 이 황폐한 곳을 나가도록 해요. 살아 있는 사람들 곁으로 다시 내려가요. 이곳에서는 제 마음이 편하지 않아요. 다른 산들이었다면 지상에서의 생활을 벗어나 우리들이 높이 오르면서 하늘 가까이 다가간 다는 느낌을 받았을 텐데, 이곳에서는 불안과 공포밖에 느껴지지 않는 군요. 마치 자연이 죄인처럼 취급되고 있는 것 같고, 창조주의 자비의 입김을 다시는 느끼지 못하도록 선고받은 것 같아요. 틀림없이 이곳은 선의 나라가 아니에요. 자 나가요."

코린나와 넬빌 경이 평야 쪽으로 나가고 있는 동안 폭우가 퍼부었다. 두 사람이 든 횃불이 금방이라도 꺼질 것 같았다. 라자로네들이 끊임없이 소리치며 뒤따라왔다. 그렇게 하는 것이 평상시의 그들의 습관이라는 것을 모르는 사람들은 그 모습을 보고 겁을 먹을 수도 있었다. 그러나 이 사람들은 태만과 폭력을 똑같이 갖고 있었기 때문에, 때로는 자신도 어쩔 줄 모르는 남아 넘치는 생명에 동요된다. 그들의 기질보다는 눈에 띄는 얼굴 표정에서 어떤 열정 같은 것을 엿볼 수 있다. 그런 종류의 열정에는 정신과 마음이 개입할 수 없다. 오스왈드는 비 때문에 코린나가 병이라도 들면 어쩌나, 어두워서 결국 위험한 일이라도 닥치면 어쩌나 걱정이 되어 그녀의 일밖에는 염두에 두지 않았다. 이러한 다정한 염려 덕분에 그녀에게 고백을 하느라 빠져 있던 심경으로부터 서서히 원상을 회복하였다. 그들은 산기슭에서 그들의 마차를 발견하였다. 그들은 헤르쿨라네움의 유적에서는 멈추지 않았다. 사람들은 고대 도시 위에 건설된 포르티치의 시가지를 파괴시키지 않기 위해 그것을 다시 묻어버린 것만 같았다. 그들은 자정녘이 되어서야 나폴리에 도착하였다. 헤어질 때 코린나는 넬빌 경에게 그 다음날 그녀의 신상 이야기를 하겠노라고 약속했다.

제 2 장

이튿날 아침 코린나는 정말로 약속을 지키려고 하였다. 오스왈드의 성격에 대해 더욱 자세하게 알게 되어 불안한 마음이 더하였고, 자신이 글로 쓴 것을 가지고 방에서 나오니 마음이 떨렸지만 그에게 그것을 건네주기로 결심하였다. 그녀는 두 사람이 묵고 있는 여관의 살롱으로 들어갔다. 오스왈드가 거기에 있었고, 영국에서 방금 온 편지를 받아들고 있었다. 그 편지 중에 하나가 벽난로 위에 놓여 있었는데, 그 필체가 코린나를 깜짝 놀라게 하였다. 그녀는 말로 다할 수 없는 근심에 사로잡혀 누구의 편지인지 물었다.

"에저몬드 부인의 편지예요."

하고 오스왈드는 대답하였다.

"그분과 편지 왕래가 있으세요?"

하고 코린나가 말 도중에 물어보았다.

"에저몬드 경은 아버지의 친구셨어요."

하고 오스왈드가 대답하였다.

"우연히 말이 나왔으니까 숨기지 않고 이야기하겠어요. 부친께선 당신 친구분의 딸인 루실 에저몬드와 제가 나중에 결혼하면 좋겠다는 생각을 갖고 계셨어요."

"그럴 수가."

하고 코린나가 소리쳤다. 그녀는 실신하여 의자에 쓰러졌다.

"왜 그렇게 놀라세요?"

넬빌 경이 말하였다.

"제가 당신을 그토록 사랑하는데, 무엇을 그렇게 걱정하세요, 코린나? 만약 아버지께서 돌아가시면서 루실과 결혼하라는 유언을 남기셨다면, 아마도 스스로 자유롭다고 생각하지 않았을 것이고, 당신의 저항하기 힘든 매력도 멀리하였겠지요. 그러나 아버지께서는 그 결혼을 단지 권한 것뿐이며, 편지로 그녀가 외동딸이라서 좋을지 모르겠다고 말씀하셨어요. 저 역시 그녀가 열두 살도 채 안 되었을 때에 겨우 한 번 만난 것뿐이에요. 떠나기 전에 그녀의 어머니와 아무런 약속도 하지 않았어요. 그럼에도 제 행동에서 당신이 느끼셨던 불안과 동요는 전적으로 아버지의 소원 때문이었어요. 당신을 만나기 전까지는 아무리 순간적인 소원일망정 아버지께 속죄하는 마음으로, 또 돌아가신 후에라도 아버지의 뜻이 저의 결정에 계속 영향을 미치게 하려는 한 방편으로, 그 소원을 들어드리려고 하였어요. 그러나 당신으로 인하여 저는 이러한 감정을 물리치게 되었고, 저 자신과 싸워 이기게 되었어요. 다만 제 행동이 연약해 보이고 우유부단하게 보이는 점을 사과드려요. 코린나, 제가 겪은 고통에서 완전히 회복되기란 불가능해요. 그것은 희망을 시들게 하고, 괴롭고 고통스러운 소심한 감정을 갖게 해요. 운명이 저에게 너무 가혹하였기 때문에, 혹시 저에게 좋은 행운이 찾아올 것 같아도 저는 아직 운명을 신뢰하지 못해요. 그러나 사랑하는 코린나, 이런 근심은 모두 사라졌어요. 저는 당신의 것, 영원히 당신의 것이에요! 만약 아버지가 당신을 알고 계셨다 해도, 당신을 제 인생의 반려자로 택하셨을 것이라고 생각해요. 당신을 ……"

"그만 하세요."

코린나가 눈물에 젖어 소리쳤다.

"제발 그런 말씀은 하지 마세요."

넬빌 경이 말하였다.

"왜 당신은 제가 마음속에서 당신과 아버지에 대한 추억을 결부시키고, 사랑하는 것과 신성한 것을 하나로 묶는 기쁨을 거절하세요?"

"당신은 그렇게 하실 수 없어요."

하고 코린나가 재빨리 대답하였다.

"오스왈드, 당신이 그러실 수 없다는 것을 너무도 잘 알고 있어요."

"세상에!"

넬빌 경이 말하였다.

"당신은 무슨 말씀을 하시는 것이세요? 당신의 신상 이야기를 적은 글을 제게 주세요. 그것을 제게 주세요."

"드릴게요."

코린나가 대답하였다.

"그러나, 제발 일주일의 여유를 주세요. 딱 일주일만. 오늘 아침에 알게 된 일 때문에 몇 마디 보충을 해야 되니까요."

"네에!"

오스왈드가 말하였다.

"이 일이 당신과 무슨 관계가 있기에……"

"지금은 아무 말씀도 말아주세요."

코린나가 도중에 말을 막았다.

"곧 모든 것을 아시게 되니까요. 그럼 그것으로 끝나겠지요. 저의 행복의 무서운 종말이 닥치겠죠. 그러나 그 순간이 오기 전에 저와 함께 하늘에서 복을 주신 나폴리의 전원으로 가요. 우리에게 아직 감미로운 감정이 남아 있을 때, 그 황홀한 자연을 즐길 수 있는 마음이 남아 있을 때. 저는 이 아름다운 장소에서 인생의 가장 엄숙한 시간을 보내고 싶어요. 당신은 저의 모습을 있는 그대로, 제 마음이 당신에 대한 사랑을 단념하였을 경우, 제가 줄곧 지니게 될 모습 그대로 기억하셔야 해요."

"아! 코린나!"

오스왈드가 말하였다.

"그런 불길한 말씀을 하시다니, 제게 무슨 말씀을 하시려고 그러세요? 뭐라 말씀하셔도 제 애정과 그리움이 식을 리 없어요. 도대체 왜 일주일씩이나 저를 초조하게 하고 궁금하게 만드세요? 이런 것이 우리 사이를 방해하는 것 같아요."

"오스왈드 그렇게 해주세요."

하고 코린나가 대답하였다.

"이 마지막 결례를 용서하세요. 곧 당신이 우리 두 사람의 관계를 결정하시게 될 거예요. 그것이 가혹한 것이라 해도, 저는 불평하지 않고 저의 운명을 당신으로부터 듣도록 하겠어요. 저는 당신의 사랑을 잃은 후에는 더 살고 싶은 마음도 없고 살게 하는 끈도 없으니까요."

이 말을 마치고 그녀는 뒤따라오려는 오스왈드를 손으로 살짝 밀치고 밖으로 나갔다.

제 3 장

코린나는 그녀가 요청한 일주일의 유예 기간 동안을 넬빌 경을 위하여 축제와 같은 기분으로 지내기로 결심하였다. 그런데 이 축제라는 생각은 그녀로서는 우울하기 짝이 없는 기분과 연관되어 있었다. 오스왈드의 성격을 이모저모로 생각하여보니, 그녀는 그녀가 하려는 고백으로 그가 어떤 인상을 받을지 걱정하지 않을 수 없었다. 재능과 예술을 향한 성열에서 그녀가 자신의 신분·가족·이름을 희생시킨 행위를 용서하기 위해선 그녀를 시인으로서, 또 예술가로서 보아주지 않으면 안 되었다. 넬빌 경에게도 분명 상상력과 천재를 존경할 줄 아는 지성이 있었다. 그러나 그는 사회 생활에서의 인간 관계가 무엇보다도 선행되어야 하고, 여성이나, 또 남성에게 제일 중요한 사명은 지적 능력의 발휘가 아니라 각 개인이 지니는 의무를 수행하는 것이라고 생각하고 있었다. 그가 지키던 경계선을 벗어남으로써 겪게 된 혹독한 회한은 그에게 내재하던 엄격한 도덕 규범을 더욱 강화시켰다. 의무와 법을 엄격히 존중하는 영국의 전통과 습관, 사고 방식은 그를 여러 면에서 세심하게 구속하고 있었다. 결국 깊은 비탄에서 생긴 절망감은 자연스러운 질서 안에서 살아가는 사람, 자기 생각대로 살고 운명이 우리에게 보여주는 상황에 반대되는 새로운 결의나 결정을 전혀 내리지 않는 사람을 부러워하게 만든다.

오스왈드는 코린나를 사랑하고 나서 마음가짐이 많이 달라지긴 하였지만, 사랑이 결코 성격을 바꿀 수는 없다. 코린나는 현재 그가 사로잡혀 있는 정열 저 너머로 그의 성격을 간파하였다. 어쩌면 넬빌 경이 지닌 매력도 그의 상반된 기질과 감수성에서 오는 것인지도 몰랐다. 이 대립이 그의 다정함을 더욱 인상깊게 만들었다. 그러나 코린나가 항상 멀리 쫓아내었지만 매순간 찾아오는 짧은 불안, 그녀가 누리고 있는 기쁨에 희미한 꿈과 같이 서리는 근심이 이제 그녀의 운명을 결정지으려 하고 있었다. 행복하기 위하여 태어나고 재능과 사상에 의하여 움직이는 감각에 익숙해진 영혼은 모진 바람과 이제 기정사실이 된 고통에 놀라고 있었다. 그러자 오랫동안 체념하고 살아온 여자가 느끼지 못하던 전율이 그녀의 몸 전체를 흔들고 지나갔다.

그러나 극심한 불안에 떨면서도 그녀는 오스왈드와 함께 지내고 싶은 즐거운 하루를 몰래 준비하고 있었다. 그녀의 상상력과 감수성은 이와 같이 비현실적인 방법으로 결합되어 있었다. 그녀는 나폴리에 있는 영국인들, 마음에 드는 나폴리의 몇몇 남녀 사교계 인사들을 초대하였다. 축제의 날인 동시에 그녀의 행복을 영원히 잃게 될 수도 있는 고백의 전날 아침, 그녀는 이상하게 마음이 설레고 얼굴에는 생기가 돌고 이전과는 전혀 다른 상태였다. 멍하니 있던 눈은 기쁘게 보이려고 활기찬 표정을 띠고 있었다. 그러나 넬빌 경으로서는 그녀의 침착하지 못한 설레는 움직임, 초점이 없는 눈동자를 보고 그녀의 마음속에서 무슨 일이 일어나고 있는지 너무도 잘 알 수 있었다. 그는 다정하게 주의를 주어 그녀를 진정시키려 해보았지만 소용이 없었다.

"이틀 후에 그렇게 말씀해주세요."

하고 그녀는 말하였다.

"만약에 당신의 생각에 변함이 없다면. 현재로서는 그런 다정한 말씀이 오히려 괴로울 뿐이에요."

이렇게 말하고 그녀는 떠나갔다.

코린나가 초대한 사교계의 사람들을 태운 마차가 저녁에 도착하였다. 마침 바다에서 바람이 불어와 선선한 때에 자연의 경치를 바라볼 수 있었다. 산책로로서 처음 간 곳은 베르길리우스의 묘지였다. 포질리프의 동굴에 가기 전에 코린나와 손님들이 그곳에 멈춘 것이다. 무덤은 더없이 아름다운 곳에 안치되어 있었다. 나폴리만이 내려다보였다. 이 경치에는 안정감과 아름다움이 깃들여 있었고, 베르길리우스 자신이 그 장소를 선택한 것이 아닌가 하는 생각이 들 정도였다. 베르길리우스 「농경시」의 간결한 시구가 묘비명으로 사용될 수도 있었을 것이다.

그 즈음에 다정한 파르테노페아가 나 베르길리우스를 맞이하여주었으니……[*1]

그의 유골은 아직 그곳에 안치되어 있었고, 그의 명성 때문에 세계로부터 이곳에 찬사가 쏟아지고 있다. 이것이 인간이 이 지상에서 죽음으로부터 빼앗을 수 있는 모든 것이다.

페트라르카는 한 그루의 월계수를 이 묘지에 심었다. 페트라르카는 죽었으며 월계수도 시들었다. 베르길리우스의 명성을 찬양하러 찾아온 외국인들이 납골함에 그들의 이름을 적었다. 이곳에서 느껴지는 평화로운 고독을 어지럽히는 이런 이름들을 보면 짜증이 난다. 베르길리우스의 묘지에 순례의 흔적을 후세에 남길 자격이 있는 사람은 페트라르카뿐이다. 모두가 조용히 영광스러운 유골 안치소에서 내려왔다. 그 시인의 재능 때문에 그 가치가 영원해진 사상과 이미지들이 생각났다. 후세 사람들과의 멋진 대화, 시작(詩作)의 기술이 그 대화를 영원하게 하고 새롭게 만드는 것이다! 그렇다면 죽음의 암흑, 그것은 도대체 무엇인가? 한 인간의 생각·감정·표현은 남아 있고, 인간은 남아 있지 않다! 그렇다. 자연에 이러한 모순은 있을 수 없다.

"오스왈드."

하고 코린나가 넬빌 경에게 말하였다.

"당신이 방금 받으신 인상은 축제에 적합한 것이 아니에요."

그녀는 불타는 시선으로 덧붙여 말하였다.

"그러나 얼마나 많은 축제가 무덤 근처에서 치러졌는데요!"

오스왈드가 대답하였다.

"연인이여, 당신을 괴롭히는 남모를 슬픔의 까닭이 무엇인가요? 말씀해주세요. 당신 덕택에 저는 인생의 가장 행복한 반년을 보낼 수 있었어요. 그리고 어쩌면 그 동안 저 역시 당신의 생활에 무언가 행복을 드렸겠지요. 아! 그 누가 행복을 모독할 수 있겠어요! 누가 당신과 같은 연인에게 베푸는 최고의 기쁨을 빼앗으려고 하겠어요! 아! 결국 죽고 말 보잘것없는 존재에게는 자기가 필요한 존재라고 느끼는 것만으로도 과분해요. 코린나, 당신이 저를 필요로 한다면, 그것은 정말 분에 넘치는 영광이고, 제 몸을 바치는 것은 분에 넘치는 기쁨이에요."

"당신의 말씀을 믿어요."

코린나가 대답하였다.

"그러나 무언가 격렬하고 이상한 것에 가슴이 답답해지고, 불안하여 두근거리는 순간도 있지 않나요?"

그들은 햇불로 불을 밝히며 포질리프 동굴을 지나갔다. 그곳은 산 밑을 1킬로미터 정도 파서 낸 길로, 한복판에 들어가면 양쪽 입구로부터 빛이 거의 들어오지 않기 때문에 한낮에도 그렇게 지나간다. 길고 둥근 천장 아래에서는 이상한 소리의 울림이 들려온다. 말발굽 소리, 마부들이 지르는 소리가 귀가 멍멍해질 정도로 들려와 아무런 생각도 떠오르지 않게 된다. 코린나의 말들은 놀랄 만큼 빠른 속도로 마차를 끌고 있었으나 그녀는 그것에 만족하지 않고 넬빌 경에게 말하였다.

"오스왈드, 달리는 속도가 너무 늦네요! 좀더 빨리 달려주세요."

"왜 그렇게 초조해하세요, 코린나?"

오스왈드가 대답하였다.

"전에 우리가 함께 있을 때에 당신은 서두르는 법이 없었고, 그 시간을 즐겼잖아요."

"이제는,"

코린나가 말하였다.

"모든 것을 결정지어야 하니까요. 끝을 내어야 하니까요. 그래서 서둘러야 할 것 같아요. 그것이 비록 죽음일지라도!"

동굴을 빠져나오자 사람들은 햇빛과 자연을 다시 보고 기뻐하였다. 더구나 그때 눈에 들어오는 자연은 얼마나 놀라운 것인가! 이탈리아의 전원에는 종종 나무들이 부족하지만, 이곳에는 나무들이 넘치도록 있다. 이탈리아의 다른 지방은 꽃이 만발해서, 다른 나라에서는 자연의 더 없는 아름다움이라고 할 만한 숲이 이 나라에는 없어도 된다. 나폴리에서는 심한 더위 때문에 한낮에는 나무 그늘에서도 산책을 할 수 없다. 그러나 저녁때가 되면 이곳은 사방이 바다와 하늘에 둘러싸여 모든 것이 내려다보이고 사방으로부터 서늘한 공기를 마실 수 있다. 투명한 대기, 다양한 경치, 산들의 그림 같은 모습들이 나폴리 왕국의 경치를 색 다르게 하고, 화가들은 앞다투어 이곳의 경치를 그린다. 이 나라의 자연에는 다른 곳에서 보는 매력과는 다른 두드러지고 독특한 것이 있다.

"플레게톤 강가에 있는 아베르누스의 호숫가를 보여드릴게요."

코린나는 일행의 사람들에게 말하였다.

"다음은 쿠마에의 시빌라 신전이 나타나게 돼요. 바이아의 낙원으로 유명한 곳을 지나시는 것이에요. 그러나 그곳에서 쉬지는 마세요. 우리를 둘러싸고 있는 역사와 시상을 회상해보는 것은 한눈에 모든 것을 아래로 내려다볼 수 있는 장소에 도착해서 하기로 해요."

코린나는 미세노 봉우리에 춤과 음악을 준비시켜놓았다. 이 축제의 준비만큼 그림 같은 것은 없었다. 바이아의 수부들은 모두 강렬한 색깔의 알록달록한 옷을 입고 있었다. 몇몇 동양인들이 그때 항구에 정박 중인 배에서 찾아와 근처에 있는 이스키아와 프로치다 섬의 여자들과 춤을 추었다. 그 여자들이 입은 의상은 그리스의 의상과 쏙 빼닮은 데가 있었다. 정확한 음정의 목소리가 멀리까지 들리고, 악기 소리가 바위들 뒤에서 메아리로 울려퍼져 마치 그 소리들이 바닷속으로 사라지는 것 같았다. 숨쉬는 대기는 기막히게 상쾌하였다. 그것은 마음을 기쁨으로 가득 채웠고, 그곳에 있는 모든 사람들을 활기차게 하였으며, 코린나도 기쁨에 넘쳐흘렀다. 코린나는 섬의 여자들이 추는 춤에 함께하자는 권유를 받았다. 그녀는 처음에는 흔쾌히 승낙하였으나 곧 어두운 생각에 사로잡혀 그녀가 끼여든 유희에 싫증을 내고 서둘러 춤과 음악으로부터 떨어져 해변에 있는 절벽의 가장자리에 걸터앉았다. 오스왈드는 허둥지둥 그녀를 뒤쫓아갔다. 그러나 그가 그녀 곁에 도착하자 함께 왔던 손님들도 곧 쫓아와 코린나에게 이렇게 아름다운 곳에서 즉흥시를 지어달라고 청하였다. 그 순간 그녀는 너무 당황한 나머지, 자기가 무슨 요청을 받고 있는지 실감을 하지 못한 채, 하프가 놓여 있는 높은 언덕 쪽으로 이끌려갔다.

제 4 장

그럼에도 코린나는 언젠가 카피톨리노 언덕에서와 같이 그녀의 천부적인 재능을 다시 한번 오스왈드에게 들려주고 싶다는 생각을 하였다. 만약 이 재능이 영원히 사라지게 된다면, 그녀는 그녀의 마지막 빛이 꺼지기 전에 사랑하는 사람을 위하여 빛나기를 바랐다. 이러한 갈망 때문에 그녀의 마음은 동요하면서도 필요로 하는 영감이 떠올랐다. 그녀의 모든 친구들은 코린나의 즉흥시를 듣고 싶은 마음에 조바심을 냈다. 그 고장 사람들에게도 그녀의 명성은 널리 알려져 있었다. 그들이야말로 타고난 상상력으로 말미암아 시에 있어서 좋은 심사위원들이다. 그들은 코린나의 친구들이 뺑 둘러앉아 있는 원 주위를 에워쌌다. 상기된 나폴리 사람들의 얼굴은 매우 높은 관심을 표명하였다. 달이 수평선에 떠올랐다. 그러나 마지막 남아 있는 석양 빛 때문에 달빛은 매우 엷게 비치고 있었다. 바다에 뻗어 있는 미세노 봉의 작은 언덕의 정상에서 베수비오 산, 나폴리만, 흩어져 있는 섬들, 나폴리에서 가에타까지 뻗어 있는 전원, 말하자면 화산과 역사와 시로 흔적을 남기고 있는 하나의 세계가 펼쳐진다. 코린나의 친구들은 한결같이 그녀에게 노래의 주제로 이곳에 감도는 회상을 택하여줄 것을 요청하였다. 하프의 음을 조율하고 높은 음정으로 노래하기 시작하였다. 그녀의 눈은 아름다웠다. 그러나 오스왈드와 같이 그녀를 잘 알고 있는 사람에게는 그 눈에 마음의 불안이 엿보였다. 그렇지만 그녀는 괴로움을 참고 적어도 이 순간만은 개인적인 심경을 극복하려고 하였다.

나폴리 전원에서 읊은 코린나의 즉흥시

"자연 · 시 · 역사가 이곳에서 위대함을 서로 겨루고 있군요. 이곳에서는 한 번에 모든 시대, 모든 자연의 경이를 맛볼 수 있답니다.

사화산인 아베르누스호가 보이네요. 예전엔 호수의 파도가 사납게 일어 공포심을 일으킨 적도 있었지요. 땅속의 불길로 끓어오르는 아케론 강, 플레게톤 강은 아이네아스가 찾아왔던 지옥의 강들이에요.

불, 세계를 창조하고 모두 태워버리는 탐욕의 생명체는 그 법칙이 알려져 있지 않아 사람들의 마음을 더욱 무섭게 하였어요. 지난날에 자연은 스스로의 비밀을 시를 통해서만 알려주었어요.

쿠마에의 도시, 시빌라의 동굴, 아폴론의 신전은 같은 높이였어요. 황금의 가지를 딴 것이 이 숲이에요. 아이네아스의 땅은 여러분이 지금 계시는 주변이며, 천재가 바친 공상의 이야기가 지금까지도 사람들이 뒤를 밟으려고 하는 추억의 땅이 되어 있어요.

트리톤[5]은 노래를 불러 바다의 신을 무시하였던 무모한 트로이인들을 파도 속에 가라앉히고 말았어요. 이렇게 구멍이 뚫려 있고 울림이 좋은 바위들은 베르길리우스가 묘사한 바와 같아요. 상상력이 전능해질 때 사실에 충실해진답니다. 천재적 인간은 자연을 느낄 때에 창조하고,

자연을 만들어내려고 할 때에 모방하지요.

천지창조의 태고적 입회인인 이러한 거대한 덩어리의 한복판에서 화산이 낳은 새로운 산이 하나 보여요. 이곳에서 땅은 바다와 같이 거칠고, 그 끝은 바다와 같이 잔잔해지는 일이 없어요. 심연의 진동에 들려 올라온 육중한 불이 계곡을 뚫고, 산들을 융기시켜요. 석화되어버린 불의 파도가 땅의 가슴을 찢고 일었던 폭풍을 증명해요.

만일 여러분이 이 땅을 두드린다면, 지하에 있는 둥그런 천장을 울리는 것이지요. 사람이 살고 있는 세계는 금방이라도 입을 벌릴 것 같은 하잘것없는 표면에 지나지 않아요. 나폴리의 전원은 인간의 여러 정열의 이미지예요. 유황질이며 기름지고, 그 위험과 즐거움은 불을 뿜는 활화산으로부터 태어나는 것과도 같아요. 활화산은 대기에 많은 매력을 주고 우리들의 발밑에 천둥을 울려요.

플리니우스는 이탈리아를 더욱 잘 가꾸기 위하여 자연을 배웠어요. 그는 더 이상 다른 것으로 찬양할 수 없게 되었을 때, 그의 나라를 여러 나라 중에서 가장 아름다운 나라라고 자랑하였어요. 마치 전사가 정복을 원하듯이 학문에 열중한 그는 불꽃을 통해 베수비오 산을 관찰하기 위하여 이 봉우리에서 출발해 결국 불길에 타버리고 말았어요.

오, 추억이여, 숭고한 힘이여, 당신의 왕국이 이곳에 있어요! 시대에서 시대로 이어져가는 기묘한 운명! 인간은 자기가 잃은 것을 아까워해요. 흘러간 시간은 모두 지금은 없는 행복을 가지고 가버린 듯하군요. 사고가 그 진보를 뽐내면서 미래를 향해 가도, 우리들의 심정은 과거를 더듬고 다가오는 옛날의 조국을 그리워하는 듯하군요.

우리들은 고대 로마인의 화려함을 부러워하지만, 그들은 조상의 남성적인 단순함을 부러워하지 않았던가요? 그 옛날, 로마인들은 이 쾌락의 나라를 떳떳치 못하게 여겼어요. 그들의 즐거움은 오로지 적을 제압

하는 것뿐이었어요. 멀리 카푸아를 보세요. 카푸아는 불굴의 정신으로 세계의 그 어느 곳보다도 오래 저항하였던 전사를 물리친 곳이었어요.

고대 로마인은 선조에 이어 이 땅에 살았어요. 정신력이 그저 수치와 고뇌를 느끼는 데만 쓰일 때, 그들은 연약해져도 후회하는 일은 없었어요. 바이아에서는 그들의 궁전을 짓기 위한 해안을 바다에서 싸워 빼앗았어요. 산들은 기둥을 끌어내기 위해 뚫리고, 세계의 지배자들이 이번에는 스스로의 예속을 달래기 위하여 자연을 예속시켰어요.

키케로[6]는 저기에 보이는 가에타 봉우리 근처에서 죽었어요. 삼두(三頭) 정치가들은 그의 죽음에 경의를 표하지 않고 그 위인이 썼을지도 모르는 명상록을 버려 없앴어요. 삼두 정치가들의 죄는 오늘에 와서도 씻을 수가 없어요. 그들의 대죄가 저질러진 것은 아직까지도 우리를 배반하는 것이에요.

키케로는 폭군들의 칼에 굴복하였어요. 더욱 불행하였던 스키피오는 아직 자유로웠던 조국으로부터 추방되었어요. 그는 이 해안 근처에서 최후를 맞이하였어요. 그의 묘지의 유적은 조국의 탑이라고 불리고 있어요. 그의 위대한 정신을 차지하고 있던 조국 추모에 대한 감명 깊은 암시이지요!

마리우스는 스키피오의 집 근처 민투르노의 어느 늪으로 피하였어요. 이와 같이 모든 시대에 로마인은 자기 나라의 위인들을 박해하여왔어요. 그러나 위인은 신격화되어 위로를 받았어요. 로마인이 지배의 손안에 있다고 믿은 하늘은 그 별들 가운데 로물루스, 누마, 카이사르를 맞이하는군요. 이 새 별들은 우리들 눈에 영광의 빛과 하늘의 빛이 섞여 반짝이고 있네요.

재앙은 그것으로 그치지 않아요. 모든 죄의 흔적이 여기 있어요. 보세요. 만(灣)의 끝에 있는 카프리 섬, 그곳에서 늙은 티베리우스가 무기를 버렸어요. 거기에서 그 잔인한 색광이, 사납고도 취약한 인간이 죄를 범하는 것으로도 직성이 풀리지 않아 가장 비굴한 쾌락에 빠지려고 하였어요. 마치 폭정만으로는 아직 다 타락하지 못했다고 하는 듯이.

아그리파의 무덤은 카프리 섬에서 마주 보이는 바다 기슭의 저 해변에 있어요. 무덤은 네로가 죽을 때까지 세워지지 않았어요. 모친 살해로도 부족하여 어머니의 유골마저 추방한 것이에요. 그는 오랫동안 대죄를 범한 바이아에서 지냈어요. 너무나 기막힌 괴물들이 우연히도 함께 보이는군요. 티베리우스와 네로가 서로 마주보고 있군요.

화산 폭발로 인하여 바다에서 솟아오른 섬들은 생기자마자 바로 고대 로마의 범죄 장소가 되었어요. 유형에 처해진 가련한 사람들은 바다 한복판에 있는 쓸쓸한 암산 위에서 멀리 조국을 바라보며 바람을 타고 오는 조국의 향기를 맡으려고 하였어요. 그들은 오랜 유형 끝에 사형 선고가 내려지면 어떻든 적들에게 잊혀지지 않는다는 것을 알고 있었어요.

오! 피와 눈물로 젖은 땅이여, 그대는 과실과 꽃을 생산하여왔어요. 그대는 인간에 대해 연민도 없단 말인가요? 그리고 그 유해는 사람을 몸서리치게 하지 않고 어머니인 대지의 가슴으로 돌아간다는 말인가요?"

여기에서 코린나는 잠시 쉬었다. 축제를 위하여 모여든 사람들은 그녀의 발밑에 은 매화와 월계수 가지를 던졌다. 그녀의 얼굴은 평온하였고 청명한 달빛 아래 아름다워 보였다. 바다에서 불어오는 서늘한 바람이 머리카락을 그림같이 날려주며, 자연도 기꺼이 그녀를 꾸미는 장식품이 되어주는 것 같았다. 코린나는 갑자기 마음이 편안해지는 것을 느꼈다. 이 매혹적인 장소, 황홀한 저녁 시간에 그곳에 있는 오스왈드,

그러나 필경 그곳에 영원히 있지 않을 오스왈드를 지그시 바라보았다. 두 눈에 눈물이 흘러내렸다. 큰 갈채를 보내고 있던 군중은 모두 그녀의 감동을 눈치채고 그 감동이 말로 흘러나오기를 말없이 기다리고 있었다. 그녀는 잠시 하프로 전주곡을 연주하였다. 노래에 맞는 음정을 찾지 못하게 되자, 그녀는 자연스럽게 노래로 이어갔다.

"몇몇 마음의 추억, 몇몇 여자의 이름도 역시 여러분의 눈물을 자아내어요. 미세노 봉우리에서, 지금 우리가 있는 이곳에서 폼페이우스의 미망인인 코르넬리아는 임종을 맞을 때까지 숭고한 마음으로 상복을 입고 지내었어요. 아그리피나는 오랫동안 이 해안에서 게르마니쿠스[7]의 죽음을 슬퍼하였어요. 어느 날 남편의 목숨을 앗아간 암살자가 그녀도 남편의 뒤를 따르는 것이 좋겠다고 생각하였어요. 니지다의 섬은 브루투스와 폴키아의 작별 인사를 들었어요.

이와같이 영웅의 연인이었던 여자들은 더없이 사랑하는 이가 죽어가는 것을 보았어요. 그녀들은 오랫동안 사랑하는 사람이 남긴 자취를 쫓아가보아도 소용이 없었어요. 결국 그곳을 떠나야 했던 날이 온 것이지요. 포르키아[8]는 자살하고 말아요. 코르넬리아는 소리쳐도 대답 없는 성스러운 유골함을 가슴에 꼭 껴안아요. 아그리피나는 몇 년 동안 남편을 죽인 자에게 화를 내보았지만 소용이 없었어요. 이러한 불운한 여자들은 영원히 흐르고 있는 거친 바닷가를 그림자처럼 방황하고 건너편 바닷가에 가기를 갈망해요. 그녀들의 기나긴 고독 속에서 그 여자들은 침묵에게 묻고, 이 별이 빛나는 하늘과 깊은 바다와도 같은 자연 전체에게 다시는 들어볼 수 없는 그리운 목소리와 말투를 들려달라고 애원하지요.

사랑, 심정의 절대적인 힘, 시를 그 안에 간직하고 있는 신비적인 정열, 영웅주의와 종교여! 우리들이 우리들의 마음속 비밀을 알고 있고 마음의 생명, 천상의 생명을 우리에게 준 사람과 헤어져야 할 운명에 처한다면, 도대체 어찌 해야 하나요? 이 지상에서 생이별하거나 사별한 여자는 어떻게 해야 하나요? 그 여자들은 초췌해지고 시들어 쓰러져요. 이 주변의 얼마나 많은 바위들이 버림받은 미망인의 몸을 지탱하였을까요? 한때 연인의 가슴에, 영웅의 팔에 안겨 있던 그녀들을!

여러분의 앞에 보이는 것이 소렌토에요. 그곳에 타소의 누이동생이 살고 있었어요. 이곳을 찾아와서 그는 이름없는 그 여동생에게 폭군들을 피해 숨겨달라고 부탁하였어요. 오랜 고뇌 끝에 그의 이성은 착란 상태에 빠지게 되었어요. 그에게는 이젠 천재성밖에 남아 있는 것이 없었어요. 하늘나라에 관한 지식밖에는 남아 있는 것이 없고 이승의 모습은 흩어져 보였어요. 따라서 재능은 주변의 사막을 두려워하고 자기와 닮은 것을 찾지 못하고 세계를 뛰어다녔어요. 자연은 이제 그에게 더 이상 화답하지 않아요. 속된 사람들은 이 세상에서는 공기도 열정도 희망도 마음껏 들이마시지 못하는 이 영혼의 불안을 광기로 여깁니다.

"숙명."

코린나는 점점 뜨거워지는 감동으로 계속하였다.

"숙명은 고양된 영혼으로 하여금 사랑하고 괴롭히는 능력으로부터 상상력이 솟아오르는 시인들을 뒤따르게 하는 것이 아니겠어요? 그들은 다른 땅에서 추방된 자로 보편적 선(善)도 소수의 선택받은 사람이나 유형에 처한 사람들에게 도움이 되어주지 못하였어요. 고대인이 많은 두려움을 갖고 숙명에 대하여 말하였을 때 그들은 무슨 말을 하고 싶었을까요? 숙명은 평범하고 평온한 사람들에게 무엇을 할 수 있었을까요? 그 사람들은 계절에 따라 살고, 온순하게 일상 생활의 흐름을 따르지요. 그러나 신탁을 내리는 예언자는 굉장한 힘에 흔들리는 것을 느낄 수 있어요. 무엇인지 알 수 없는, 생각지도 못한 힘이 천재를 불행하게 만들어요. 그는 유한한 인생을 살아가야 하는 사람의 귀에는 들리지 않는 영역의 소리를 알아들어요. 다른 사람들은 알 수 없는 신비스러운 감정 안에 몰입하는 것이에요. 그리고 그의 마음속에는 감당할 수 없는 하나의 신을 간직하게 되는 것이지요!

이 아름다운 자연의 지극히 높으신 창조주여, 저희를 보살펴주소서! 우리들은 힘차게 비약하지 못하고, 희망은 환상에 지나지 않아요. 우리들 안에는 어수선하게 난폭한 여러 가지 정열이 있고, 그로 인하여 우리에게는 자유도 휴식도 주어지지 않아요. 어쩌면 내일 우리가 무슨 일을 할 것인가에 따라 우리들의 운명이 정하여지겠지요. 아마도 어제 우리는 무엇으로도 돌이킬 수 없는 한마디를 하였을 테지요. 우리들의 정신이 최고의 사상에 도달하게 되면, 높은 건물의 맨 꼭대기에서와 같이 모든 것을 혼동하여버리는 현기증을 느끼게 되어요. 그러나 그때에도 고뇌, 무서운 고뇌는 구름 속에 숨어 있지 않고, 구름 속을 이리저리 뛰어다니며 구름을 조금씩 열어젖혀요. 오! 맙소사! 고뇌는 우리들에게 무엇을 말하려고 하는 것일까요?"

이 말을 끝내자 코린나의 얼굴은 죽은 사람과 같이 창백해졌다. 눈이 감겼고, 만약 넬빌 경이 곧장 그녀를 잡아주려고 다가가지 않았더라면 땅 위에 쓰러졌을 것이다.

제 5 장

코린나는 의식을 되찾았다. 걱정스럽게, 남이 보면 안타까워할 정도로 정성을 다하여 그녀를 지켜보고 있는 오스왈드의 얼굴을 보고서야 좀 진정이 되었다. 나폴리 사람들은 코린나의 시의 어두운 뉘앙스를 눈치채고 놀라워했다. 그녀가 사용하는 언어의 조화로운 아름다움에는 감탄하고 있었다. 그렇지만 시구가 슬픈 마음에서 영감을 얻은 것이 아니기를 바라고 있었다. 왜냐하면 사람들은 예술이라는 것은, 특히 예술 중에서도 시는 생활 속의 고통을 달래주는 것이지, 그 무서운 비밀을 파헤쳐가는 수단이라고는 생각하지 않았기 때문이다. 그러나 코린나의 시를 듣고 있던 영국인들은 완전히 탄복하고 말았다.

그들은 이탈리아의 상상력으로 우수가 표현되는 것을 보고 황홀해하였다. 용모에 생기가 있고, 시선에는 활기가 넘치고, 행복을 그림으로 그려놓은 것 같은 아름다운 코린나, 남 모르는 고통에 사로잡힌 그 태양의 딸은 아직은 활기차고 아름다웠지만, 치명적인 상처로 얼마 안 가서 시들어버리고 말 한 송이의 꽃이었다.

일행은 나폴리로 돌아가기 위해서 배에 올랐다. 마침 날씨가 더웠고, 바다도 잔잔하였기 때문에 바다 위의 즐거움을 만끽할 수 있었다. 괴테는 매력적인 연애시 안에서 한창 더울 때 물이 주는 매력을 묘사한 적이 있다. 강의 님프는 어부에게 강물의 매력에 대해 자랑한다. 더위를 식히라고 권하면서 차츰 뱃사공을 유혹하여 결국 그는 물 속에 뛰어들고 만다. 그 물의 매력적인 힘은 어딘가 무섭지만 사람을 끌어당기는 뱀의 눈과도 같다. 멀리서 높이 부풀어올라, 점점 커져서 기슭으로 가려고 서두르는 파도는 마음속에 은밀히 숨겨놓은 비밀과 서로 통하는 데가 있는 것 같다. 마음속의 비밀도 처음에는 잔잔하다가, 저항하기 어려워지기 때문이다.

코린나는 좀더 안정을 찾았다. 아름다운 날씨가 그녀의 마음을 기쁘게 하였고 위로해주었다. 피부를 맑은 공기에 좀더 많이 노출시키려고 많은 머리를 위로 올렸다. 그녀는 그 어느 때보다도 더 아름다웠다.

다른 배로 따라오는 연주 악단이 황홀한 분위기를 조성하고 있었다. 악단은 바다와 별과 이탈리아의 저녁의 취할 듯한 감미로움과 조화되어 있었다. 더구나 그것은 감동적인 격동을 만들어내었으므로, 마치 자연의 한복판에서 들려오는 하늘의 소리 같았다.

"사랑스러운 그대,"

하고 오스왈드가 낮은 소리로 말하였다.

"제 마음이 그리워하는 이여, 저는 이날을 절대 잊지 못할 거예요. 이보다 더 행복한 날이 있겠어요?"

이렇게 말하고 나자 그의 눈에는 눈물이 넘쳤다. 사람을 끌어당기는 오스왈드의 매력의 하나가 정에 약해, 억제를 하려고 해도 자기도 모르게 종종 눈물에 젖는 것이었다. 그때 그의 시선은 더 이상 견디기 힘든 표정을 담고 있었다. 가벼운 농담을 할 때에도 남몰래 눈물을 글썽이는 것을 볼 수가 있었고, 그것은 그의 명랑한 성격과 함께 기품 있는 매력이 되었다.

"아!"

하고 코린나가 대답하였다.

"아니에요. 저는 두번 다시 이런 날이 오리라고 기대하지 않아요. 만약 이 행복이 지속되지 않는다면, 지속될 수 없다면, 이날이 제 생애의 마지막 날이 될 수 있는 축복을 받았으면 좋겠어요."

제 6 장

그들이 나폴리에 도착하자 날씨가 달라지기 시작하였다. 하늘이 어두워지고, 대기 중엔 폭우가 내릴 기세가 엿보여 벌써부터 파도를 심하게 흔들어대고 있었다. 마치 바다의 폭풍우가 하늘의 폭풍우와 파도 사이에서 손짓하는 것 같았다. 오스왈드는 코린나보다 앞서 걸어가고 있었다. 그녀를 숙소까지 무사히 바래다줄 수 있도록 횃불을 가지러 가기 위해서였다. 그가 둑을 지나갈 때 라자로네들이 모여서 큰소리로 외치는 것이 들렸다.

"아! 불쌍도 해라, 빠져나오지 못할걸. 참아야지, 죽고 말 테지."

"대체 무슨 소리를 하는 거요?"

넬빌 경은 화가 나서 소리를 질렀다.

"지금 누구 이야기를 하는 겁니까?"

"불쌍한 늙은이 말이에요."

그들은 대답하였다.

"저기 빠져 있어요. 부둣가 근처에. 폭우에 휩쓸려갔는데, 파도 때문에 기슭으로 헤엄쳐 나올 기운이 없나봐요."

오스왈드는 대뜸 물에 뛰어들고 싶은 충동이 일었다. 그러나 뒤에 따라오는 코린나가 걱정이 되어, 가지고 있는 돈을 모두 꺼내 노인을 구조하기 위하여 뛰어들어가는 사람에게는 그 두 배를 주겠다고 말하였다. 라자로네들은

"아이 무서워, 너무 위험해요. 불가능한 일이에요."

하고 말하며 뛰어들기를 거절하였다. 그 순간 노인은 파도 속으로 사라졌다. 오스왈드는 더 이상 망설일 수 없었다. 파도가 머리를 덮었으나 그는 바다를 헤엄쳐 나갔다. 파도와 잘 싸워 노인이 있는 곳까지 나아가서, 한순간만 늦었어도 죽었을 노인을 붙잡아 해안까지 데리고 왔다. 그러나 찬물과 사나운 바다와 싸워 필사적으로 헤엄친 탓으로 오스왈드는 기진맥진해져서, 노인을 기슭에 데리고 온 순간 의식을 잃고 쓰러지고 말았다. 몹시 창백하였기 때문에 이미 죽었다는 생각이 들 정도였다.(3)

이때 코린나가 지나갔으나 방금 무슨 일이 일어났는지 상상도 못하였다. 사람이 많이 모여 있는 것이 보였는데, 죽었다!는 함성이 들려왔다. 이 말이 주는 두려움에 눌려 멀리 도망가려고 하였다. 그때 그녀는 일행의 한 사람인 영국인이 많은 사람들이 밀집되어 있는 곳을 뚫고 들어가는 것을 보았다. 그녀는 그 뒤를 따라 몇 발짝 나갔는데 처음에 그녀의 눈에 띈 것은 물에 뛰어들 때에 기슭에 벗어놓은 오스왈드의 옷이었다. 떨리는 절망감에 그 옷을 움켜쥐고는 이 옷밖에 남아 있지 않다고 생각하였다. 따라서 겨우 그를 찾았을 때에는 생명이 다한 것 같았지만 미칠 듯이 기뻐서 축 늘어져 있는 그 몸 위에 자기 몸을 던졌다. 두 팔로 힘껏 껴안고 보니 지극히 다행스럽게도 가슴의 고동을 느낄 수 있었다. 어쩌면 코린나가 곁으로 와서 정신이 들었는지도 몰랐다.

"살아 있어요."

하고 그녀는 소리쳤다.

"살아 있어요."

이때 그녀는 오스왈드의 친구들에게서는 찾아볼 수 없는 힘과 용기를 되찾았다. 모든 사람들에게 도움을 요청했다. 스스로도 손수 거들었다. 기절한 오스왈드의 머리를 받쳐주고 눈물로 그의 얼굴을 덮었다. 심한 소란 속에서도 그녀는 무엇 하나 잊지 않고 있었다. 고통스러웠지만, 한순간도 쉬지 않고 시중을 들었다. 오스왈드는 좀 나아진 듯하였다. 그러나 아직 의식을 회복하지 못하였다. 코린나는 그를 그녀의 숙소로 데리고 가기 위하여 그의 곁에서 무릎을 꿇고 정신이 들게 하는 향수를 주변에 뿌렸다. 너무도 사랑스럽고 너무도 열정적인 말씨로 그를 불렀기 때문에 그녀의 목소리에 그는 정신을 차린 듯하였다. 오스왈드의 귀에도 들렸는지, 눈을 뜨고 그녀의 손을 잡았다.

이런 순간을 맛보기 위하여 지옥의 고통을 겪어야 했던가! 불쌍한 인간! 우리들은 고통을 통해서만 무한을 느낄 뿐이다. 인생의 모든 즐거움 중에서 그 어떤 것도 사랑하는 사람이 죽는 것을 바라보는 절망의 보상이 될 수는 없다.

"너무 하세요."

하고 코린나는 소리쳤다.

"너무 하세요. 무슨 짓을 하신 거예요?"

"용서하세요."

오스왈드는 떨리는 목소리로 대답하였다.

"용서하세요. 이제 죽는구나 하고 생각되는 순간, 사랑하는 그대, 당신 때문에 두려웠어요."

서로간의 신뢰가 행복의 절정에 있는 사랑의 기막힌 표현이 아니던가! 코린나는 이 감미로운 말에 감동해서 최후의 날까지 이 말을 기억할 것 같았다. 잠깐 동안이라도 모든 것을 허락해야겠다는 깊은 애정이 솟아나왔다.

제 7 장

다음 동작으로 오스왈드는 부친의 초상화를 찾으려고 가슴에 손을 대고 더듬거렸다. 그것은 아직 그곳에 있었다. 그러나 물로 지워져버렸고, 잘 알아볼 수 없게 되었다. 오스왈드는 몹시 슬퍼져서 소리쳤다.

"신이여! 아버지의 초상화까지 가져가버리시는 겁니까?"

코린나는 오스왈드에게 초상화를 손질해볼 테니 허락해달라고 부탁하였다. 그는 승낙하였지만 그다지 기대하진 않았다. 사흘 후 그녀가 손질하였을 뿐만 아니라 이전보다도 한층 더 꼭 닮은 초상화를 가지고 왔을 때, 오스왈드는 얼마나 놀랐던가!

"맞아요."

하고 오스왈드는 너무 기뻐 말하였다.

"정말 부친의 용모를 꿰뚫어보셨군요. 하늘의 기적이 당신을 저와 운명을 같이하는 사람으로 정하여주시네요. 언제까지나 저는 아버지의 처분에 따라야 하는데, 그분의 용모를 하늘이 당신에게 밝혀주셨으니 말이에요."

그는 그녀의 발에 몸을 던지고 계속하였다.

"코린나. 언제까지나 저의 인생을 당신의 것으로 해주세요. 여기 아버지께서 어머니께 주신 반지가 있어요. 신성한 반지, 숭고한 반지, 이 반지는 고상한 참된 믿음으로 전해졌고 순결한 마음으로 받아들여졌어요. 저는 이것을 빼서 당신의 손가락에 끼워드리겠어요. 이 순간부터 저는 자유의 몸이 아니에요. 당신이 그것을 줄곧 끼고 있는 한은 자유롭지 않아요. 저는 당신이 어떤 사람인지 알기 전에 엄숙한 서약을 하겠어요. 제가 믿는 것은 당신의 영혼이고 그것은 저에게 모든 것을 알려주었어요. 당신의 인생에서 일어나고 있는 일은 그것이 당신의 뜻이었다면 당신의 인품처럼 고상할 수밖에 없어요. 만약 그것이 운명의 탓이며 당신이 그 희생자라면 제가 그러한 것을 보상할 수 있게 되어 하늘에 감사해야 해요. 그러니까 오 코린나! 저에게 당신의 비밀을 말씀해주세요. 그러나 고백에 앞서 서약부터 하셔야 해요."

"오스왈드."

하고 코린나는 대답하였다.

"당신의 마음을 그토록 움직이는 감동은 잘못된 것이에요. 그 잘못을 바로잡기 전에 반지를 받을 수 없어요. 당신은 제가 영감으로 아버지의 용모를 알아냈다고 생각하시는데, 사실 저는 아버지를 몇 번 뵈었던 적이 있어요. 그 말씀을 드리지 않을 수 없군요."

"아버님을 뵌 적이 있다고요?"

넬빌 경은 큰소리로 외쳤다.

"어떻게, 어디에서 그런 일이 있을 수 있었을까요? 오 맙소사! 당신은 도대체 누구세요?"

"여기 당신의 반지를,"

하고 코린나는 숨막힐 듯한 격정에 자극되어 말하였다.

"이제 이것을 돌려드리겠어요."

"아니에요."

하고 오스왈드는 잠시 입을 다문 후에 말하였다.

"저는 당신이 그 반지를 제게 돌려주시지 않는 한 다른 누구하고도 절대 결혼하지 않을 것을 맹세하겠어요. 방금 들은 일로 제가 당황한 점을 용서하세요. 머리 속이 혼란스럽고 불안해서 못 견디겠어요."

"이해해요."

하고 코린나는 대답하였다.

"곧 저의 이야기를 말씀드릴게요. 그러나 당신의 목소리는 이미 전과 같은 목소리가 아니군요. 당신의 말씀도 변했어요. 제 신상 이야기를 들으신 후에는 틀림없이 무서운 작별의 말씀을……

"작별의 말이라니요!"

하고 넬빌 경이 소리쳤다.

"그럴 리가. 당신에게 제가 그 말을 할 수 있는 것은 제가 죽을 때 뿐이에요. 그때까지 그런 걱정은 마세요."

제14부
코린나의 이야기

제 1 장

 오스왈드, 저의 인생을 결정지을 고백부터 시작하겠어요. 이 편지를 읽으시면서 용서하지 못하겠다고 생각하시면, 끝까지 읽지 마셔요. 그리고 저를 멀리 내쫓으세요. 그러나 만약 당신이 제가 버린 이름과 운명을 아시더라도 우리 사이가 다 끝난 것이 아니라면, 끝까지 읽으실 테고, 어쩌면 저를 용서하여주실지도 모르겠군요.
 에저몬드 경은 저의 부친이셨어요. 저는 그분의 첫번째 결혼에서 태어난 자식으로 이탈리아에서 출생하였어요. 어머니는 로마인이며 당신의 아내로 정해져 있는 루실 에저몬드는 저의 이복동생이에요. 동생은 저의 아버지와 영국 여성과의 재혼에서 태어난 아이예요.
 그렇지만 이야기를 들어보세요. 저는 이탈리아에서 성장하였는데, 열 살도 채 못 되었을 때 어머니가 돌아가시고 말았어요. 그러나 돌아가시면서 어머니는 제가 영국으로 가기 전에 이탈리아에서 교육을 마칠 것을 너무도 갈망하셨기 때문에 아버지는 저를 열다섯 살이 될 때까지 피렌체에 있는 외가 숙모 댁에 맡기셨어요. 숙모마저 돌아가시게 되어 아버지는 저를 당신 곁으로 데려가기로 결정하셨어요. 그때 저의 재능이나 기호, 성격은 이미 형성되어 있었어요. 아버지는 노섬벌랜드의 조그만 도시에 살고 계셨어요. 그곳은 전혀 영국답지 않다고 생각되는 곳이에요. 그러나 그곳에서 지낸 6년이 저에게는 영국에 관하여 알 수 있는 모든 것이었어요. 저의 어머니는 제가 어릴 때부터 이탈리아에서 살지 못하는 것은 불행이라는 말을 되뇌셨어요. 그리고 숙모 역시 어머니가 슬픔에 빠져 세상을 뜨게 된 이유가 조국을 떠나야 하는 두려움 때문이라는 이야기를 자주 들려주셨거든요. 그 선량한 숙모는 또 가톨릭 신자가 프로테스탄트 국가에 가서 살면 지옥에 떨어진다고 믿고 있었어요. 저는 그런 생각을 하진 않았지만, 그래도 영국으로 가는 것이 두려웠어요.

저는 뭐라고 표현할 수 없는 슬픈 마음을 안고 길을 떠났어요. 마중 나온 여자는 이탈리아어를 몰랐어요. 저는 가련한 테레지나와 남몰래 이탈리아어를 주고받았어요. 테레지나는 저를 따라오긴 하였지만 조국에서 멀어지자 울음을 그치지 않았어요. 이탈리아어의 울림이 좋은 소리는 외국인마저도 유혹하는 것이고, 또 저로서는 그 언어의 매력이 어린 시절의 모든 기억과 결부되어 있는 것이었지만 저는 그 언어와 멀어지지 않으면 안 되었어요. 저는 북쪽을 향하여 갔어요. 그곳에서 뚜렷한 이유도 없이 슬프고 어두운 인상을 받았어요. 오 년 만에 아버지의 집에 도착하여 아버지와 재회하였어요. 아버지의 모습은 알아보지 못할 정도였는데, 풍채가 엄숙해지신 것 같았어요. 그러나 아버지는 저를 친절하고 따뜻하게 맞아들이시며, 어머니와 닮았다는 말씀을 해주셨어요. 당시 세 살이던 여동생이 저를 따라왔어요. 눈부시게 흰 피부에 이제껏 한 번도 보지 못한 비단과도 같은 금발을 지니고 있었어요. 이탈리아에서는 이런 모습을 거의 본 적이 없었기 때문에, 저는 놀라움을 금치 못하며 동생의 모습을 바라보았어요. 그때부터 저는 동생을 매우 사랑했어요. 바로 그날 저는 그녀의 머리카락으로 팔찌를 만들고, 오늘날까지 줄

곧 그것을 간직하고 있어요. 끝으로, 계모가 나타났어요. 그녀를 만나 처음 받았던 인상은 그 후 그녀와 함께 지낸 육 년 동안 계속 강해지면서 변하여갔어요.

에저몬드 부인은 그녀가 태어난 지방밖에 좋아하지 않았기 때문에, 그녀의 수중에 잡혀 있는 아버지는 런던이나 에든버러에 머무는 것을 체념하셨어요. 그녀는 냉정하고 위엄이 있었으며 조용한 성격이었고, 딸을 바라볼 때에는 두 눈에 애정이 넘쳐흘렀어요. 그러나 그녀는 얼굴 표정이나 이야기할 때의 태도가 매우 현실적이었으며, 새로운 사고 방식이나 그녀에게 익숙하지 않은 말은 한마디도 들으려고 하지 않았어요. 그녀는 저를 친절하게 맞아주었지만, 저의 거동에 놀라는 기색이 완연했고, 될 수 있으면 그것을 고쳐주려 했어요. 몇몇 이웃을 초대해도, 저녁 식사 내내 한마디도 없었어요. 저는 그 침묵이 너무 권태로워서 식사 중에 옆 좌석의 노신사 분께 말을 걸려고 하였어요. 대화 중에 아름답고 섬세한 이탈리아의 시를 인용하였어요. 그러나 그 시에는 사랑을 다룬 주제가 약간 포함되어 있었어요. 이탈리아어를 조금 알던 계모는 저를 쳐다보며 얼굴을 붉혔어요. 여자들에게 보통 때보다 빨리 안으로 들어가 차 준비를 하도록 시키고 후식 시간에는 남자들만 식탁에 남아 있도록 하였어요. 저는 그 습관을 전혀 이해할 수 없었어요. 여성이 없는 사교는 꿈도 꿀 수 없는 이탈리아에서라면 정말 놀랄 일이지요. 그 순간 저는 계모가 너무 화가 나서 제가 있는 방에 함께 있고 싶어하지 않는 것이 아닐까 하는 생각까지 들었어요. 그러나 그녀가 따라오라는 눈짓을 하였고, 남자들이 합류하기를 기다리면서 살롱에서 함께 세 시간을 지내는 동안 아무런 꾸지람도 하지 않기에 저는 안심을 했어요.

계모는 식사 시간에 젊은 사람이 이야기하는 것은 관례가 아니며, 특히 사랑이라는 낱말이 나오는 시 같은 것은 절대 인용해서는 안 된다고 조용히 타일렀어요.

"에저몬드 양,"

하고 그녀는 덧붙였습니다.

"이탈리아에 관련되어 있는 것은 모두 잊도록 해요. 차라리 전혀 알지 못했더라면 더 좋았을 나라예요."

저는 밤새도록 울었어요. 가슴은 슬픔으로 미어지는 듯하였어요. 아침에 저는 산책하러 나갔어요. 무섭도록 안개가 잔뜩 끼어 있더군요. 태양을 볼 수가 없었어요. 어쨌든 태양은 고향을 생각나게 해주었을 텐데. 저는 아버지와 마주쳤는데, 아버지는 제 곁에 와서 말씀하셨어요.

"얘야, 이곳은 이탈리아와는 다르단다. 여자들은 가정 이외의 일을 가질 수 없어. 네가 갖고 있는 재능은 독신으로 지낼 때에 기분 전환으로 좋을지 모르지. 그런 것을 좋아하는 남편을 갖게 될지도 모르고. 그러나 이런 작은 도시에서는 무엇이든 남의 눈에 띄는 것은 시기와 질투를 사게 되고, 만약 네 취미가 이곳의 관습과 다르다고 생각되면 결혼도 할 수 없을지 몰라. 이곳에서 사는 이상은 생소한 지방의 오래된 관습을 따르지 않으면 안 된단다. 나는 네 어머니와 십이 년 동안을 이탈리아에서 보냈고 그 추억은 내게 매우 즐거운 것이야. 그때는 나도 젊었고, 새로운 것이 좋았지. 이제는 내 집으로 돌아와 그것으로 만족하고 있다. 단조로울 정도로 규칙적인 생활을 하다보니 나도 모르는 사이에 시간이 흘러가는구나. 그러나 사람은 자기가 살고 있는 곳의 관습에 대립할 수 없는 법이며, 그렇게 되면 그것 때문에 항상 고통받게 된단다. 이런 작은 도시에서는 비밀이 없고 모든 것이 알려지게 마련이니까. 경쟁 의식 대신 질투를 사게 되고, 언제나 감탄하면서 악의에 찬 얼굴을 대하는 것보다는 차라리 약간 심심한 것이 더 나아. 그러한 사람들은 매순간 네가 한 일에 대해서 이유를 물을 테니까."

아니에요, 오스왈드. 당신은 아버지가 이런 말씀을 하실 때에 제가 느끼는 괴로운 심정을 모르세요. 그때까지만 해도 어린 시절의 기억대로 아버지를 우아하고 생동감 있는 모습으로 기억하고 있었지만, 이제 아버지는 단테가 지옥에서 묘사하고 있듯이, 평범함이 그 멍에 밑을 기어가는 자들의 어깨에 던지는 납으로 된 외투를 걸친 구부정한 모습으로 나타나셨어요. 자연과 예술, 감정에 대한 정열, 이 모든 것이 제 시야에서 멀리 사라져갔어요. 그리고 저의 영혼은 이제 따로 태울 것이 없어 저 자신을 태우려고 하는 무용한 불길과 같이 저를 괴롭히고 있었어요. 제가 본래 온순한 성격이었기 때문에, 계모는 그녀를 대하는 저의 태도에 관하여 불평하지는 않았어요. 아버지는 더욱 그러셨지요. 제게 남은 즐거움이 있다면 사랑하는 아버지와 말을 주고받을 때뿐이었어요. 아버지는 모든 것을 체념하고 계셨으며 스스로 그것을 잘 알고 계셨어요. 시골의 영토에서 사는 귀족의 대부분은 마시고 사냥하고 잠자면서 세계에서 제일 현명하고 훌륭한 생활을 하고 있다고 믿고 있었어요.

그들은 스스로 너무 만족하고 있어서 저는 불안해졌고 제 사고 방식이 광기에 가까운 것이 아닌가 하는 염려도 하게 되었어요. 그리고 사고도, 고뇌도, 몽상도, 감정도 없는 그러한 무미건조한 생활이 제가 사는 방식보다 가치 있다고 생각되지 않았어요. 그러나 이러한 슬픈 확신이 저에게 무슨 도움이 되겠어요? 마치 재능이 몸에 달라붙은 재앙이나 액운이라도 되는 것같이 저를 괴롭히는 데에 앞장서게 되었거든요. 이탈리아에서는 그것을 하늘이 주신 은혜로 여기는 데 말이에요.

제가 만난 사람들 중에는 재주가 있는 사람들도 있었어요. 그러나 그 사람들은 자신의 재주를 귀찮은 것으로 여겨 억누르고 있었어요. 그리고 으레 마흔 살쯤 되면 그들 머리 속에 있던 약간의 활력은 다른 사람들과 같이 둔해지고 말지요. 아버지는 늦가을 무렵 자주 사냥하러 가서서 우리는 밤늦게까지 아버지를 기다리곤 했어요. 아버지가 안 계신 동안 저는 거의 하루 종일 제 방에 남아 재능을 연마했으며, 계모는 그것을 못마땅하게 여겼어요.

"그 모든 것이 무슨 소용이 있니?"

하고 계모는 제게 말했어요.

"네가 그것 때문에 더 행복해지기라도 한단 말이야?"

그런데 이 말은 저에게 절망적이었어요. 저는 이렇게 자문하였어요.

"우리들이 가진 능력을 성장시키지 않는 행복이란 도대체 무엇이란 말인가! 그것은 육체적으로도 정신적으로도 나를 죽이는 것이 아닌가? 그리고 만약 나의 재주와 정신을 죽여야 한다면, 나를 헛되이 동요시키는 비참한 나머지 인생을 살아서 무슨 소용인가?"

그러나 저는 계모에게 이런 말을 하지 않도록 단단히 정신을 차리고 있었어요. 한두 번인가 이야기해보려고도 하였죠. 그녀의 대답은 여자란 남편의 뒷바라지와 자녀들을 기르기 위하여 만들어졌다는 것이었어요. 다른 어떤 주장도 모두 백해무익한 것이며, 그녀가 제게 해줄 수 있는 최선의 충고는 만약 제가 그런 것을 가지고 있다면 숨기도록 노력하라는 것이었어요. 이 충고는 늘 들을 수 있는 흔한 충고였지만 저는 할말을 모두 잃고 말았어요. 경쟁심· 정열· 영혼과 천재의 모든 원동력은 유달리 고무되어야 할 필요가 있는 것이어서 얼어붙은 쓸쓸한 하늘 아래에서는 꽃과 같이 시들어버리기 때문이에요.

고상한 마음에서 나오는 것을 단죄하면서 도덕을 가장하는 것같이 쉬운 일은 없어요. 인간의 가장 숭고한 목표인 의무 역시 어쩌면 다른 사상과 같이 왜곡되어 공격적인 무기가 될 수도 있어요. 평범한 정신을 지니고 있으며 또 그것에 만족하는 편협한 사람들이 재능 있는 사람에게 침묵을 강요하고 정열이나 천재, 말하자면 그들의 모든 적을 없애기 위하여 그 무기가 사용되지요. 그들이 말하는 바에 의하면, 의무란 사람이 갖고 있는 뛰어난 능력을 희생시키는 것이며, 재능이란 그것을 갖고 있지 않은 사람들과 똑같은 생활을 함으로써 보상해야 하는 잘못이라는 것이에요. 그러나 정말 의무가 갖가지 개성의 사람들에게 같은 규율을 정하는 것일까요? 위대한 사상, 관대한 감정은 그것을 갖고 있는 사람들이 사회에 환원하여야 하는 것이 아닌가요? 모든 여자들도 남자들과 마찬가지로 개성과 재능으로 길을 열어가야 하는 것 아닐까요? 진보도 변화도 없이 대대로 이어져가는 꿀벌 무리의 본능을 따라야 할 필요가 있을까요?

아니, 오스왈드, 코린나의 오만을 용서하세요. 그러나 저는 다른 운명을 위해 태어났다고 믿어요. 또한 저는 자기의 정신이 내리는 판단력을 믿지 않고 자기 마음의 소원대로 살지 않았던 제 주변의 여자들만큼이나 제가 좋아하는 사람에게 종속되어 있다고 생각해요. 만약 당신이 스코틀랜드의 오지에서 살고 싶다면, 저 역시 당신을 따라 그곳에서 살다 그곳에서 죽겠어요. 그것은 저의 상상력을 양보시키는 것이 아니라, 자연을 한층 더 즐기게 하여주는 것이에요. 그리고 저의 정신 세계가 넓어지면 넓어질수록 저는 당신이 그 세계의 주인이라고 선언하는 데 더욱더 명예와 행복을 느끼게 되어요.

계모는 제 행동에도, 생각에도 불쾌하게 느끼고 있었어요. 그녀는 제가 그녀와 같은 생활을 하는 것만으로 충분하지 않았고, 그 생활을 하는 이유까지 같아야 했어요. 왜냐하면 그녀는 그녀가 갖고 있지 않은 능력을 단순히 병으로 여겼으니까요. 저희는 해안 가까이 살았기 때문에 북풍이 저택에 들이닥쳤어요. 밤에는 저희 집의 긴 복도를 지나는 북풍의 소리가 명료하게 들렸고, 낮에도 모여 있을 때에 저희들이 모두 입을 다물고 있었기 때문에 그 소리가 완벽하게 들려왔어요. 습기가 많고 추운 곳이었어요. 밖에 나가면 언제나 고통스러웠어요. 그곳의 자연에는 적의 같은 것이 있어서, 이탈리아의 자연이 베풀어주는 은혜와 평화로움이 간절히 그리웠어요.

저희들은 겨울에 시내로 돌아갔어요. 극장도, 건물도, 음악도, 그림도 없는 장소가 그래도 시내라고 불리어질 수 있다면 말이에요. 그곳은 뜬소문의 집합소이며 다양하고도 단조로운 지루한 집합체였어요.

사회는 출생·결혼·사망으로 구성되어 있고, 이러한 세 가지의 사건은 다른 곳과 다르지 않았어요. 저 같은 이탈리아 여자가 매일 저녁 식사 후에 몇 시간이고 계모의 친구들과 함께 티 테이블에 둘러앉아 있는 일이 어떠한 것인지 상상해보세요. 친구들은 그 지방에서 비할 수 없이 엄숙한 일곱 분의 여성들이었어요. 그 중에서 두 명은 오십 세의 미혼 여성으로 열다섯 살 소녀처럼 수줍어했지만 그 나이에 비해 생기가 없었어요. 한 부인이 다른 부인에게 이렇게 말을 건네지요.

"물이 끓고 있네요. 이젠 찻잔에 부어도 되지 않을까요?"

그럼 다른 부인은 이렇게 대답하는 것이에요.

"너무 이르다는 생각이 드네요. 신사 분들도 아직 오시지 않았는데요."

"신사 분들은 오늘도 식탁에 오랫동안 앉아 계실까요?"

하고 세번째 부인이 말을 받았어요.

"어떻게 생각하세요, 댁은?"

"모르겠어요."

하고 네번째 부인이 대답해요.

"의회의 선거가 다음주에 있잖아요. 그래서 이야기가 끊이지 않는지도 모르지요."

"아니에요."

다섯번째 부인이 말해요.

"저는 오히려 신사 분들이 지난주에 그렇게 열을 올린 여우 사냥에 대해 이야기하신다고 생각해요. 다음주 월요일에 다시 시작될 예정이잖아요. 하지만 저녁 식사는 곧 끝날 것 같군요."

"아! 그러지 않기를 바라는데요."

하고 여섯번째 부인이 한숨을 쉬며 말하고는 다시 침묵이 이어지지요.

저는 이탈리아의 수녀원에 있었던 적이 있어요. 그곳이 오히려 이곳의 사교 모임보다 활기에 차 있는 것 같았고, 이곳에서 앞으로 제가 어떻게 살 수 있을지 막막하였어요.

15분마다 무미건조한 질문의 소리에 차갑기 그지없는 대답이 이어지고, 이 고조된 지루함은 여자들에게 새로운 중압감으로 떨어지는 것이었어요. 만약 어린 시절부터 모든 것을 참는 습관에 길들여 있지 않았다면, 이 여성들은 불행하다고밖에 말할 수 없을 것이에요. 겨우 신사 분들이 돌아와서 고대하던 순간이 와도 여자로서 하는 일에 별로 변화가 없어요. 남자들은 난로 가까이에서 담소를 계속하고, 여자들은 방안에 그대로 앉아 찻잔을 돌리고 있어요. 헤어질 때가 되면, 그 여자들은 달력의 날짜에 의해, 그리고 마치 그 동안 인생을 살아온 것처럼 자신의 얼굴에 새겨진 세월의 흔적에 의해서만 그 전날과 구분되는 삶을 이튿날 다시 시작하기 위하여 남편과 함께 사라지는 것이에요.

저는 아직까지도 저의 재능이 주위의 치명적인 냉대를 어떻게 벗어나게 되었는지 모르겠어요. 왜냐하면 무엇이든지 보는 방법에는 두 가지 면이 있고 그것을 그대로 받아들이지 않으면 안 되니까요. 정열을 찬양할 수도 있고 천하게 여길 수도 있어요. 운동과 휴식, 변화와 단조로움은 여러 가지 이론으로 공격받거나 옹호되지요. 삶에 대한 변호도 할 수 있고, 죽음에 대하여 또는 죽음과 유사한 것에 대하여 당당하게 거론할 수도 있어요. 따라서 평범한 사람들이 말하는 것을 단순히 무시할 수만은 없어요. 그들은 당신의 의사와는 관계없이 당신을 마음속 깊이 이해하고 있으며, 당신이 우월함으로 인해 고민하고 있을 때에도 침착하게, 또 겉으로 보기에 매우 예의 있게 *저어* 하고 말을 걸려고 준비하고 있어요. 그런데 이 말이야말로 제일 귀에 거슬리는 말이에요. 왜냐하면 재능에 대한 감탄이 부러움을 자아내는 나라에서만 이 부러움을 견디어 낼 수 있기 때문이에요. 그러나 우월성이 질투를 낳게 하고 정열은 전혀 일으키지 않는 곳에서 사는 것은 얼마나 불행한 일인지요. 눈에 띈다는 이유로 힘있는 자로서 미움을 받는 곳에서 산다면? 그 좁은 곳에서 저의 처지가 그랬어요. 그곳에서 저는 많은 사람에게 귀찮은 뜬소문거리밖에 되지 않았어요. 런던이나 에든버러에서는 판단력과 지식을 갖추고, 정신 세계와 대화에서 끊임없이 기쁨을 찾으며 그 나라의 엄격한 관습에 순응하지 못하는 다른 나라 여성과의 대화에서도 나름대로 흥미를 느끼는 훌륭한 사람들도 만날 수 있었겠지만 그곳의 사정은 그렇지 못했어요.

저는 가끔 계모의 사교계 친구들과 하루 종일 지낸 적이 있는데, 사상이나 감성에 와 닿는 말을 한마디도 들어본 적이 없어요. 그 여자들은 이야기할 때에 몸짓조차 하려고 하지 않았어요. 소녀들의 얼굴은 티 없이 맑고 안색도 좋았지만, 아무런 표정이 없었어요. 자연과 사회의 괴상한 대조라고 할 수밖에요! 어느 연령층을 막론하고 모두 비슷한 오락을 즐겼어요. 차를 마시고, 휘스트를 즐기고, 여자들은 항상 같은 장소에서 항상 같은 일을 하며 늙어갔어요. 시간은 절대로 인간을 놓치지 않고 어디에서 붙들 것인지 알고 있으니까요.

이탈리아에서는 작은 도시에도 극장 · 음악 · 즉흥시인, 시와 예술에 대한 정열, 아름다운 태양이 있어요. 그곳에서는 살아 있음을 느껴요. 그러나 그 지방에서 저는 제가 살아 있다는 사실을 완전히 잊고 지내었어요. 저 대신 간단한 기계 장치로 조종되는 인형을 앉혀놓아도 될 뻔했어요. 인형은 그 사회에서 제 역할을 아주 잘했을 테니까요. 영국에서는 가는 곳마다 말하자면 남자들로 대변되는 인간들에게 주어지는 그 지방의 많은 오락이 언제나 그들의 여가를 메우는 수단이 되지만, 제가 살고 있던 이 지구상의 외딴 구석에서 여자의 생활은 지독하게도 무미건조한 것이었어요. 타고난 본성과 사고력에 의하여 정신을 계발하는 몇몇 여성들이 있었는데 주변에서 이 여성들을 이상한 눈으로 쳐다보고 이상한 억양과 낮은 소리로 수군대는 것을 들을 수 있었어요. 조그만 지방의 사소한 의견이 작은 사교 집단에서 전능한 힘을 발휘하였고, 이러한 싹을 완전히 밟아 없애는 것이었어요. 만약에 자기의 생각을 이야기하거나 어떤 식으로든 자기를 내보일 때면, 머리가 나쁘든지 행실이 나쁜 여자로 취급하였을 것이에요. 이러한 모든 불편은 더 나빠지면 나빠졌지 나아지지 않았어요.

처음에 저는 그 잠든 사교계에 활기를 불어넣으려는 시도를 해보았어요. 시를 읽든지 음악을 연주하자고 제안했어요. 한 번인가 그것을 하기 위한 날을 정하였는데, 한 여인은 갑자기 삼 주 전에 숙모 집에 저녁 식사 초대를 받은 것을 기억해내었어요. 다른 한 사람은 늙은 사촌언니의 상중이라는 사실을 기억해내었지요. 이 사촌언니는 한번도 만난 적이 없고 이미 죽은 지 삼 개월도 더 지났는데 말이에요. 마지막으로 또 한 사람은 집에 할 일이 있다고 했어요. 모두가 정당한 이유들이었어요. 그러나 언제나 희생되는 것은 상상력과 지성의 즐거움이었어요. 저는 너무도 자주 그것은 있을 수 없는 일이에요 라는 말을 들었어요. 온통 부정뿐인 것 틈에서 차라리 살지 않는 것이 최선인 듯이 느껴졌어요.

저 자신은 잠시 몸부림치다가 저의 헛된 시도를 체념하였어요. 아버지가 제게 그것을 금하였기 때문이 아니에요. 아버지는 계모에게 그 일로 저를 괴롭히지 말라고 이르기까지 하였어요. 그러나 넌지시 돌려 말한다든지 제가 말하는 동안에 얼굴을 슬쩍 훔쳐보는 등, 저는 걸리버를 묶은 피그미의 끈과 같이 수없이 많은 고통 속에 지칠 대로 지치고 말았어요. 그래서 저는 겉으로는 다른 사람들과 같이 행동하였지만, 마음속으로는 이질감 때문에 죽을 것 같은 답답함과 초조함, 혐오감을 품고 있었어요. 이와 같이 저는 이 세상에서 가장 진절머리나는 사 년 간을 지내었어요. 더욱 저를 슬프게 한 것은 저의 재능이 말라죽는 느낌이 드는 것이었어요. 저의 정신은 저의 의지와 상관없이 비열한 것에 물들어갔어요. 왜냐하면 학문·문학·회화·음악에 대한 관심이 결여되어 있는 사회, 말하자면 아무도 상상력을 갖추고 있지 않은 사회에서 화제는 아무래도 사소한 일과 자질구레한 비난이 되기 때문이에요. 명상과 같은 일에 익숙하지 않은 정신은 편협하고 자칫하면 마음이 상하고 거북한 무언가가 있어, 사교계의 인간 관계는 힘들고 지루한 것이 되고 말아요.

그곳에서의 기쁨은 잘 통제된 일정한 규칙성 안에만 존재하는데, 그 규칙성이란 뛰어난 것을 모두 말살하고 세계를 자기네들이 수준으로 만들려는 사람들에게 알맞은 것이었어요. 그러나 그 획일성은 자기만의 운명을 개척해나가야 하는 성격의 소유자에게는 일상 생활을 하는 데에 고통밖에 되지 않아요. 저도 모르게 품게 되는 쓰라린 원한의 마음과 허무함에서 오는 압박감이 섞이어 저는 숨도 못 쉴 지경이었어요. 어떤 남자도 저를 비판할 자격이 없고 어느 여자도 저를 이해할 수 없다고 되뇌어보아도 소용이 없었어요. 사람의 얼굴 표정은 마음에 커다란 영향력을 미치게 마련이에요. 타인의 얼굴에서 마음속에 품고 있는 비난을 읽게 되면, 아무래도 그 비난 때문에 불안에 시달리게 되죠. 결국 자기가 몸담고 있는 사교계의 친구들로부터 따돌림을 받게 되고, 눈앞에 놓인 아주 사소한 문제 때문에 태양의 빛을 바라볼 수도 없어요. 인간의 사회도 마찬가지예요. 유럽 전체나 후세의 일을 근심하는 사람도 이웃의 따돌림에 무관심할 수는 없어요. 행복해지고 싶고, 자기의 재능을 키우고 싶은 사람은 무엇보다도 자신이 있을 환경을 선택해야 하는 것이에요.

제 2 장

저에게는 어린 동생을 가르치는 즐거움밖에는 없었어요. 계모는 동생이 음악을 배우기를 원치 않았지만, 이탈리아어와 데생을 가르치는 것을 허락하였어요. 저는 지금도 동생이 둘 다 기억하고 있으리라고 확신해요. 그도 그럴 것이 당시 동생은 대단히 머리가 좋았으니까요. 오스왈드, 오스왈드! 만약 동생을 그토록 잘 보살펴준 것이 당신의 행복을 위해서였다면, 저는 더 이상 바랄 것이 없어요. 무덤 속에서도 기뻐할 것이에요.

제가 스무 살 가까이 되자 아버지께서는 저를 결혼시키려고 하셨어요. 이때부터 저의 운명의 바퀴가 구르기 시작하였어요. 저의 아버지는 당신의 아버지와 절친한 친구 사이여서 저의 남편감으로 오스왈드, 당신을 생각하고 있었어요. 만약 그때 저희가 알게 되고, 당신이 저를 사랑하여주셨다면, 두 사람의 운명에는 아무런 장애물도 없었을 테지요. 저는 당신을 매우 칭찬하는 소리를 들은 적이 있기 때문에, 예감에서인지 자랑스러워서인지는 모르겠지만 당신과 결혼한다는 희망에 몹시 행복하였어요. 당신은 저에게 너무 젊었어요. 저는 당신보다 일 년 반 정도 연상이었으니까요. 그러나 당신은 정신 연령이 높고 학업에 대한 취미가 있어서 나이에 비해 성숙하다는 말을 들었기에, 저는 그러한 사람과 함께 지낼 생활을 달콤하게 꿈꾸고 있었어요. 그리고 이런 희망에 들뜬 나머지 영국에서 여자로 사는 방식에 대한 주의를 완전히 소홀히 하고 말았어요. 더구나 저는 당신이 런던이나 에든버러에서 살기를 원한다는 소리를 들었기에 그 두 도시 중 하나라면 틀림없이 뛰어난 사람들과 만날 수 있을 것이라고 생각하였어요. 지금까지도 그 생각에는 변함이 없지만, 당시 저는 제가 처한 모든 불행은 북부 지방의 외따로 떨어진 작은 마을에서 살기 때문이라고 생각하였어요. 공동의 규범에서 벗어나는 사람들이 사교를 하면서 살아가려면 대도시만이 적합하고, 또 그곳에서의 생활은 변화가 있기 때문에 새로운 것이 받아들여진다고 생각하였어요. 그러나 단조로움에 감미롭게 익숙해진 장소에서 사람들은 한 번이라도 즐기려고 하지 않아요. 그렇게 되면 매일 지루하다는 것을 새삼 깨닫게 되기 때문이에요.

기꺼이 되풀이하여 말씀드리지만, 오스왈드, 당신을 한번도 뵌 적이 없으나 저는 정말로 불안한 마음으로 당신의 아버님을 기다리고 있었어요. 그분께서는 저의 집에 오셔서 일주일 동안 머무르기로 하셨어요. 그리고 그때의 심정이 훗날 제 운명의 전조가 아니었다고 할 수도 없었어요. 넬빌 경이 도착하였을 때 저는 그분 마음에 들고 싶었어요. 그 생각이 너무 과했는지, 지나치게 열을 올리고 말았어요. 저는 아버님께 제가 갖고 있는 모든 재능을 보여드리려고 하였어요. 저는 그분을 위해 춤을 추고, 노래를 하고, 즉흥시를 지었어요. 오랫동안 억압되어 있던 저의 재능은 그것을 묶고 있던 사슬이 끊기자 봇물이 터져나오듯 지나치게 발산되었어요. 그로부터 7년이 지나고, 그 동안의 연륜을 통해 제 마음이 많이 차분해졌어요. 이제는 저를 남에게 보이기 위해 그렇게 열을 올리지 않아요. 저 자신에게 익숙해졌기 때문이겠지요. 이제는 좀 더 기다릴 줄 알아요. 남들의 호의를 너무 기대하지 않고 갈채를 너무 간절히 바라지 않을 수 있게 되었어요. 어쨌든 그때 저에게는 무언가 이상한 점이 있었겠지요. 청춘기에는 누구나 말로 다할 수 없는 격렬함과 무모함을 지니는 것 아닌가요! 대단한 활력으로 인생의 미래를 향해 몸을 던지잖아요! 지성이 아무리 뛰어날지라도 역시 시간의 흐름을 대신할 수는 없어요. 이 지성으로 마치 인간에 관하여 아는 것처럼 이야기할 수는 있겠지만, 결국 자기 자신의 통찰력에 의하여 행동하는 것은 아니거든요. 사람은 왜 그런지 이유는 모르겠지만 자기의 행동을 논리에 일치시킬 수 없는 생각에 열중하곤 하죠.

확실치는 않지만 저는 넬빌 경께 너무 활달한 사람으로 비쳐진 것 같아요. 부친께서는 일주일 동안 머무시는 내내 저에게 줄곧 친절하게 대해주셨어요. 그러나 돌아가신 후 저의 아버지 앞으로 편지를 보내셨어요. 잘 생각해본즉 아들의 결혼을 결정하기에는 아들이 아직 너무 어리다는 생각이 드셨다는 내용이었어요. 오스왈드, 당신은 이 고백에 얼마만큼의 중요성을 부여하실 것인가요? 저는 제 인생의 이러한 사정을 당신에게 숨길 수도 있었지만, 그렇게 하지 않았어요. 하지만 당신은 이 일로 저를 비난하실 수 있어요! 저는 지난 7년 동안 제가 많이 변화하였다는 것을 알아요. 어쩌면 아버지께서도 당신을 향한 저의 애정과 정열을 보고 감동하실지도 몰라요! 오스왈드, 아버지께서는 당신을 사랑하셨고, 또 우리는 서로 잘 어울리니까요.

계모는 근처에 토지를 소유하고 있는 그녀 오빠의 아들과 저를 결혼시킬 계획을 세웠어요. 그 사람은 서른 살에, 부자에다 미남이고 명문

출신이며 성격도 매우 성실했어요. 그러나 아내에 대한 남편의 권위를 지극히 당연한 것으로 생각하고, 그의 아내는 의당 남편에게 순종하고 가사를 돌봐야 하는 사명을 지녔다고 확고히 생각하고 있었어요. 만약 그 점에 대해 의심을 품는다면 명예와 성실을 의심할 정도로 격분하였을 것이에요. 맥클린슨 씨(이것이 그 사람의 이름이었어요.)는 꽤 저에게 빠져 있었고, 저의 재능과 색다른 성격에 관하여 사람들이 떠드는 소리에 대해서 조금도 불안하게 생각하지 않았어요. 그 사람의 집은 너무도 정돈이 잘되어 있어서 모든 일이 같은 시각에 같은 방식으로 규칙적으로 일어나기 때문에, 아무도 그것을 바꾸어볼 수 없었어요. 가사와 하인, 말까지 돌보고 있는 두 명의 연로한 숙모는 그 전날과 다른 일은 아무것도 할 수 없었어요. 삼대 전부터 이런 생활을 지켜보던 가구들도 만약에 새로운 일이 그 앞에 나타나면, 스스로 자리를 옮겼을 거예요. 따라서 맥클린슨 씨는 그 집에 저를 들여놓아도, 하등 걱정할 이유가 없었어요. 거기에서는 습관이라는 것이 엄격하게 존재하고 있었고 저에게 허가되는 사소한 자유도 일주일에 십오 분 동안의 기분 전환이 고작이며 절대 달라지지는 않을 테니까 말이에요.

그 사람은 사람의 마음을 상하게 하지 못하는 선량한 사람이었어요. 그러나 가령 제가 활발하고 감수성이 강한 사람은 많은 슬픔에 시달릴 수 있다고 말하면, 그는 제가 우울하다고 생각해서 단지 말을 타든지 바깥공기를 쐬도록 권하는 것이 고작이었을 테죠. 그 사람이 저와 결혼하기를 원하였던 것은 틀림없이 자신이 재능이나 상상력 따위를 필요로 해서가 아니라, 이해하지는 못하지만 제가 마음에 들었기 때문이에요. 만약 그가 뛰어난 여자가 어떤 것인지 알고, 그녀가 지닐 수 있는 장점과 단점이 무엇인지 알기만 하였어도, 제 눈에 그가 그다지 좋게 비치지 않는다는 사실에 대해 걱정하였을 거예요. 그러나 이런 종류의 걱정은 그 사람의 머리에 떠오르지도 않았어요. 이런 결혼에 대해서 제가 느끼는 혐오감을 생각해보세요! 저는 그 결혼을 단호히 거절하였어요. 아버지는 제 편을 들어주셨어요. 계모는 이 일로 저에게 깊은 원한을 품었어요. 그녀는 수줍음 때문에 그녀의 의향을 밝히지 않는 일이 종종 있었지만, 마음속으로는 독재적인 사람이었거든요. 그녀의 뜻을 알아주지 않으면 그 때문에 화를 내곤 하였어요. 계모가 어렵게 자기의 뜻을 표현하였는데, 거기에 따르지 않으면 평소에 습관 들인 자기 통제를 어기고 힘들게 입 밖에 낸 것인 만큼 용서하려고 들지 않았어요.

도시 전체가 저의 단호한 태도를 비난하였어요. 그렇게 훌륭한 결혼 상대를, 든든한 재산을, 그렇게 훌륭한 남성을, 그렇게 존경받는 가문을 마다하다니! 이것이 이구동성으로 외치는 말들이었어요. 저는 왜 그렇게 훌륭한 결혼 상대가 저에게 맞지 않는지 설명하려고 하였지만 헛수고였어요. 가끔 저는 이야기를 하면서 이해받을 때도 있었어요. 그러나 그 자리를 떠나면 제가 한 말은 아무런 흔적도 남아 있지 않았어요. 제 이야기를 들었던 사람들은 곧 평상시의 생각으로 돌아가고, 제가 잠시 멀리 쫓았던 오랜 인식을 다시 새로운 기쁨으로 받아들이곤 하였으니까요.

어느 날, 겉으로 보기엔 별로 남과 다를 것 없이 일상 생활에 아주 잘 적응하고 있지만, 다른 여자들보다 훨씬 사색적인 여성이 저를 따로 불렀어요. 그날 저는 보통 때보다 더 활발하게 말하고 있었는데, 그 여자의 다음과 같은 말에 큰 감명을 받았어요.

"당신은 가능하지도 않은 결과를 얻기 위해 꽤나 애를 쓰는군요. 당신은 사물의 본질을 바꿀 수 없어요. 세계의 다른 곳과 관계가 없는 이 마을, 예술도 문학도 그다지 좋아하지 않는 북쪽의 조그만 마을은 지금 있는 그대로밖에는 될 수가 없어요. 만일 댁이 이곳에서 살아야 한다면, 따르세요. 떠날 수 있다면 떠나세요. 둘 중 하나밖에는 없어요."

그 논리는 너무도 자명한 것이었어요. 저는 그 여성에 대하여 저 자신에게 느끼지 못하던 경의의 마음을 품게 되었어요. 그녀는 저와 비슷한 취미를 갖고 있으면서 제가 견디어내지 못하는 운명을 감수할 줄 아니까요. 그녀는 시와 공상의 기쁨을 사랑하면서도 사물의 이치와 남자들의 완고함을 저보다 더 잘 알고 있었어요. 저는 그녀를 이해해보고자 노력했지만, 소용이 없었어요. 그녀의 재주는 친구들 가운데에서 뛰었지만, 그녀의 생활은 그곳에 갇혀 있었어요. 그녀가 저와 대화를 나눔으로써 자신의 타고난 우월성을 깨우치게 될까봐 두려워하는 것은 아닐까 하는 생각까지 들었어요. 그러니 그녀가 어떻게 해야 되었겠어요?

제 3 장

아버지가 살아 계셨더라면 저는 제가 처한 비참한 환경에서 계속 생활하였을 테지요. 그러나 갑작스런 사고로 저는 아버지를 잃게 되었어요. 저는 아버지의 죽음과 동시에 보호자이며 벗을 잃었고, 사람이 사는 사막에서 저를 이해해주는 유일한 사람을 잃은 셈이 되었어요. 너무도 절망한 나머지 설움을 이길 힘이 제게 남아 있지 않아어요. 아버지가 돌아가셨을 때 저는 스무 살이었고, 따로 의지할 데도 없었고, 계모 외에는 다른 친척도 없었어요. 계모와는 오 년 동안 함께 살아왔지만, 처음 만난 날보다 사이가 더 나아지지 않았어요. 그녀는 다시 맥클린슨 씨의 일을 거론하기 시작하였어요. 그녀가 저에게 그 사람과 결혼하라고 명령할 권리는 없었지만 집에 그 사람 외에는 초대하지 않음으로써 그 외의 어떤 결혼도 반기지 않는다는 뜻을 분명히했어요. 그것은 맥클린슨 씨가 그녀의 가까운 친족이기 때문에 그를 좋아해서가 아니라, 제가 그 사람을 차버린 것이 건방지다고 생각해서였고, 한 가족으로서의 자존심에 기인한다기보다 오히려 평범한 것의 옹호를 위하여 그 사람과 손을 잡은 것이었어요.

날이 갈수록 제 입장은 난처하게 되었어요. 저는 향수병에 걸린 것 같았는데, 마음이 불안한 고통으로 가득 차곤 하였어요. 유형(流刑)은 활기차고 민감한 사람에게는 사형보다도 더 가혹한 형벌이 될 수 있어요. 고향에 대한 상상을 하다보면 주위의 모든 것, 기후 · 나라 · 말 · 습관 · 생활 전체에 사소한 일까지 싫증이 나게 되어 있어요. 어느 순간도, 또 어느 상황에서도 고통이 따르게 되지요. 조국은 그것을 잃어보기 전에는 알지 못하는 수많은 기쁨을 저희에게 안겨주는 것이니까요.

...... 언어, 습관,
대기, 수목, 토지, 성벽, 석조 건물!*²

어린 시절에 살던 곳을 다시 볼 수 없다는 것은 그것만으로도 대단한 슬픔이에요. 그 무렵의 추억에는 각별한 매력이 있어서 저희를 동심으로 돌아가게 해주며 죽음에 대한 생각까지도 달래주니까요. 요람과 가까운 곳에 있는 무덤은 일생을 같은 나무 그늘에서 지내는 것과도 같아요. 한편 이국 땅에서 보낸 세월은 뿌리 없는 가지와도 같아요. 앞선 세대의 사람들은 당신이 태어나는 것을 보지 못했고, 당신에게 그들은 아버지의 세대, 보호자의 세대가 될 수 없어요. 같은 나라 사람이라면 공통된 많은 관심사도 외국인에게는 알 수 없는 일이에요. 같은 나라 사람들과 만났을 때 마음 편하게 서로 마음을 주고받으며 심중을 토로하는 대신, 무엇이든지 설명하고 해설하고 말해야 하지요. 저는 고국의 아름다운 말투를 생각하면 감동을 느끼지 않을 수 없어요. 저는 가끔 혼자 산책하면서 이탈리아의 남녀가 다정하게 접대하는 모습을 상상해보며 *카라 Cara, 카리시마 Carissima*⁹하는 소리를 내어보곤 해요. 그리고 이런 접대를 제가 이곳에서 받고 있는 접대와 비교해보아요.

저는 매일 들판을 돌아다녔어요. 저녁에 이탈리아의 들판에 나가보면 으레 정확한 음정으로 노래부르는 아름다운 가곡 소리를 들을 수 있었지만, 이곳에서는 까마귀의 울음 소리만이 구름 사이에서 울려퍼지고 있었어요. 고국의 그토록 아름다운 태양과 향기로운 대기 대신에 안개가 뿌옇게 깔려 있었죠. 과일은 충분히 익지 못했고, 포도나무 같은 것은 볼 수도 없었으며, 꽃들은 간격을 두고 차례로 힘없이 자라고 있었어요. 일 년 내내 전나무가 검은 옷처럼 산을 덮고 있어요. 고대의 건물이나 단 한 장의 그림, 아름다운 그림 한 장만 있어도 제 마음이 활력을 얻을 것 같았어요. 그러나 사방 삼십 마일을 돌아다녀보아도 그런 것은 찾아볼 수 없었어요. 주변에 있는 것은 모두 어두컴컴하고 음산하였어요. 집도 있고 주민도 있었지만, 마음에 어느 정도는 달콤한 떨림을 주는 시적 공포에서 외로움만을 없애주는 정도였어요. 우리 주변에는 어느 정도의 안락함과 약간의 상업, 그리고 교양이 있었어요. 결국 *당신은 행복하시겠습니다. 부족한 것은 아무것도 없으니까요* 라고 말할 수 있겠지만, 그것이야말로, 행복과 고뇌의 근원은 우리 자신의 깊은 내면에, 숨겨진 성역 안에 있는데, 생활의 외면을 보고 내리는 바보 같은 판단이 아니고 무엇이겠어요!

스물한 살이 되어 저는 당연히 생모와 아버지의 유산을 받게 되었어요. 언젠가 한 번은 저 혼자 공상을 하다가, 저에겐 부모님도 계시지 않고 성인이 되었으니 이탈리아로 돌아가 자립하여 예술에 헌신하면 어떨까 하는 생각이 들었어요. 이 계획이 제 머리 속에 떠오르고 나니까 행복에 듬뿍 취해 처음에는 그 반대의 가능성에 대해 미처 생각하지 못하였어요. 그러나 이 희망의 흥분이 가라앉자 그 돌이킬 수 없는 결심이 무서워졌어요. 그 동안 알고 지내던 사람들이 어떻게 생각하는가 싶어 모두의 말을 들어보니, 처음에는 그렇게 쉽게 생각되던 계획이 완전히 실행 불가능한 것으로 여겨졌어요. 그렇지만 수많은 고대의 유물과 회화와 음악에 둘러싸인 생활의 이미지가 무척 상세하게 매력적으로 머리에 떠올라, 저의 이 지루한 생활에 새삼 싫증이 나게 되었어요.

저의 재능이 죽어버리는 것은 아닐까 하고 걱정이 되었지만 영국 문학을 공부함으로써 힘을 얻었어요. 영국 시의 특징인 깊이 사고하며 느끼는 방식은 저의 정신과 영혼을 강하게 해주었어요. 그렇다고 해서 이탈리아에 살고 있는 사람들에게만 주어지는 상상력을 잃은 것은 아니었어요. 따라서 이중의 교육, 또 이렇게 표현해도 된다면 이중의 국적을 받은 이런 드문 운명을 특별한 행운으로 생각하게 되었어요. 저는 제 창작 시의 첫 작품이 소수이지만 훌륭한 피렌체의 심사위원들에게 인정받은 사실을 잊지 못하고 있었어요. 다시 성공을 거둘 수 있을지 모른다는 생각에 가슴이 뛰었어요. 말하자면 저는 자신에게 커다란 기대를 걸고 있었던 것이에요. 그것이야말로 청춘의 숭고한 환상이라고 할 수 있지 않겠어요?

악의를 품은 평범함의 메마른 바람도 더 이상 느껴지지 않던 그날, 저는 마치 세상을 제 손에 얻은 듯하였어요. 그러나 떠나야 하는, 그것도 남몰래 도망가는 결심을 해야 되는 순간이 오자, 저는 여론에 끌려 그냥 머물러 있게 될 것 같았어요. 여론은 이탈리아에서보다 영국에서 훨씬 더 무게를 가졌어요. 저는 제가 살고 있던 작은 도시를 좋아하지는 않았지만, 그것이 일부분에 지나지 않는 영국 전체에 대해서는 존경의 마음을 갖고 있었어요. 만약 계모가 저를 런던이나 에든버러에 데려다놓을 용단을 내렸다면, 저의 재능을 알아줄 수 있을 정도의 재기를 갖춘 남성과 저를 결혼시킬 것을 고려해주었다면, 반드시 예전의 고국으로 돌아가기 위해서 저의 가문과 생활을 포기하는 데까지 이르지는 않았을 것이에요. 결국 저의 흔들리기 쉬운 성품에 결단을 내려야만 하는 사정이 생기지 않았다면, 아무리 계모에게 시달림을 받을망정 저에게 처지를 바꿀 용기는 아마 없었을 것이에요.

제 곁에는 당신도 알고 계시는 이탈리아의 하녀 테레지나가 있었어요. 그녀는 토스카나인인데, 교양은 없었지만, 그다지 대수롭지 않은 이야기를 재미있게 하는 이탈리아인의 재치를 타고나 기품 있고 아름다운 표현을 쓸 줄 알았어요. 이탈리아어로 이야기하는 것은 그녀와 함께 있을 때뿐이었고, 그러한 이유로 저는 그녀와 돈독한 관계를 맺고 있었어요. 저는 테레지나가 슬픈 표정을 짓는 것을 자주 보았지만 그 이유를 물어볼 엄두를 내지 못하였어요. 저와 같이 고국을 그리워하는 것이려니 하고 생각하면서도 혹시라도 다른 사람의 마음에 자극받게 되면 저 자신도 감당하지 못하게 될까봐 걱정이 되었기 때문이에요. 남에게 털어놓음으로써 가라앉는 고통도 있겠죠. 그러나 공상으로 인한 병은 말하면 말할수록 더 심해지는 법이에요. 남도 자기와 같은 고통을 갖고 있는 것을 알게 되면 더욱 격해지게 마련이죠. 따라서 병에 시달려도 어쩔 도리가 없는 것 같아 그것을 고쳐보려고 하지 않게 되는 것이에요. 불쌍한 테레지나는 갑자기 심한 병으로 쓰러졌어요. 저는 그녀가 밤낮으로 신음하는 소리를 듣고 결국 그녀가 슬퍼하는 이유를 물어보기로 결심하였어요. 제가 생각하고 있던 것과 거의 같은 말을 하는 것을 듣고 얼마나 놀랐던지요! 그녀는 저만큼 그녀의 고통의 원인에 대해서 생각하고 있지 않았어요. 따라서 한층 더 그곳의 사정, 특히 사람들에 대해서 불평을 하였어요. 음울한 자연, 무미건조한 도시, 냉담한 사람들, 자유를 속박하고 있는 관습 등, 그녀는 무엇이라고 분명히 설명하지는 못했지만 그 모두를 느끼고 있었어요. 그녀는 끊임없이 "아, 조국이여, 한 번만 다시 볼 수 있다면!" 하는 소리를 질러대었어요. 그리고 그녀는 제 곁을 떠날 생각이 없다는 말을 덧붙였지요. 저에 대한 애정과 이탈리아의 아름다운 하늘을 보고 싶어하는 마음, 또 모국어를 듣고 싶은 마음 사이에서 어쩔 수 없이 울고 있었는데, 그 모습이 제 마음을 갈가리 찢어놓았어요.

극히 보통 사람이 저와 똑같은 생각을 하고 있다는 이 느낌처럼 제 마음에 충격을 준 일은 없었어요. 그녀는 타고난 쾌활한 성격에 개성과 이탈리아식 취미를 지니고 있었어요. 따라서 저는 그녀에게 이탈리아로 보내주겠다는 약속을 하였어요.

"아씨와 함께 가는 거겠죠?"

하고 그녀는 물었어요.

저는 아무 대답도 하지 못했어요. 그러니까 그녀는 머리를 쥐어뜯으면서 절대로 제 곁을 떠나지 않겠다고 맹세하는 것이었어요. 그녀는 그렇게 말하면서도 금방 숨이 끊어질 듯하였어요. 결국 저는 저도 돌아가겠다고 말해버렸어요. 단지 그녀를 달래려고 한 이 말을 듣고 그녀는 말로 표현할 수 없이 기뻐하며 굳게 믿었기 때문에, 정말로 그대로 되고 말았어요. 그녀는 그날부터 말도 하지 않고 몇몇 동네의 상인들과 연락하여 가까운 항구에서 제노바와 리보르노로 배가 출발하는 시각을 정확하게 알아왔어요. 저는 그것에 대하여 아무 대답도 하지 않았어요. 그녀도 말은 하지 않았지만 눈에서는 눈물이 흐르고 있었어요. 저의 건강은 기후와 마음속 고민 때문에 날로 나빠져가고 있었어요. 저의 정신은 변화와 쾌활함을 필요로 하였어요. 당신께 자주 말씀드렸지만 고통 때문에 저는 죽을 지경이었어요. 제 마음속에는 이 고통과 맞서 싸우는 치열한 투쟁이 일어나고 있었어요. 그러나 고통 때문에 죽지 않으려면, 그것에 굴복해야 했어요.

저는 아버지가 돌아가신 후 마음속에 간직하고 있던 생각을 다시 자주 하게 되었어요. 그러나 루실만은 귀여워하였어요. 그 애는 당시 아홉 살이었고 저는 6년 동안 그 아이를 어머니같이 돌봐주었어요. 어느 날 저는 제가 만약 몰래 길을 떠난다면 제 평판은 몹시 나빠지고 동생의 이름도 상처를 입을 것이라는 데에 생각이 미쳤어요. 이 두려움 때문에 한때는 저의 계획을 버렸어요. 그러나 어느 날 밤 계모와의 관계나 사교 상대들과의 관계 때문에 더할 수 없이 슬픈 마음으로 끙끙 앓고 있는데, 에저몬드 부인과 단둘이서 저녁 식사를 하게 되었어요. 한 시간 동안 서로 아무 말이 없었는데, 갑자기 저는 그녀의 태연한 냉담함이 싫어져서 말을 하기 시작했어요. 계모가 어떤 결정을 내려줄 것을 바랐다기보다는 아무튼 그녀에게 말을 시키기 위해 제가 하고 있는 생활에 불만을 터뜨린 것이에요. 점점 열이 난 저는 저와 같은 경우에 영국을 아주 떠나면 어떻게 되겠느냐는 가정까지 하게 되었어요. 계모는 전혀 당황하지 않았어요. 그리고 제가 평생 잊지 못할 정도로 싸늘하게 말했어요.

"에저몬드 양. 이제 양도 스무 살이 되었으니까, 부모가 남긴 재산은 양의 것이야. 따라서 양이 하고 싶은 대로 행동할 수 있어. 그러나 만약 양이 세간에서 평판이 나쁜 일을 할 작정이라면, 가족을 위해서 이름을 바꿔 죽은 것으로 해야겠지."

이 말을 듣고 저는 격하게 자리에서 일어나 대답 없이 방을 나갔어요.

그 오만하고 몰인정한 성격에 몹시 화가 난 저는 저의 원래 성격과는 전혀 다르게 한동안은 복수할 생각으로 꽉 차 있었어요. 이 충동은 가라앉았어요. 그러나 아무도 저의 행복을 생각해주지 않는다고 생각하게 되자 아버지와 재회하였던 그 집에 저를 붙들어놓을 끈이 끊어지고 말았어요. 에저몬드 부인이 저를 못마땅하게 여긴 것은 틀림없었지만, 그렇다고 해서 저까지 계모에게 무관심할 수는 없었어요. 저는 그녀가 그녀의 딸에게 보여주는 애정에 감탄하였어요. 제가 그 아이의 뒷바라지를 해주어 그녀가 좋아하리라고 생각했는데, 오히려 그 뒷바라지 때문에 질투를 하였던 것 같아요. 계모는 모든 점에서 자기에게 희생을 강요하면 할수록 그녀에게 허용되어 있는 단 하나의 애정에 열중하여갔으니까요. 다른 것과의 관계에 있어서는 이성의 통제 아래에 있었지만, 유독 딸의 일이 되면 사람의 마음속에 있을 수 있는 강하고 격렬한 것이 계모의 성격에도 나타났어요.

에저몬드 부인과 이야기를 하고 원한의 마음에 사무쳐 있을 때에 테레지나가 몹시 흥분하여 제게 와서는 때마침 리보르노에서 온 선박이 몇십 리밖에 떨어지지 않은 항구에 정박해 있고, 그 배에는 그녀가 잘 아는 아주 유명한 상인이 타고 있다는 말을 전하였어요. 그녀는 울면서 말했어요.

"그들은 모두 이탈리아인들이고 이탈리아어밖에 쓰지 않아요. 일주일 후에 그들은 다시 배를 탈 것이고 이탈리아로 직행을 할 거래요. 그러니까 만약 아씨의 마음이 결정되신다면……"

"그 사람들하고 같이 돌아가, 테레지나."

하고 저는 말했어요.

"아니에요, 아씨."

하고 그녀는 울면서 말했어요.

"차라리 여기서 죽겠어요."

그리고 그녀는 저를 남겨둔 채 방에서 나갔어요. 저는 계모에 대한 저의 도리를 곰곰 생각해보았어요. 그녀는 제가 그녀 곁에 있기를 원치 않는 것이 분명했어요. 제가 루실에게 나쁜 영향을 주는 것이 마음에 들지 않았기 때문이에요. 그녀는 제가 이상한 사람이라는 소문이 주변에 퍼지는 것이 두려웠고 그것이 언젠가 딸의 결혼에 방해가 되지 않을까 하고 걱정하였던 것이지요. 결국 그녀는 제가 죽은 것으로 하고 싶다는 그녀의 속마음을 저에게 말하고 만 것이었어요. 그 잔인한 권고에 처음엔 화가 났지만, 잘 생각해보니 꽤 합리적이라는 생각이 들었어요.

"그래, 맞아."

하고 저는 소리쳤어요.

"이 땅에서 나의 존재는 그저 편안하지 못한 잠 정도일 텐데, 죽은 것으로 생각해버리자. 그리고 자연과 태양과 예술과 함께 다시 태어나도록 하자. 그러면 빈 무덤에 새겨진 내 이름의 차가운 글씨만이 생명이 없는 이 땅에서 나의 자리를 대신해주겠지."

자유를 향한 이런 충동도 아직 결단을 내릴 만한 용기를 주지는 못했어요. 자기가 소원하는 바가 이루어질 수 있다고 믿으면서도, 사리에 어긋나지 않는 것이 자기의 감정보다 더 소중하다고 생각되는 순간이 있으니까요. 제가 결단을 내리도록 외부에서 압력이 들어오지 않는 한, 저는 끝까지 결정을 내리지 못하였을 것이에요. 계모와 이야기한 다음 날 저녁 무렵인가, 제 방의 창문 아래에서 이탈리아 가수들의 노랫소리가 들려왔어요. 그들은 리보르노에서 배를 타고 온 사람들로 테레지나가 저를 깜짝 놀라게 해주려고 불렀던 것이에요. 제가 느낀 감동은 도저히 말로 표현할 수가 없었어요. 눈물이 폭우와도 같이 떨어져 얼굴을 적시고, 모든 추억이 되살아났어요. 음악처럼 과거를 생각나게 하는 것도 없어요. 생각나게 하는 것 이상이지요. 그것이 과거를 되살릴 때에, 과거는 신비스럽고 우수에 젖은 베일을 쓴 사랑하는 사람의 그림자처럼 나타나게 돼요. 가수들은 몬티가 유형당하였을 때에 지은 감미로운 시를 노래하였어요.

아름다운 이탈리아! 사랑스러운 해변!
다시 만나러 가리라!
내 마음은 기쁨에 떨리고 무너지는구나!*3, 10

저는 일종의 황홀감에 빠졌고, 이탈리아에 대하여 사랑에 가까운 모든 감정, 즉 소망하고 열망하고 그리워하는 감정을 느꼈어요. 저 자신도 어쩔 수 없이 조국을 향해 끌려가고 있었어요. 이탈리아를 보아야 했고, 숨쉬어야 했고, 들어야 했어요. 제 심장의 고동 소리는 저의 아름다운 땅, 웃음짓는 조국을 부르는 소리였어요. 무덤 속의 죽은 자들이 생명을 얻는다고 해도 제가 저의 상상력과 재능, 본성을 되찾기 위해 저를 감싸고 있던 수의를 벗어던지는 것만큼 성급하게 무덤을 덮은 돌을 들어올리지는 않았을 거예요! 음악 때문에 이렇게 흥분이 되어 있는 순간에도, 저는 감정이 너무 혼란스러워 명확한 판단을 내리지 못했기 때문에 어떤 결심을 한 것은 아니었어요. 그때 계모가 방으로 들어와 노래를 그치게 하라고 말하였어요. 일요일에 노랫소리가 들려오는 것은 소문에 좋지 못하다는 것이었어요. 저는 해명을 하려고 하였어요. 이탈리아인들은 이튿날 떠날 것이고, 저는 이와 같은 즐거움을 육 년 동안 맛보지 못했다고. 계모는 들으려고 하지 않았어요. 어쨌든 자기가 살고 있는 고장의 예절을 존중해야 한다고 말하면서 창문으로 가서 하인들에게 저의 불쌍한 동포들을 쫓아내라고 명령하였어요. 그들은 떠났고, 작별의 노랫소리는 점점 더 멀어져가며 되풀이되면서 제 마음을 파고들었어요.

저의 감동은 최고조에 달하였어요. 배는 이튿날 떠나는 것으로 되어 있었어요. 테레지나는 만일에 대비하여 저에게 이야기하지 않은 채 출발 준비를 모두 해놓았어요. 루실은 일주일 전부터 어머니의 친척집에 가 있었어요. 아버지의 유해는 제가 살고 있던 시골집에 안치되어 있지 않았어요. 아버지는 당신의 무덤을 스코틀랜드의 영지에 만들도록 지시하셨어요. 결국 저는 계모에게 저의 결심을 알리는 한 장의 편지만을 남겨놓은 채, 아무 말 없이 길을 떠났어요. 저는 이런 노예 같은 생활, 또 이런 역겹고 무미건조한 생활을 하느니 운명에 몸을 맡기는 편이 낫다고 생각되는 그런 순간에 길을 떠났던 것이에요. 무분별한 젊음이 미래를 바라보듯이, 자기에게 행복을 약속하는 반짝이는 하늘의 별을 보듯이 미래를 바라본 것이지요.

제 4 장

영국의 해안이 더 이상 보이지 않게 되자 저는 불안에 사로잡혔어요. 그러나 강한 애착을 남기고 온 것은 아니었기 때문에, 리보르노에 도착해서는 바로 이탈리아의 매력에 마음을 달랠 수가 있었어요. 저는 계모에게 약속했던 것처럼 아무에게도 본명을 알리지 않았어요. 단지 코린나라고만 하였어요. 핀다로스의 애인이면서 시인이었던 그리스의 여성 이야기가 마음에 들었기 때문이에요.(4) 제 모습이 성장하면서 변하였기 때문에 절대 누구도 알아보지 못할 것이라고 생각했어요. 피렌체에서는 사람들과 떨어져 조용히 살았지만 그래도 만일의 경우를 대비하여 로마라면 제가 누군지 아는 사람이 아무도 없을 것이라는 생각을 하게 되었어요. 계모는 제가 건강 때문에 남쪽 나라에서 요양하라는 의사의 지시를 받아 가는 도중에 죽었다는 소문을 퍼뜨려놓았다고 전해왔어요. 그 편지에는 다른 아무런 사연도 적혀 있지 않았어요. 계모는 매우 정확하게 상당한 액수의 저의 재산을 부쳐왔어요. 그러나 더 이상 편지는 보내주지 않았어요. 그때부터 당신을 만나기까지 오 년이 흘렀어요. 오 년 동안 저는 마음껏 행복을 맛보았어요. 로마에 정착하여 저의 명성은 높아만 갔어요. 미술과 문학은 각별한 성공을 가져다주지는 않았지만 고독한 즐거움을 주었어요. 당신을 만나기 전까지 애정에 흔들려본 적은 없어요. 저의 상상력은 별로 큰 고뇌 없이 몽상을 물들이다 말다 하는 정도였어요. 아직 저를 제압할 만한 애정에 사로잡혀본 적은 없었어요. 저의 주변에 칭찬과 존경, 사랑은 늘 따라다녔지만 정신의 모든 능력이 그것에 묶인 적은 없었어요. 사랑하고 있을 때조차 저는 그때까지 만났던 사람 이상의 자질과 매력을 지닌 사람을 꿈꾸었어요. 말하자면 저는 사랑에 넋이 빠져 이끌리기보다는 저의 감정을 조종할 줄 알았던 것이지요.

당신을 알기 전에 저를 불같이 사랑하던 두 남자가 어떻게 제 인생에 끼여들게 되었는지 말씀드리려니 쑥스럽네요. 지금 와 생각하면 당신 이외의 다른 남성에게 저의 관심이 끌릴 수 있다는 것이 도무지 믿어지지 않기 때문에, 후회도 되고 괴로운 마음도 들어요. 당신이 이미 저의 친구들로부터 들으신 내용을 말씀드릴 뿐이에요. 저는 자립적인 생활이 무척 마음에 들었기 때문에, 오랜 고민과 괴로운 말다툼 끝에 두 번이나 관계를 끊은 적이 있어요. 사랑하지 않고서는 못 견디어 맺어진 인연이었지만, 그렇다고 해서 돌이킬 수 없을 정도로 마음을 정할 수는 없었어요. 어느 독일의 대귀족이 청혼을 해와 저를 독일로 데려가려고 했어요. 그는 지위와 재산을 지키기 위해서 독일에 거주해야 했어요. 어느 이탈리아 대공은 로마에서 저에게 호화스러운 생활을 제안하였어요. 첫번째 사람은 존경의 마음을 일게 하여 제 마음을 끄는 법을 알고 있었어요. 그러나 저는 시간이 감에 따라 그 사람에게 별로 지적 능력이 없다는 것을 알게 되었어요. 둘만 있을 때, 대화를 하면서 그 사람의 부족한 점을 감추어주기 위한 배려가 힘겨웠어요. 그와 잡담을 할 때조차 저를 마음껏 나타내지 못하였어요. 그 사람을 난처하게 할까봐 두려워서였죠. 제가 그 사람에게 신경을 쓰지 않으면 그 사람도 저절로 저에 대해 신경을 끊을 것이라고 믿고 있었어요. 그렇지만 배려가 필요한 상대에게 계속하여 열중하기란 쉬운 일이 아니에요. 남자의 결함을 여자가 배려하게 되면 그것은 사랑이라기보다는 연민이 되지요. 이런 식의 조심을 하다보면 이것저것 따지고 생각하게 되어 자연스럽게 일어나는 애정에 따르는 하늘이 내려주시는 자발적인 감정을 잃게 되는 것 같아요. 이탈리아의 대공은 기품과 재치가 있었어요. 그 사람은 로마에 주저앉고 싶어하였고 그와 취미가 같은 저의 생활 습관을 마음에 들어했어요. 그러나 저는 어느 중요한 계기에 그 사람에게 정신력이 부족한 것을 알게 되었고, 인생의 역경에 다다르게 되면 제가 그 사람을 돕고 부축해주어야 한다는 점을 깨닫게 되었어요. 그렇다면 사랑은 볼장 다 본 셈이죠. 여자란 의지할 수 있는 사람을 필요로 하는데, 거꾸로 의지가 되어주어야 하는 것처럼 어처구니없는 일도 없으니까요. 그래서 저는 두 번씩이나 사랑이 식게 되었어요. 상상으로만 눈먼 사랑을 하다가 현실을 깨닫게 된 것은 불행이나 과오에 의해서가 아니라 관찰력 덕분이었어요. 저는 제가 사랑에 복이 없는 운명인가 보다고 생각하게 되었어요. 이렇게 생각하니 괴롭기도 하였지만, 그것보다도 제가 자유라는 사실에 만족하고 있었어요. 저는 제 안에 이와 같이 괴로워하는 능력, 저의 행복과 인생을 위태롭게 하는 정열적인 성격이 있는 것이 두려웠어요. 저는 저의 판단력을 허수아비로 만들 수 없다는 생각으로 늘 위로를 하였고, 제가 기대하는 성격과 재기를 갖춘 남자가 이 세상에 없다고 생각하였어요. 제 마음에 들 법한 상대를 보면 몇몇 단점을 발견함으로써 애정이라고 하는 절대 권력을 언제나 피하려고만 하였어요. 저는 그 단점 때문에 오히려 걱정이 되어 사랑 그 자체가 더 뜨거워질 수도 있다는 것을 몰랐어요. 오스왈드, 모든 일에서 당신의 용기를 꺾어버리는 우울함과 우유부단함, 완고한 생각은 저를 불안하게 하지만, 그렇다고 해서 저의 사랑이 그것 때문에 식은 적은 없어요. 종종 저는 이 사랑으로 인하여 제가 행복하게 되진 않을 것이라는 생각도 해보아요. 그러나 제가 비판하는 것은 저 자신이지 절대로 당신이 아니에요.

자 이제 당신은 제가 살아온 이야기를 전부 들으셨어요. 영국을 버린 일, 이름을 바꾼 일, 제 마음의 변덕 등 저는 아무것도 숨기지 않았어요. 분명 당신은 제가 상상력 때문에 방황한다고 생각하실 테죠. 하지만 만약 사회가 남자는 벗어나 있는 모든 종류의 끈으로 여자를 구속하지 않는다면, 저도 일생에 사랑을 하지 못하란 법이 있을까요? 제가 사람을 속인 일이 있나요? 나쁜 일을 한 적이 있나요? 속된 취미로 제 마음을 시들게 한 적이 있나요? 이 세상에 자기밖에 믿을 것이 없는 성실하고 친절하고 자존심이 있는 고아에게 신이 무엇을 더 바라시겠어요? 인생에 첫발을 디디고 들어섰을 때에 변함없이 사랑할 수 있는 사람을 만난 여자는 얼마나 행복할까요? 그런 사람을 너무 늦게 만났다고 해서, 저는 그 사람에게 적합하지 않단 말인가요?

그러나 말씀드리지만, 경, 제가 솔직하다는 점은 믿어주세요. 당신과 결혼할 수는 없더라도 당신 곁에서 생애를 보낼 수 있다면 제일가는 명예와 커다란 행복을 잃을지라도 저는 결혼까지는 원하지 않을 것 같아요. 모르긴 하지만 그 결혼은 당신에게 희생을 요구하겠지요. 어쩌면 당신은 언젠가 제 동생이며 아버지께서 당신에게 점지하여주신 아름다운 루실을 그리워하겠지요. 그녀는 저보다 열두 살이나 젊고 그 이름은 봄에 피어나는 꽃봉오리같이 때묻지 않았어요. 영국에서는 이미 죽은 자들의 영역에 들어가 있는 제 이름을 부활시켜야 될 테고요. 루실은 조용하고 순진한 마음을 가진 아이예요. 동생의 어린 시절에 비추어본다면 그녀라면 충분히 당신을 사랑하고 이해할 수 있을 거예요. 오스왈드 당신은 자유예요. 원하실 때에 반지를 돌려드리겠어요.

    당신이 혹시 마음을 결정하시지 않고서 제 곁을 떠나신다면, 제가 괴로워할 것인지 궁금하시겠지요. 저도 잘 모르겠어요. 어느 때에는 마음에 요란한 충동이 일어나고, 또 그것은 제 이성보다 강해요. 만일 이러한 충동 때문에 제가 생활을 견디어내지 못한다 하여도, 그것은 제 잘못이 아니겠지요. 제가 행복해지기 위한 능력을 많이 갖고 있는 것도 사실이에요. 저는 가끔 제 안에 불같이 뜨거운 생각이 떠올라 피의 순환이 빨라지는 것을 느낄 때가 있어요. 저는 좋아하는 것도 많죠. 이야기하는 것도 좋아하고 더없는 즐거움으로 다른 사람들의 재기나, 그들이 저에게 보여주는 관심을, 자연의 경이를, 가식이 결코 충격을 가할 수 없는 예술 작품을 즐겨요. 그러나 당신과 또다시 만나지 못하게 된 저에게 살아갈 힘이 남아 있을까요! 그것을 판단하여주실 분은 오스왈드, 당신이에요. 저 자신보다도 저에 대해 더 잘 알고 계시니까요. 제 감정에 대해 저는 어쩔 도리가 없어요. 제가 입는 상처가 치명적인지 아닌지 아는 사람은 칼로 찌르는 사람이에요. 그러나 그 상처가 치명적이더라도 저는 당신을 용서하지 않으면 안 되겠지요.

    저의 행복은 전적으로 당신이 제게 여섯 달 동안 보여주신 애정에 달려 있어요. 이 애정의 아주 사소한 움직임에 대해서 당신이 주도면밀하고 세심하게 저를 속이려고 해도 저는 알 수 있을 것이에요. 이 집에서 의무라고 하는 생각은 모두 버리세요. 사랑에 대해서만은 저는 약속도 보증도 할 수 없어요. 바람이 한 송이의 꽃을 시들게 하였을 때 신만이 그 꽃을 되살릴 수 있어요. 당신의 말 한마디나 시선만으로도 저는 당신의 마음이 제게서 떠났다는 것을 알 수 있을 거예요. 저는 당신이 사랑 대신에 저에게 주시는 것은 무엇이든지 싫어할 거예요. 당신의 사랑은 저에게 신의 광채이며 천상의 후광이에요. 그러니 지금 당신은 자유로우세요, 오스왈드, 언제나 자유로우실 거예요. 설령 당신이 제 남편이 되더라도 마찬가지예요. 만약 당신이 저를 더 이상 사랑하시지 않게 되면, 저는 죽음으로써 풀 수 없는 끈으로 저에게 묶여 있는 당신을 해방시켜드리겠어요.

　당신이 이 편지를 읽고 난 후에 뵙고 싶어요. 당신에게로 달려가고 싶어 못 견디겠어요. 당신을 뵙는 즉시 제 운명을 알 수 있을 테죠. 불행은 순식간에 덮치게 마련이고, 아무리 연약한 마음일망정 돌이킬 수 없는 불길한 징조를 모를 수는 없으니까요. 안녕.

제15부
로마와의 이별, 베네치아 여행

제 1 장

오스왈드는 코린나의 편지를 읽고 매우 충격을 받았다. 여러 가지 복합적인 괴로움으로 인하여 그는 마음이 흔들렸다. 어느 때에는 그녀가 그려준 영국 시골의 풍경에 마음이 상해, 이런 여자는 가정 생활에서 결코 행복을 찾을 수 없을 것이라는 생각이 들었다. 그런가 하면, 또 어떤 때에는 그녀가 겪은 고통이 가련해지면서, 그것을 솔직하고 담담하게 고백하는 그녀에 대해 사랑의 마음과 감탄을 금할 수 없었다. 그는 또 그를 알기 전에 그녀가 한 연애에 대해서도 질투를 느꼈다. 스스로 이 질투의 감정을 감추려 하면 할수록 그 때문에 더욱 괴로워졌다. 그리고 무엇보다도 부친에 대한 이야기가 그의 마음을 쓰리게 하였다. 마음 속으로 너무 고민이 되었으므로 그는 자기가 무슨 생각을 하는지, 또 무엇을 하고 있는지도 모를 정도였다. 그는 서둘러 한낮의 이글거리는 태양 아래로 나섰다. 이 시간에 나폴리의 거리에는 개미 한 마리도 얼씬거리지 않는다. 생명이 있는 모든 것은 더위가 무서워 그늘에 머물기 때문이다. 그는 발이 가는 대로 걸어 포르티치의 바닷가로 향하였다. 뜨겁게 타오르는 태양이 머리 위를 내리쬐고 그의 생각을 자극하고 혼란시켰다.

그러나 코린나는 몇 시간을 기다린 후에 오스왈드를 만나지 않고서는 못 견딜 정도가 되었다. 그의 방으로 들어갔으나 그는 그곳에 있지 않았다. 그가 없는 것을 보자 그녀는 심장이 멎는 듯하였다. 책상 위에 그녀의 편지가 놓여 있는 것을 보니 그가 그것을 읽고 밖으로 나간 것이 틀림없었다. 그녀는 그가 아주 멀리 떠나버렸고 다시는 그를 만나지 못할 것이라는 생각이 들었다. 그러자 그녀는 견딜 수 없는 고통으로 가득 찼다. 기다리려고 해보았지만 시간이 흐를수록 몸이 달았다. 그녀는 방 안을 성큼성큼 돌아다니다가 행여 그가 돌아왔을 때 내는 작은 소리라도 놓치게 될까봐 갑자기 발을 멈추었다. 나중엔 불안을 견디지 못하고 아래층으로 내려와 사람들에게 혹시 넬빌 경이 지나가는 것을 보지 않았는지, 어느 방향으로 걸어갔는지 물었다. 여관 주인은 그가 포르티치 쪽으로 갔다고 대답하였다. 그러나 그는 이 시간에는 햇빛이 너무 위험하기 때문에 틀림없이 멀리 가지는 못했을 거라고 덧붙였다. 이 걱정까지 더해져 코린나는 이 한낮의 더위로부터 몸을 보호하는 어떤 것도 머리에 쓰지 않은 채 거리를 정처 없이 걷기 시작하였다. 나폴리의 용암으로 되어 있는 흰색의 포도는 열과 빛을 배가시키기 위해 그곳에 펼쳐진 듯이 그녀의 발을 활활 태웠고, 그녀는 반사되는 햇살에 정신이 아찔하였다.

그녀는 포르티치까지 갈 작정은 아니었으나, 걸음을 멈추지 않고 더 빨리 걸었다. 고통과 근심 때문에 걸음이 빨라지고 있었다. 한길에는 아무도 없었다. 이 시간에는 동물들도 자연이 두려워 몸을 숨긴다.

바람이 조금만 불어도, 아주 조그만 마차가 지나가도 무서운 흙먼지가 하늘로 치솟았다. 이 흙먼지에 덮인 녹지의 색깔을 보면 그곳에 식물이나 생명이 있는 것은 살 수 없다는 것을 알게 된다. 때때로 코린나는 쓰러질 것만 같았다. 기댈 만한 나무 한 그루조차 없고, 뜨겁게 타오르는 사막에서 정신을 차릴 수 없었다. 몇 발짝만 걸어 궁전에 다다르면 그 문들 아래에 몸을 식힐 수 있는 그늘이나 물이 있을 것 같았다. 그러나 그녀에게 힘이 남아 있지 않았다. 걸으려고 해보았지만, 길이 보이지 않았다. 현기증이 일어나 갑자기 길이 사라지고, 태양빛보다도 더 강한 무수한 빛들이 나타났다가는 순식간에 흐릿한 어둠으로 그 광채를 둘러싼 구름으로 바뀌었다. 심한 갈증이 그녀의 몸을 태웠다. 그녀는 라자로네 한 명을 만났다. 그는 이런 시간에 더위의 위력과 맞설 수 있는 유일한 인간이었고, 코린나는 그에게 물을 좀 달라고 부탁하였다. 그러나 그 남자는 품위 있는 옷을 입은 뛰어나게 아름다운 여인이 이런 시간에 홀로 거리에 있는 것을 보고 혹시 정신병자가 아닐까 하여 겁을 먹고는 달아나버렸다.

다행히 이때 오스왈드가 돌아오는 길이었는데, 멀리서 코린나의 목소리를 듣고는 깜짝 놀랐다. 그는 자신도 모르게 그녀 쪽으로 달려와 그녀를 두 팔에 안았고, 그녀는 의식을 잃었다. 그는 그녀를 포르티치 궁전의 문 아래로 데리고 들어가 정성껏 간호하여 의식을 되찾게 하였다.

그를 알아보자 그녀는 여전히 의식이 혼미한 채로 말하였다.

"저의 동의 없이는 떠나지 않겠다고 약속하셨지요. 이제는 제가 당신의 사랑을 받기에 합당치 않은 여자로 보일지도 모르겠군요. 하지만 왜 약속을 지키지 않으셨어요?"

"코린나."

하고 오스왈드가 대답하였다.

"당신을 떠나려고 한 적은 한번도 없어요. 저는 단지 우리들의 운명에 대하여 다시 생각해보고, 당신을 만나기 전에 생각을 정리하고 싶었을 뿐이에요."

"그렇다면,"

하고 코린나는 담담한 척하며 말하였다.

"제 생명을 앗아갈 수도 있었을 이 끔찍한 시간에 당신은 그럴 여유가 있었다는 말씀이시군요. 그렇다면 말씀해주세요. 당신이 어떻게 결심하셨는지 말씀해주세요."

오스왈드는 그녀의 속마음이 나타난 목소리에 두려움을 느끼면서 그녀 앞에 무릎을 꿇고 말했다.

"코린나, 당신의 연인의 마음은 조금도 변하지 않았어요. 도대체 제가 무슨 이유로 당신에게 환멸을 느낄 수 있겠어요? 그러나 들어보세요."

그녀가 더욱 몹시 떨었기 때문에 그는 간절하게 말하였다.

"당신이 불행해진다는 것을 알고는 살아가지 못할 사람의 말을 두려워하지 말고 들어주세요."

"아!"

하고 코린나는 소리쳤다.

"저의 행복에 대해서 말씀하시는군요. 이제 당신의 행복은 아니란 말씀이시지요. 당신의 동정은 거절하지 않겠어요. 지금으로서는 그것도 필요하니까요. 그렇지만 제가 그것만 믿고 살아갈 수 있다고 생각하세요?"

"아니요, 제가 당신을 사랑하기 때문에 우리 둘이 같이 살아가게 되겠지요."

오스왈드가 말하였다.

"다시 돌아오겠어요."

"돌아오시다니요."

코린나가 도중에 말을 막았다.

"아! 그렇다면 당신은 떠나시는군요? 어찌된 일이에요? 어제와 무엇이 달라졌나요? 저같이 불행한 사람이 또 어디에 있어요!"

"사랑스러운 그대! 너무 심란해하지 마세요."

하고 오스왈드가 말하였다.

"저의 생각을 말씀드릴 수 있게 해주세요. 당신이 두려워할 일이 아니에요. 아니고 말고요. 그러나 아무래도."

하고 그는 해명하기 위해 노력하면서 말을 이었다.

"어쨌든 저는 칠 년 전에 아버지가 우리의 결혼을 반대하셨던 이유를 알아야겠어요. 아버지는 그 점에 대해서 밝히신 적이 없었어요. 저 역시 전혀 모르고 있었고요. 아버지의 가장 절친한 친구 분이 영국에 살아 계시는데, 그분이라면 이유를 아실 것 같아요. 만약 그것이 제가 생각하는 것처럼 대수롭지 않은 사정이라면 개의치 않아도 되겠지요. 당신이 아버지와 저의 나라, 그토록 기품 있는 조국을 떠난 것을 용서하겠어요. 당신이 그곳에 다시 애정을 갖게 되길, 당신의 화려한 재능보다 가정적인 행복을, 그 지각 있고 본성적인 덕목을 더 좋아하게 되길 바래요. 저는 희망을 갖고 무슨 일이든 하겠어요. 그러나 코린나, 저의 아버지께서 당신과의 결혼을 반대하셨다면, 저는 다른 어느 누구의 남편도 되지 않겠지만, 당신의 남편도 될 수 없어요."

오스왈드가 이 말을 끝내자 이마에는 식은땀이 흘렀다. 그가 이 말을 하기 위하여 온 힘을 쏟는 것을 보고 그 모습에만 정신이 팔려 코린나는 한동안 아무 말도 하지 못했다. 그러다 그의 손을 잡고 이렇게 말했다.

"뭐라고요! 당신이 떠나신다고요. 뭐라고요! 저를 안 데리고 영국에 가신다고요!"

오스왈드는 아무 말도 하지 않았다.

"너무하세요."

코린나는 절망하여 소리쳤다.

"아무 대답이 없으시군요. 제 말씀에 대한 반론조차 하지 않으시는군요! 아! 그렇다면 사실이네요! 어쩌나! 그래도 아직 당신의 말씀이 믿어지지 않아요."

"저는 당신의 간호 덕분에 목숨을 건졌어요."

하고 오스왈드는 대답하였다.

"하마터면 목숨을 잃을 뻔하였지요. 이 목숨은 전쟁 때에는 조국의 것이에요. 우리가 결혼할 수 있게 되면 이제 다시는 헤어지지 않을 것이고 저는 영국에서 당신의 이름과 존재를 찾아드리도록 하겠어요. 너무나도 과분한 이 행복한 운명이 저에게 허락되지 않는다면, 평화의 땅, 이탈리아로 다시 돌아오겠어요. 저는 오랫동안 당신 곁에 머무르겠어요. 충실한 연인이 하나 더 늘어날 뿐, 당신의 운명엔 아무 변화도 없을 것이에요."

"아! 제 운명에 아무 변화가 없을 것이라고요."

하고 코린나가 말하였다.

"당신이 이 세상에서 저의 유일한 관심사가 되어버렸는데, 행복과 죽음 중에서 양자택일을 해야 하는 이 잔을 제가 마셔버렸는데도! 그렇지만 적어도 출발이 언제인지는 말씀해주세요. 저에게 몇 일이 남아 있는 것인지요?"

"사랑하는 그대,"

하고 오스왈드는 그녀를 가슴에 안으며 말하였다.

"삼 개월 안에는 당신을 떠나지 않겠다고 약속하겠어요. 어쩌면 그때는······"

"삼 개월!"

하고 코린나는 소리쳤다.

"그렇다면 그때까지는 살 수 있겠군요. 그것으로 충분해요. 더 바랄 것도 없어요. 자, 한결 나아졌어요. 삼 개월이라 하면 앞날의 일이니까요."

기쁨과 슬픔을 번갈아 나타내는 코린나의 이 말은 오스왈드의 마음을 깊이 감동시켰다. 두 사람은 아무 말 없이 마차에 올라 나폴리로 돌아왔다.

제 2 장

숙소에 도착하니 카스텔 포르테 공이 두 사람을 기다리고 있었다. 넬빌 경이 코린나와 결혼하였다는 소문이 돌았기 때문에 공으로서는 대단히 가슴 아픈 일이었는데도 일부러 그것이 사실인지 아닌지를 확인하러 찾아온 것이었다. 그것은 또 그의 여자 친구가 다른 남자와 영원히 결합되더라도 그녀의 사교 상대로 어떻게 해서든지 다시 개입하기 위해서였다. 그는 처음으로 코린나의 침울하고 가라앉은 모습을 보고는 몹시 걱정이 되었다. 그러나 그녀가 그 점에 관하여 대화를 나누고 싶어하지 않는 것 같아서 감히 물어볼 엄두를 내지 못하였다. 누군가에게 털어놓기가 두려운 심경이 있는 법이다. 삶을 버텨나가게 해주는 환상을 눈앞에서 사라져버리게 하는 데에는 한마디 말을 하거나 듣는 것으로 충분할 것이다. 어떤 종류의 정열이든 정열적인 애정 안에 포함된 환상은 사람에 따라 다른 데가 있지만, 그런 환상을 갖게 되면, 마치 자신이 즐겁게 해주면서도 고통을 주지 않을까 염려되는 연인을 다루듯이 자기 자신을 다루게 된다. 또한 자기도 모르는 사이에 자신의 고통을 스스로 가엾이 여기고 감싸게 된다.

이튿날 코린나는 이 세상에서 가장 자연스러운 사람으로 돌아와 그녀의 고민을 드러내지 않고 명랑하게 보이려고 더욱 활기차게 행동하였다. 그녀는 오스왈드를 붙들기 위한 최선의 방법은 예전과 같이 사랑스럽게 보이는 것이라는 생각까지 하게 되었다. 따라서 그녀는 재미있는 대화를 생기 있게 이끌다가도, 갑자기 딴 생각을 하고 시선은 허공을 맴돌곤 하였다. 누구보다도 능란하게 말을 다룰 수 있는 그녀가 더듬거리며 말을 고르는가 하면, 때로는 그녀가 말하고자 하는 것과는 아무 관계도 없는 표현을 쓰기도 하였다. 그리고서는 혼자 웃는 것이었다. 그러나 웃으면서도 눈에는 눈물이 넘치고 있었다. 오스왈드는 그가 준 마음의 고통을 몹시 미안하게 생각하고 있었다. 그녀와 단둘이 이야기하려고 하였으나 그녀 쪽에서 그러한 기회를 조심스럽게 피하고 있었다.

"저에 대해서 무엇을 알고 싶으세요?"

그가 어떻게 해서든지 그녀에게 말을 걸려고 하던 어느 날, 코린나가 오스왈드에게 물었다.

"저는 후회하고 있어요. 그뿐이에요. 저는 제가 가진 재능에 조금이나마 긍지를 가지고 있었고, 인기와 명예를 좋아하였어요. 관심이 없는 사람들로부터 호평을 받으려는 야심도 품었죠. 그러나 지금은 아무 것도 바라지 않아요. 행복이 아닌 심한 실망감이 저를 이 허무한 즐거움으로부터 떼어놓았어요. 당신을 탓하는 것이 아니에요. 이 실망감은 순전히 저 자신 때문이며 이겨낼 수 있을 거예요. 우리들의 마음속에서는 많은 일이 일어나고 있어서 앞일을 예측할 수도, 방해할 수도 없지요! 그러나 오스왈드 당신이 저 때문에 괴로워하신다는 점은 인정해드릴게요. 잘 알고 있어요. 저도 당신을 애처롭게 생각하고 있어요. 그러나 이런 감정이 왜 우리에게는 적합지 않을까요? 어떻게 해야 될까요! 그것은 많은 잘못을 저지르지 않고 살아가는 사람에게 어울리는 감정인가

봐요."

그때 오스왈드 역시 코린나 못지않게 슬퍼하고 있었다. 그러나 그녀의 이야기는 그의 사고 방식과 사랑에 상처를 입혔다. 그는 부친이 모든 것을 내다보고 자식을 위해 미리 판단을 내린 것이 분명해 보였고, 코린나를 아내로 맞이하는 것은 부친의 충고를 무시하는 듯한 생각이 들었다. 그렇다고 해서 그는 결혼을 단념할 수도 없었고, 또다시 우유부단한 상태에 빠지게 되었다. 그는 연인의 운명을 알게 되면 이러한 상태에서 벗어날 수 있기를 희망하였다. 그녀로서는 오스왈드와 결혼할 수 있는 인연을 바랄 수는 없었다. 그가 절대로 그녀 곁을 떠나지 않는다고 믿을 수만 있으면, 그녀는 더 이상 바랄 것이 없을 정도로 행복할 것 같았다. 그러나 그녀는 그가 오직 가정 생활에서만 행복을 인정할 것이라는 점과 만약 그녀와 결혼할 계획을 버린다면 애정도 식을 수밖에 없다는 점을 잘 알고 있었다. 오스왈드가 영국으로 떠나는 것은 그녀에게 죽음의 징조같이 느껴졌다. 그녀는 그 나라의 풍습과 여론이 얼마나 그에게 영향을 주는지에 대해서도 잘 알고 있었다. 아무리 그가 이탈리아에서 그녀와 함께 살겠다는 계획을 세워도 소용없는 일이다. 그녀는 그가 고국으로 돌아가면 두번 다시 그곳을 떠나는 일은 있을 수 없는 일임을 조금도 의심하지 않았다. 결국 그녀는 그에 대한 영향력을 유지할 수 있는 것은 오직 그녀 자신의 매력이라는 사실을 잘 알고 있었다. 그런데 곁에 없는 사람의 영향력이 존재할 수 있을까? 사방이 사회 질서의 현실과 압력에 둘러싸여 있을 때, 상상력에 의한 기억이란 것이 어느 정도로 힘을 발휘할 수 있을까? 더구나 그 사회 질서란 고상하고 순수한 사상 위에 서 있기 때문에 더욱 지배력이 큰 것이다.

코린나는 이런 생각에 시달리며 오스왈드를 향한 애정을 어느 정도 억누르려고 하였다. 그녀는 카스텔 포르테 공과 언제나 그녀의 관심 분야인 문학과 예술에 관한 이야기를 주고받으려고 해보았다. 그러나 오스왈드가 방에 들어와 위엄 있는 태도로 슬픈 시선을 코린나에게 던지면 모든 계획이 수포로 돌아가고 말았다. 그의 눈은 마치 *왜 당신은 저를 버리려고 하세요?*라고 말하는 것 같았다. 코린나는 넬빌 경에게 그의 우유부단한 성격으로 상처를 입은 일과 그 때문에 그를 떠날 결심을 하였다는 말을 수십 번이나 하려고 하였다. 그러나 어느 때에는 괴로운 사랑에 지쳐버린 남자와 같이 머리를 손으로 받치고 있는 모습이, 또 어느 때에는 힘겹게 숨을 몰아쉬거나 혹은 해변에서 생각에 잠겨 있는 모습이, 또는 아름다운 소리가 들릴 때 눈을 하늘로 돌리는 모습이 눈에 띄었다. 그녀만이 이러한 단순한 행동의 매력을 알아보았고, 그럴 때마다 그녀의 노력은 일시에 물거품이 되고 말았다. 말투나 용모, 행동의 하나하나에 서려 있는 우아함이 사랑하는 사람에게 마음속 깊이 간직하고 있는 비밀을 보여주었다. 모르기는 하지만, 넬빌 경과 같이 겉으로 보기에 냉정한 사람의 개성은 그를 사랑하는 사람 외에는 깊이 알 수가 없을 것이다. 무관심한 사람은 아무것도 알아차릴 수 없기 때문에 밖으로 나타나는 것만 보고 판단할 수밖에 없다. 코린나는 조용히 생각에 잠겨, 예전에 그녀가 오스왈드를 사랑한다고 믿었을 때 무엇이 그것을 가능하게 하였는지 곰곰 생각해보았다. 그리고 그녀는 자신의 관찰력에 의지하여 그의 아주 사소한 단점이라도 찾아보려고 노력하였다. 또한 그녀가 가진 상상력을 자극하여 별로 매력적이지 않은 특징으로 오스왈드를 생각하려고 애쓰기도 하였다. 그러나 그에게는 고상하고 감동적이며 소박한 점밖에는 없었다. 완벽하게 자연스러운 성격과 정신의 매력을 어떻게 그녀 눈에 보이지 않게 한단 말인가! 이런 남자를 사랑하고 있었다니, 하고 돌연 정신을 차리게 되는 경우는 상대방이 자기 자신의 모습을 진실하게 보여주지 않고 가장하고 있을 때뿐이다.

게다가 오스왈드와 코린나 사이에는 기묘하게도 강한 공감이 존재하고 있었다. 두 사람의 취미는 달랐고 의견도 거의 일치하지 않았으나, 적어도 그들의 마음속에는 서로 비슷한 신비감이 있었고, 같은 샘물에서 퍼올리는 감정이 있었다. 서로가 처한 다른 상황 때문에 각자가 달라 보이지만, 본질은 같다고 생각되는 무엇이라고 설명하기 어려운 불가사의한 유사점이 있었다. 그래서 코린나는 깨닫게 되었다. 다시 한번 오스왈드를 관찰하고 아주 세세한 것까지 평가를 하고 그가 풍기는 인상에 강하게 반항을 해보아도, 더욱더 그를 사랑할 수밖에 없음을 소름이 끼치도록 깨달은 것이다.

그녀는 카스텔 포르테 공에게 함께 로마로 돌아갈 것을 청하였다. 넬빌 경은 그녀가 그들 둘만이 있는 것을 피하길 원한다고 느꼈다. 슬픈 마음이 들었지만 반대하지는 않았다. 그는 더 이상 그가 코린나를 위하여 해줄 수 있는 것이 코린나의 행복에 충분한 것인지 알 수 없었고, 이런 생각 때문에 소극적이 될 수밖에 없었다. 그렇지만 코린나 쪽에서는 오히려 그가 카스텔 포르테 공이 여행길에 동반하는 것을 반대하여주길 바랐다. 그러나 그 사실을 말하지는 않았다. 두 사람의 관계는 예전과 같이 단순한 것이 아니었다. 그들 사이에 아직 거짓은 없었지만, 코린나는 오스왈드가 거절해주었으면 하는 일을 제안하였다. 여섯 달 동안 거의 아무런 장애 없이 매일매일 증가하기만 하던 그들의 애정에 급기야 어둠이 끼기 시작하였다.

카푸아와 가에타를 지나 돌아오는 도중, 불과 얼마 전에 비할 수 없이 기쁜 마음으로 지나갔던 바로 그 장소를 다시 보게 되니 코린나는 마음이 아파왔다. 아름다운 자연도 이제는 행복으로 초대하는 것이 아니라 그녀의 슬픔을 더욱 가중시킬 뿐이었다. 아름다운 하늘을 바라보아도 고민이 없어지기는커녕, 그 대조적인 밝은 모습에 괴로움이 커졌다.

그들은 상쾌한 서늘함이 감도는 저녁나절, 테라치나에 도착하였다. 지난번과 똑같은 바다가 똑같은 암벽에 파도를 부딪히고 있었다. 저녁 식사 후에 코린나는 모습을 감추었다. 오스왈드는 그녀가 돌아오는 모습이 보이지 않자 걱정이 되어 밖으로 나갔다. 그들은 똑같이 나폴리로 가는 길에 쉬었던 장소로 향하였다. 멀리 그들이 앉았던 바위 앞에 코린나가 무릎을 꿇고 있는 모습이 보였다. 문득 오스왈드는 달을 쳐다보았다. 두 달 전의 그때와 같이 달은 구름에 덮여 있었다. 코린나는 오스왈드가 가까이 오자 일어서서 구름을 가리키면서 말하였다.

"제 예감이 맞았지요? 하늘에 동정하는 마음이 나타나지 않잖아요? 하늘은 저에게 미래를 예언하여주었어요. 당신도 보다시피 하늘은 오늘도 저를 애도하고 있군요.

잊지 마세요, 오스왈드, 제가 죽을 때에도 오늘과 같이 구름이 달 위를 지나갈 테니까 꼭 보아주세요."

"코린나! 코린나!"

하고 오스왈드는 외쳤다.

"당신은 저를 고통으로 죽게 만드시는군요. 제가 그럴 만한 일이라도 했단 말인가요? 당신은 눈도 깜짝 안 하고 그런 일을 할 수 있겠죠. 아무렴 그럴 테지요. 다시 한번만 그런 말씀을 해보세요. 당신의 발밑에 쓰러져 죽을 테니까. 그러나 도대체 제가 무슨 죄를 지었단 말씀이세요? 당신은 당신 방식으로만 생각하면서 세상의 의견에는 상관하지 않고 사는 사람이에요. 또 세상의 의견이라는 것이 전혀 심각하지 않은 나라에서 살고 있어요. 여론이 문제가 되더라도 당신은 재능으로 그것을 억누를 수 있어요. 저는 무슨 일이 일어나도 당신 곁에서 지내고 싶어요. 저는 그렇게 하기를 원해요. 그런데 도대체 왜 괴로워하세요? 설령 제가 당신의 남편이 되지 못하더라도, 당신이나 저의 마음을 채우고 있는 추억을 간직하며, 저의 변치 않는 사랑과 헌신에서 행복을 찾으며 저를 사랑해주실 수는 없으시겠어요?"

"오스왈드."

하고 코린나는 말하였다.

"만약 우리가 절대 헤어지지 않는다는 것을 믿을 수 있다면, 그 이상의 것은 바라지 않아요. 그러나……"

"당신은 신성한 약속의 징표인 반지를 끼지 않으셨나요? ……"

"반지를 돌려드릴게요."

하고 그녀는 대답하였다.

"안 돼요. 절대로."

하고 그는 말하였다.

"아! 당신이 원하시면 돌려드릴게요."

하면서 코린나는 말을 계속하였다.

"당신이 저를 사랑하시지 않게 되면, 이 반지가 그 사실을 저에게 알려줄 거예요. 옛날부터 다이아몬드는 남자보다 더 충실하여, 그것을 준 남자가 배반을 하게 되면 흐려진다는 말이 있잖아요?"(5)

"코린나."

하고 오스왈드가 말하였다.

"제가 배반할 거라는 말씀을 하시는 거예요? 당신은 제정신이 아니세요. 저를 모르시는군요."

"용서하세요, 오스왈드, 용서하세요!"

하고 코린나는 소리를 높였다. 그러나 사랑이 깊어지면 돌연 제 마음속에 육감이 생겨요. 그런데 지금 고통의 예언이 느껴지네요. 제 가슴에 일어나는 이 고통스러운 떨림은 도대체 무엇을 의미하는 것일까요? 아! 내 사랑, 저는 이 떨림이 두렵지 않아요. 그것이 죽음의 전조라고 하여도."

　이렇게 말을 마치자 코린나는 빠른 걸음으로 멀어져갔다. 그녀는 오스왈드와 길게 이야기하는 것을 두려워하였다. 고통에 빠져버리기 전에 슬픈 마음을 없애려고 하였다. 그러나 뿌리치려고 하면 그 마음은 더욱더 심해졌다. 이튿날 폰티노의 늪을 지날 때 코린나에 대한 오스왈드의 배려는 갈 때보다 더 세심하였다. 그녀는 기쁘고 감사하는 마음으로 그것을 받아들였다. 그러나 그녀의 시선은 *왜 저를 죽게 놓아두지 않으세요?* 라고 말하는 듯하였다.

제 3 장

　나폴리에서 돌아와 다시 보는 로마는 얼마나 황폐한가! 라테란 대성전의 문으로 들어가 인기척이 없는 먼 길을 지나간다. 나폴리의 소음과 사람들, 주민들의 활기에 어느 정도 익숙해진 눈에는 로마가 이상하리만큼 쓸쓸해 보인다. 그러나 일정 기간 동안 체류하고 나면 이곳이 마음에 들게 될 것이다. 일단 놀고 먹는 생활에 길들여지면, 다시 자기 생활로 돌아왔을 때 아무리 그곳이 살기 좋은 곳이더라도 처음에는 우울한 느낌이 들게 마련이다. 게다가 로마 체재는 계절에 따라서 차이가 있다. 예를 들어 칠월 말 같은 때에 로마에 머무는 것은 매우 위험하다. 나쁜 공기 때문에 살지 못하는 구역도 여럿 있고, 전염병이 도시 전체에 퍼지는 일도 가끔 있다. 올해는 특히 여느 때보다 걱정이 더 커지고, 사람들의 얼굴에 두려워하는 기색이 뚜렷하다.

　코린나는 도착하여 그녀 집 문 앞에 수도사가 서 있는 것을 보았다. 그는 전염병으로부터 그 집을 보호하기 위한 축성을 하도록 허락해달라고 부탁하였다. 코린나가 승낙하자 그 수도사는 집 안의 모든 방을 돌면서 성수를 뿌리며 라틴어로 된 기도문을 외웠다. 넬빌 경은 이런 의식에 약간 웃음이 났다. 그러나 코린나는 거기에 감동하였다.

그녀는 말하였다.

"어쩌면 미신이라고 여기실지도 모르겠어요. 그러나 이 미신 안에 적대적이고 편협한 점만 없다면, 종교적인 모든 것 안에는 무엇이라고 설명할 수 없는 매력이 숨어 있다는 생각이 들어요. 생각과 감정이 정상 생활의 궤도를 벗어날 때 신의 도움은 반드시 필요하지요! 특히 저는 능력이 뛰어난 사람들이 초자연적인 보호를 필요로 한다고 느끼고 있어요."

"물론 그 필요는 존재하지만,"

하고 오스왈드는 대꾸하였다.

"꼭 이런 방법으로 해야 할까요?"

코린나는 대답하였다.

"저는 어떤 기도라고 할지라도 절대 거절하지는 않을 거예요."

"옳은 말씀이세요."

하고 넬빌 경은 말하였다.

그리고 그는 가난한 사람들을 위한 것이라고 하며 그 수줍어하는 노인 수도사에게 그의 지갑을 내주었다. 그러자 그는 두 사람을 축복하고 떠났다.

코린나의 친구들이 그녀가 돌아온 것을 알고는 서둘러 그녀의 집으로 달려왔다. 그녀가 넬빌 경의 아내가 되지 않고 돌아온 것에 대해서 어느 누구도 놀라지 않았다. 왜 결혼이 성립되지 않았는지 그 이유조차 묻는 사람이 아무도 없었다. 그녀와 다시 만나는 기쁨이 하도 커서 다른 생각은 미처 하지 못한 것이다. 코린나는 전과 같이 행동하려고 노력하였으나 잘 안 되었다. 그녀는 미술의 걸작품들을 보러 갔다. 전에는 그녀에게 강렬한 기쁨을 주었던 것들인데, 마음속 깊이 슬픔이 느껴져왔다. 그녀는 보르게제 별장과 케키리아 메텔라의 묘지 근처를 산책하였다. 전에는 그토록 좋아하던 이곳의 풍경이 도움이 되지 않았다. 또다시 옛날의 달콤한 몽상을 맛볼 수는 없었다. 모든 기쁨의 무상함을 느끼게 되면서 더욱더 마음이 아파온다. 그녀는 하나의 괴로운 고정 관념에 사로잡혀 있었다. 막연한 방법으로만 이야기하는 자연은 우리가 실제적인 근심에 잠겨 있을 때에는 아무런 도움이 안 된다.

결국 코린나와 오스왈드의 사이에는 아주 괴로운 어색함이 감돌게 되었다. 그러나 아직 불행에 이르진 않았다. 왜냐하면 깊은 불행의 감정은 때로는 슬픈 마음을 위안해주고, 폭풍우 속에서 모든 것을 비출 수 있는 번개를 보내주기도 하기 때문이다. 그들은 서로 서먹했고, 두 사람 모두 괴로운 상황에서 벗어나기 위하여 공연히 애를 쓰고 있었다. 그러다 보니 둘 다 지치고 서로 상대방에게 불만을 품게 되었다. 사실 사랑하는 사람을 책망하는 일만큼 괴로운 일이 또 어디 있겠는가? 이 모든 어색함을 없애기 위해서 단 한 번의 시선, 한 번의 말투로 족한 것은 아닐까? 그러나 그 시선, 그 말투는 우리가 기다리고 있을 때, 필요할 때에 와주지 않는다. 사랑에는 아무런 이유가 없다. 우리가 생각하고 느끼는 것은 신의 힘에 의한 것이며, 그 힘은 우리로서도 어쩔 수가 없는 것이기 때문이다.

전염병은 그리 오래되지 않았지만 삽시간에 로마에 퍼졌다. 어느 젊은 여자가 그 병에 걸렸는데, 그녀 곁을 떠나려고 하지 않던 친구들과 가족이 모두 전염되어 죽고 말았다. 이웃집도 같은 운명을 겪었다. 로마의 거리에는 매시간 흰옷을 입고 얼굴을 베일로 가린 추도 행렬을 볼 수 있었다. 그들은 교회까지 죽은 사람을 따라가는 것이었다. 마치 유령들이 사체를 운반하는 것과도 같았다. 죽은 사람들은 들것 위에 얼굴을 드러내놓은 채 실려 있었다. 그들의 발에는 단지 노란색이나 분홍색의 명주 조각이 던져져 있을 뿐이며, 아이들은 종종 죽은 사람의 차디찬 손을 가지고 즐겁게 놀았다. 끔찍하면서도 눈에 익은 이 광경에는 몇몇 시편의 어둡고 단조로운 중얼거리는 소리가 따르게 마련이다. 그것은 억양 없는 음악이며, 거기에서 인간 마음의 울림은 전혀 느껴볼 수 없다.

두 사람만이 함께한 어느 날 저녁, 넬빌 경은 코린나가 괴로워하고 거북해하는 모습을 보고 몹시 마음이 아팠다. 그의 방 창밑에서는 장례식을 알리는 느리고 긴 여운을 남기는 소리가 들려왔다. 그는 잠시 말없이 귀를 기울이고 나서 코린나에게 말하였다.

"저도 내일 저 병에 걸릴지도 모르죠. 전혀 막을 길이 없으니까요. 당신은 연인의 인생에서 마지막이 될 수도 있는 날에 그에게 다정한 말 한마디 하지 않은 것을 후회할 테죠. 코린나, 죽음이 우리 둘을 가까이에서 접주고 있어요. 자연의 재앙으로 족하지 않아요? 우리까지 이렇게 서로 마음을 아프게 해야 할까요?"

그 순간 코린나는 오스왈드가 전염병이 만연한 한가운데에서 위험에 처하여 있다는 생각이 갑자기 떠올라, 로마를 떠날 것을 간청하였다. 그는 그것을 단호히 거절하였다. 따라서 그녀는 함께 베네치아로 가자고 제안하였다. 그는 기꺼이 승낙하였다. 전염병이 날로 기승을 부리는 것을 보고 코린나가 걱정이 되었기 때문이다.

출발은 이틀 후로 정해졌다. 그러나 그날 아침 넬빌 경은 코린나가 보낸 편지를 받아들었다. 그 전날은 로마를 떠나는 영국인 친구들에게 붙잡혀 그녀를 만날 수 없었다. 편지에는 피할 수 없는 급한 일로 피렌체로 떠나야 하므로 보름 후에 베네치아에서 만나자고 되어 있었다. 또한 그녀는 그에게 안코나를 경유할 것을 당부하였다. 그곳에 중요한 용건이 있는 듯하였다. 편지의 문장은 정중하고 차분했다. 나폴리 여행 이후 오스왈드는 코린나의 이토록 상냥하고 편안한 말투를 들어본 적이 없었다. 그래서 그는 편지의 내용을 믿고 출발할 작정이었는데, 그 순간 로마를 떠나기 전에 코린나의 집을 다시 한번 보고 싶다는 생각이 들었다. 집에 가 보니 문이 잠겨 있었다. 집을 보고 있는 늙은 여자가 하인은 모두 여주인과 함께 떠났다고 말하고, 그 이상은 물어도 일체 대답하지 않았다. 그는 카스텔 포르테 공의 집으로 가 보았다. 공은 코린나의 일에 대해서 전혀 모르고 있었다. 그리고 자기에게 한마디 말도 없이 그녀가 떠나버린 것에 대해서 매우 놀라워했다. 넬빌 경은 걱정이 되어서 그녀의 재산 관리인을 만나러 티볼리에 가기로 하였다. 거기에 살고 있는 그 사람은 필경 그녀로부터 무언가 지시를 받았을 것이다.

    그는 말에 올라, 불안에 떨며 엄청난 속도로 달려 코린나의 별장에 도착하였다. 집의 문은 모두 열려 있었다. 그는 안으로 들어가 몇 개의 방을 돌아보지만 인기척이 없었다. 그는 결국 코린나의 방까지 들어갔다. 어두컴컴한 방안에 코린나가 침대에 누워 있는 것이 보였다. 테레지나만이 그 곁에 붙어 있었다. 그는 그녀를 알아보고 소리를 질렀다. 이 소리에 코린나는 정신을 차렸다. 그녀는 그를 알아보자 일어나서 말하였다.

    "이쪽으로 오지 마셔요. 안 돼요. 가까이 오시면 죽어요!"

    오스왈드는 불길한 두려움에 사로잡혔다. 그는 그의 어떤 잘못이 갑자기 연인에게 발각되어 책망받고 있다고 생각하였다. 그는 코린나가 그를 미워하고 경멸한다는 생각이 들어, 무릎을 꿇고 절망에 빠져 그외 근심을 말하고 의기소침해졌다. 그러자 당장 코린나는 그의 착오를 이용하여 마치 그가 죄인이라도 되는 듯이 영원히 그녀로부터 떠나라고 명하였다.

코린나에게 차이고 상처를 받아 그는 방에서 나가려고 하였다. 그때 테레지나가 말하였다.

"아! 어르신, 그렇다면 예쁜 아가씨를 버리신다는 말씀이세요? 아가씨는 모든 사람을 물리치시는 거예요. 제 간호마저도 필요없다고 말씀하셔요. 전염병에 걸리셨기 때문이에요."

그 순간 오스왈드는 코린나의 눈물겨운 의도를 깨닫고, 그때까지 살아오면서 한번도 느껴보지 못한 격렬한 사랑을 느끼며 그녀의 품안으로 뛰어들었다. 코린나는 그를 밀어내고 테레지나에게 화를 내었지만 소용없는 일이었다. 오스왈드는 테레지나에게 나가라고 단호하게 지시하였다. 그리고는 코린나를 가슴에 부둥켜안고 눈물과 애무를 퍼부었다.

"이젠,"

하고 그는 소리쳤다.

"이제 당신은 제가 없으면 살지 못해요. 설령 당신의 혈관에 생명을 위협하는 독이 흐르고 있다고 해도, 천만다행으로 제가 당신의 가슴에서 독을 빨아내었어요."

"너무해요, 오스왈드."

하고 코린나는 말하였다.

"당신은 어쩌자고 저를 이토록 괴롭히세요! 오 하느님! 저 없이는 살 수 없다고 하는 저 빛의 천사가 죽는 것을 허락하지 마시옵소서! 제발 죽지 않게 하여주옵소서!"

이렇게 말을 끝내자 그녀는 힘이 다 빠졌다. 일주일 동안 그녀는 매우 위독한 상태였다. 그녀는 혼수 상태에 빠져서도 쉬지 않고 반복하였다.

"오스왈드를 나한테서 멀리 떨어지게 해요. 가까이 다가오지 못하

게 해요. 내가 어디 있는지 알려주지 말아요!"

의식을 되찾아 그를 알아보고는 말하였다.

"오스왈드! 오스왈드! 거기에 계셨군요. 살아 있을 때와 마찬가지로 죽어서도 우리 같이 있도록 해요."

그녀는 그의 얼굴이 창백한 것을 보고는, 죽음의 공포에 사로잡혔다. 덜덜 떨며 의사를 불러 넬빌 경을 구해달라고 하였다. 의사는 그가 잠시도 그녀의 곁을 떠나지 않고 헌신적으로 돌본 결과라고 하였다.

오스왈드는 줄곧 코린나의 불같이 뜨거운 손을 쥐고 있었다. 그녀가 남긴 컵의 물을 마셨다. 결국 그녀는 연인과 생사를 같이하려고 애쓰는 열의를 보고 그 정열적인 헌신에 대항할 것을 체념하고 말았다. 넬빌 경의 팔에 머리를 얹고 그의 뜻에 따랐다. 두 사람이 서로 죽고 못 산다고 느낄 정도로 사랑한다면, 모든 것을 죽음마저도 공유하려는 숭고한 감동적인 애정으로 승화시킬 수 있지 않을까?(6) 다행히 넬빌 경은 병에 걸리지 않았고, 정성을 다하여 간호하였다. 코린나는 회복하였다. 그러나 이제는 다른 병이 그녀의 가슴에 박혀 있었다. 연인이 보여준 아량과 사랑에 감동하여 그를 사랑하는 마음이 더욱 커진 것이다.

제 4 장

코린나와 넬빌 경은 로마의 불길한 공기에서 멀리 떨어지기 위해서 함께 베네치아에 가기로 하였다. 그들은 장래의 계획에 관해서는 다시 여느 때처럼 침묵을 지켰다. 그러나 어느 때보다도 더 부드럽게 서로의 애정을 고백하였다. 코린나도 오스왈드 못지않게 조심하여 두 사람의 기분 좋은 평화를 깨뜨리는 대화를 피하였다. 그와 함께 지내는 하루가 몹시 즐거웠다. 그는 연인과의 대화에서 기쁨을 만끽하고 있는 것 같았다. 그녀가 움직이는 곳마다 따라가고, 아무리 작은 것일지라도 그녀가 원하는 것이 무엇인지 변함없는 꾸준한 관심을 갖고 관찰하였기 때문에 그에게 그외에 달리 사는 방도가 있을 법하지 않았고, 마치 그렇게 남을 행복하게 해주는 것이 자기 자신의 행복이 되는 듯하였다. 코린나는 그녀가 맛본 그 행복 때문에 안정을 찾고 있었다. 이런 상태로 여러 달 지내다 보면 나중에는 생활과 분리될 수 없고 이렇게 살아가는 것이라고 생각하게 된다. 코린나의 마음의 동요는 다시 가라앉았고, 다시 앞날을 생각하지 않고 살게 되어 그녀의 불안을 덜어주었다.

그런데도 로마를 떠나기 전날 저녁, 그녀는 몹시 우울한 마음이 되었다. 이 상태가 줄곧 이어질지 염려가 되기도 하였지만 괜찮을 것이라는 생각이 들었다. 떠나기로 한 전날, 밤잠을 이루지 못하고 있자니 창문 밑에 한 패의 로마인 남녀들이 지나가는 소리가 들렸다. 그들은 노래하면서 달빛 아래를 산책하고 있었다. 그녀는 그들을 따라가서 다시 한번 그녀가 사랑하는 도시를 돌아보고 싶은 충동에 휩싸였다. 그녀는 옷을 입고 마차를 타고 하인들에게 멀리 떨어져 뒤따르게 하였다. 사람들의 눈에 띄지 않도록 베일을 쓰고 그 패들로부터 몇 발짝 안 되는 곳까지 따라갔다. 그들은 하드리아누스의 영묘(靈廟) 앞에 있는 산 안젤로 다리에서 멈추어 있었다. 이 장소에서 그들은 이 세상의 영화에 대한 허무함을 표현하는 것 같았다. 한 개의 무덤 외에는 그의 권력의 흔적이 남아 있지 않은 것을 보고 놀란 하드리아누스의 거대한 망령이 공중에 떠도는 것 같았다. 그 무리는 행복한 사람들이 잠자고 있는 이 시간에 고요한 밤의 어둠 속을, 노래하며 한없이 걸어가고 있었다. 그토록 부드럽고 맑은 노랫소리가 고통받고 있는 사람들을 위로하여주는 것 같았다. 코린나는 그 선율의 거부할 수 없는 매력에 끌려 그들의 뒤를 따랐다. 그 선율을 듣고 있으면 피로도 느끼지 않고 날개를 달고 땅 위를 걸어갈 것만 같았다.

음악가들은 안토니우스의 원주와 트라야누스의 원주 앞에 멈추었다. 이어 그들은 라테란 대성전의 오벨리스크에 인사를 하고 이들 건물의 하나하나 앞에서 노래를 불렀다. 완벽한 가사는 이 건축의 완벽한 표현과 잘 조화되어 있었다. 모든 속세의 관심이 잠들고 있는 사이 오직 정열만이 도시를 점령하고 있었다. 드디어 노래를 부르는 무리는 멀어져가고, 코린나만이 콜로세움 근처에 홀로 남게 되었다. 그녀는 고대 로마에 작별 인사를 하기 위하여 콜로세움 안으로 들어가려고 하였다. 대낮에만 보았다면 콜로세움의 인상을 아는 것이 아니다. 이탈리아의 태양에는 모든 것에 축제의 분위기를 안겨주는 빛이 있다. 그러나 달은 폐허를 비춘다. 구름까지 솟아오를 것 같은 원형 투기장의 무너진 벽들 사이로 때때로 하늘이 건축물 뒤에 쳐진 푸른 커튼처럼 보인다. 부서진 벽에 들러붙어 인기척이 없는 곳에서 자라나는 식물은 밤의 색깔을 지니고 있다. 사람의 마음은 자연과 더불어 홀로 있다 보면 흔들리기도 하고 가라앉기도 한다.

이 건물의 한쪽은 다른 쪽보다도 훨씬 더 상해 있다. 현재 남아 있는 두 벽이 불공평하게 시간과 싸우고 있는 것이다. 시간은 한쪽 벽을 부수고, 다른 쪽은 아직 견딜 만하지만, 곧 무너지고 말 것만 같다.

"참으로 엄숙한 장소로구나!"

하고 코린나는 소리쳤다.

"이 시간에 나 이외에 살아 있는 것이라고는 없고, 응답하는 것도 내 목소리뿐이 아닌가! 어찌 하여 정열의 폭풍은 이 고요한 자연을 보아도 가라앉지 않는 것일까? 자연은 자기의 눈앞에서 몇 세기가 지나가도 까딱없다. 삼라만상의 목표는 인간이며, 세계의 모든 경이는 단지 인간의 마음을 반영하기 위해서만 있는 것이 아닐까? 오스왈드, 오스왈드, 왜 당신을 이처럼 우상으로 사랑하게 되는 것일까요? 왜 나는 신과 합치고 싶은 영원한 희망 대신 하루의 애정에 몸을 맡기는 것일까요? 오, 신이여! 깊이 생각하면 할수록 당신을 경애하게 됩니다. 만약 그것이 진리라면, 마음의 고뇌로부터 벗어나기 위한 피난처를 제 머리 속에 만들어주십시오. 가슴이 촉촉하여지는 시선으로 기억에서 지워지지 않는 저의 기품 있는 연인은 저처럼 순간적인 존재는 아니겠지요? 저희들의 끝없는 기도를 채워줄 수 있는 유일한 영원한 사랑은 저 별들 사이에 있습니다."

코린나는 오랫동안 몽상에 잠겨 있다가 결국은 느린 걸음으로 집을 향해 발길을 돌렸다.

그러나 집으로 돌아가기 전에, 성 베드로 대성당의 둥근 지붕 위에 올라가 일출을 바라보고, 그 꼭대기에서 로마 시내에 작별 인사를 하고 싶었다. 성 베드로 대성당에 다가가면서 맨 먼저 머리 속에 떠오르는 생각은 이번에는 이 건물이 폐허가 되어 다음 세기에 찬탄의 대상이 되었을 때의 모습이었다. 지금은 똑바로 서 있지만, 땅으로 반쯤 누운 기둥들, 파괴된 문, 발굴된 둥근 지붕을 상상해보았다. 그러나 그때에도 여전히 이집트의 오벨리스크는 새로운 폐허 위에 군림하여 있을 것이다. 이집트인은 지상에 영원히 남을 것을 위해 일하였다. 드디어 동이 터올랐다. 코린나는 성 베드로 대성당의 꼭대기에서 리비아 사막의 한복판에 있는 오아시스처럼 황폐한 벌판 가운데에 던져진 로마를 바라보았다. 폐허가 로마를 둘러싸고 있었다. 그러나 무수한 종루, 둥근 지붕, 오벨리스크, 기둥들이 치솟아 있었고, 그 위로 성 베드로 대성당이 높이 솟아 있어 로마의 경관을 더없이 아름답게 해주고 있었다. 이 도시에는 말하자면 독특한 아름다움이 있다. 그래서 마치 살아 있는 생물인 양 로마를 사랑하게 된다. 그 건축물, 그 폐허는 작별 인사를 받을 만한 친구인 것이다.

코린나는 콜로세움, 판테온, 산 안젤로 성 등을 바라보면서 상상력의 기쁨을 새롭게 해준 모든 장소에 아쉬움을 고했다.

"잘 있어요, 추억의 땅이여."

하고 그녀가 외쳤다.

"사교계나 사사로운 일에 휘말리지 않고 살 수 있는 땅이여, 사물을 바라보고 사물과 영혼이 내적으로 하나 되는 기쁨에 정열을 불태울 수 있는 땅이여. 저는 이제 떠납니다. 어떤 운명이 저를 기다리는지도 모르고 오스왈드를 따라 떠납니다. 저는 이토록 행복한 나날을 보낼 수 있었던 독립적인 생활을 버리고, 그를 택했습니다. 어쩌면 돌아올지도 모릅니다. 가슴에 상처를 입고, 마음은 시든 채로. 여러분, 미술 작품, 고대의 건축물들이여, 저 유배지와도 같은 안개의 나라에서 그토록 애타게 그리던 태양이여, 여러분은 그때에는 더 이상 저를 위하여 아무것도 해줄 것이 없겠죠!"

코린나는 이와 같이 작별 인사를 하면서 눈물을 흘렸다. 그러나 그녀는 오스왈드를 혼자 보낸다는 생각은 한순간도 하지 못하였다. 심정에서 우러나오는 결심은 특별한 데가 있다. 결심을 하면서도 판단하고, 혼자서 엄격하게 비판을 해보지만 그래도 결심을 하는 데 실제로 망설이지는 않는다. 정열이 우수한 지성을 지배할 때, 정열은 완전히 논리를 행동으로부터 떼어놓기 때문에 지성을 어기는 일은 있어도 정열을 어기는 일은 없다.

코린나의 머리카락과 베일이 바람에 그림처럼 날려 그녀의 얼굴 표정을 돋보이게 하였다. 성당의 출구에서 그녀를 본 사람들이 마차까지 따라와서 그들의 감격을 표현하는 격렬한 말들을 던져왔다. 언제나 정열적으로 말하고 때로는 매우 애교가 있는 민중들로부터 떨어지면서 코린나는 새삼 한숨을 쉬었다.

하지만 그것으로 끝난 것이 아니었다. 코린나는 친구들의 아쉬움 가득한 작별을 견뎌내지 않으면 안 되었다. 그들은 며칠 더 그녀를 붙잡아두기 위하여 축제를 고안해내었다. 그들을 떠나지 못하도록 하기 위하여 시를 짓고 그것을 그녀에게 되풀이하여 들려주었다. 드디어 그녀가 출발하게 되었을 때, 그들은 다 함께 말을 타고 로마에서 이십 마일 떨어진 지점까지 전송나와주었다. 그녀는 깊이 감동하였다. 오스왈드는 당황하여 눈을 내리깔고 있었다. 그녀로부터 이토록 많은 즐거움을 빼앗는 것에 대해 가책을 느꼈다. 그러나 그렇다고 해서 그녀를 남게 하는 것은 더 잔인한 일이라는 것도 잘 알고 있었다. 이렇게 코린나를 로마에서 멀리 데려가는 것이 너무 이기적인 행동 같기도 하였지만, 꼭 그렇지만도 않았다. 왜냐하면 그는 그녀와 함께 행복을 맛보고 싶어서가 아니라, 그가 혼자 떠났을 때 그녀가 슬퍼할 것을 걱정하여 함께 가는 것이기 때문이었다. 이제부터 어떻게 할지 그도 몰랐으며, 베네치아로부터의 앞일은 미처 생각하지도 못하였다. 그는 스코틀랜드에 있는 아버지의 친구에게 그의 연대가 전시에 곧 소집되는지 문의하는 편지를 썼고 답장을 기다리는 중이었다. 때로는 코린나를 영국으로 데리고 갈 계획을 세웠으나, 결혼도 하기 전에 추문이 될 것 같아 그만두었다. 또 어느 때에는 이별의 쓰라림을 피하기 위해 귀국 전에 몰래 결혼을 해버릴까 하는 생각도 해보다가 곧 그 생각을 물리쳤다.

"죽은 사람을 속일 수 있겠는가?"

하고 그는 생각하였다.

"고인에 대한 숭배에 어긋나는 결혼을 남모르게 해서 무엇을 얻겠는가?"

끝내 그는 비참해졌다. 그의 마음은 감정 면에서 약한 데가 있었는데, 잔인하게 상반되는 두 개의 애정 사이에서 어찌할 바를 몰랐다. 코린나는 체념한 산 제물과도 같이 그에게 모든 것을 맡기고 있었다. 그녀는 그를 위해 치러진 고통과 희생, 너그러운 경솔함으로 흥분하여 있었다. 한편 오스왈드는 책임을 져야 할 상대방의 운명에 몸을 내맡기지 못한 채, 줄곧 새로운 관계를 모색하고 있었다. 사랑도 양심도 만족시킬 수 없었다. 그 중 어느 것도 모순 없이는 받아들일 수 없었기 때문이다.

코린나의 친구들이 다 함께 작별 인사를 하였을 때, 그들은 넬빌 경에게 부디 그녀를 행복하게 해달라는 부탁의 말을 하였다. 그가 뛰어난 여성에게 사랑받고 있는 사실도 축하해주었다. 그러나 오스왈드는 이 축하 속에 은근한 비난이 숨어 있는 것만 같아서 고통스러웠다. 코린나는 그 사실을 알아채고 너무도 다정한 우정의 표시이긴 하였지만 그것을 서둘러 단축하였다. 그런데도 친구들은 간간이 다시 인사를 하러 돌아왔다. 그러나 다 사라지자 그녀는 넬빌 경에게 이 한마디를 하였다.

"오스왈드, 이제 친구라고는 당신밖에 없어요."

아! 그는 이제야말로 코린나의 남편이 되지 않으면 안 되었다! 금방이라도 그는 그렇게 하려고 하였다. 그러나 오랫동안 고민을 해보니 어쩔 수 없이 신중을 기하여야겠다는 생각이 들어 순간의 충동에 휩쓸릴 수는 없었다. 심정적으로는 그렇게 하고 싶었지만, 돌이킬 수 없는 선택이 두려워졌다. 코린나는 오스왈드의 마음속에 일어나고 있는 일이 대강 짐작이 되어 섬세한 배려로 서둘러 화제를 두 사람에 관한 다른 일로 돌렸다.

제 5 장

그들은 9월 초에 여행길에 올랐다. 평원에서는 더없이 좋은 날씨였다. 그러나 아펜니노 산맥으로 들어가자 벌써 겨울의 느낌이 났다. 이렇게 높은 산에서는 기온이 자주 변하였고, 높은 산의 그림 같은 경치를 바라보는 즐거움은 있었지만 대기는 적절치 못하였다. 어느 날 밤 코린나와 넬빌 경이 둘이서 마차를 타고 있을 때, 별안간 지독한 폭풍우가 닥쳐와 두 사람은 깊은 어둠 속에 갇히게 되었다. 이 지방의 말들은 기운이 워낙 좋기 때문에 재빨리 묶어 굉장한 속도로 몰고 가야 한다. 이렇게 이끌려가면서 그들은 두 사람 모두 달콤한 기분에 사로잡혔다.

"아!"

하고 넬빌 경은 소리쳤다.

"이 세상 모든 것에서 아주 멀리 떠나가버렸으면, 산에 올라 우리를 받아주시고 우리를 축복해주시는 아버지가 계시는 다른 세계로 날아가버렸으면! 그렇지 않아요, 당신은?"

그리고 그녀를 거칠게 가슴에 껴안았다. 코린나 역시 감격하여 말하였다.

"저를 마음대로 하세요. 노예처럼 당신의 운명을 따르게 하세요. 옛날에 노예는 주인의 삶을 즐겁게 해주지 않았던가요? 좋아요! 제가 당신을 위해 그렇게 하겠어요. 오스왈드, 당신은 당신의 운명을 따라 죽을 사람을 소중하게 대해주시겠지요. 이 세상이 그 사람을 비난하여도 당신 앞에서 창피당하게 하는 일은 하지 않으시겠지요?"

"그럼요."

하고 넬빌 경은 소리 높여 말하였다.

"그렇게 해야지요. 모든 것을 얻느냐 잃느냐예요. 당신의 남편이 되든지, 아니면 이렇게 당신을 향해 타오르는 격정을 눌러 죽이고 당신의 발치에 애가 타서 죽든지, 둘 중 하나예요. 하지만 저는 당당하게 당신과 결혼하고 당신에 대한 사랑을 자랑으로 삼을 수 있기를 희망해요. 아! 부탁이에요. 말씀해주세요. 제 마음에 갈등이 일어서 실망하시진 않았어요? 저의 애정이 전과 같지 않다고 생각하고 계신 것은 아닌가요?"

이렇게 말하였을 때, 그의 말투에 정열이 넘쳐 있어서 한때 코린나는 신뢰를 되찾았다. 더없이 순수하고 다정한 생각이 두 사람을 자극했다.

그러나 달리던 말들이 멈추어 섰다. 넬빌 경이 먼저 내리자 마차 안에서는 느낄 수 없었던 매서운 찬바람이 불어왔다. 영국의 언덕에 온 것이 아닌가 하는 생각이 들 정도였다. 그가 들이쉬는 얼음같이 찬 공기는 아름다운 이탈리아와 어울리지 않았다. 이 공기는 남국의 공기가 그렇듯이 사랑 이외에는 모두 잊으라고 충고하지 않았다. 오스왈드는 곧 다시 수심에 잠겼다. 그의 불안정하고 변덕스러운 상상력을 알고 있는 코린나는 금세 그의 기분을 알아차렸다.

이튿날 그들은 산꼭대기에 있는 로레토의 산타 마리아 성당에 도착하였다. 그곳에서는 아드리아해가 내려다보인다. 넬빌 경이 여행에 필요한 지시를 하러 다녀오는 동안 코린나는 성당에 갔다. 꽤 훌륭한 저부조로 둘러싸인 네모난 작은 성당 안의 제단 한가운데에 성모의 그림이 놓여 있었다. 그 성역 둘레의 대리석 바닥은 순례자들이 무릎으로 기어서 돌았기 때문에 움푹 패어 있었다. 코린나는 그 기도의 흔적을 바라보면서 측은한 마음이 들었고, 그녀 역시 같은 곳에 무릎을 꿇었다. 수많은 불행한 사람들이 무릎으로 문지른 바닥이었다. 그녀는 선의 모습,

천상의 사랑의 상징을 향해 빌었다. 오스왈드는 이 제대 앞에 엎드려 눈물에 젖어 있는 코린나를 발견하였다. 그는 이토록 재능이 뛰어난 여성이 왜 이토록 서민적인 신앙을 따르는지 이해할 수 없었다. 그의 시선이 무엇을 의미하는지 짐작한 그녀가 말을 꺼냈다.

"오스왈드, 차마 신에게 기도를 드리지 못할 때도 종종 있잖아요? 그럴 때 어떤 방법으로 신에게 마음의 모든 고통을 털어놓겠어요? 따라서 여성으로서 단지 한 분이신 성모님을 연약한 인간의 중개자로 여길 수 있는 것은 고마운 일 아니겠어요? 그분은 이 지상에서 사셨고 고통을 받으셨어요. 저는 그분께 당신의 일을 비는 것이 부끄럽지 않았어요. 신에게 직접 드리는 기도는 너무 공개적이죠."

"저 역시 언제나 신을 향해 직접 기도하는 것은 아니에요."

하고 오스왈드가 대답하였다.

"저에게도 매개자는 있지요. 아이들의 수호신인 아버지이세요. 아버지가 승천하시고 나서, 저는 지금까지 살아오면서 몇 번이고 특별한 구원이나 이상하게도 마음이 편안해지는 상태, 기대하지 못했던 위로 등을 경험하였어요. 이 기적과도 같은 도움으로 역경을 헤쳐나가곤 하죠."

"이해해요."

하고 코린나는 말하였다.

"스스로의 운명에 대해서 마음속 깊이 이상하고 불가사의한 생각을 갖는 사람은 없다고 생각해요. 일어나지 않을 것 같아도 늘 두려워하고 있던 사건은 역시 일어나고 말아요. 잘못에 대한 벌이 우리들에게 일어나는 불행과 관련이 있는지는 모르겠지만, 종종 그런 생각이 들어요. 어릴 때부터 저는 줄곧 영국에 사는 것을 두려워하였어요. 정말 그랬어요! 그곳에 살 수 없다는 것이 저의 절망의 원인이 되었어요. 그 점에 대해서는 어쩔 수 없는 운명, 아무리 반항하여도 어쩔 수 없는 장애가 있는 것 같아요. 누구를 막론하고 자기의 인생은 겉으로 보이는 것과는 다르다고 남몰래 생각하고 있죠. 우리들은 초월적인 힘을 막연하게 믿고 있어요. 그 힘은 겉에서 보이는 상황 안에 숨어 있어 우리들 모르게 작용하고 있어요. 그러나 그 힘이야말로 모든 일의 유일한 원인이에요. 사랑하는 오스왈드, 사색에 잠길 수 있는 사람은 끊임없이 자기 자신의 깊은 내면으로 빠져들어가지요. 그런데 그것은 바닥이 없을 정도로 깊은 것이에요."

오스왈드는 이 말을 듣고 새삼스럽게 코린나가 정열적인 감정을 갖고 있는 동시에, 그 감정을 의식하고 자신의 생각을 객관적으로 관찰할 수 있는 사람임을 알고 감탄하였다.

'안 돼.'

하고 그는 자주 생각하였다.

'한번 이런 여성과 대화에 빠져버리면 이 세상의 어느 누구와의 교제도 만족할 수 없게 된다.'

그들은 밤에 안코나에 도착하였다. 넬빌 경이 그곳에서 얼굴이 알려져 있는 것을 걱정하였기 때문이었다. 조심하였는데도 이튿날 아침 마을 사람들이 그가 묵고 있는 집 주위를 둘러싸고 있었다. 코린나는 창문 아래 울려퍼지는 넬빌 경 만세! 우리들의 은인 만세! 라는 고함 소리에 눈을 떴다. 그 말에 깜짝 놀라 서둘러 일어나서 사랑하는 사람에게 향하는 찬사를 듣기 위하여 군중 속으로 들어갔다. 넬빌 경은 사람들이 만나기를 열망한다는 소식을 전해듣고는 모습을 드러내지 않을 수 없었다. 그는 코린나가 아직 잠에서 깨어나지 않아 무슨 일이 일어나고 있는지 모를 것이라고 생각하였다. 그래서 그는 코린나의 존재가 감사를 표하는 군중들에게 이미 알려져 있고, 더구나 광장 한복판에서 관중의 환호를 받는 것을 보았을 때 얼마나 놀랐던가! 사람들은 그녀에게 통역을 해달라고 부탁하였다. 코린나의 상상력은 특이한 상황을 좋아하였고, 이 상상력은 그녀의 매력이 될 수도 있었지만, 단점이 될 수도 있었다. 그녀는 사람들을 대표하여 넬빌 경에게 인사를 하였다. 그것도 대단히 우아하고 기품 있게 말하여서 안코나의 모든 주민들은 매우 기뻐하였다. 그녀는 그들을 가리키면서 우리라고 불렀다.

"나리께서는 우리를 구해주셨습니다. 나리 덕분에 목숨을 건졌습니다."

그녀는 그들이 오스왈드를 위해 전나무와 월계수 잎으로 엮어 만든 관을 그들을 대표하여 그에게 건네줄 때, 말할 수 없는 감동에 사로잡혔다. 그녀는 오스왈드에게 다가가면서 머뭇거렸다. 그 순간 너무도 변덕스럽고 너무도 열광적인 민중은 그의 앞에 엎드렸다. 코린나도 그에게 관을 내어주면서 자기도 모르게 무릎을 꿇었다. 이것을 본 넬빌 경은 곧 혹스러운 나머지 더 이상 이렇게 공공연하게 그가 흠모하는 사람으로부터 찬사를 받는 것을 견딜 수 없어 그녀를 데리고 빠져나갔다.

출발할 때 코린나는 눈물에 젖어 안코나의 선량한 사람들에게 감사를 표하였다. 그들은 두 사람을 축복하면서 환송하였다. 한편 오스왈드는 마차 속에 숨어 이 말만 계속하였다.

"코린나가 내게 무릎을 꿇다니! 코린나의 발자취에 내가 엎드려 절하고 싶을 정도인데! 내가 이렇게 오만할 자격이 있는가? 당신은 혹시 내가 몹시 오만하다고……"

"아니에요, 절대로."

하고 코린나가 말을 막았다.

"저는 여자가 사랑하는 남자에게 돌연 품게 되는 존경심에 사로잡혔던 것뿐이에요. 외적인 찬사는 여자들이 받게 되지만, 사실 그 여자는 자기가 보호자로 선택한 남자에게 깊은 경의를 바치게 되지요."

"네, 제 생애의 마지막 날까지 당신의 보호자가 되어드리겠어요."

하고 오스왈드는 소리를 높였다.

"하늘이 증인이에요. 이토록 고운 마음씨, 이토록 훌륭한 재능을 가진 사람이 저의 사랑에 의지하고 찾아온다면 반드시 책임지겠어요."

"아!"

하고 코린나는 대답하였다.

"제가 필요로 하는 것은 그 사랑뿐인데, 어떤 약속이 그것을 보증할 수 있겠어요? 하여튼 좋아요. 지금 당신이 저를 그 어느 때보다도 사랑해주신다는 걸 알겠어요. 되살아난 사랑을 방해하지 않을게요."

"되살아난 사랑이라니요!"

하고 오스왈드가 말을 가로막았다.

"네, 그 말을 취소하지 않을 거예요."

하고 그녀는 말하였다.

"하지만 그것에 대한 설명도 하지 않을래요."

하고 그녀는 계속하여 말하면서 넬빌 경에게 아무 말도 하지 말라고 살며시 눈짓을 하였다.

제 6 장

그들은 이틀 동안 아드리아해의 해안을 따라갔다. 이 바다 때문에 로마냐 지방은 대서양뿐 아니라 지중해의 영향도 받지 않는다. 길은 바다를 따라 나 있고, 바닷가에는 잔디가 자라고 있다. 그 모습만으로는 폭풍이 닥쳐왔을 때의 맹위는 상상조차 하지 못한다. 리미니와 체세나에서 로마 제국의 역사적 사건이 일어났던 고대의 땅을 떠나게 된다. 머리에 떠오르는 근래의 추억이라고 하면 카이사르가 로마 제국의 주인이 되기 위하여 건넜던 루비콩 강의 추억이다. 묘하게도 이 루비콩 강 근처에 오늘날 산 마리노 공화국이 있다. 마치 세계의 공화국이 붕괴한 장소 옆에 희미하나마 자유의 마지막 흔적이 남아 있어야 된다고 생각하는 듯하다. 안코나를 벗어나면 그때부터 교황령과는 전혀 다른 이색적인 지방으로 들어가게 된다. 볼로냐, 롬바르디아, 페라라와 로비고의 근교는 그 아름다움과 경작지가 돋보인다. 그것은 더 이상 로마와 그곳에서 일어난 무서운 여러 사건에 다가가고 있음을 알리는 시적인 폐허가 아니다.

여름에는 상(喪)을 입고, 겨울에 치장한 소나무들,*4

오벨리스크의 이미지인 침엽수 삼나무,*5 산과 바다에게 이쯤에서 이별을 고한다. 자연은 나그네처럼 차차 남국의 햇빛에 작별하게 된다. 우선 오렌지 나무가 더 이상 들에서 자라지 않고 올리브 나무가 대신 들어선다. 그 엷은 초록은 엘리기움의 망령들이 사는 수풀에 잘 어울린다. 몇십 리 더 가면 그 올리브 나무들도 볼 수 없게 된다.

볼로냐에 들어갈 때 휜한 벌판이 보인다. 포도나무가 화환 모양으로 되어 있고, 사이사이에 느릅나무가 묶여져 있다. 평원 전체가 축제를 위하여 장식되어 있는 듯하다. 코린나는 자신의 기분과 눈부신 이 지방의 경치가 대조적인 데에 감동하였다.

"아!"

하고 한숨을 쉬며 그녀는 넬빌 경에게 말하였다.

"자연은 이다지도 풍성한 행복의 광경을 곧 헤어질지도 모르는 연인들에게 보내주시는군요!"

"아니에요. 연인들은 헤어지지 않아요."

하고 오스왈드가 말하였다.

"나날이 저에게 헤어질 용기가 줄어들고 있어요. 당신은 여전히 아름답고, 그 매력에 아무리 제가 길들여져 있다고 해도 다시 새로운 정열에 제 몸이 달아오르니까요. 당신이 곁에 있어서 행복해요. 당신이 감탄할 만한 천재라는 생각이 들지 않아서인지, 어쩌면 당신이 천재이기 때문인지도 모르죠. 정말로 뛰어난 사람은 인품이 훌륭하니까요. 자기 자신에게나 자연에게, 또 다른 사람에게 만족하고 있기 때문이겠죠. 무슨 괴로움을 느낄 겨를이 있겠어요?"

그들은 페라라에 도착하였다. 그곳은 넓은 데다가 인기척이 없어서 이탈리아에서 제일 쓸쓸한 도시였다. 거리에서 간간이 눈에 띄는 주민은 무엇을 하더라도 시간은 많다는 듯이 느리게 걸어다닌다. 그곳에 가장 화려한 궁전, 아리오스토와 타소가 노래한 궁전이 있었다고는 도저히 생각할 수 없다. 거기에서는 아직까지도 그들의 친필 원고와 『충실한 목동』의 저자의 원고가 보관되어 있다.

아리오스토는 궁전 안에서 편안하게 지낼 수 있었다. 그러나 페라라에는 타소가 정신병자로 감금되어 있던 집이 지금까지 남아 있다. 수많은 편지를 읽어보면 동정을 금할 수 없다. 불행하였던 타소는 편지에서 죽음을 청하고 있고, 훨씬 전부터 그 생각에 사로잡혀 있었다. 타소는 재주 있는 사람들에게 흔히 보이는 기질을 지니고 있었는데, 그것은 바로 재능을 지닌 사람들에게는 그 재능이 두려움의 대상이 된다는 점이다. 그의 상상력은 그 자신을 배반하였다. 그는 너무도 많은 고통을 겪었으므로 마음의 모든 비밀을 알고 많은 사색을 하였다. 어느 예언가는 말하였다. *고통을 모르는 자가 무엇을 알겠는가?* 라고.

코린나는 여러 점에서 타소와 흡사한 태도를 갖고 있었다. 그녀의 재기는 타소보다 더 명랑하고 감수성은 더 다채로웠다. 그러나 그녀의 상상력도 타소처럼 극도의 배려를 필요로 하였다. 슬픔을 달래기는커녕 슬픔의 정도를 더해갔으니까. 넬빌 경은 코린나가 화려한 능력을 지니고 있으므로 애정과는 다른 수법으로 행복할 수 있다고 믿었는데, 그것은 잘못이었다. 천재가 참된 감수성을 지니고 있을 때, 능력에 따라 그는 슬픔도 더 많이 갖고 있다. 천재는 인간의 다른 본성에서와 마찬가지로 자신의 고통 속에서도 무언가를 발견하고, 그리고, 마음의 불행이 고갈되지 않는 것이니만큼, 생각이 많을수록 그만큼 불행도 더 잘 느끼는 것이다.

제 7 장

베네치아에 가기 위해서는 브렌타 강에서 배에 오른다. 운하의 양쪽 기슭에 베네치아의 다소 황폐한 큰 궁전이 마치 이탈리아의 화려함의 화신인 양 서 있다. 궁전의 장식은 좀 이색적이며 고풍스러운 데라곤 하나도 없다. 베네치아의 건축을 보면 동양과의 교역의 흔적이 있다. 무어 양식과 고딕 양식의 혼합으로서, 상상력을 즐겁게 해주는 것은 없고 흥미도 느낄 수 없다. 건축물과 같이 잘 정돈된 포플러 나무가 운하를 따라 거의 모든 곳에 서 있다. 하늘은 밝은 푸른색이며 들판의 눈부신 초록색과는 대조를 이루고 있다. 이 초록은 넘쳐나는 강물에 의해 유지되고 있다. 하늘과 대지의 색채는 이토록 대조적인 두 색채로 되어 있고, 자연 자체가 어딘지 부자연스럽게 배열되어 있는 것같이 보인다. 이곳에서는 이탈리아 남부의 매력인 막연한 신비감이 전혀 느껴지지 않는다. 베네치아의 경관은 즐겁다기보다는 놀랍다. 처음 보는 사람은 도시가 물에 잠긴 걸로 생각한다. 그러다가 생각을 해보면 물 위에 사람이 사는 곳을 건설한 인간의 천재에 감탄하게 되는 것이다. 나폴리는 바닷가의 계단식 지형 위에 세워져 있지만, 베네치아는 완전히 평지 위에 있다. 종루는 마치 파도 사이에서 움직이지 않는 배의 돛대와도 같은 느낌을 준다. 베네치아에 발을 들여놓으면 상상력은 슬픈 느낌으로 꽉 차게 된다. 식물과는 이별이고, 이곳에서는 파리조차 보이지 않는다. 모든 짐승은 이곳에서 추방되었다. 인간만이 바다와 싸우기 위해 거기에 남아 있다.

운하가 도로인 이 도시는 고요하기 그지없다. 노 젓는 소리만이 이 침묵을 깨고 있다. 나무를 볼 수 없는 이곳은 평야라고 할 수 없다. 움직이는 소리라고는 하나도 들리지 않으니 도시라고도 할 수 없다. 앞으로 나아가지 않으니 배는 더욱더 아니다. 그것은 폭풍우가 감옥으로 만든 집이다. 자기 집이나 도시에서 나올 수조차 없는 때도 있기 때문이다. 베네치아의 주민들 중에는 살고 있는 동네를 벗어나본 적이 없는 사람들도 있고, 산 마르코 광장을 본 적이 없는 사람이나 말이나 나무를 보고 매우 신기해하는 사람들도 있다. 운하를 미끄러져가는 검은 곤돌라는 인간의 마지막 거처와 최초의 거처인 관이나 요람같이 보인다. 저녁이 되면 곤돌라를 밝히는 초롱불밖에 보이지 않는다. 밤에는 곤돌라가 검은색이기 때문에 잘 보이지 않는다. 물 위를 미끄러져가는 곤돌라는 작은 별에 이끌려가는 유령과도 같다. 이곳에서는 행정도, 관습도, 연애도 모든 것이 수수께끼이다. 이러한 모든 비밀을 깨우친 다음에야 비로소 마음의 기쁨과 지적인 즐거움을 얻게 된다. 그러나 이방인에게 첫인상은 매우 슬픈 것임에 틀림없다.

코린나는 예감이라는 것을 믿고 있었다. 예감으로 자극받은 상상력은 어떠한 것에서도 전조를 느끼게 되는 그녀가 넬빌 경에게 말하였다.

"이 도시에 들어서자 몹시 우울해지는 것은 웬일일까요? 무언가 커다란 불행이 저에게 닥쳐오는 것이 아닐까요?"

이 말을 끝내자 석호에 있는 섬 중의 어느 한 곳에서 세 발의 포성이 들려왔다. 코린나는 공포에 떨면서 곤돌라의 선원들에게 무슨 소리냐고 물었다.

"베일을 쓰고 수녀가 된답니다."

하고 그들은 대답하였다.

"바다 한가운데에 있는 수녀원에서 여자들이 수녀가 될 때에 예식 중에 들고 있던 꽃다발을 뒤로 던지는 관습이 있어요. 속세를 버렸다는 표시이지요. 베네치아에 들어오셔서 지금 손님께서 들으신 포성은 바로 그것을 알리는 소리예요."

이 말을 듣자 코린나는 몸이 떨렸다. 오스왈드는 잡고 있는 그녀의 손이 차가워지고, 얼굴이 죽은 사람처럼 창백해지는 것을 느꼈다.

"사랑하는 그대,"

하고 그는 말하였다.

"아무것도 아닌 우연한 일에 왜 그리 심한 충격을 받으세요?"

"아니에요."

하고 코린나가 말하였다.

"단순한 우연이 아니에요. 제 인생의 꽃다발이 영원히 제 등뒤로 던져졌어요."

"그 어느 때보다도 더 당신을 사랑하고 있는데"

하고 오스왈드가 도중에 말을 막았다.

"저의 마음이 모두 당신 것인데……"

"저 전쟁의 뇌성은,"

코린나는 계속하였다.

"다른 곳에서 승리와 죽음을 알리는 저 소리가 이곳에서는 한 소녀의 남모르는 희생을 축하하기 위해서 쓰여진다고 해요. 세계를 뒤집는 저 무서운 무기가 악의 없이 사용되고 있는 것이지요. 신에게 몸을 바친 소녀가 아직 운명과 싸우고 있는 여자들에게 보내는 엄숙한 메시지예요."

제 8 장

베네치아 정부의 지배력은 그것이 존속하고 있던 말기[11]에는 거의 관습과 상상력의 영향력 아래 유지되고 있었다. 과거에는 무서웠지만 대단히 온순해졌으며, 용기 있던 것이 소심해졌다. 정부에 대한 증오가 만만치 않게 일어났고, 예전에는 막강하였지만 이제는 그렇지 않기 때문에 정부를 쉽게 넘어뜨릴 수 있었다. 귀족 정치는 민중의 인기를 얻으려 노력하였지만, 그 인기를 독재적인 방법으로 얻으려고 하였다. 그들은 민중의 비위를 맞추었지만, 계몽은 하지 않았다. 그러나 민중의 입장에서는 비위를 맞추어준다는 것은 매우 기분 좋은 일이었다. 특히 그 풍토와 미술품으로 인하여 사회의 최하층에 이르기까지 상상력을 즐기는 국민이기 때문에 더욱 그랬다. 베네치아의 민중은 수준이 낮은 조잡한 취미가 아니라 음악·회화·즉흥시인, 축제에 대한 취미를 갖고 있었다. 정부는 그 점에 대해 술탄이 할렘에게 한 것처럼 신경을 썼다. 정부는 국민에게 마치 여자를 타이르듯이 정치에 관여하지 않도록, 당국에 대한 비판을 가하지 않도록 요구하였다. 그러나 그 대가로 정부는 국민에게 많은 오락과 상당한 명예까지도 약속하였다. 교회를 장식하는 콘

스탄티노플의 전리품, 광장에 나부끼는 키프로스와 칸디아의 군기, 코린트의 말들은 민중의 눈을 즐겁게 해주고 있었으며, 산 마르코 광장의 날개 달린 사자는 민중들에게 스스로의 명예를 상징하는 듯이 보였기 때문이다.

정부의 기구가 국민의 정치 관여를 금하고 있고, 지리적 조건으로 농사·산책·사냥 같은 것을 할 수 없어서 베네치아인에게는 오락 이외에는 할 일이 없었다. 따라서 그 도시는 여흥의 도시가 되고 말았다. 베네치아 방언은 부드럽고 기분 좋은 산들바람과 같이 경쾌하였다. 캉브레 동맹[12]에 저항하였던 사람들이 어떻게 이토록 부드러운 말을 하는지 이해가 안 갈 정도이다. 이 말은 감사의 뜻을 전할 때나 농담을 주고받을 때에는 더욱 매력적이다. 그러나 이 말을 대단히 심각한 일에 사용할 때, 죽음에 대한 시의 구절을 인용하게 될 때, 그 섬세하고 어린아이 같은 소리 때문에 죽음이라는 사건이 마치 단순한 시적인 구상과 같이 들리게 된다.

일반적으로 베네치아의 남자들은 이탈리아의 다른 지방보다 훨씬 재치가 있다. 그들의 정부가 예전부터 그들에게 생각할 기회를 주는 일이 많았기 때문이다. 그러나 상상력은 반드시 남부 이탈리아만큼 왕성하다고 볼 수는 없다. 그리고 대부분의 여자들은 아무리 상냥한 여자더라도 생활 환경의 습관 때문에 *감상적인 말투를* 쓴다. 그것은 관습인 동시에, 세련되고 멋을 내는 말투이다. 이탈리아 여성의 모든 단점을 넘어 가장 큰 장점은 허영심이 조금도 없다는 것이다. 이탈리아의 다른 어느 도시보다도 사교계가 많은 베네치아에서는 이 장점을 많이 볼 수 없다. 왜냐하면 허영심이란 특히 사교계에서 많이 생기는 것이기 때문이다. 그곳에서는 빨리, 그리고 빈번하게 갈채를 받기 때문에 즉석에서 모든 계산이 이루어지고 성공을 위해서는 일 분이라도 *시간을 놓치지 않는*

다. 그렇지만 베네치아에도 이탈리아식의 창의와 활달함이 다분히 남아 있다. 틀림없는 귀부인이 산 마르코 광장의 카페에서 방문객을 접대하고 있다. 이 색다른 진풍경으로 살롱이 자존심의 결투 장소로 변하는 일은 없었다.

서민의 풍속과 고대부터 내려오는 관습도 남아 있다. 왜냐하면 이러한 관습은 조상에 대한 존경과, 과거에 또 그것이 주는 감상에 싫증이 나지 않는 활기에 넘친 심정을 보여주는 것이기 때문이다. 더구나 도시의 경관도 많은 추억과 공상을 불러일으키는 데에 더없이 적합한 과거의 것이다. 산 마르코 광장은 푸른 천막으로 둘러싸여 있는데 천막 밑에는 터키인, 그리스인, 알메니아인의 무리가 쉬고 있고, 끝쪽에 있는 교회는 외관으로 보아 그리스도교 교회라기보다 오히려 회교 사원과 비슷하다. 이 장소는 동양인들의 게으른 생활을 연상시키고 그들은 카페에서 샤베트를 먹든가 향담배를 말면서 나날을 보내고 있다. 베네치아에서는 터키인과 알메니아인이 지붕이 없는 작은 배를 타고, 그들의 발치에는 꽃병을 두고 태평하게 누워 지나가는 것을 볼 수 있다.

지체가 높은 남녀는 외출할 때에 반드시 검은색의 두건이 달린 외투를 입는다. 거기에다 곤돌라 역시 검은색일 때가 많다. 베네치아에서는 눈에 보이는 사물에 대한 평등의 원칙이 있어서 뱃사공들은 장미색 띠를 두른 흰옷을 입고 있다. 이 색채의 대비에는 무언가 놀랄 만한 것이 있다. 축제의 옷은 서민에게 주고 나라의 대신들은 검은 옷을 입는다고 말할 수 있다. 유럽 대부분의 도시에 있는 작가들은 상상력을 일상 생활의 사소한 일로부터 조심스럽게 멀리하지 않으면 안 된다. 왜냐하면 우리들의 관습은 물론이고 우리들의 사치마저도 시적인 것이 아니기 때문이다. 그러나 베네치아에서는 이런 종류의 일에서 비속한 것은 아무것도 없다. 운하와 작은 배가 일상 생활 속에서 일어나는 한갓 대수롭지 않은 일들을 한 폭의 그림으로 만들어주고 있다.

　스키아보니의 해변에서는 언제나 인형극·약장수·거리의 연사들과 마주치게 되는데, 그들은 사람들의 상상력에 다양한 방법으로 말을 건넨다. 그 중에서도 거리의 연사는 주목할 만하다. 보통 타소와 아리오스토의 에피소드를 산문으로 암송하는데, 청중은 대단히 감탄하는 편이다. 연사를 둘러싸고 앉은 청중의 대부분은 옷도 제대로 입고 있지 못한 채, 꼼짝하지 않고 앉아서 이야기에 골몰해 있다. 가끔씩 그들은 물을 시켜 먹기도 하는데, 다른 곳의 포도주 값이다. 이 청량 음료 한 잔이면 그들이 두 시간 동안 그토록 정신을 집중시켜 듣는 데 충분하다. 연사는 세상에서 제일 희한한 몸짓을 하기도 하고, 소리를 크게 내었다가 화를 내기도 하고, 또 흥분하기도 한다. 하지만 실은 속으로 그들은 더할 수 없이 침착하다. 사포가 침착한 바커스에게 *바커스여, 당신은 취하지도 않고 나더러만 취하라고요?*라고 말했듯이, 거리의 연사에게도 같은 말을 할 수 있을 것이다. 그렇지만 남국의 사람들에게 활기찬 판토마임은 부자연스럽지 않다. 그것은 과장된 몸짓·손짓을 하였던 고대 로마인이 그들에게 남긴 색다른 관습이다. 그 관습은 로마인의 활발하고 화려하고 시적인 성향에서 온 것이다.

　즐거움에 사로잡힌 민중의 상상력도 베네치아의 정부가 휘두르는 권력의 위세 앞에서는 시들고 만다. 베네치아에서는 단 한 명의 군인도 보이지 않는다. 어쩌다 연극을 보러 가면 때마침 희극에서 북을 가지고 등장하는 군인이 한 명 있는 정도이다. 그러나 공중 축제에 몰려든 삼만 명의 인파를 정리하는 데에는 챙 없는 모자에 듀카금화 한 개를 붙인 국가의 심문관인 경찰이면 족하다. 그 위세가 법에 대한 존경에서 나왔다면 그야말로 훌륭한 일이겠지만, 그 힘은 정부가 국내의 치안을 유지하기 위하여 사용하는 비밀 수단에 의한 공포에서 생긴다. 감옥이 (유별나게도) 공화국 총독의 궁전 바로 안에 있었다. 그것도 총독의 관저 바로 아래에 있었다. *사자의 입*에는 모든 밀고서가 모여 있는데, 정부의 수장이 주택으로 쓰고 있는 궁전에도 같은 것을 볼 수 있다. 국가 심문관이 있는 방은 검은 종이가 발라져 있어서 햇빛은 겨우 위에서 들어올 뿐이었다. 재판은 미리부터 판결이 난 것이나 마찬가지였다. *탄식의 다리*라고 이름붙여진 다리가 총독의 궁전으로부터 국가 사범들의 감옥에 연결되어 있었다. 이러한 감옥이 접해 있는 운하를 지나면 고함 소리가 들려왔다. *정의를 살려라!* 그 신음하는 듯한 분명치 않은 소리는 무슨 소리인지 분간이 가지 않았다. 드디어 국가 사범이 사형을 받게 되면, 밤사이에 한 척의 배가 그를 태우러 왔다. 작은 배는 운하로 통하는 작은 문으로 나갔다. 도시에서 어느 정도 떨어진 곳으로 데리고 가서 낚시가 금지되어 있는 석호에 그를 익사시켰다. 죽은 후에도 그 사실을 비밀로 하고, 친구들에게 시신이 전해져 그가 당한 고통과 죽음을 알릴 수 있는 희망조차 그 불행한 사람에게 남겨주지 않는다는 것은 얼마나 소름끼치는 일인가!

코린나와 넬빌 경이 베네치아를 찾아왔을 때에는 이러한 처형이 없어지고 나서 한 세기 가량 지난 후였다. 그러나 상상력을 자극하는 신비는 아직 남아 있었다. 넬빌 경은 외국의 정치적인 이해 관계에는 어떤 식으로든 관여하는 사람이 아니었지만, 베네치아의 모든 시립들에게 군림하고 있는 이 소리 없는 전제 정치에 압박감을 느꼈다.

제 9 장

코린나는 넬빌 경에게 말하였다.

"당신이 이와 같이 소리 없는 권력에 괴로워하는 것으로 그치셔서는 안 돼요. 그 옛날 귀족들을 위하여 베네치아를 공화국으로 만들고, 비록 소수를 위한 것이라고는 하지만 자유의 결실이라고 할 수 있는 위대한 귀족 정치를 고취시킨 원로원의 수준 높은 자질을 보셔야 해요. 당신은 귀족들이 서로 엄격하고, 적어도 그들의 마음속에 모든 사람에게 속하는 미덕과 권리를 확립한 것을 보시게 될 거예요. 그들의 하인들을 오로지 그들이 편하게 잘살기 위한 편리한 존재로 여길 때조차도, 될 수 있으면 그들에게 아버지와 같이 대하고 있었어요. 결국 그들은 그들의 소유물인 조국에 대하여 커다란 긍지를 지니고 있었어요. 그러나 한편 그들은 조국으로부터 많은 점에서 소외당하고 있는 사람들에게까지 조국을 사랑하도록 한 점을 보실 거예요"

코린나와 오스왈드는 함께 당시 대평의회가 소집되었던 방을 보러 갔다. 그 방은 역대 공화국 총독의 초상으로 둘러싸여 있었다. 그러나 배반자로 참수당한 총독의 초상이 있어야 할 장소에는 검은 휘장이 그려져 있었고 그 위에는 처형 날짜와 죄목이 적혀 있었다. 다른 총독들이 입고 있는 화려하고 장엄한 의상 때문에 그 무서운 검은 휘장의 인상이 더욱 강하였다. 이 방에는 최후의 심판을 보여주는 그림과 황제 중에서도 가장 권력자였던 프리드리히 바르바로사[13]가 베네치아의 원로원에 굴복한 순간을 담은 또 하나의 그림이 있다. 이와 같이 세상을 통치하던 정부의 자존심을 높여주는 모든 것을 한데 모은 후, 다시 그 자존심을 하늘 앞에서 무너지게 하는 것은 좋은 생각이다. 코린나와 넬빌 경은 병기고를 보러 갔다. 병기고의 문 앞에는 그리스에서 조각된 것으로서 베네치아의 힘을 지키기 위하여 아테네 항으로부터 옮겨온 두 마리의 사자가 있다. 그 문지기는 자기가 존경하는 것만을 꼼짝하지 않고 지키고 있다. 병기고는 해군의 전리품으로 가득 차 있다. 총독과 아드리아해의 유명한 결혼식, 다시 말하여 베네치아의 모든 제도가 그들의 바다에 대하여 감사의 뜻을 말해주고 있었다. 그들은 이 점에 있어 영국인과 공통점이 있어서, 넬빌 경도 이러한 공통점에 강한 흥미를 느꼈다.

코린나는 그를 산 마르코의 종루라고 불리는 탑의 꼭대기로 데려갔다. 교회에서 몇 발짝 떨어진 곳에 종루가 있었다. 그곳에서는 파도의 한복판에 있는 도시 전체와 이 도시를 바다로부터 지켜주는 거대한 방파제가 보인다. 멀리 이스토리아와 달마티아를 볼 수 있다.[14]

"저 구름 너머에,"

하고 코린나가 말하였다.

"그리스가 있어요. 그 사실만으로도 가슴이 두근거리지 않으세요! 저곳에, 풍부한 상상력을 갖고 정열적인 성격을 지닌 사람들이 아직 살고 있어요. 그들은 비천한 운명으로 전락하였지만, 우리들처럼 선조의 백골을 한번은 부활시켜야 할 운명이죠. 한번 이름을 떨쳤던 나라는, 비록 그 나라에 사는 사람들이 지금의 그 나라를 부끄러워하여도, 언제나 위대한 법이에요. 그러나 역사가 보잘것없는 나라에서 태어난 사람들은 조상으로부터 전해내려오는 노예와도 같은 암흑 이외의 운명이란 것이 있는지조차 의심하게 되어요."

코린나는 말을 계속하였다.

"이곳에서 보이는 저 달마티아에는 대단히 호전적인 민족이 살고 있었고 지금도 야성적인 데가 있어요. 이 달마티아인들은 지난 15세기 동안 무슨 일이 일어났는지 잘 모르고 아직도 로마를 *전능한 민족*이라고 부르고 있어요. 영국인들이 그들의 항구에 접근하는 일이 종종 있어서, 그들은 당신네 영국인들을 가리켜 *바다의 전사*라고 부르며 최신식의 지식도 보유하고 있긴 하지만, 그외에는 아무것도 몰라요."

코린나는 계속하였다.

"저는 독자적인 풍속이나 의상, 언어를 갖고 있는 모든 나라를 보는 게 좋아요. 문명화된 세계는 매우 단조롭고, 눈 깜짝할 새에 모든 것을 파악할 수 있어요. 그 점은 충분히 경험한 바예요."

"당신 곁에 있으면,"

하고 넬빌 경이 코린나의 말을 막았다.

"생각이나 느낌에 끝이 없군요!"

"제발 그 매력이 고갈되지 않기를 바라고 있어요!"

하고 코린나가 대답하였다.

"좀더 달마티아 이야기를 할게요."

하고 코린나는 하던 말을 계속하였다.

"우리가 서 있는 이 탑의 꼭대기에서 아래로 내려가면, 인류의 기억 속에 있는 단순한 추억처럼 막연해져버린 저 먼 나라의 아득한 모습도 더 이상 보이지 않겠지요. 달마티아인 중에도 즉흥시인이 있고 미개인 중에도 있어요. 고대 그리스인 중에도 있었죠. 상상력을 지니고 사회적인 허영을 지니고 있지 않은 민족 중에는 대개 즉흥시인이 있어요. 놀림의 대상이 될까봐 두려워 모두가 서둘러 무기부터 잡는 나라에서 태어난 정신은 시보다 풍자시 쪽으로 기울어요. 좀더 자연 가까이에서 머무는 민족은 상상력을 고무하여주는 자연에 대하여 경의를 품어왔어요. *"동굴은 성스러운 것"*이라고 달마티아인은 말해요. 아마도 그들은 이런 식으로 지구의 신비에 대하여 막연한 두려움을 표현하는가 봐요. 그들은 남쪽 나라 사람들인데도, 그들의 시는 약간 오시안의 시를 닮았어요. 자연을 느끼는 방법에는 확연히 구별되는 두 가지 방법밖에 없어요. 고대인처럼 사랑하고 화려한 수천의 형태로 자연을 완성시키든지, 아니면 스코틀랜드의 음유 시인처럼 신비에 대한 공포, 불확실한 것과 알 수 없는 것이 고취시키는 우울함을 그대로 방치하든지 둘 중 하나예요. 오스왈드, 당신을 알고 나서 저는 그 두번째의 방법이 마음에 들었어요. 예전에는 숙명을 두려워하지 않고 구름 한 점 없는 이미지를 좋아했었고, 자연을 즐기기에 충분한 희망과 용기가 있었어요."

"그 아름다운 상상력을 시들게 한 사람이 저란 말씀이지요."

하고 오스왈드가 말하였다.

"저로서는 덕택에 평생 황홀하게 지낼 수 있는 기쁨을 얻었어요."

"당신 탓이 아니에요."

하고 코린나가 대답하였다.

"저의 강한 정열 때문이에요. 재능이란 진정한 사랑이 절대 용납하지 않는 내면적인 자립을 필요로 하거든요."

"아! 그렇다면,"

하고 넬빌 경은 소리쳤다.

"당신의 천재가 침묵하게 되는 것은 당신의 마음이 모두 제 것이기 때문이라는 말씀이군요!"

그는 이 말을 던지며 감동하지 않을 수 없었다. 그 말 자체보다도 훨씬 더 많은 기대를 갖게 하는 말이기 때문이었다. 코린나는 그것을 알아채고 대답하려 하지 않았다. 그녀가 느낀 행복한 인상을 해치기 싫었기 때문이다.

그녀는 자기가 사랑받고 있음을 느꼈다. 그녀는 남자가 사랑 때문에 모든 것을 희생하는 나라에서 오래 살아왔기 때문에 쉽게 안심하고, 넬빌 경이 그녀와 바로 헤어질 수 없다고 확신하였다. 게으르기도 하고 정열적이기도 한 코린나는 하루하루를 지내는 것으로 흡족해하였고, 위기는 더 이상 화제가 되지 않아 지나갔다고 믿고 있었다. 결국 코린나는 같은 불행에 오랫동안 시달리게 될 때 대부분의 사람들이 살아가듯이 살고 있었다. 말하자면 그들은 단지 그때까지 닥치지 않았다는 이유로,

그 일은 오지 않을 것이라고 믿는 것이다.

　베네치아의 공기, 그곳에서 지내는 생활은 희망을 갖게 하는 데에 기막히도록 알맞다. 작은 배의 평화로운 흔들림은 몽상과 권태로 인도한다. 가끔 뱃사공이 리알토 다리 위에서 타소의 시를 한 구절 노래하기 시작하면, 다른 뱃사공이 운하 저편에서 다음 구절을 노래하는 것을 들을 수 있다. 이러한 구절의 오래된 선율은 교회의 성가와 닮았다. 가까이에서 들으면 그것이 단조롭다는 것을 알 수 있다. 그러나 밖에서 저녁 무렵, 소리가 석양빛과 같이 운하 위에 펼쳐져갈 때, 타소의 시가 그 광경과 울림에 아름다운 감정을 줄 때, 그 노래에 끝없는 애수를 느끼지 않을 수 없다. 오스왈드와 코린나는 오랫동안 이 끝에서 저 끝까지 물 위를 산책하였다. 그들은 어쩌다 한마디씩 할 뿐, 대개는 손을 잡고 자연과 사랑에서 나오는 막연한 생각에 조용히 몸을 맡기고 있었다.

제16부
오스왈드의 출발과 부재

제 1 장

코린나가 베네치아에 온 것을 알고 너나 할 것 없이 그녀를 보고 싶은 호기심에 사로잡혔다. 그녀가 산 마르코 광장의 카페에 가니 많은 인파가 그녀를 한번 보려고 그곳의 회랑 아래에 몰려 있었고 사교계 전체가 극성스럽게 그녀를 찾아나섰다. 예전의 그녀는 자기가 모습을 드러내는 도처에서 선풍을 일으키는 것이 싫지 않았고, 이러한 감탄에 대한 그녀의 기쁨을 솔직하게 표현하였다. 천재는 명성을 필요로 하고, 자연에 의해 그것을 누릴 수 있도록 재능을 부여받은 사람들이 바라지 않는 보화란 없다. 그렇지만 당시 상황에서 코린나는 넬빌 경에게 그토록 귀중한 가정 생활의 행복에 상반되어 보이는 것이라면 무엇이든지 두려워하였다.

그녀의 행복 면에서 본다면, 그녀가 본래 영위하던 삶을 구속하고 재능을 북돋우기보다는 오히려 억제하는 남자에게 사로잡혀 있는 것은 코린나의 잘못된 생각이었다. 그러나 문학과 미술에 전념해왔던 여자가 그녀와는 다른 자질과 취미를 가진 남자를 그토록 열렬하게 사랑하는 것은 이해가 가는 일이다. 사람들은 너무나 자주 자기 자신에게 싫증이 나서 자기와 닮은 사람에게 끌리지 않는다. 사랑이 공감과 다양성을 낳도록 하려면, 감정의 면에서는 조화가, 성격적으로는 대립이 필요하다. 넬빌 경은 이러한 이중의 매력을 잘 지니고 있었다. 생활 습관으로 보아서 그의 친절함과 부드러운 화술은 그녀와 공통점이 있었으나, 화를 잘 내고 까다로운 기질은 그녀로 하여금 그의 우아하고 친절한 태도에 싫증나게 하는 법이 없었다. 그의 깊고 넓은 생각을 보면 그가 둘 모두에 적합하다는 생각이 들지만, 그의 정치적인 의견과 호전적인 성격은 그에게 문인보다는 오히려 그 계통에서 실제로 활약하는 것이 더 어울린다는 인상을 주었다. 그는 행동이 시 자체보다도 더 시적이라고 생각하는 사람이었다. 자신의 지적인 성공에 아랑곳하지 않았고 그 일에 관하여 이야기할 때에는 전혀 관심을 보이지 않았다. 코린나는 그의 마음에 들기 위하여 그런 점에서 흉내를 내고, 오스왈드의 고국이 모범으로 제시하는 겸손하고 조심성 있는 여성으로 보이기 위하여 자기 자신이 쟁취하여야 하는 성공을 과소 평가하기 시작하였다.

그러나 코린나가 베네치아에서 받는 찬사는 넬빌 경에게 그저 흐뭇함을 안겨주었다. 베네치아 사람들은 예의를 깎듯이 지켜 환영하였으며, 코린나와 이야기하는 것을 매우 황송해하고 기뻐해 마지않았으므로 오스왈드는 이토록 매력적이며 인기 있는 여성으로부터 사랑받는다는 사실에 우쭐해 있었다. 그녀가 다른 모든 것보다 그를 사랑한다고 확신하여 그는 이제 코린나의 명성에 질투심을 느끼지 않았다. 그녀에 관한 주변의 평판에 의해 그의 사랑은 더욱 두터워지는 것 같았다. 그는 영국조차도 잊고 있었다. 장래에 관해서 생각할 때에도 이탈리아의 느긋한 태도가 몸에 배었다. 코린나는 이러한 변화를 눈치채고 마치 그것이 줄곧 지속될 줄 알고 섣불리 좋아하고 있었다.

이탈리아어는 유럽에서 유일하게 여러 사투리가 독특한 특성을 지니고 있는 언어이다. 이들 중 어느 사투리로도 시를 짓고 책을 쓸 수 있다. 이러한 사투리는 고전 이탈리아어와는 다소 멀어져 있다. 그러나 이탈리아의 여러 다른 나라의 서로 상이한 언어 중에서 평가될 만한 것은 나폴리어, 시칠리아어, 베네치아어밖에 없다. 그리고 가장 개성적이고 우아하다고 여겨지는 것은 베네치아어이다. 코린나는 베네치아어를 부드럽게 매력적으로 발음하였다. 또한 경쾌한 노래 중에서 몇 개의 발카로레 *barcaroles*[15]를 노래하는 창법은 그녀가 비극뿐 아니라 희극에도 소질이 있음을 보여주었다. 그녀는 다음 주에 사교계에서 상연되는 희가극에 출연해달라는 권유에 시달렸다. 코린나는 오스왈드를 사랑하게 된 이후 그녀의 이런 종류의 재능을 그에게 알리고 싶지 않았다. 그녀는 이러한 즐거움에서 그다지 정신의 자유를 느끼지 못하였고, 때로는 그러한 즐거움에 젖다 보면 불행해진다고 믿을 정도였다. 그러나 이번에는 이상하게 자신이 생겨서 그 제의를 받아들였다. 오스왈드도 적극 권하였고, 그녀는 *하늘의 소녀* 역할을 하는 것으로 정해졌다. 따라서 희곡의 제목도 그렇게 정했다.

    이 희곡은 고치의 거의 모든 희곡이 그러하듯이 독창적이고 활기찬 어처구니없는 몽환극으로 구성되어 있었다.(7) 이러한 익살극에는 사기꾼 트루팔딘과 호색가 상인인 판타로네가 위대한 왕들과 함께 빈번하게 등장한다. 거기에서는 초자연도 농담거리가 된다. 그러나 희극은 속된 것도 비천한 것일 수도 없는 초자연 그 자체에 의해 돋보이게 된다. *하늘의 소녀*, 혹은 *젊은 날의 세미라미스 여왕*은 세계를 지배하기 위하여 천국과 지옥이 내어준 묘령의 여인이다. 미개인으로서 동굴에서 자라난 그녀는 마법사와 같이 빈틈이 없고 여왕과 같이 오만불손하고 자연스러운 활기에서 미리 계산된 우아함까지, 전사의 용기에서 여자의 경박함까지, 야심에서 경솔함까지 겸비하고 있었다. 그 역은 임기응변의 영감만이 해낼 수 있는 상상력이 풍부한 활기찬 말솜씨가 요구된다. 사교계가 합심하여 코린나에게 이 역할을 맡아달라고 간청하였다.

제 2 장

운명은 때에 따라 이상하고 잔인한 장난을 친다. 그것은 겁을 주기 위하여 믿고 따르던 것을 좌절시키는 어떤 힘이라고 할 수 있다. 우리들이 희망에 의지하고 있을 때, 특히 운명에 관하여 농담을 하며 행복에 몸을 맡기려는 순간, 우리들의 역사를 짜나가는 실 안에서 무서운 일이 벌어진다. 운명의 여인이 거기에 검정 실을 집어넣고 우리들의 손으로 만들어나가는 작품을 망쳐놓기 위해 다가온다.

코린나가 저녁에 희극을 공연한다는 기쁨에 잠이 깬 것은 11월 17일이었다. 제1막에서 야만인으로 등장하기 때문에 좀 색다른 의상을 골랐다. 그녀의 머리는 헝클어져 있어야 했지만, 보기 좋게 하고 싶은 욕구가 너무 강해 정성껏 가꾸어졌다. 우아하고 경쾌한 환상적인 의상 때문에 그녀는 기품 있는 모습에다 요염하면서도 우아하였고, 거기에다 바람기까지 있어 보였다. 그녀는 희극이 상연되는 궁전에 도착하였다. 모두 모여 있었고 오스왈드만 아직 와 있지 않았다. 그녀는 마지막 순간까지 상연을 지연시켰다. 그가 없는 것이 마음에 걸리기 시작하였다. 드디어 무대 위에 올라서자 그녀는 객석의 어두운 구석에 있는 그를 알아보았다. 기다림으로 인한 고통 때문에 한층 더 기뻤고, 카피톨리노 언덕에서 정열에 영감을 받았듯이 이번에는 기쁨에 고무되었다.

노래와 가사가 뒤섞인 희곡은 대화를 즉흥적으로 엮어가는 것이었다. 이런 것이 코린나에게는 매우 유리하였기 때문에 무대는 자연이 활기를 띠게 되었다. 그녀는 독특한 우아함으로 이탈리아 *희가극*의 진수를 느낄 수 있도록 노래하였다. 음악에 따르는 동작도 익살맞으면서 기품이 있었다. 그녀는 도도하게 굴면서 끊임없이 웃기고 그 역할과 연기로서 연기자와 관객을 적당히 놀려대고 그들을 압도하였다.

아! 이 태평스러운 행복이 얼마 안 가 청천벽력에 의해 무너진다는 것을 알았다면, 이 의기양양한 기쁨이 곧 쓰라린 고뇌로 바뀐다는 것을 알았다면 이 무대에 슬픔을 느끼지 않는 사람이 어디 있겠는가?

갈채가 몇 번씩이나 되풀이되었고 그것이 마음속에서 우러나오는 것이었기에 관객의 기쁨이 코린나에게도 전해졌다. 그녀는 즐거움이 존재를 강하게 자각하게 해주고, 운명을 잊고 잠시 동안 검은 구름과도 같은 속박으로부터 정신을 해방시켜줄 때, 그 즐거움이 유발하는 감격 같은 것을 느꼈다. 전에 오스왈드는 그녀를 행복하게 해주고 있다고 자부하고 있을 때, 그녀의 얼굴에 깊은 슬픔이 나타나는 것을 본 적이 있었다. 그러나 두 사람에게 치명적인 소식을 막 받아들은 지금, 그는 그녀가 더없는 기쁨을 나타내고 있는 것을 바라보았다. 그는 몇 번이나 코린나를 무모한 기쁨에서 끌어내리는 것을 상상해보았다. 그러나 그는 이 사랑스러운 얼굴에서 빛나는 행복의 표정을 아직은 좀더 바라볼 수 있다는 쓸쓸한 기쁨을 맛보았다.

극의 끝에서 코린나는 아마존 여왕으로 분장을 한 아름다운 모습으로 등장하였다. 미인이 무의식중에 그녀의 매력에 대하여 지니는 자신감으로 뭇 남성들에게, 또 자연의 힘에 명령을 내리고 있었다. 왜냐하면 아무리 자연과 숙명의 축복을 받았다고 해도 안심할 수 없다는 것은 사랑을 해보면 알게 되기 때문이다. 코린나는 분노와 익살, 무관심과 감동을 주려는 소원, 기품과 횡포를 잘 섞어서 연기를 하였다. 그 관을 받은 호색녀, 왕으로 군림한 요정은 사람의 마음도, 운명도 지배하는 것 같았다. 그녀는 왕좌에 올랐을 때 부드럽고 오만하게 하인들에게 복종을 명하면서 미소를 지어 보였다. 관객은 일제히 기립하여 마치 진짜 여왕인 것같이 갈채를 보냈다. 이 순간이야말로 아마도 그녀의 인생에서 두려움과 고뇌가 가장 멀리 물러서 있었던 순간이었을 것이다. 그때 마침 그녀는 오스왈드를 보게 되었다. 그는 더 이상 자제할 수 없어, 눈물을 보이지 않게 하기 위하여 얼굴을 두 손에 파묻고 있었다. 그 순간 그녀는 당황하였다. 막은 아직 내리지 않았지만, 이미 불길한 징조를 눈치챈 그녀는 왕좌에서 내려와 옆방으로 달려갔다.

오스왈드가 그 뒤를 따랐다. 그녀는 가까이에서 그의 창백한 얼굴을 보자 공포에 사로잡혔다. 쓰러지지 않도록 벽에 기대지 않으면 안 되었다. 그녀는 떨면서 그에게 말을 걸었다.

"오스왈드, 오, 하느님 맙소사! 대체 무슨 일이에요?"

"오늘밤 영국으로 떠나야 해요."

하고 그는 자신이 무슨 말을 하는지도 모른 채 대답하였다. 그는 불쌍한 연인에게 이런 방법으로 갑자기 그 소식을 던져줄 필요는 없었다. 그녀는 정신을 잃고 그가 있는 곳으로 다가가며 소리질렀다.

"안 돼요. 당신이 제게 그럴 수는 없어요. 그런 고통을 받을 만한 일을 제가 했단 말인가요? 저를 데리고 가시는 거지요?"

"어쨌든 이 심한 혼잡에서 빠져나가요."

하고 오스왈드가 대답하였다.

"따라와요, 코린나."

그녀는 뒤를 따랐다. 그녀는 그가 무슨 이야기를 하는지 알아듣지 못하였고 건성으로 대답하였다. 비틀거리면서 안색이 변하였기 때문에 누구나 어떤 갑작스런 병에 걸렸다고 생각할 정도였다.

제 3 장

둘이서 곤돌라에 올라타자 코린나는 미친 듯이 넬빌 경에게 말하였다.

"당신이 방금 말씀하신 것은 죽음보다 더 잔인한 말씀이에요. 제 부탁을 들어주세요. 몸을 갈기갈기 찢는 듯한 이 사랑을 묻어버리기 위하여 저를 이 파도 속에 던져주세요. 오스왈드, 용기를 내어 제발 저를 던져주세요. 그러기에는 방금 당신이 보여준 용기까지도 필요없어요."

"한마디라도 더 하신다면,"

하고 오스왈드가 대답하였다.

"당신이 보는 앞에서 운하에 뛰어들겠어요. 제 말을 잘 들으세요. 당신의 집에 도착할 때까지 기다리세요. 거기에 가서 제가 할 일과 당신이 할 일을 의논해봅시다. 제발 진정해요."

오스왈드의 말투에 너무나도 많은 불행이 어려 있어서, 코린나는 입을 다물었다. 그녀는 오직 너무 떨고만 있어서, 가까스로 계단을 오를 수 있었다. 그녀는 방에 도착하자 겁에 질려 의상을 벗어던졌다. 넬빌 경은 조금 전까지 화려하게 빛나던 그녀가 이러한 상태로 변하는 것을 보고, 눈물이 앞을 가려 의자에 주저앉아 큰소리로 말하였다.

"제가 잔인하다고 생각해요, 코린나? 정녕코! 코린나, 그렇게 생각해요?"

"아니요."

하고 그녀는 말하였다.

"그렇게 생각하지 않아요. 저를 매일 행복하게 해주시던 때의 눈빛이 아직 사라지지 않고 그대로 있는걸요! 오스왈드, 당신은 저에게 태양과도 같은 존재였어요. 그런데 제가 당신을 두려워할 수 있겠어요? 감히 당신을 쳐다보지 못할 수 있겠어요? 당신 앞에 서 있는 것이 마치 살인자 앞에 서 있는 것 같을 수 있겠어요? 오스왈드, 오스왈드!"

이렇게 말하면서 그녀는 애원하며 무릎을 꿇었다.

"무엇을 하시는 거예요?"

하고 그는 분노하여 그녀를 밀어내면서 소리쳤다.

"당신은 저의 명예를 해치려고 하고 있어요. 좋아요! 말씀드리겠어요. 저의 부대가 한 달 후에 배에 오른다고 해요. 부대로부터 통지를 받았어요. 저는 남겠어요. 잘 들어요. 당신이 이렇게 괴로워한다면, 제가 결정을 하지 못할 정도로 당신이 괴로워한다면, 저는 남겠어요. 그러나 저는 굴욕을 참지 못하겠지요."

"가시지 말라는 말씀은 아니에요."

하고 코린나는 말하였다.

"그러나 제가 당신을 따라간다면 어떤 지장이 있을까요?"

"제 부대는 열도를 향해서 떠나요. 그리고 어느 사관을 막론하고 처와 함께 떠나는 것은 용납되지 않아요."

"아무튼 영국까지만이라도 함께 가도록 해주세요."

"제가 방금 받은 편지에 써 있는 바로는,"

하고 오스왈드가 말하였다.

"우리 관계에 대한 소문이 영국에 파다하다고 해요. 신문이 그것을 기사로 다루고, 당신이 누구인지 의심하기 시작하고, 에저몬드 부인의 선동을 받은 당신의 친척은 당신이 누구인지 전혀 모르겠다고 하였대요. 당신의 친척과 상의를 하고 당신의 계모로 하여금 당신에게 마땅히 해주어야 할 일을 시킬 수 있는 시간을 주세요. 가령 당신과 함께 귀국한다고 해도, 당신이 가문의 성을 찾기 전에 두 사람이 헤어지게 될지도 몰라요. 저는 그곳에서 당신을 지키지 못한 채 여론의 세파 때문에 당신을 떠밀게 될 것이에요."

"그런 식으로 저를 거절하시는군요."

하고 코린나는 말하였다. 이 말을 마친 그녀는 정신을 잃고 쓰러졌다. 머리가 심하게 땅에 부딪혀 피가 뿜어나왔다. 오스왈드는 이 광경을 보고 비통한 소리를 질렀다. 테레지나가 사색이 되어 달려와서는 여주인의 정신이 돌아오도록 소리내어 불렀다. 코린나가 정신을 차려 거울을 보니 얼굴은 창백하고 수척해 있었으며, 머리는 헝클어지고 피가 묻어 있었다.

"오스왈드."

하고 그녀는 말하였다.

"오스왈드, 카피톨리노 언덕에서 처음 뵈었을 때 저는 이렇지 않았어요. 머리 위에 기대와 영광의 관을 쓰고 있었죠. 이제 이것은 피와 먼지로 얼룩져 있군요. 당신이 저를 이런 상태로 만들었으니 저를 업신여겨서는 안 돼요. 다른 사람은 그럴 수 있겠지만, 당신은 그래선 안 돼요. 당신 때문에 생긴 이 사랑을 가엾게 여겨주셔야 해요. 꼭 그러셔야 해요."

"그만!"

하고 넬빌 경은 소리쳤다.

"이제 됐어요."

그리고 테레지나에게 물러가도록 눈짓하고 나서 코린나를 안고 말하였다.

"가지 않겠어요. 저를 마음대로 하세요. 하늘의 뜻에 따르겠어요. 하여튼 당신을 이런 불행 속에 절대로 내버려두지 않겠어요. 또 당신의 신분을 확실히해두기 전에는 영국으로 데리고 가지 않겠어요. 영국에서 당신을 교만한 여자라고 모욕하게 놓아둘 수는 없어요. 이곳에 남겠어요. 정말로 가지 않겠어요. 당신과 헤어질 수는 없어요."

코린나는 그 말에 의식을 찾았으나 이때까지 느꼈던 절망보다 더 심한 낙담에 빠져버렸다. 그녀의 가슴을 짓누르는 긴급한 필연성 때문에 그녀는 고개를 숙이고 오랫동안 조용히 말이 없었다.

"말 좀 해봐요, 사랑하는 당신. 당신의 목소리를 들려줘요. 그것밖에는 의지할 데가 없으니, 당신의 목소리에 이끌리는 대로 하고 싶군요."

"아니에요."

하고 코린나가 대답하였다.

"떠나세요, 그렇게 하셔야 해요."

코린나가 퍼붓는 비처럼 눈물을 흘리는 것으로 보아 체념한 것을 알 수 있었다.

넬빌 경이 큰소리로 말하였다.

"당신 앞에 있는 아버지 초상에 대고 맹세하겠어요. 아버지의 이름이 저에게 신성하다는 것을 알고 계시지요! 제 인생이 당신의 행복에 필요한 이상, 제 인생은 당신의 지배 아래에 있다고 맹세하겠어요. 열도에서 돌아오면 영국으로 돌아가 당신이 그곳에서 어울리는 지위와 생활을 다시 얻을 수 있는지 알아보겠어요. 만약 뜻대로 되지 않으면 이탈리아로 돌아와 당신 곁에서 죽겠어요."

"무슨 말씀을!"

하고 코린나가 말하였다.

"당신은 전장의 위험으로 떠나시는데……"

"그 일은 걱정 말아요."

하고 오스왈드가 말하였다.

"위험을 피할 수 있을 것이에요. 그렇지만 만약 제가 죽는다면 아무리 이름없는 인간이었지만 추억만은 당신의 마음에 남겠죠. 필경 당신은 제 이름만 들어도 눈물을 흘리겠죠. 안 그래요, 코린나? 그리고 당신은 이렇게 말하겠죠. 그 사람을 알고 있었다고, 나를 사랑한 사람이라고."

"아! 그만, 그만 하세요."

하고 그녀는 소리쳤다.

"당신은 제가 침착한 척하는 것에 속고 있어요. 내일 해가 다시 떠오르면 저는 말하겠지요. 이젠 당신을 만날 수 없다고! 다시는 만날 수 없다고! 전 그만 죽을지도 몰라요. 그 편이 차라리 행복할 테니까!"

"왜."

하고 넬빌 경은 소리쳤다.

"코린나 왜, 다시 못 만난다고 생각하세요? 우리들을 영원히 결합하는 저 약속이 당신에게는 아무것도 아니란 말이에요? 마음속으로 그것을 의심하세요?"

코린나는 말하였다.

"아니에요. 당신을 너무 존경하기 때문에 믿지 않을 수 없어요. 당신의 사랑을 단념하기보다 존경을 단념하기가 더 어려워요. 저는 당신을 천사와도 같은 사람, 이 세상에서 태어난 사람 가운데 가장 순수하고 고귀한 사람이라고 믿고 있어요. 저를 사로잡은 것은 당신의 매력뿐 아니라 많은 미덕을 지니고 있는 사람도 갖고 있지 못하였던 당신의 사고 방식이에요. 당신의 천사와도 같은 눈빛은 미덕을 나타내 보이기 위하여 주어진 것이에요. 따라서 당신과의 약속을 의심한다는 일은 제게 있을 수 없어요. 만약 넬빌 경이 배반하는 일이 있다면, 제게 공포밖에는 주지 않는 인간의 얼굴에 아마 저는 도망가고 말겠지요. 이별은 많은 우연의 결과이지만, 그 무서운 말, 안녕은······"

"절대적으로."

하고 그는 말을 도중에 막았다.

"오스왈드가 당신에게 마지막 안녕이라는 말을 하는 것은 죽을 때뿐이에요."

그가 이 말을 하며 너무 상심하였기 때문에, 가엾은 쪽은 그녀였음에도 불구하고 코린나는 혹시 이런 감정이 그의 건강을 해치지 않을지 걱정하였다.

그들은 그 가혹한 출발에 관하여, 교통 수단에 관하여, 기정사실로 되어 있는 재회에 관하여 이야기하기 시작하였다. 그들이 만나지 못하는 기간은 길어야 1년으로 결정되었다. 오스왈드는 원정이 오래 지속되지 않을 것으로 확신하고 있었다. 어쨌든 그들에게 아직 몇 시간이 남아 있을 것이고 그 동안 코린나는 기운을 차리게 되길 희망하였다. 그러나 오스왈드가 새벽 3시에 곤돌라가 그를 데리러 온다고 말하였을 때, 벽시계를 쳐다보고 그 시간이 얼마 남지 않은 것을 알게 되자 그녀의 팔과 다리는 떨렸다. 단두대에 다가가는 일도 분명 이보다 더 큰 공포를 주지는 않았을 것이다. 오스왈드도 순간마다 결심이 약해지는 듯하였다. 코린나는 늘 그가 냉정을 잃지 않는 것을 보아왔기 때문에, 그토록 고민하는 것을 보고 마음이 산란해졌다. 가엾은 코린나! 그녀는 그를 위로하고 있었다. 그녀 쪽이 그보다 훨씬 불행하였는데도 그녀는 그를 위로하고 있었다.

"저."

하고 그녀는 넬빌 경에게 말하였다.

"런던에 가시면, 그곳의 경박한 남자들이 사랑의 맹세보다 명예가 중요하다고 말하겠지요. 그리고 이 세상의 모든 영국 남자는 여행 중에 이탈리아 여자를 사랑하지만, 귀국 길에 잊는다고 말할 거예요. 행복했던 몇 달은 그것을 주는 남자도, 그것을 받는 여자도 구속하지 않으며, 당신의 나이에 우연히 사귄 외국 여자의 매력에 모든 인생을 바칠 수는 없다고 하면서요. 또 그들은 분별이 있어 보이겠지요. 세상에 따르는 분별이 있을 거예요. 하지만 당신은 당신을 주인으로 모시는 제 마음을 잘 알고 계시며, 제 마음이 얼마나 당신을 사랑하는지 아시니, 저에게 치명상을 입히는 변명을 하기 위하여 궤변을 늘어놓으시지는 않으시겠죠? 요즘 남자들의 얄팍하고 버릇없는 농담이 제 가슴을 찌를 때, 당신의 손이 떨리지 않을 정도로 태연하지 않으시겠지요?"

"아! 무슨 말씀을?"

하고 넬빌 경이 외쳤다.

"저를 사로잡고 있는 것은 당신의 괴로움만이 아니에요. 저도 괴롭기는 마찬가지예요. 제가 어디에서 당신 곁에서 맛보았던 행복을 얻을 수 있겠어요? 이 세상에서 누가 당신처럼 저를 이해해주겠어요? 코린나, 바로 그 사랑을 맛보게 해준 이는 당신뿐이에요. 이러한 영혼의 조화, 정신과 마음속의 예지를 당신 외의 어떤 여자와 나눌 수 있겠어요? 코린나, 당신의 연인은 경박한 남자가 아니라는 것을 알고 계시잖아요. 얄팍하다니, 어림도 없어요. 그는 인생의 모든 것을 진지하게 여겨요. 아니면 당신에게만 저의 진정한 성격과는 다른 면을 보여주고 있다는 말인가요?"

"아니요, 아니에요."

하고 코린나는 말하였다.

"아니에요. 당신은 진지한 마음을 절대로 소홀히하는 분이 아니에요. 당신이 아니에요. 제가 절망하고 무정하게 생각하는 대상은 당신이 아니라, 당신 가까이에 있는 무서운 적이에요. 저는 계모의 날카로운 횡포와 사람을 무시하는 법용이 두려워요. 그녀는 저의 과거에 종지부를 찍을 만한 모든 것을 당신에게 이르겠지요. 저로서는 그녀의 가차없는 이야기를 차마 먼저 당신께 말씀드릴 수 없어요. 제가 갖고 있는 재능을 관대하게 이해해주기는커녕, 그것이 그녀의 눈에는 제일 큰 단점이 될 거예요. 계모는 그 재능의 매력 같은 것을 이해하려고 들지 않고 위험하다고밖에 생각하지 않아요. 그녀는 그녀가 걸어온 인생에 어울리지 않는 것은 모두 쓸데없는 것이며 죄 많은 것이라고 보고 있어요. 그리고 마음속에 일어나는 시상은 모두 그녀의 분별을 업신여기는 성가신 변덕으로 생각하고 있어요. 당신만큼이나 저 역시 존중하는 덕의 이름으로, 그녀는 저의 개성과 숙명을 단죄하고 있어요. 오스왈드, 그녀는 제가 당신에게 어울리지 않는다고 말하겠지요."

"그런데 제가 왜 그녀의 말을 듣겠어요?"

하고 오스왈드가 물었다.

"다른 어떤 미덕을 당신의 관대함·솔직함·선량함·상냥함보다 더 높이 평가할 수 있겠어요? 당신은 하늘에서 내려온 존재예요! 평범한 여성들이나 평범한 잣대로 평가하는 법이에요! 당신의 사랑을 받고도 당신을 몹시 사랑하는 것에 그칠 뿐, 존경하지 않는 남자는 부끄러워해야 마땅해요! 당신의 정신과 마음에 필적할 만한 것은 이 우주에 아무것도 없어요. 당신이 감정을 길어내는 샘에서는 모든 것이 사랑이며 진실이에요. 코린나, 코린나, 아! 당신을 두고 떠나지 못하겠군요. 용기가 꺾이는 것 같아요. 당신이 용기를 주지 않으면 떠날 수 없어요. 당신의 마음을 아프게 할 수 있는 힘을 제게 주신 분은 당신뿐이잖아요?"

"그렇다면!"

하고 코린나는 말하였다.

"출발 시간이 울리는 것을 들을 수 있는 힘을 달라고 신의 가호를

빌 때까지 아직 시간이 좀 있어요. 우리들은 뜨거운 애정으로 서로 사랑하였어요. 그래요, 오스왈드. 저는 제 인생의 비밀을 말씀드렸어요. 하나도 숨김없이 말씀드렸어요. 저의 마음속의 모든 감정은 당신이 잘 알고 계셔요. 무엇 하나 당신과 결부되어 있지 않는 생각은 없어요. 만약 제가 저의 영혼이 펼쳐지는 글을 몇 줄 쓸 수 있다면, 그것을 쓸 수 있도록 하는 것은 당신뿐이에요. 모든 저의 생각도 당신이 중심이에요. 저의 마지막 쉬는 숨이 당신을 위한 것이듯이 당신이 만약 저를 버리신다면, 제가 있을 곳이 어디 있겠어요? 미술은 당신의 모습을, 음악은 당신의 목소리를, 하늘은 당신의 눈빛을 상기시켜주어요. 한때 저의 생각을 타오르게 하였던 저의 모든 재능도 이제 사랑에 지나지 않아요. 열정도, 사색도, 지성도 이제 당신과 공유하지 않는 것은 없어요."

"제 말을 듣고 계시는 전능한 신이시여!"

하고 그녀는 하늘을 우러러보며 말하였다.

"신이시여! 모든 것 중에서 가장 고귀한 고통에 자비를 베푸소서! 저에 대한 그의 사랑이 그칠 때, 제 목숨을 거두어주소서. 탄식뿐인 남은 목숨을 거두어주소서. 이제 그 목숨은 고통밖에는 아무것도 아닙니다. 그 사람은 저의 관대함을 틈타서 제 마음이 의지할 곳을 갖고 떠납니다. 만일 그 사람이 그 마음속에 타오르고 있는 사랑의 불이 꺼지는 대로 놓아둔다면, 제가 이 세상 어느 곳에 있는들 제 생명의 불도 타서 꺼질 것입니다. 위대하신 신이여! 당신은 저를 고귀한 감정이 사라진 후에도 살아남게 창조하지 않았습니다. 그를 존경하는 마음이 없어졌을 때, 저에게 무엇이 남아 있겠습니까? 그 사람도 역시 저를 사랑하여야 합니다. 그렇게 하여야만 합니다. 마음속으로 그 사람도 역시 저를 사랑하여주기를 간절히 바랍니다 …… 오 신이여!"

코린나는 다시 한번 소리쳤다.

"죽음 아니면 사랑을."

이 기도를 끝내고 그녀가 오스왈드 쪽을 쳐다보자 그는 무섭게 경련을 일으키며 그녀 앞에 무릎을 꿇고 있었다. 극도의 흥분이 그의 체력을 능가하였다. 코린나의 도움을 뿌리치고, 그는 죽고 싶어하였다. 완전히 냉정을 잃은 것 같았다. 코린나는 그가 해주었던 말을 오히려 그에게 다시 한번 반복하면서 마음을 다하여 두 손을 꼭 잡아주었다. 그녀는 그를 믿는다고, 돌아올 것을 믿는다고 말하고, 자기의 마음도 안정이 되었다고 하면서 그를 안심시켰다. 이 친절한 말이 넬빌 경에게 효과가 있었다. 그렇지만 헤어질 시간이 다가오면 올수록 그는 결단을 내리지 못하는 것 같았다.

"출발 전에 우리가 영원한 결혼의 서약을 하러 교회로 가면 안 될까요?"

하고 그는 코린나에게 말하였다.

이 말에 코린나는 몸이 떨려와 넬빌 경을 바라보았다. 그녀의 마음은 괴로움으로 몹시 흔들렸다. 그녀는 오스왈드가 그녀에게 해주었던 이야기가 생각났다. 그는 여자의 고통이 그의 행동을 좌우한다고 말한 적이 있었다. 그리고 고통의 대가로 얻은 희생으로 인하여 사랑이 식게 되었다고 덧붙였던 것이다. 이 생각에 코린나의 의지와 자존심이 모두 눈뜨게 되어, 한동안 아무 말 없이 있다가 그녀는 대답하였다.

"저와 결혼을 결심하시기 전에 조국과 벗들을 다시 만나보셔야지요. 지금 그런 생각이 드시는 것은, 경, 출발 직전의 충동 때문일 거예요. 저는 당신이 그런 식으로 결심을 하시는 것을 원치 않아요."

오스왈드는 더 이상 고집하지 않았다.

"하여튼,"

하고 그는 코린나의 손을 잡으며 말하였다.

"새삼 맹세할게요. 당신께 드린 이 반지에 제 맹세가 간직되어 있어요. 당신이 이 반지를 간직하고 있는 한, 절대로 다른 여성이 제 운명을 좌우하지 못할 거예요. 그러나 만약 당신이 한 번이라도 이것을 소홀히 한다든가, 돌려보낸다면 ……"

"그만, 그만,"

하고 코린나는 가로막았다.

"당신이 느끼고 있지 않은 불안은 말씀하시지 마세요. 우리들의 신성한 결합을 깨는 것은 제가 아니에요. 제가 아니라는 걸 잘 알고 계시잖아요. 너무도 자명한 일을 가지고 다시 한번 말하려니 민구스럽네요."

이러는 동안에도 시간이 흘렀다. 코린나는 무슨 소리를 들을 때마다 창백해졌고, 넬빌 경은 깊은 고통에 잠기어 한마디도 말할 기운이 없었다. 드디어 창문 너머로 멀리 운명의 불빛이 보였다. 코린나는 그것을 보자 당황해 뒷걸음질쳤고 소리를 지르면서 오스왈드의 두 팔 안으로 뛰어들었다.

"왔어요, 저기 왔어요! 안녕, 떠나세요, 다 끝났어요."

"오, 신이여!"

하고 넬빌 경이 말하였다.

"오, 아버지! 저를 부르시는 것입니까?"

그리고 그녀를 가슴에 꼭 안고 눈물로 그녀의 얼굴을 덮었다.

"떠나세요."

하고 그녀는 말하였다.

"떠나세요, 그러셔야 해요."

"테레지나를 불러요."

하고 오스왈드는 대답하였다.

"당신을 이대로 혼자 두고 갈 수는 없어요."

"혼자? 정말?"

하고 코린나가 말하였다.

"돌아오실 때까지 혼자가 아닌가요!"

"이 방을 나가지 못하겠어요."

하고 넬빌 경은 소리질렀다.

"그렇게 할 수 없어요."

이렇게 말하였을 때 그는 절망의 나락에 떨어져 눈빛도 진짜 죽음을 바라는 것 같았다.

"자!"

하고 코린나는 말하였다.

"제가 신호를 보내겠어요. 제 손으로 문을 열겠어요. 그러나 조금만 시간을 주세요."

"아! 좋아요."

하고 넬빌 경은 소리쳤다.

"좀더 함께 있어요. 이 지독한 갈등이 당신을 더 이상 못 보는 것보다는 나으니까요."

그때 코린나의 창문 아래에서 뱃사람들이 넬빌 경의 부하를 부르는 소리가 들려왔다. 대답하는 소리가 들리고, 얼마 안 되어 그 중 한 사람이 코린나의 방문을 두드리면서,

"준비가 완료되었습니다."

라고 말하였다.

"네, 준비되었습니다."

라고 코린나가 대답하였다. 그리고 오스왈드로부터 멀리 떨어져 부친의 초상에 머리를 기대었다. 필경 그 순간 그녀의 뇌리에는 지난 일들이 펼

쳐졌을 것이다. 양심에 비추어보아 자신이 저지른 잘못을 새삼 뉘우쳤다. 그녀는 자기가 신의 자비를 받을 자격이 없을까봐 두려웠다. 그러나 그녀는 스스로 너무 비참하다고 느껴 하늘의 자비를 믿지 않을 수 없었다. 그녀는 드디어 일어서서 넬빌 경에게 손을 내밀며 말하였다.

"떠나세요, 이제는 그렇게 하셔야 되겠어요. 저도 조금 후면 마음이 달라질지 몰라요. 떠나세요. 당신의 가시는 걸음에 신의 은총이 있으시길, 가호가 있으시기를 간절히 빌겠어요."

오스왈드는 다시 한번 그녀의 두 팔 안으로 뛰어들어 한없이 뜨거운 열정으로 그녀를 힘껏 껴안았다. 그는 형장으로 끌려가는 사람처럼 창백한 얼굴로 떨면서 어쩌면 다시는 운명이 허락하지 않을 만큼 사랑하였고 또 사랑받았다고 생각되는 방을 나섰다.

오스왈드가 시야에서 사라지자 숨을 쉴 수 없을 정도로 무서운 심장의 고동이 그녀에게 엄습하였다. 시야가 흐려지고, 물체가 분간이 되지 않으면서 가까이 또는 멀리에서 떠도는 것 같았다. 자신이 있는 방이 지진 때와 같이 흔들리는 것 같았다. 흔들리지 않으려고 몸을 버티어보았다. 십오 분 동안 오스왈드의 부하들이 출발 준비를 하는 소리가 들려왔다. 그는 아직 곤돌라에 있었다. 따라서 그녀는 그를 다시 볼 수 있었다. 그러나 그녀는 두려웠다. 오스왈드 역시 의식을 잃고 곤돌라에 누워 있었다. 드디어 그는 떠났다. 코린나는 그 순간 그를 부르기 위해 방밖으로 뛰어나갔고, 테레지나가 그녀를 말려야 했다. 때마침 지독한 비가 내리기 시작하였다. 강풍 소리가 들려왔다. 코린나가 사는 집이 바다 한복판에 떠 있는 배와 같이 흔들리고 있었다. 그녀는 악천후 속에서 석호를 가로질러 가는 오스왈드가 걱정이 되어 견딜 수가 없었다. 그녀는 배에 올라 본토까지만이라도 따라갈 작정으로 운하의 강가로 내려갔다. 그러나 어둠이 짙었고, 단 한 척의 배도 없었다. 코린나는 운하와 집 사이의 좁은 돌길을 두려운 근심에 휩싸여 걷고 있었다. 폭풍우는 점점 기세를 더하였고, 그 순간 오스왈드에 대한 공포도 더하여갔다. 그녀는 닥치는 대로 뱃사공을 불렀다. 뱃사공들은 그녀의 목소리를 폭풍우 속에서 물에 빠져 고통스러워하는 사람의 절규로 알았다. 그렇지만 누구 하나 다가오려고 하지 않았다. 그만큼 대운하의 성난 파도는 대단하였다.

코린나는 그대로 밤이 새기를 기다렸다. 날씨는 가라앉았고 오스왈드를 태운 곤돌라의 뱃사공이 무사히 석호를 건넜다는 오스왈드의 전갈을 갖고 돌아왔다. 그 순간은 아직 행복에 가까운 기분이었으나, 몇 시간이 지나자 가엾은 코린나는 새삼 그 사람의 부재를, 기나긴 시간을, 쓸쓸한 나날을 절감해야만 했다. 그리고 살을 베는 듯한 걱정스러운 고통만이 그녀의 마음을 가득 채우게 되었다.

제 4 장

오스왈드는 길을 떠난 처음 며칠은 몇 번이고 코린나에게 다시 돌아가려고 하였다. 그러나 그를 이끌고 가는 동기가 욕망보다 강하였다. 일단 사랑의 감정을 극복하였다는 것은 사랑에 있어서 엄숙한 첫걸음이다. 즉 사랑의 전능한 권위가 이제 힘을 다한 것이다.

영국으로 다가가자 고국의 추억이 오스왈드의 가슴에 한꺼번에 몰려왔다. 이탈리아에서 지낸 세월은 그의 인생의 다른 어느 시기와도 관련이 없었다. 그것은 상상력을 자극한 화려한 환상 같은 것이었으나 그의 생활을 구성하고 있는 견해와 기호를 조금도 바꿔놓지 않았다. 그는 자기 자신을 되찾았다. 코린나와의 이별 때문에 행복한 기분을 느낄 수는 없었으나 확고한 사고를 되찾았다. 그것은 이탈리아의 막연하면서 사람을 홀리는 듯한 미술품들 때문에 잃어버리고 있던 것이었다. 영국의 땅을 발로 밟는 순간, 그는 눈에 보이는 질서·여유·풍요와 산업에 감명을 받았다. 태어날 때부터의 성향·습관·기호가 이전보다 강한 힘으로 고개를 쳐들었다. 남자에게는 위엄이, 여자에게는 겸허함이 있고, 가정의 행복이 사회 전체의 행복의 기본인 이 나라에서, 오스왈드는 이탈리아를 회상하며 동정을 금할 수 없었다. 그의 고국에서는 인간의 이성이 도처에 숭고한 힘을 발휘하고 있었으나, 이탈리아의 사회 제도를 보게 되면 많은 점에서 혼란과 약점, 무지를 상기시켰다. 마음속에는 매력적인 회화와 시적인 인상 대신 자유와 도덕이 자리잡게 되었다. 변함없이 코린나를 열렬히 사랑하고 있었으나 그토록 고상하고 절도가 있는 나라에서 그녀가 생활할 수 없었던 점에 대해서는 은근히 비난하는 마음이 들었다. 요컨대 만일 그가 상상력이 숭배받는 나라에서 무미건조하고 경박한 나라로 옮겼다면 그 추억, 그 마음은 이탈리아에 강하게 끌렸을 것이다. 그러나 그는 비현실적인 끝없는 행복의 추구보다 자립과 안전이라고 하는 생활의 현실적인 행복을 자랑스럽게 생각하였다. 그는 남자에게 어울리는 생활, 말하자면 목적 있는 행동으로 돌아온 것이다. 몽상은 오히려 여성, 말하자면 태어날 때부터 연약하고 체념한 존재에게 주어지는 것이다. 남성은 원하는 것을 얻기를 원하고, 만약 그가 원하는 대로 운명을 좌우할 수가 없다면, 용기와 힘을 내어 운명에 대항하여 싸운다.

　오스왈드는 런던에 도착하여 어린 시절의 친구들과 만났다. 그는 강하고 또렷한 모국어를 들었다. 그것은 그 말이 표현하는 뜻보다 더 풍부한 감정을 전달하는 듯하였다. 평상시의 분별을 무시하고 깊은 애정을 표시하자 그들의 얼굴에 갑자기 근엄한 표정이 나타났다. 그들은 처음에는 관찰하는 듯한 시선을 보내다가 차츰 마음을 열어보여주었고 오스왈드는 그것을 발견하는 것이 기뻤다. 드디어 내 나라에 왔다는 것이 느껴졌다. 고국을 떠나본 일이 없는 사람들은 그들이 맺고 있는 수많은 관계에 의하여 그것이 우리에게 얼마나 소중한 것인지 모른다. 그러나 그가 조국에서 어떤 느낌을 받아도 언제나 코린나의 추억이 따라다녔다. 그는 어느 때보다도 영국과 일체가 되어, 또다시 그곳을 떠날 생각이 부담스럽게 느껴졌다. 이리저리 궁리한 끝에 코린나와 결혼하여 스코틀랜드에 정착하기로 하였다.

그는 될 수 있는 한 빨리 돌아오기 위해 배에 오르고 싶어 조바심이 났는데, 마침 그때 그의 부대가 참가하는 원정의 출발이 연기되었다는 통지를 받게 되었다. 그러나 한편 내일이라도 그 연기가 철회될지도 모르는 상황이었다. 이 점이 매우 불확실하였기 때문에 어느 사관도 이 주일 앞의 계획조차 세울 수 없었다. 그러한 상황에서 넬빌 경은 대단히 비참하였다. 코린나와는 떨어져 있었고, 안정된 계획을 세우고 실행하는 데에 필요한 시간과 자유가 없는 것이 고통스러웠다. 그는 사교계의 왕래를 끊고, 오로지 코린나와 다시 만날 날만 생각하며, 그녀와 떨어져서 지내야 하는 시간을 괴로워하면서 6주를 보냈다. 드디어 그는 대기중의 여가를 이용하여 노섬벌랜드의 에저몬드 부인을 찾아가 코린나가 에저몬드 경의 딸이며, 죽었다는 소문은 잘못된 것임을 정식으로 알리자고 결심하였다. 친구들이 보여준 신문에는 코린나의 생활에 대하여 매우 악의적인 암시가 실려 있었다. 그는 그녀에게 정당한 지위와 존경을 돌려주어야겠다는 열망에 사로잡혔다.

제 5 장

오스왈드는 에저몬드 부인의 영지를 향하여 떠났다. 코린나가 여러 해 동안 지내던 곳을 보러 간다고 생각하니 가슴이 뛰었다. 거기에다 딸과 인연을 끊은 에저몬드 부인의 이해를 구하지 않으면 안 되는 일에 어느 정도 당황이 되기도 하였다. 이렇게 여러 생각이 뒤섞여 마음은 심란해지고, 몽상 속을 헤매고 있었다. 영국 북부로 들어가면서 보는 광경은 시종 스코틀랜드를 연상시켰다. 늘 기억 속에 새로운 부친의 추억은 더욱 그의 가슴에 와 닿았다. 에저몬드 부인의 성에 도착하였을 때 그는 잘 가꾸어진 정원과 성에 넘치는 훌륭한 취미에 감탄하였다. 여주인이 아직 영접할 준비가 되어 있지 않아, 그는 정원을 산책하였다. 무성한 나뭇잎 너머로 매우 우아한 자태의 젊은 여성이 멀리 눈에 띄었다. 그녀는 눈부시게 아름다운 금발에 모자를 살짝 눌러 쓰고 있었다. 그녀는 골몰히 독서에 열중하고 있었다. 오스왈드는 그녀가 루실임을 알아보았다. 3년이나 만나보지 않았고 그 동안 어린아이에서 숙녀가 되어 있었지만, 그녀는 놀랄 만큼 아름다워져 있었다. 그는 다가가서 인사를 하고, 영국에 있다는 것을 잊은 채 이탈리아의 관습에 따라 정중하게 입맞추기 위해 손을 잡았다. 그녀는 두어 발 뒤로 물러나 얼굴을 몹시 붉히며 큰절을 하고 그에게 말하였다.

"신사 분께서 뵙고 싶어하신다고 어머님께 말씀드리고 오겠습니다."

그리고는 멀어져갔다. 넬빌 경은 그 당당하고 겸손한 자세와 진정 천사와도 같은 모습에 감탄하였다.

그녀는 이제 겨우 열여섯 살이 된 루실이었다. 이목구비가 유난히 아름다웠다. 몸매는 너무 날씬할 정도였고, 거동엔 좀 연약한 데가 있었다. 피부색은 놀랄 만큼 아름다웠으며 창백해졌다가는 순식간에 홍조를 띠곤 하였다. 푸른 눈은 아래로 내리뜨는 경우가 많았으며, 섬세한 안색 때문에 표정을 읽을 수 있었다. 그것은 본의 아니게 그녀가 마음속 깊이 감추어둔 속마음을 내비치게 하였다. 오스왈드는 남쪽 나라를 여행하면서 이러한 얼굴과 표정이 있다는 사실을 잊고 있었다. 그는 존경의 마음에 사로잡혀, 그녀에게 거침없이 말을 건 것을 후회하고 있었다. 성으로 돌아가면서, 루실이 그곳으로 들어가는 것을 바라보며, 그는 생전 모친 곁을 떠나본 적이 없이 자식으로서의 애정밖에는 알지 못하는 소녀의 속세를 벗어난 청순함을 머리 속에 그려보았다.

넬빌 경을 맞이하였을 때 에저몬드 부인은 혼자였다. 그녀와는 몇 년 전에 부친과 함께 두 번 만난 일이 있었다. 그러나 그때에는 잘 살펴보지 않았다. 이번에는 코린나가 말해준 인품과 비교해보려고 주의 깊게 관찰하였다. 많은 점에서 코린나가 말한 것은 참말이라고 생각되었다. 그렇기는 하지만 에저몬드 부인의 눈빛은 코린나가 생각했던 것보다 훨씬 더 감수성이 있어 보였다. 그는 코린나가 그처럼 숨어 있는 표정을 꿰뚫어보는 데 익숙하지 못하다고 생각하였다. 에저몬드 부인에게 처음으로 할 일은 코린나가 죽었다고 믿게 하는 계략을 취소하고 그녀를 인정하게 하는 것이었다. 그는 먼저 이탈리아에 대해서, 그리고 그 나라에서 맛본 기쁨에 대해서 말하기 시작했다.

"남자 분들께는 즐거운 곳이겠지요."

하고 에저몬드 부인이 대답하였다.

"그러나 저와 관계되는 여성이 그곳을 오랫동안 좋아한다면 기분이 좋지 않을 것 같아요."

넬빌 경은 넌지시 돌려서 말하는 그 방식에 당장 기분이 상하여 대답하였다.

"그렇지만 저는 그곳에서 제 인생에서 가장 훌륭한 여성을 만났습니다."

"지적인 면에서는 그럴지도 모르죠."

하고 에저몬드 부인이 대답하였다.

"그러나 신사라면 인생의 반려자에게서 다른 장점들을 찾는 법입니다."

"그녀에게 그러한 장점도 있다고 보고 있습니다."

하고 오스왈드는 열이 올라 말하였다.

그는 기왕 시작한 이야기이니 명백하게 의견을 말하려고 하고 있었다. 그러나 루실이 들어와 모친 곁에 와서 귓속말로 속삭였다.

"얘야, 그건 안 된단다."

하고 에저몬드 부인은 큰소리로 대답하였다.

"오늘 사촌언니 집에 가서는 안 돼. 집에서 넬빌 경과 함께 저녁 식사를 해야 하니까요."

이 말에 루실은 정원에 있을 때보다 더 얼굴을 붉히며 모친 곁에 가 앉았다. 탁자 위에 자수 책을 놓고 시선을 돌리는 일도, 대화에 끼여드는 일도 없이 책 읽는 데에 몰두하였다.

넬빌 경은 그 태도에 불안할 정도였다. 그가 지난날 혼담 상대였다는 것을 루실이 모르고 있지 않은 것 같아서였다. 루실의 황홀한 용모는 더욱 인상적이었으나, 그는 에저몬드 부인의 딸에 대한 엄격한 교육이 낳는 효과에 대해 코린나가 이야기해준 것을 되새겨보았다. 영국에서는 대개 미혼 여성이 기혼 여성보다 더 많은 자유를 갖고 있었다. 이러한 관습은 이성과 도덕 때문에 생겨난 것이었다. 그러나 에저몬드 부인의 태도는 기혼 여성이 아니라 미혼 여성에 대해서 그 관습에 벗어나 있었다. 그녀의 견해로서는 그 어느 쪽이든, 엄격한 예절만이 여성에게 어울린다는 것이었다. 넬빌 경은 다시 한번 단둘이 있게 되면 코린나에 대한 그의 각오를 명백하게 말하려고 하였으나 루실이 전혀 나갈 생각을 하지 않았다. 그리고 저녁 식사 때까지 부인은 많은 화제로 대화를 계속하였다. 내용은 단순하였으나 뚜렷한 분별이 있는 이야기로 넬빌 경은 존경의 마음을 품게 되었다. 모든 점에서 지당한 이야기들이었으나 종종 그와 맞지 않는 점이 많아 반론을 하고 싶은 생각도 들었다. 그러나 한마디라도 에저몬드 부인의 생각에 따르지 않는 것을 말한다면, 부인은 그에 대하여 돌이킬 수 없는 고정관념을 갖게 될 것이라고 느꼈다. 그래서 그는 처음 마음먹은 대로 말하려다가 그만두었다. 뉘앙스도 예외도 인정하지 않고 매사를 완고하고 저 나름대로의 척도로 판단하는 인간은 자칫하면 돌이킬 수 없기 때문이었다.

저녁 준비가 되었다는 전갈이 왔다. 루실은 모친을 부축하기 위해 곁으로 다가갔다. 오스왈드는 그때 부인이 보행에 상당한 곤란을 받고 있는 것을 알 수 있었다.

부인은 말하였다.

"저는 나쁜 병을 앓고 있어요. 어쩌면 이 병으로 죽을지도 몰라요."

루실은 이 말에 창백해졌다. 부인은 눈치를 채고 상냥하게 말을 이었다.

"딸 덕분에 그래도 한 번 목숨을 건졌어요. 앞으로도 줄곧 도움을 받겠지요."

루실은 눈물을 머금으면서도 보이지 않도록 머리를 숙였다. 얼굴을 들었을 때 그녀의 눈은 아직 젖어 있었다. 그러나 그녀는 모친의 손을 잡을 생각조차 안 했다. 모든 것은 마음속에서 일어났고 그녀는 자신이 느끼는 것을 다른 사람들이 눈치채지 않도록 조심할 뿐이었다. 그러나 오스왈드는 그 분별과 자제심에 대단히 감동하였다. 그의 상상력은 이전에는 웅변과 정열에 자극받았으나 이제는 때묻지 않은 순수한 그림을 감상하는 데 즐거움을 느꼈고, 루실의 주변에서 뭐라 말할 수 없는 정숙함, 보는 사람을 편안하게 해주는 분위기를 맛보았다.

저녁 식사 시간 동안에 루실은 모친이 조금도 피곤하지 않도록 끊임없이 정성껏 보필하였다. 넬빌 경은 그녀가 여러 요리를 권할 때에만 그 목소리를 듣게 되었다. 그러나 그런 사소한 말에도 황홀하게 하는 부드러움이 있었다. 그래서 넬빌 경은 단순한 거동과 흔히 쓰이는 말에서도 전반적인 정신이 드러난다고 생각하게 되었다.

그는 마음속으로 되풀이하고 있었다.

'상상력의 한계를 초월한 코린나의 재능과, 남자가 원하는 정절과 감정을 갖추고 있는 조용하고 겸손한 이 신비스러운 베일 중 어느 것이 필요한 것일까?'

에저몬드 부인과 딸이 식탁에서 일어나기에 넬빌 경은 뒤따라가려고 하였다. 그러나 부인은 후식 전에 식탁에서 일어나는 습관에 충실하였기 때문에, 딸과 거실에서 차 준비를 하는 동안 기다리라고 하였다. 넬빌 경은 십오 분쯤 지나서 모녀가 있는 곳으로 갔다. 루실이 부인에게서 떨어지지 않았기 때문에 에저몬드 부인과 단둘이 있는 기회를 얻지 못한 채, 밤이 깊어갔다. 그는 어찌할 바를 몰라 이웃 마을에 가서 자고 에저몬드 부인에게는 그 다음날 다시 와서 이야기를 해야겠다고 생각하고 있는데, 부인이 그날 저녁은 그녀 집에서 묵으라고 말해주었다. 그는 그 제안을 아무런 부담도 없이 즉석에서 받아들였다가 곧 후회하였다. 부인의 눈에 어리는 표정을 보고 그 승낙이 그가 아직 그녀의 딸을 염두에 두고 있는 증거로 해석되고 있는 것을 눈치챘기 때문이다. 그것을 계기로 부인에게 면담을 요청하는 결심을 하게 되었다. 부인은 면담을 다음날 아침으로 정해주었다.

　　에저몬드 부인은 정원에 나와 있었다. 오스왈드는 그녀의 보행을 돕기 위해 부축하겠다고 나섰다. 부인은 그를 지그시 보더니 말하였다.

　　"그렇게 해주신다면 감사하겠습니다."

　　루실이 어머니의 팔을 그에게 맡기고, 어머니에게 들리지 않을까 걱정하면서 작은 소리로 말하였다.

　　"경, 천천히 걸어가세요."

　　넬빌 경은 비밀스럽게 전해진 이 말에 온몸이 떨렸다. 이렇게 감동적인 말이, 도저히 이 세상의 애정을 위해서 만들어진 것으로는 생각되지 않는 천사와도 같은 얼굴에서 나온 것이다. 오스왈드는 이 순간 그가 받은 감동이 코린나에 대한 모욕이라고는 생각조차 하지 못했다. 그에게 그것은 단순히 루실이 갖고 있는 천상의 순결에 대한 찬사로 생각되었다. 그들은 저녁 기도 시간에 돌아왔다. 매일 에저몬드 부인은 그 집의 모든 하인들과 집에 모여 기도를 올리고 있었다. 그들은 아래층의 큰 방에 집합하였다. 그들의 대부분은 불구이거나 노인이었다. 그들은 부인의 친정아버지와 시아버지의 시중을 들던 사람들이었다. 오스왈드는 그 광경에 매우 큰 충격을 받았다. 고인이 되신 아버지의 저택에서 늘 보곤 하던 일이 떠올랐기 때문이었다. 모두 무릎을 꿇었다. 부인만이 신병 때문에 그렇게 못하였으나 두 손을 합장하고 눈을 감고 엄숙한 묵상에 들어갔다.

　　루실은 어머니 옆에서 무릎을 꿇고 있었다. 그녀의 역할은 성서를 읽는 것이었다. 처음에는 복음서의 한 장을, 이어서 그 지방과 가정의 생활에 맞춘 기도문을 읽었다. 그 기도문은 에저몬드 부인이 쓴 것이었다. 그 표현이 다소 딱딱하여 그것을 읽는 딸의 부드럽고 수줍은 목소리와는 대조적이었다. 루실이 마지막 기도문을 떨면서 읽었던 까닭에 어색한 기도문이 돋보였다. 그 집의 하인들·친인척·국왕, 그리고 조국을 위해 기도를 한 후에, 다음과 같은 기도를 하였다.

"오 신이여, 이 가정의 어린 딸이 의무에 합당하지 않은 단 하나의 생각이나 단 하나의 감정도 갖지 않고, 영혼을 더럽히지 않고 살아가게 하소서. 또 그렇게 죽게 하여주시옵소서. 당신 곁으로 곧 돌아가게 될 소녀의 어미가 외동딸의 이름으로 자신이 지은 죄를 용서받을 수 있도록 은총 내려주시옵소서!"

루실은 이 기도를 매일 되풀이하고 있었다. 그러나 그날 저녁은 오스왈드 앞이라서 그녀는 평소보다 더 감동이 되었고, 낭독을 끝내기 전에 눈물이 흘러내려 두 손으로 얼굴을 덮어 겨우 사람들의 시선을 피할 수 있었다. 그러나 오스왈드는 루실이 눈물을 흘리는 것을 보고 있었다. 경의를 표하면서도 가련한 생각이 들었다. 그는 어린아이의 티를 벗어나지 못한 앳된 모습과 아직까지도 하늘 나라의 추억을 간직하고 있는 듯한 눈빛을 바라보고 있었다. 늙어가고 병들어가는 세파 속에서 이러한 매력적인 용모는 신의 자비의 상징과도 같았다. 넬빌 경은 루실의 엄격하고도 고립된 생활, 즐거움으로부터도 사교계의 찬사로부터도 거리가 먼 소녀의 비할 데 없는 아름다움을 곰곰 생각하다 보니, 맑은 감동이 가슴에 파고들었다. 루실의 어머니도 존경할 만한 사람이었고, 실제로 존경받고 있었다. 타인에 대해서보다도 자신에게 더 엄격한 사람이었다. 그녀의 정신이 보이는 한계는 태어날 때부터 지성이 부족해서가 아니라, 극단적으로 엄격한 원칙주의자이기 때문이었다. 그녀가 맺고 있는 모든 관계의 중심에, 후천적으로 습득한 성격이면서 동시에 타고난 성격이기도 한 엄격성의 중심에 딸에 대한 정열이 있었다. 그녀의 가혹한 성격이 억압된 감수성에서 생기고, 억제하지 않은 유일한 애정이 딸에 대한 사랑인 만큼 더욱 깊은 애정이었다.

밤 열시에 집 안은 조용히 침묵만이 감돌고 있었다. 오스왈드는 편안한 상태로 그날 일어난 일들을 조용히 생각해보았다. 그는 루실에게 감명받은 사실을 스스로 조금도 인정하지 않았다. 어쩌면 그것은 아직 사실이 아닌지도 몰랐다. 코린나에게는 상상력이 매료당할 대로 당하였지만, 그래도 어떻게 생각해보면 루실에게만 어울린다고 말할 수 있는 어떤 종류의 사고 방식과 음악적인 조화가 있었다. 행복한 가정 생활의 이미지에 코린나의 위풍당당한 이륜 마차보다는 노섬벌랜드의 조용한 생활이 더 잘 어울렸다. 끝으로 오스왈드는 아버지가 루실을 그의 아내로 택하셨다는 점을 인정하지 않을 수 없었다. 그러나 그는 코린나를 사랑하고 있었고, 그녀에게 사랑받고 있었다. 그는 절대로 다른 인연을 맺지 않기로 맹세하였으므로, 그것은 다음날 에저몬드 부인에게 코린나와 결혼하겠다고 선언하려는 계획을 실행하는 데에 충분하였다. 그는 이탈리아를 생각하면서 잠이 들었다. 그러나 자면서도 그는 루실이 천사가 되어 그 앞을 가볍게 지나가는 것을 본 듯한 느낌이 들었다. 그는 잠에서 깨어 그 꿈을 잊으려고 하였다. 그러나 역시 똑같은 꿈을 다시 꾸었고, 이번에는 그 모습이 하늘을 나는 듯하였다. 다시 눈을 떴을 때 그는 눈에서 사라지는 꿈의 형상을 잡아두지 못한 것을 안타까워하였다. 그러자 날이 밝아왔다. 오스왈드는 산책하기 위하여 내려갔다.

제 6 장

날이 밝은 지 얼마 되지 않아, 넬빌 경은 집 안에 아직 아무도 일어나지 않았을 것으로 생각하였다. 잘못된 생각이었다. 벌써 루실이 발코니에서 그림을 그리고 있었다. 미처 묶지 못한 머리가 바람에 날렸다. 그녀의 모습은 넬빌 경이 꿈에서 본 모습과 닮았고, 그는 그녀를 본 순간 초자연적인 환상을 본 듯한 감동에 빠졌다. 그러나 흔히 있을 수 있는 일에 그렇게까지 동요한 것을 부끄럽게 생각하였다. 잠시 발코니 앞에 멈추어 루실에게 인사하였다. 그러나 그녀는 그림에서 눈을 떼지 않았기 때문에 그를 알아보지 못하였다. 그는 산책을 계속하였다. 그는 그 어느 때보다도 더 코린나를 보고 싶은 마음이 간절하였다. 자기도 알 수 없는 막연한 인상을 그녀가 쫓아주기를 바랐다. 루실은 신비한 여인으로, 또 미지의 여인으로 그의 마음에 들었다. 그는 코린나의 재능의 광채가 그의 눈앞에서 점차 형체를 잡아가는 어렴풋한 모습을 지워주길 바랐는지도 모른다.

그는 거실로 돌아왔는데, 그곳에 루실이 있었다. 그녀는 어머니의 티 테이블 건너편에 앉아 갈색 액자 안에 방금 완성한 데생을 끼우고 있었다. 오스왈드는 그림을 보았다. 줄기에 달린 한 송이 흰 장미에 지나지 않았으나, 완벽하게 아름다운 그림이었다.

"그림을 그리시는군요?"

하고 오스왈드는 루실에게 말하였다.

"아니에요, 경, 저는 그저 꽃 정도의 아주 쉬운 것을 모사할 뿐이에요. 이곳에는 선생님이 안 계셔요. 제가 그나마 조금 배울 수 있었던 것도 언니의 가르침 덕분이에요."

이렇게 말하고 그녀는 한숨을 쉬었다. 넬빌 경은 몹시 당황하여 그녀에게 말하였다.

"그래 그 언니는 어떻게 되었는데요?"

"이젠 살아 있지 않은걸요."

하고 루실이 말을 이었다.

"그렇지만 여전히 언니를 잊지 못하고 있어요."

오스왈드는 코린나의 신상에 관해서 다른 사람들과 마찬가지로 루실도 속고 있는 것을 알 수 있었다. 그러나 여전히 잊지 못하고 있어요. 라는 말이 사랑스러운 성격을 엿보여준 것같이 생각되어 마음이 흐뭇하였다. 에저몬드 부인이 들어왔을 때 루실은 그녀가 넬빌 경과 단둘이 있었던 것을 갑자기 알아차리고 안으로 들어갔다. 부인은 놀라면서 나무라는 듯이 딸을 쳐다보고 나가라는 눈짓을 하였다. 이 눈짓으로 오스왈드는 그가 전혀 눈치채지 못한 일, 말하자면 루실이 어머니가 합석하지 않은 가운데 몇 분 동안 그와 함께 있었다는 것은 그들의 관습으로서는 도저히 생각할 수 없는 일임을 알게 되었다. 그리고 그녀가 이렇게 남의 눈에 띨 정도로 관심을 보여준 사실에 감명받았다.

에저몬드 부인은 자리를 잡고 안락의자 있는 곳까지 부축하고 온 하인을 돌려보냈다. 그녀는 창백하였고, 넬빌 경에게 찻잔을 내어주면서 입술을 떨고 있었다. 그는 그 흔들림을 조심스럽게 바라보았다. 그 자신이 느끼는 거북함도 더해갔다. 그러나 사랑하는 사람을 위한 일이라는 생각에 용기를 내어 말하기 시작하였다.

"부인,"

하고 그는 에저몬드 부인에게 말하였다.

"이탈리아에서 저는 부인이 특별한 관심을 갖고 계시는 여성을 자주 만났습니다."

"그럴 리가 있겠어요."

하고 부인은 싸늘하게 대답하였다.

"그 나라에 제 관심을 살 만한 사람은 아무도 없으니까요."

"그러나 저는,"

하고 넬빌 경은 계속하였다.

"영감님의 따님은 부인의 애정을 받을 권리가 있다고 생각합니다."

"만약 돌아가신 분의 딸이,"

하고 부인은 말을 이었다.

"의무나 분별에 성의가 없는 사람이라면, 잘못되기를 바라지는 않더라도, 그 소문을 듣지 않는 편이 더 낫겠지요."

"부인, 만일에 부인에게 버림받은 그 따님이,"

하고 오스왈드는 열을 올려 계속하였다.

"모든 분야에서 훌륭한 재능을 발휘하고 사교계의 유명한 여성이 되어 있다고 하더라고 여전히 그녀를 무시하시겠습니까?"

"그럼요."

하고 부인은 말했다.

"저는 여성을 본래의 의무로부터 이탈시키는 재능을 전혀 인정하지 않습니다. 여자 배우도, 음악가도, 화가도 결국은 세상을 즐겁게 해주기 위해서 있는 것입니다. 저희들 신분의 여성에게 적합한 유일한 인생은 남편에게 헌신하고 아이들을 튼튼하게 기르는 것입니다."

"네에!"

하고 넬빌 경은 말하였다.

"영혼으로부터 나오는 재능, 숭고한 성격, 감수성 높은 마음이 없으면 있을 수 없는 재능, 따뜻한 배려와 너그러운 마음에 이어지는 재능, 그러한 것을 나무라시다니요. 그 재능이 사색을 넓히고, 덕목에 커다란 영향, 커다란 효과를 주기 때문인가요!"

"덕목이라니요?"

하고 부인은 쓴웃음을 지으며 말하였다.

"그 말을 그렇게 사용하시다니, 무슨 말씀을 하시려는지 모르겠군요. 아버지의 집을 도망쳐나온 사람의 덕, 이탈리아에 주저앉아 자립적인 생활을 보내고 모든 찬사를 받아, 이제 이것으로 이 말을 끝내기 위하여 말하자면, 그리고 다른 사람들에게도 그녀에게도 도움이 되지 않는 말을 한다면, 자기의 신분, 가족, 부친의 성명을 버린 사람의 덕목이란……"

"부인."

하고 오스왈드가 끼여들었다.

"그것은 그녀가 부인의 소원과 부인의 따님에 대하여 치러낸 관대한 희생인 것입니다. 그녀는 부인의 이름을 보전하는 것으로, 부인에게 상처를 입혀서는 안 된다고 걱정하였던 것입니다……"

"그 아이는 두려웠겠지요."

하고 에저몬드 부인은 목청을 높였다.

"그러니까 이름을 더럽힌다는 것을 스스로도 알고 있었던 것입니다."

"제발 그만."

하고 오스왈드는 소리를 질렀다.

"코린나 에저몬드는 얼마 안 가서 넬빌 부인이 됩니다. 그때 그녀가 남편 되시는 분의 딸이라는 것이 부끄러운 일인지 아닌지 아시게 되겠지요! 부인께서는 과거에 어떤 여성도 가져보지 못한 천부의 재능을 타고 태어난 여성을 속된 판단에 맡기고 계시는 것입니다. 재기와 선의의 천사, 놀랄 만한 천재, 거기에다 친절한 수줍은 성격, 뛰어난 상상력, 무한한 너그러움, 더구나 그 사람은 너무도 우수하기 때문에 일상생활에 맞지 않아 잘못을 저질렀을지도 모르죠. 그러나 그녀의 아름다운 마음씨는 그 단점들 위에 있으면, 단 하나의 말이니 행동으로 그것을 상쇄하고도 남습니다. 그녀는 세계를 지배하는 여왕이 남편을 정하였을 때 대하는 것보다도 훨씬 더 그녀의 배우자로 선택한 남자에게 경의를 표할 것입니다."

부인은 억지로 냉정함을 유지하면서 대답하였다.

"경, 어쩌면 경께서는 저의 지적인 한계를 비난하시겠지요. 그렇지만 방금 말씀하신 것은 모두 저의 이해의 한계를 넘고 있지 않습니다. 저는 도덕이란 기성의 규범을 엄격하게 지키는 것이라고밖에 이해하지 못합니다. 규범에서 벗어나면, 잘못 사용되고 있는 소질이라고밖에 생각되지 않으며, 연민의 정밖에 느낄 수 없습니다."

"만일에 천재도 열정도 이해되지 못한다면,"

하고 오스왈드는 대답하였다.

"세상은 따분하기 짝이 없을 것입니다, 부인. 그렇지만 더 이상의 쓸데없는 토론은 그만하고 분명하게 여쭈어보겠습니다. 부인께서는 의붓따님인 에저몬드 양을 인정해주실 수는 없겠습니까? 그녀가 넬빌 부인이 될 때에."

"더군다나,"

하고 부인은 말을 이었다.

"경의 부친을 생각해서라도, 어떠한 일이 있더라도 불행하기 그지없는 결혼을 못하게 하지 않으면 안 됩니다."

"아버지께서 어떻게?"

하고 오스왈드는 말하였다. 아버지가 거론되면 언제나 마음이 괴로웠다.

"모르고 계십니까?"

하고 부인은 말을 이었다.

"경의 부친께서 에저몬드 양을 경의 결혼 상대로 거절하신 것을. 그녀가 아직 아무런 잘못도 저지르지 않았을 때에, 부친께서는 본래 지니고 계신 지혜로우심으로 이미 그녀가 어찌될지 통찰하고 계셨습니다."

"네에! 부인께서는 알고……"

"그 일에 대하여 부친께서 에저몬드 경 앞으로 쓰신 편지는 부친의 옛친구 분이신 딕슨 씨가 보관하고 계십니다."

하고 부인은 말을 막았다.

"이탈리아에서 경과 코린나의 관계를 알았을 때, 귀국하면 보여드리려고 제가 맡겨놓은 것입니다. 제가 그 일을 맡는 것은 적당하지 않았으니까요."

오스왈드는 잠시 말없이 있다가 말하였다.

"부인, 제가 부인께 부탁드리는 것은 정당하며 부인 자신의 의무이기도 합니다. 의붓따님이 죽었다고 부인이 내신 소문을 취소해주십시오. 그녀의 원래 모습대로, 에저몬드 경의 따님으로 정당하게 인정하여 주십시오."

에저몬드 부인은 대답하였다.

"저로서는 어떠한 경우에도 경의 불행한 인생을 위하여 힘이 되어드리고 싶지는 않습니다. 만일에 현재의 코린나의 생활, 이름도 없고 배후도 없는 생활 때문에 경이 그녀와 결혼하지 않게 된다면, 신과 당신의 부친께서 저로 하여금 그 장애를 없애지 못하도록 하시는 것입니다!"

"부인,"

하고 넬빌 경은 대답하였다.

"코린나가 불행하기 때문에 저희들의 관계는 더욱 단단해지는 것을 모르세요!"

"아, 그러세요!"

하고 부인은 일찍이 내보인 적이 없는 격한 어조로 말하였다. 그것은 어쩌면 많은 점에서 마음에 드는 사윗감을 잃는다는 생각에서 분하였기 때문이었다.

"아, 그렇군요!"

하고 그녀는 계속하였다.

"그렇다면 두 분께서 불행하게 되세요. 그녀 역시 그럴 것입니다. 이 나라는 그녀에게 지긋지긋한 나라이니까요. 그녀는 저의 관습도 엄격한 생활도 따를 수 없습니다. 그녀에게는 경께서 그렇게 존중하시는, 실생활에는 오로지 방해밖에 되지 않는 그 재능을 모두 발휘할 수 있는 극장이 필요할 거예요. 경께서는 그녀가 이 나라에 오면 이탈리아로 돌아가고 싶어하는 것을 아시게 될 것입니다. 그녀는 경을 그 나라로 데려갈 테지요. 경은 한 사람의 사랑하는, 그것은 저도 인정합니다만, 이국 여성을 위하여 친구들과 아버님의 고국과 헤어지는 것입니다. 그러나 그녀로서는, 만일에 경께서 원하시면, 경의 일을 잊을 것입니다. 왜냐하면 열광적인 사람같이 변덕스러운 사람도 없으니까요. 경께서 말씀하시는 평범한 여자, 말하자면 남편과 자식만을 위하여 사는 사람 외에는 큰 고통을 갖지 않는 법이죠."

심한 충동에 이끌려 이야기한 부인은, 늘 자제하는 데에 익숙해져 있었으므로, 이번처럼 생각나는 대로 말한 적은 한번도 없었다. 이미 병에 걸린 신경이 자극을 받아서 말이 끝나자 상태가 나빠졌다. 오스왈드는 부인의 상태를 보고 세게 종을 울려 도움을 청하였다.

루실이 몹시 겁을 먹고 달려와 서둘러 어머니를 편하게 해드리고, 오스왈드에게 원망스러운 시선을 던졌다. 그 시선은 *경께서 어머니를 괴롭히셨어요?*라고 말하는 듯하였다. 그 시선이 넬빌 경의 마음을 진정시켜주었다. 에저몬드 부인이 정신을 차렸을 때, 그는 그녀 때문에 걱정하였다는 것을 알리려고 하였으나 그녀는 냉정하게 거절하였다. 그녀는 흥분하여 딸에 대한 자존심을 잃고, 또 넬빌 경을 사위로 삼겠다는 소원을 저버렸다는 생각에 얼굴을 붉혔다. 그녀는 루실에게 물러가라고 눈짓을 하고 말하였다.

"경, 어떠한 경우에도 우리 사이에 있는 약속 같은 것에 구속받지 않고 자유롭다고 생각해주셔요. 딸은 어려 경의 부친과 제가 세운 계획에는 크게 관심이 없습니다. 그러나 이 계획이 변경되어서 딸이 결혼하지 않는 한, 경은 이곳에 다시 오시지 않는 것이 좋겠습니다."

오스왈드는 부인 앞에 머리를 숙여 말하였다.

"그럼 제가 절대 저버리지 않을 사람의 신분에 관한 이야기는 편지로 드리도록 하겠습니다."

"처분대로 하세요."

하고 부인은 기어들어가는 목소리로 말하였다.

그리고 넬빌 경은 떠났다.

그는 가로수가 있는 길을 말을 타고 가면서 멀리 숲속에서 루실의 아름다운 모습을 보았다. 그녀를 다시 보기 위하여 말의 걸음을 늦추었다. 나무 사이로 보이다 안 보이다 하는 것이 루실이 그와 같은 방향으로 가고 있는 것 같았다. 정원 끝에 있는 정자 앞에 넓은 길이 통하고 있었고, 오스왈드는 그 정자 안으로 루실이 들어가는 것을 보았다. 그녀의 모습을 보기를 기대하면서 앞을 지나갔으나 그녀의 모습은 보이지 않았다. 그는 몇 번이고 고개를 돌려 돌아보았다. 넓은 길이 보이는 다른 장소에서 정자 가까이 있는 나뭇잎이 조금 흔들리는 것을 보았다. 그 나무 앞에 멈추었으나 이제는 조그만 미동도 없었다. 그가 보았다는 확신이 없었기 때문에 그는 그곳을 떠났다. 그러다가 그는 갑자기 길가에 무엇인가를 잊고 온 사람처럼 번개같이 되돌아갔다. 그 순간 그는 길가에서 루실을 발견하고 정중하게 인사를 하였다. 루실은 당황하여 베일을 내리고 숲속으로 뛰어들어갔다. 그와 같이 몸을 숨기는 것은 그녀가 어떤 이유로 그곳에 오게 되었나를 고백하는 것이었다. 가련한 이 아이는 그때까지 넬빌 경이 가는 것을 보고 싶어 따라오게 된 감정만큼 심한 죄책감을 느껴본 적이 없었다. 그래서 천연스럽게 인사할 생각을 하지 못하고, 자기의 속마음을 들킨 것으로 믿고 정신을 차리지 못하였다. 오스왈드는 마음속을 모두 읽을 수 있을 것 같은, 이토록 겁을 먹고 있는, 그러나 진심이 서려 있는 순진한 관심에 호감이 갔다.

그는 생각하였다.

"그 누구도 코린나처럼 진실할 수는 없다. 또 그 누구도 코린나처럼 자기 자신과 남을 잘 이해할 수는 없다. 루실에게는 그녀가 갖게 될지도 모르는 사랑, 누군가가 그녀에게 품게 될지도 모르는 사랑에 대하여 가르쳐주어야 할 것이다. 그러나 오늘 하루의 매력이 평생 갈 수 있을까? 자신에 대한 사랑스러운 무지는 오래가지 않고, 자기의 마음을 깊이 알고, 또 남의 느낌을 알아야 하기 때문에, 사랑을 한 후에도 여전히 순진하다면, 그것은 그 전에 순진한 것보다 못한 것이 아닐까?"

그는 이러한 생각을 하면서 코린나와 루실을 비교해보았다. 그러나 이 비교가 그저 머리 속으로 해보는 공상에 그치지 않고 그 이상 그의 마음을 차지하게 될 것이라고는 생각하지 않았다.

제 7 장

오스왈드는 에저몬드 부인의 집을 떠난 다음 스코틀랜드로 출발하였다. 루실로 인한 마음의 동요도, 코린나에 대한 감정도 아버지와 함께 지냈던 땅을 보는 순간 모두 사라져버렸다. 그는 일 년 동안 자신이 쾌락에 빠져 있던 일로 자책감에 사로잡혔다. 결코 떠나지 않겠다고 여기던 집으로 들어갈 자격이 과연 있을지 걱정이 되었다. 아! 이 세상에서 가장 사랑하는 사람을 잃고, 모든 것을 버리고 숨어살기 전에는 어떻게 자신을 용서할 수 있을까! 사회 안에서 사는 것만으로도 세상을 떠난 사람들에 대한 도리를 게을리 하는 것이다. 그들의 추억이 마음속에서 사라지지 않고 있다고 하여도 소용없는 일이다. 사람은 삶의 활동에 가담하다 보면 죽음에 대한 생각은 쓰라린 것, 소용없는 것, 또는 단순히 귀찮은 것으로 멀리하게 된다. 결국 사회로부터 떨어져 홀로 살고, 후회와 몽상에 오래도록 빠져 있는 것이 아니라면, 연약한 마음은 현실의 생활로 다시 돌아와 새로운 관심과 욕망과 정열을 다시 갖게 된다. 이렇게 기분 전환을 해야만 하는 것이 인간 본성의 비참한 조건이다. 신은 인간이 자기 자신과 다른 사람의 죽음을 견디어낼 수 있도록 종종 이런 기분 전환의 한복판에 있을 것을 원하셨지만, 그렇지만 자신이 그렇게 할 수 있다는 사실에 대하여 인간은 후회를 한다. 그리고 *제가 사랑하던 당신, 그런데 당신은 저를 잊으셨습니까?* 라고 말하는 감동적이면서도 체념 어린 소리가 우리 귀에 들려오는 듯한 것이다.

 오스왈드는 집으로 돌아가면서 이런저런 생각으로 가득 찼다. 집에 도착하였을 때, 그는 아버지가 돌아가셨을 때와 같은 절망은 아니었지만, 깊은 슬픔을 느꼈다. 통곡하며 슬퍼하였던 죽음은 시간의 흐름으로 잊혀져가고 있었다. 하인들은 더 이상 그의 앞에서 아버지의 이름을 말하고 애도의 뜻을 표해야 한다고 생각하지 않았다. 각자가 일상 생활로 돌아가 있었다. 모두가 결속되어 있었고 자식 세대가 어버이 세대를 대신하고 있었다. 오스왈드는 아버지의 방에 들어가보았다. 아버지의 외투·단장·안락의자가 모두 같은 장소에 있다. 그러나 그의 말에 대답하던 목소리, 자식과 다시 만나 두근거리던 아버지의 심장은 어찌되었는가! 넬빌 경은 깊은 사색에 잠긴 채로 있었다.

"아 인간의 운명이여!"

하고 그는 눈물로 얼굴을 적시고 소리쳤다.

"우리들은 왜 죽는 것인가! 죽어가고 있는 많은 생명, 모든 것을 그치기 위한 많은 사색! 아니다, 아니다, 유일한 벗인 그분은 내 말을 듣고 계시다. 그는 이곳에서 내가 눈물을 흘리고 있는 것을 보고 계시다. 우리들의 영원한 영혼은 서로 의지하고 있다. 오 아버지시여! 저의 인생을 인도하여주십시오. 물질적인 자연의 불변성을 안으로 지니고 있는 듯이 보이는 그런 강철과도 같은 영혼은 길을 잃는 일도, 뉘우치는 일도 없다. 그러나 상상력·감수성·양심을 지닌 인간 존재는 길을 잃을까 두려워하지 않고 한 발짝이라도 걸어나갈 수 있는가! 인간은 의무가 길잡이가 되어주길 요구한다. 그런데 의무 그 자체도 신께서 마음속 깊이 알려주시지 않으면 인간으로서는 알 수 없는 것이다.

밤에 오스왈드는 아버지가 좋아하셨던 오솔길을 산책하였다. 나무들 사이로 아버지의 모습을 찾았다. 아, 어찌된 것일까! 사랑의 힘으로 사랑하는 사람의 영혼이 나타나기를, 드디어는 기적이 일어나기를 마음을 다하여 기도하며 원하지 않았던 사람이 있었을까! 허무한 기대! 묘지 앞에서 우리는 아무것도 알 수 없을 것이다. 불확실한 중에서도 불확실한 존재여, 그대들은 세속적인 일에는 관심이 없구나! 그러나 사색이 숭고해지면 해질수록 사색의 심연으로 빠지게 된다. 오스왈드가 생각에 빠져 있을 때, 가로수 길에서 마차 소리가 들렸다. 거기에서 노인 한 분이 내려와 그가 있는 쪽으로 천천히 걸어왔다. 이 시간에 이런 장소에서 노인을 만나게 되니 그는 가슴이 뭉클해졌다. 아버지의 오랜 친구 딕슨 씨라고 알아보게 되자 이전에는 느끼지 못했던 감격으로 그분을 맞이하였다.

제 8 장

딕슨 씨는 어느 모로 보나 오스왈드의 아버지와는 상대가 되지 않았다. 아버지만큼 재기도 개성도 없었다. 아버지가 돌아가실 무렵에 딕슨 씨는 아버지 곁에 계셨고, 그들은 같은 해에 태어났다. 마치 오스왈드에게 세상 소식을 전해주기 위해서 아직 며칠 더 살아 있는 듯한 느낌이었다. 오스왈드는 그분이 계단을 오를 때에 부축을 해드렸다. 딕슨 씨가 아버지와 같은 연배의 노인이라고 하는 것만으로도 이런 배려를 하는 것이 어쩐지 즐거웠다. 노인은 오스왈드가 태어날 때부터 그를 알고 있었고, 따라서 그에 관한 것을 거침없이 말해주었다. 그와 코린나의 관계를 심하게 꾸짖었다. 그러나 만일에 딕슨 씨가 아버지 넬빌 경이 에저몬드 경에게 보낸 편지를 그에게 내주지 않았다면, 그 허무맹랑한 내용은 오스왈드에게 에저몬드 부인만큼도 영향을 주지 않았을 것이다. 아버지의 편지는 그의 자식과 코린나, 말하자면 당시의 에저몬드 양과의 결혼 계획을 취소하려고 할 때에 쓴 것이었다. 오스왈드가 처음으로 프랑스를 여행 중이었던 1791년에 씌어진 편지의 내용은 다음과 같다.

에저몬드 경에게 보내는 오스왈드 부친의 편지

친구여, 만일에 제가 우리 두 가족 사이의 혼인 계획의 변경을 제안한다면, 용서해주시겠습니까? 제 자식은 귀댁의 장녀보다 한 살 반 아래입니다. 제 자식에게는 댁의 장녀보다 열두 살 아래인 동생 루실을 정해주는 것이 좋겠습니다. 그 이유로 충분할 수도 있을 것입니다. 그러나 오스왈드의 배필로 에저몬드 양을 청하였을 때 이미 나이에 관한 일은 알고 있었으니, 만약 제가 귀하께 이 결혼이 성립되지 않는 이유가 무엇인지 말씀드리지 않는다면 우정의 신뢰에 어긋나겠지요. 저희들의 인연은 이십 년 동안 내려온 것이며, 자녀들에 관하여 서로 솔직하게 상의할 수 있다고 생각합니다. 더구나 자녀들이 아직 어리기 때문에, 저희들의 조언으로 충분히 변경할 수 있기 때문에 더욱 그렇습니다. 귀댁의 장녀는 매력적입니다. 그렇지만 그녀는 사람들을 매료하고 지배하였던 아름다운 그리스의 여자들 중의 한 사람으로 보입니다. 이러한 비유를 한 데에 대해서 언짢게 생각하지 말아주십시오. 틀림없이 따님은 귀하로부터 순수한 사고 방식과 감성을 이어받았고, 실제로 그녀의 마음에서도 이것밖에는 찾아볼 수 없었습니다. 그러나 한편 그녀는 사람들을 즐겁게 해주고, 사로잡고, 영향을 끼치지 않고서는 견디지 못하는 성격입니다. 그녀에게는 자존심보다는 재능이 있습니다. 그러나 이토록 뛰어난 재능은 그것을 키우고 싶다는 욕구에 시달리는 법입니다. 어떤 극장이 그 신선한 재기, 강한 상상력, 그리고 말의 마디마디에서 느껴지는 열렬한 성격에 알맞을지 모르겠습니다. 그녀는 제 자식을 반드시 영국으로부터 데리고 나갈 것입니다. 왜냐하면 이러한 여성은 영국에서 행복해질 수가 없고, 이탈리아만이 맞기 때문입니다.

그녀에게는 공상만을 추구하는 자립적인 삶이 필요합니다. 저희들의 시골 생활, 저희들의 가정의 관습은 필경 그녀의 취미 생활에 방해가 될 것입니다. 우리들의 행복한 조국에서 남자는 무엇보다도 영국인이어야 합니다. 영국인은 영국 시민으로서의 행복을 얻고 있으니 시민으로서의 의무를 다하지 않으면 안 됩니다. 정치 제도가 남자에게 행동하고 의사 표시할 기회를 주는 나라에서 여자는 그늘에 머물러 있어야 합니다. 귀하는 어찌 하여 귀댁의 장녀와도 같은 뛰어난 여성이 이러한 환경에 만족하길 원하십니까? 제 말씀을 믿어주십시오. 그녀를 이탈리아에서 결혼시키십시오. 그녀의 종교·관심·재능은 그녀를 이탈리아로 부릅니다. 만일에 제 자식이 에저몬드 양과 결혼한다면, 틀림없이 그녀를 대단히 사랑할 것입니다. 그녀만큼 매력 있는 사람도 없으니까요. 그렇게 되면 그는 그녀의 마음에 들려고 이국의 관습을 집안에 들여오려고 하겠지요. 조만간에 그는 영국 정신, 편견이라고 해도 좋겠습니다만, 그것을 잃어버릴 것입니다. 그것만이 우리를 결속시켜 온 국민을 하나로, 자유롭지만 서로 떼어질 수 없는 공동체로 만들고 있습니다. 우리 중 최후의 한 사람이 남을 때까지 이것은 사라져서는 안 되는 것입니다. 자식은 얼마 안 되어 처가 영국에서 행복하지 않다는 것을 알고 불편하게 생각하겠죠. 저는 알고 있습니다만, 제 자식에게는 감수성에서 오는 온갖 약점이 있습니다. 그 때문에 그는 이탈리아에 가서 살게 될 것입니다. 그리고 이주하고 나면, 만약 제가 살아 있다면 저는 죽도록 괴로워할 테죠. 단지 자식을 며느리에게 빼앗겨서가 아니라 며느리가 자식으로부터 조국에 봉사해야 하는 명예를 빼앗았기 때문입니다.

   산으로 되어 있는 이 땅에서 이탈리아의 무위도식하는 생활이라니, 그게 무슨 운명이란 말입니까? 다른 사람의 처에게 시중드는 것은 아니라고는 하더라도, 자기의 처에게 시중드는 스코틀랜드 남자! 그는 처를 이끄는 사람도, 보호자도 아닐 테니 별 소용이 없겠죠! 제가 알고 있는 오스왈드라면 따님에게 큰 영향을 받을 것입니다. 따라서 저는 지금 제 자식이 프랑스에 체류하고 있어서 에저몬드 양과 만나는 기회를 놓치는 것을 다행으로 여기고 있습니다. 친구여, 감히 부탁하건대, 만일 제가 자식이 결혼하기 전에 죽는다면, 둘째따님이 제 자식과 결혼할 수 있는 나이가 될 때까지 귀댁의 장녀의 일을 제 자식에게 알리지 말아주십시오. 우리들의 사이는 귀하께서 그 우정의 증거를 기대하여도 좋을 만큼 길고 신성한 것이라고 믿고 있습니다. 만일 필요하시면 저의 뜻을 제 자식에게 전해주십시오. 저는 그 아이가 그것을 존중하리라고 확신하고 있습니다. 만일 제가 살아 있지 않다면 더욱 그럴 테지요.

오스왈드와 루실의 결혼에 부디 귀하께서 각별히 배려해주시길 부탁드립니다. 아직 어린아이이긴 하나 그녀의 용모·표정·음성에는 마음에 스미는 겸손함이 보입니다. 그런 여성이야말로 제 자식을 행복하게 해줄 수 있는 참된 영국 여성입니다. 만일에 제가 그 결혼에 참석하지 못한다면, 하늘에서 그것을 기뻐할 것입니다. 친구여, 언젠가 우리가 하늘에서 만나게 될 때, 우리의 축복과 기도가 우리의 아이들을 더욱 지켜줄 것입니다.

　　　당신의 친구
　　　　　　　　　　　　　　　　　　넬빌

오스왈드는 이것을 읽고 입을 굳게 다물었다. 딕슨 씨는 아무런 방해도 받지 않고 계속하여 떠들었다. 그는 친구의 총명함에 탄복하였다. 그 후에 저지른 에저몬드 양의 죄 많은 행실은 당시에는 상상도 할 수 없던 것인데, 잘도 판단하였다고 하였다. 또 오스왈드의 부친의 입장이 되어 그런 결혼은 돌아가신 아버지의 명예에 대한 모욕이라고 하였다. 오스왈드는 딕슨 씨로부터 그가 프랑스에서 운명적인 체류를 하고 있던 동안, 그러니까 이 편지가 씌어진 지 1년 후인 1792년에, 에저몬드 부인의 저택 외에는 위로받을 곳이 없었던 아버지가 그곳에서 여름 한철을 보내시며, 특별히 아끼시던 루실의 교육에 전념하셨다는 이야기를 들었다. 결국 딕슨 씨는 고의라거나 무슨 작정을 한 것은 아니었지만 오스왈드의 제일 민감한 약점을 찔렀다.

이렇게 하여 멀리 떨어져 있는 코린나의 행복을 와해시키기 위한 모든 준비가 완료되었다. 그녀는 이따금 보내는 편지로 자신을 방어할 수 있을 뿐이었고, 또 그의 기억 속에 떠올려질 뿐이었다. 그녀는 사물의 본질, 즉 조국의 영향력, 부친의 기억, 안이한 결정과 평범한 길을 지지하는 친구들의 음모, 그리고 안정된 가정 생활을 위한 순수하고 평온한 기대에 알맞은 젊은 소녀의 매력과 싸워야 했다.

제17부
스코틀랜드의 코린나

제 1 장

코린나는 그 동안 베네치아 근처에 있는 브렌타 강변에 거처를 정하고 있었다. 오스왈드를 마지막으로 보낸 곳에 그대로 있고 싶었으며, 거기에다가 영국으로부터 오는 편지를 받기에 로마보다 가깝다는 은밀한 계산도 섞여 있었다. 카스텔 포르테 공이 만나러 오겠다는 편지를 보내왔다. 만약 그가 그녀를 오스왈드로부터 떼어놓기 위하여 항간에서 떠드는, 떠난 사람은 날로 멀어진다는 등의 말을 생각 없이 한다면, 코린나는 큰 타격을 받을 것 같았다. 그래서 그녀는 아무도 만나고 싶지 않았다. 그러나 마음이 삭막하고 상황이 불행할 때에는 혼자서 지내는 것도 쉬운 일이 아니었다. 혼자 살려면 정신의 안정이 필요하다. 불안에 시달릴 때에는, 좀 번거롭지만 억지로라도 기분 전환을 하는 것이, 같은 기분이 지속되는 것보다는 나을 것이다. 만일에 자기가 어떻게 미쳐가는지 알아차릴 수 있다면, 그것은 틀림없이 마음이 단 하나의 생각에 사로잡혀 다른 여러 대상을 하나씩 떠올려보아도 생각을 바꿀 수 없을 때일 것이다. 더구나 코린나는 활발한 상상력을 가지고 있었기 때문에, 밖에서 재능이 소모되지 못하면, 결국 스스로를 소모시킬 수밖에 없었다.

거의 일 년 가까이 지낸 그 이후의 생활이니 어떻겠는가! 오스왈드는 거의 하루 종일 그녀의 곁에 있었다. 그녀가 움직이면 그도 따라 움직였고, 그녀가 말을 하면 그 말을 경청하였다. 또한 그의 재기는 코린나의 재기를 부추겼다. 두 사람 사이에 닮은 것, 다른 것이 모두 그들의 대화에 생기를 불어넣었다. 말하자면 코린나는 자나깨나 친절하고 부드러운, 그리고 항상 그녀로부터 떠나지 않는 그 눈을 보고 있었던 것이다. 그녀가 조금이라도 불안스러워하면 오스왈드는 그녀의 손을 잡아주었고, 껴안아주었다. 그러면 안정이, 안정 이상의 것이, 막연한 달콤한 희망이 코린나의 마음에 또다시 일어나곤 하였다. 이제 코린나는 바깥의 일에 그 어느 것도 흥미가 없었고, 마음속은 어둡게 닫혀 있을 뿐이었다. 오스왈드가 보내는 편지 외에는 아무 사건도, 변화도 없었다. 겨울이 되어 우편물이 불규칙적으로 오면 그녀는 매일 기다림에 지치곤 하였다. 그리고 이 기다림은 종종 헛수고로 끝날 때가 많았다. 그녀는 아침마다 운하를 따라 산책하였는데, 운하의 물은 물 위의 백합이라고 불리는 커다란 잎의 무게에 눌려 있었다. 그녀는 베네치아에서 편지를 나르는 검은색 곤돌라를 기다렸다. 나중에는 아주 먼 곳에서도 그 곤돌라를 찾아낼 수 있게 되었다. 그것이 보이게 되면 가슴이 터질 것같이 두근거렸다. 배달부가 곤돌라에서 내려와 말해줄 때도 있었다. *부인, 편지가 하나도 없는데요.* 그리고 마치 편지가 없는 것처럼 간단한 일은 없다는 듯이 그의 나머지 일들을 천천히 계속하였다. 또 어떤 때에 배달부는 말하였다. *네 부인, 편지를 가지고 왔어요.* 그녀는 떨리는 손으로 편지 전부를 하나하나 찾아보았지만 오스왈드의 필적은 눈에 띄지 않았다. 그렇게 되면 그날은 하루 종일 끔찍한 날이었다. 한숨도 자지 못하고 뜬눈으로 밤을 지새었다. 다음날도 역시 불안하기는 마찬가지여서 하루 종일 그렇게 안절부절하지 못하였다.

결국에는 그녀는 괴로움을 못 이겨 넬빌 경을 비난하였다. 편지를 더 보내줄 수도 있었을 텐데 하는 생각이 들었고, 그를 원망하게 되었다. 그는 변명하였으나 이미 그의 편지는 다정하지 못하였다. 왜냐하면 막상 그 자신의 불안을 쓰지 못하고 애인의 불안을 없애려고만 하였기 때문이었다.

이러한 어조가 슬픈 코린나의 눈에 띄지 않을 리 없었다. 밤이나 낮이나 오스왈드가 보낸 편지들의 한 문장, 한 단어를 검토하고 그것을 반복하여 읽고 나서는 그녀가 걱정하는 것에 대한 답, 마음 편하게 며칠 보낼 수 있는 새로운 해석이 없는가 하고 찾아보았다.

이런 상태가 그녀의 신경을 날카롭게 하고, 그녀의 정신력을 약화시켰다. 그녀는 점점 미신적이 되어갔다. 똑같은 근심에 시달려 모든 사건으로부터 그녀가 집어낼 수 있는 어떤 징조들에 끊임없이 집착하였다. 어떤 날은 몇 시간이라도 편지를 빨리 받으려고 베네치아까지 가기도 하였다. 그렇게 해서 편지를 기다리는 고통을 달래곤 하였다. 몇 주가 지나자 오가면서 눈에 띄는 온갖 것에 공포감 같은 것을 느끼게 되었다. 보는 것 모두가 그녀 사념의 망령과도 같았고 무서운 윤곽을 드러내는 것이었다.

그녀는 어쩌다 산 마르코 성당에 들어갔다. 베네치아에 도착했을 때 오스왈드가 떠나기 전에 그녀를 이곳으로 데리고 와 신 앞에서 아내로 삼겠다고 했던 일이 새삼 기억에 떠올랐다. 그래서 그녀는 그 환각에 몸을 맡기었다. 그녀는 그가 이 주랑에 들어와서 제단으로 다가가 코린나를 영원히 사랑한다고 서약하는 것을 보았다. 그녀가 오스왈드 앞에 무릎을 꿇고 결혼의 관을 받는 생각도 해보았다. 교회 안에 들려오는 파이프 오르간의 음악과 안을 밝히고 있는 횃불로 그녀의 환각은 생기로 가득 찼다. 그리고 잠시 동안 부재의 혹독한 공허감을 잊고, 감동으로 가슴이 넘쳐흘렀으며, 마음속에 사랑하는 사람의 목소리가 들렸다. 갑자기 흐릿한 속삭임 소리가 코린나의 귀에 들려왔다. 몸을 돌렸을 때관이 한 개 교회에 운반되어 오는 것이 보였다. 이 광경을 보고 그녀는 비틀거렸고 눈앞이 캄캄해졌다. 그 순간 그녀는 오스왈드를 사랑한 죄로 죽게 되리라는 상상이 들었다.

제 2 장

딕슨 씨에게 맡겨두었던 아버지의 편지를 읽고 나서 오스왈드는 세상 사람들 중에 가장 불행하고 갈피를 전혀 잡지 못하는 남자가 되었다. 코린나의 마음을 갈기갈기 찢을 것인가, 아버지의 뜻을 거스를 것인가, 그것은 잔인한 선택이었다. 거기에서 도망가기 위하여 수없이 죽음도 생각해보았다. 결국 여태까지 그토록 많이 해왔던 일을 다시 하고 마는데, 그는 스스로 결단을 내리지 못하고 이탈리아로 가서 코린나에게 그의 고통을 말하고 어떻게 하여야 할지 물어볼 생각이었다. 그의 의무를 생각하면 코린나와 결혼해서는 안 되었다. 루실과 결혼하지 않는 것은 그의 자유였다. 그러나 어떤 방법으로 연인과 함께 지낼 수 있는가? 그녀를 위하여 고국을 버려야 하는가, 아니면 그의 평판도 결과도 생각하지 않고 그녀를 영국으로 데려와야 하는가? 달마다 그의 연대가 배에 오른다는 소문이 퍼지지만 않았어도, 그는 이러한 곤경 속에서 베네치아로 떠났을 것이다. 아직 코린나에게 편지로 쓸 엄두를 내지 못하던 것을 말하기 위해 그는 길을 떠났을 것이다.

그렇지만 그의 편지의 어조는 어쩔 수 없이 달라지고 있었다. 그는 그의 마음속에서 일어나고 있는 일을 말하고 싶지 않았다. 그는 예전과 같이 아무 생각 없이 편지를 쓸 수 없었다. 그녀를 인정받게 하려는 계획이 좌절된 일을 알리지 않기로 결심하였다. 시간이 흐르면 성사시킬 수 있으리라는 막연한 희망이 있었고, 계모에 대한 반감을 쓸데없이 부축이기 싫었기 때문이었다. 이것저것 살피다 보니 그의 편지는 짧아지게 마련이었다. 이상한 화제로 편지를 채우고, 장래의 계획에 대해서는 언급하지 않았다. 말하자면 코린나가 아닌 다른 여자였다면 오스왈드의 마음속에서 무슨 일이 일어나고 있는지 충분히 알았을 것이었다. 그러나 그녀처럼 정열적인 기질을 가진 사람은 보통 사람보다 예민해지기도 하고 또 쉽게 믿기도 한다. 이런 상태에서는, 흔히 초자연적인 방법으로밖에는 아무것도 보이지 않는 것 같다. 숨겨져 있는 것을 찾아내기도 하지만, 확실한 것을 착각하기도 하는 것이다. 이 정도로 고통스러운 것에 유별난 원인이 없을 수 없고, 이렇게 절망적인 것을 보면 상황은 너무나도 자명한 것이라는 생각을 받아들이고 싶지 않았다.

오스왈드는 그의 개인적인 사정 때문에, 또 그가 연인에게 주고 있는 고통 때문에 매우 괴로웠다. 따라서 그의 편지는 이유를 밝히지 않은 채로 그의 초조한 심경을 고백하곤 하였다. 그는 터무니없이 자기가 느끼는 고통을 코린나의 탓으로 돌렸다. 마치 코린나는 그보다 몇 배나 슬퍼할 이유가 없는 듯하였다. 결국 그는 연인의 마음을 완전히 뒤집어놓았다. 그녀는 더 이상 자제할 수 없었다. 정신은 흩어지고 밤이 되면 언제나 불길한 이미지에 둘러싸였다. 낮에도 그 인상은 사라지지 않았다. 불행한 코린나는 이렇게 딱딱하고 초조해하며 꾸짖는 듯한 편지를 써보내는 오스왈드가 과연 그녀가 알고 있던 그 너그럽고 친절한 사람이었던가 하는 생각이 들었다. 그와 다시 만나 이야기를 해보아야겠다는 생각이 들었다.

"그의 이야기를 들어보아야겠어."

하고 그녀는 외쳤다.

"아주 사소한 고통에도 마음 아파하는 연약한 여인의 마음을 이토록 인정사정없이 찢어놓을 수 있는 사람이 바로 그라는 소리를 직접 들어봐야겠어. 그의 이야기를 듣기 전에는 절대로 운명을 받아들일 수가 없어. 그렇지만 그런 말을 시키는 것은 악마이지 오스왈드가 아니야. 그의 곁에 있는 사람들이 나를 중상하는 거야. 어찌되었든 재앙 뒤에는 무언가 음모가 있는 것이 분명해."

어느 날 코린나는 스코틀랜드로 떠날 결심을 하였다. 어쨌든 무슨 일이 있어도 반드시 사정을 바꾸어놓지 않으면 안 되는 막다른 골목에서의 고민도 결심이라고 말할 수 있다면 말이다. 그녀는 그녀가 길을 떠나는 것을 아무에게도 알리려고 하지 않았다. 테레지나에게도 말하는 것을 망설이면서, 그녀는 자기에게 아직도 분별이 남아 있다고 믿고 있었다. 이와 같이 여행의 계획을 세우고 나니, 어제와는 다른 생각을 함으로써 상심에서 벗어나 미래를 내다보게 되어 상상력을 위로해줄 수 있었다. 아무것도 하고 싶은 생각이 나지 않았다. 독서도 할 수 없었고 음악을 들어도 괴로움에 몸이 떨릴 뿐이었으며, 자연을 보아도 몽상에 끌려 고통은 날로 더해갔다. 그토록 발랄하던 사람이 꼼짝도 하지 않은 채, 일체의 외부 활동을 끊고 나날을 보내고 있었다. 마음의 고통이 죽은 사람같이 창백한 얼굴에 나타나 이젠 감출 도리가 없었다. 그녀는 자주 손목시계를 들여다보았다. 한 시간이라도 빨리 지나가기를 바라면서도, 무엇 때문에 그녀가 시간이 빨리 가기를 원하는지 알 수 없었다. 잠 못 이루는 하룻밤 뒤에 오는 더 쓰라린 하루뿐, 그녀에게 새로운 것이라곤 아무깃도 없었다.

출발을 준비하고 있던 어느 날 저녁, 어떤 여자가 면회를 청하였다. 하도 간절해 보인다고 하기에 들어오라고 하였다. 방으로 들어온 것은 무서운 병으로 얼굴이 변해버린 완전히 기형의 여인이었다. 그녀는 되도록 가까이 있는 사람이 그녀의 모습을 볼 수 없도록 검은 옷을 입고 베일을 뒤집어쓰고 있었다. 그토록 자연의 학대를 받고 있는 여자가 헌금 모집을 맡고 있었다. 그녀는 고상하면서도 감동시킬 정도로 침착하게 가난한 사람들을 위한 도움를 요청하였다. 코린나는 그녀를 위하여 빌어달라고만 부탁하고, 많은 돈을 내어주었다. 자기 운명에 지친 불쌍한 여자는 이렇게 힘과 생명이 넘치고 유복하고 젊고 명망 있는 이 아름다운 사람이 불행으로 인하여 괴로워하는 것을 보고 놀랐다.

"세상에! 부인,"

하고 그녀는 말하였다.

"부인께서도 저와 같이 마음의 평화를 얻으셨으면 합니다."

절망에 짓눌린 이탈리아 최고의 여자가 이런 처지의 여자로부터 도대체 무슨 말을 듣고 있는 것인가?

아! 코린나의 사랑의 힘은 강하고 그것은 정열적인 사람들 가운데에서도 각별하였다! 속세를 떠난 그 깊은 사랑의 감정을 신에게만 바치는 여자는 얼마나 행복한가! 그러나 코린나에게는 아직 그때가 오지 않았다. 그녀는 여전히 환상과 행복을 필요로 하였다. 기도를 올리고 있었지만, 아직 신의 뜻에 모든 것을 맡기지 못하고 있었다. 보기 드문 재능, 가까스로 얻어낸 영광 때문에 아직 스스로에게 너무 미련이 많이 남아 있었다. 사랑하는 것을 버릴 수 있는 것은 오로지 속세의 모든 인연을 끊었을 때뿐이다. 다른 모든 희생이 사랑의 희생보다 우선된다. 그리고 인생을 황폐화시킨 불꽃이 꺼지지 않는 한, 인생은 이미 오래 전에 사막이 되었을 것이다.

결국 코린나는 계획을 취소했다가 새로 짜기도 하는 의심과 극심한 갈등의 소용돌이 속에서, 오스왈드가 보낸 편지를 받게 되었다. 편지에는 그의 연대가 6주 후에 승선한다는 것과 이때를 이용하여 베네치아에

올 수 없다는 것, 그 이유는 연대장으로서 이런 시기에 연대를 이탈하는 것은 평판을 잃게 되기 때문이라는 말이 써 있었다. 코린나에게는 넬빌 경이 유럽을 떠나기 전에 겨우 영국에 도착할 수 있을 시간만 남아 있었다. 이제 유럽을 떠나면 영원한 이별이 될지도 모른다는 걱정이 출발을 결심하게 하였다. 코린나를 불쌍히 여겨야 한다. 그녀는 그녀의 행동이 분별 없는 행동이라는 점을 알지 못하였다. 그녀는 누구보다도 자기 자신을 엄격하게 비판하고 있었다. 그러나 자신의 잘못을 조금도 변명하지 않으며 아무런 즐거움도 바라지 않은 채, 마치 가는 곳마다 무서운 귀신에 홀리듯이 하나의 역경으로부터 다른 역경으로 도망가는 가엾은 여인에게 어떤 여자가 첫번째 돌을 던질 권리가 있을까?[16]

그녀가 카스텔 포르테 공에게 보내는 편지의 끝은 다음과 같다.

"안녕히 계세요, 저의 성실한 후원자님. 안녕히 계세요, 저의 로마의 벗들이여. 안녕, 그토록 기분 좋고 유쾌한 나날을 저와 함께 지냈던 여러분. 이젠 끝났어요. 운명이 저에게 문을 열라고 두드리는군요. 저는 운명에게 치명상을 입은 것 같아요. 아직까지는 온 힘을 내보려고 하지만, 실패하고 말 거예요. 그와 다시 한번 만나보지 않고서는 정말 저는 제가 어떻게 되는 것인지 모르겠어요. 제 마음속에는 저도 어쩔 수 없는 폭풍우가 있어요. 그렇지만 모든 것이 끝을 맺을 시간이 다가오고 있어요. 지금 제게 일어나고 있는 일은 제 이야기의 마지막 장(章)이에요. 다음에는 참회와 죽음이 올 테죠. 인간의 마음속에 이는 혼란은 정말로 묘한 것이군요! 지금 제가 이토록 정열적인 사람으로 행동할 때에도, 멀리 식양의 그림자가 보여요. 그리고 저에게 *가엾은 자여, 아직도 동요와 사랑의 나날이 이어지지만, 영원한 안식처에서 너를 기다리노라!* 라고 말씀하시는 신의 소리가 들려요.

아, 신이여! 마지막으로 다시 한번 오스왈드를 만나게 하여주소서.

절망을 하다보니, 그의 모습에 대한 기억도 침침해졌어요. 그러나 그 사람의 눈빛에 무언가 거룩한 데가 있지 않았나요? 그가 방에 들어오면 맑고 빛나는 분위기가 그가 들어온 것을 알려주는 듯하지 않았던가요? 친구여, 그대는 그가 제 곁에 앉아서 사랑으로 저를 감싸주는 것을, 그가 선택한 사람에 대하여 바치는 존경으로써 저를 보호하여주는 것을 보셨지요? 아! 그 사람 없이 제가 어찌 살 수 있겠어요? 저의 배은망덕함을 용서하세요. 항상 제게 베풀어주신 변함없는 숭고한 애정을 이같이 갚아도 되는지요? 그렇지만 이제 제게 어울리는 것은 아무것도 없어요. 만약 저에게 저의 광기를 스스로 관찰할 수 있는 슬픈 능력이 주어지지 않았더라면, 아마 저는 미쳐버리고 말았을 거예요. 그럼 안녕히 계세요, 안녕."

제 3 장

마음이 착하고 민감한 여성은 얼마나 불행한가, 예전같이 사랑해주지 않는 상대를 위해서 분별 없는 일을 저지르고, 자신의 행동에 대해서 자기밖에 의지할 곳이 없으니! 그녀가 사랑하는 사람에게 도리를 다하기 위하여 자신의 평판과 평화를 위태롭게 하여도 그녀에게 동정하는 사람은 아무도 없었다. 헌신이란 그렇게 달콤한 일이다! 우리에게 소중한 사람의 생명을 구해주기 위하여, 또는 가까운 사람의 심한 고민을 덜어주기 위하여, 온갖 위험을 무릅쓸 때 마음은 그토록 많은 기쁨에 떨게 된다! 그러나 이렇게 홀로 낯선 나라들을 찾아가 아무도 기다리고 있지 않은 곳에 가서, 사랑하는 사람 앞에서 그에게 바치는 사랑의 증거로 얼굴을 붉히는 것, 스스로 원하여서 그렇게 하는 것이지 그쪽에서 그렇게 해달라고 청한 것은 아니기 때문에 모든 굴욕을 감수하는 것, 이 얼마나 괴로운 심경인가! 굴욕을 느낄지언정 그래도 동정을 살 가치는 있지 않은가! 왜냐하면 사랑으로 인한 것은 모두 동정을 받을 만하기 때문이다. 이렇게 다른 사람의 생활에 대한 평판을 위태롭게 하거나 신성한 인연에 대한 의무를 게을리 하면 무엇이 어떻게 될까? 그러나 코린나는 자유로웠다. 자신의 명성과 평화를 희생하기만 하면 되었다. 그녀의 행동에는 분별도 신중도 결여되어 있었지만, 자신의 운명 이외의 인생에 상처를 입히는 일은 없었고, 그녀의 불길한 사랑은 자기 자신만 잃으면 되는 것이었다.

영국에 내려 코린나는 신문을 통해 넬빌 경의 연대의 출발이 아직 지연되고 있는 것을 알게 되었다. 런던에서는 은행가만을 방문하였다. 그에게 그녀는 가명으로 소개되었다. 그는 처음부터 마치 그녀가 아내나 딸이라도 되는 것처럼 그녀를 친절하게 도와주었다. 도착하자마자 심한 병에 걸려 두 주일 동안 새로운 친구들의 친절한 도움을 받았다. 그녀는 넬빌 경이 지금은 스코틀랜드에 있지만 그의 연대가 곧 런던으로 돌아올 예정이라는 사실을 알게 되었다. 어떻게 그녀가 영국에 있음을 알려야 좋을지 몰랐다. 그녀가 길을 떠난 데 대하여 아무 말도 써 보내지 않았던 것이다. 그녀가 이 일로 주저하는 바람에 결국 오스왈드는 한 달 봉안이나 편지를 받지 못하고 있었다. 그는 몹시 걱정하기 시작하였다. 그는 마치 불평을 할 권리를 가진 사람처럼 그녀의 성의 없음을 꾸짖었다. 그는 런던에 도착하자마자 맨 먼저 거래하고 있는 은행가가 있는 곳으로 가서, 이탈리아에서 온 편지를 받으려고 하였다. 편지는 한 통도 와 있지 않다고 하였다. 그는 밖으로 나왔다. 소식도 없고 고통스러운 기분으로 걷고 있자니 로마에서 만났던 에저몬드 씨와 부딪치게 되었다. 그는 넬빌 경에게 코린나의 소식을 물었다.

"전혀 아무것도 모르겠군요."

하고 넬빌 경은 못마땅한 태도로 대답하였다.

"아! 그렇군요."

에저몬드 씨는 이어 말하였다.

"이탈리아 여자들은 외국인들이 떠나자마자 그들의 일은 언제나 잊고 말아요. 그런 예가 어디 한둘이어야 말이지요. 그러니 그런 일로 상심하셔서는 안 돼요. 만약 이탈리아 여자들이 그 많은 상상력에 정절까지 갖추고 있다면 사랑받을 자격이 있고도 남겠지요. 그러니 우리나라 여자들에게 좋은 점수를 주어야 해요."

그는 이렇게 말하면서 그가 평생 살고 있는 웨일스 공국에 돌아가기 위해 악수를 청하였다. 그는 단 몇 마디로 오스왈드의 마음을 슬프게 하였다.

'내가 잘못 생각한 것이다.'

하고 그는 혼자 생각하였다.

'그녀가 나를 그리워하고 있다는 것은 착각이다. 어차피 나는 그녀의 행복을 위해서 소용이 되지 않는다. 그러나 사랑했던 사람을 그렇게 빨리 잊는다는 것은 장래뿐 아니라 과거마저 추하게 하는 것이다.'

부친의 뜻을 알았을 때, 넬빌 경은 코린나와 절대로 결혼하지 않겠다는 결심을 하였다. 그러나 루실과도 더 만나지 않을 작정이었다. 그는 루실로부터 너무 밝은 인상을 받은 것이 걸렸다. 게다가 연인이 몹시 괴로워할 것이 분명하기 때문에 어떤 의무는 없더라도 마음의 절개쯤은 지켜야겠다고 생각하였다. 그는 에저몬드 부인에게 코린나의 존재를 인정해달라는 요청을 반복하는 편지를 쓰는 것으로 만족하였다. 그러나 부인은 일관되게 그것에 답을 주지 않았다. 넬빌 경은 부인의 친구인 딕슨 씨와 상의를 한 끝에 그가 바라는 바를 그녀로 하여금 인정하도록 하는 유일한 수단은 그녀의 딸과 결혼하는 것임을 깨닫게 되었다. 왜냐하면 부인은 코린나가 본명을 되찾고 가족들이 그녀를 인정하게 되면 딸의 결혼에 방해가 될 수 있다고 생각하기 때문이었다. 코린나는 넬빌 경이 루실에게 관심을 가졌다는 사실을 전혀 모르고 있었다. 아직까지 운명은 그녀로부터 고통을 면제해주고 있었다. 그러나 운명이 코린나를 그로부터 떼어놓고 있던 그때만큼 그녀가 그에게 어울리던 때는 미처 없었다. 그녀는 병을 앓고 있는 동안 폐를 끼치고 있던 소박하고 정직한 상인들 틈에서 영국의 풍속과 관습을 정말로 좋아하게 되었다. 그녀를 받아들여준 가족은 어떤 면에서도 특별히 뛰어난 데는 없었으나 탁월한 이성의 힘과 공정한 정신을 소유하고 있었다. 그녀가 늘 보아온 애정에 비하면 비교적 공개적인 것은 아니었지만 기회가 있을 때마다 세심하게 도와주고 애정을 보여주었다. 옛날의 그녀는 에저몬드 부인의 엄격함, 작은 시골 마을의 지루함 때문에 그녀가 포기하였던 나라의 고상하고 좋은 부분에 관하여 알 수 없었다. 그런데 이제는 코린나의 행복을 위해서 영국에 호감을 갖는 것이 바람직하지 못하게 된 상황에서, 그녀는 오히려 이 나라를 좋아하게 되었다.

제 4 장

어느 날 저녁, 코린나에게 우정과 관심을 표시하던 가족이 영국 연극 『이사벨 또는 숙명의 결혼』에 시돈스 부인이 나오니 꼭 보라고 그녀에게 권하였다. 이 배우는 이 연극에서 매우 훌륭한 재능을 발휘하고 있었다. 코린나는 줄곧 거절하다가, 넬빌 경이 그녀의 낭송법을 시돈스 부인과 자주 비교하던 것을 기억하고는 듣고 싶은 호기심이 생겼다. 그래서 모습을 나타내지 않고 볼 수 있는 박스석에 베일을 쓰고 들어갔다. 그녀는 넬빌 경이 전날 밤에 런던에 도착한 것을 모르고 있었다. 그러나 그녀는 이탈리아에서 그녀를 알았을지도 모르는 영국인에게 들킬까봐 두려워하고 있었다. 여배우의 고상한 용모와 깊은 감성에 관심이 집중되어 그녀의 눈은 제1막 동안 무대를 벗어나지 못하였다. 훌륭한 재능이 힘과 독창성을 겸비하고 있을 때, 영어 낭송은 다른 어느 나라 말보다 사람의 마음을 움직인다. 프랑스보다 기교는 없지만 진부한 데도 없다. 그것이 빚어내는 인상은 더 직접적이다. 진정한 절망은 그렇게 표현되는 것 같았다. 희곡의 성격과 시법의 종류에 따라 극예술은 현실 생활에 가까워지고, 그것이 가져오는 효과는 훨씬 가슴에 와 닿는 데가 있다. 프랑스에서는 전반적인 규칙이 많고 배우 개개인이 연기하는 방법에 자유가 없는 만큼, 위대한 배우가 되려면 더 많은 천재성이 요구된다.(8) 그러나 영국의 배우는 자연스럽게 영감을 느끼면 대담하게 해치운다. 그 긴 탄식, 그것은 말로 하면 우습지만 듣고 나면 오싹해진다. 그러한 연기법으로 기품 있는 여배우 시돈스 부인은 땅에 엎드려도 품격이 떨어지는 일이 없었다. 마음속의 감동이 영혼으로부터 흘러나와 그저 보고만 있는 사람보다는 그것을 느끼는 사람을 압도하는 감동으로 변하는 것이었다. 여러 국민에게는 제각기 다른 비극의 연기법이 있다. 그러나 고통의 표현은 온 세계에서 다 통한다. 미개인으로부터 왕에 이르기까지 그들이 진정 불행할 때에는 모두에게 비슷한 무언가가 있다.

    4막과 5막의 중간에 코린나는 모든 사람의 시선이 하나의 박스석에 쏠리고 있는 것을 알게 되었다. 그 박스 안에는 에저몬드 부인과 그녀의 딸이 있었다. 7년 만이고 놀라보게 예뻐졌지만 루실임에 틀림없었다. 에저몬드 경의 거부 친척이 세상을 뜬 관계로 부인은 상속 문제를 정리하기 위하여 런던에 와 있었던 것이다. 루실은 극을 보러 오는 데 평상시보다 성장을 하고 있었다. 영국에 미인들이 많지만, 이토록 눈에 띄는 사람이 나타난 것은 오랜만의 일이었다. 코린나는 그녀를 보고 고통스러울 정도로 놀랐다. 오스왈드가 이런 정도의 미모의 매력에 반항하기는 어려울 것 같아 보였다. 자기 자신과 그녀를 머리 속에서 비교해보니 자신이 많이 떨어지는 것으로 생각되었다. 그 젊음, 흰 피부, 금발, 인생의 봄이 주는 순진한 이미지, 그것들이 매력적인 것임엔 틀림없지만, 코린나는 너무도 과장하여 생각한 나머지, 재능이나 재기, 말하자면 천부적으로나 후천적으로 얻은 능력을 가지고 그저 타고난 그대로의 넘치는 우아함과 싸우는 일이 왠지 굴욕적으로 느껴졌다.

갑자기 그녀는 맞은편 박스에서 넬빌 경을 발견하였다. 그의 눈은 루실 쪽에 가 있었다. 코린나에게 이 무슨 청천벽력이란 말인가? 그녀는 그토록 그녀의 마음을 차지하고 있던 얼굴을 처음으로 보았다. 끊임없이 사모하고 잠시도 사라진 적이 없는 그 얼굴을 다시 본 것이었지만, 그것은 공교롭게도 오스왈드의 마음이 오직 루실에게 가 있을 때였다. 그는 코린나가 있다고는 꿈에도 생각하지 못하였다. 그러나 만약 그의 시선이 우연이라도 그녀 쪽으로 갔다고 하면, 가엾은 여인은 행복의 실마리를 조금이라도 찾았을지도 모른다. 드디어 시돈스 부인이 다시 등장해 넬빌 경은 그녀를 보려고 무대 쪽으로 향하였다. 코린나는 그제야 숨을 돌리고 오스왈드가 단순한 호기심으로 루실을 쳐다보고 있었던 것이려니 하고 생각하였다. 연극은 더욱 관객을 슬픔에 잠기게 하였고, 루실은 눈물에 젖어 박스의 뒤쪽으로 몸을 숨겨 우는 얼굴을 보이지 않으려고 하였다. 그때 오스왈드가 처음보다 더 유심히 그녀를 바라보았다. 드디어 자살을 말리려는 여자들의 손을 뿌리친 이자벨이 단두로 가슴을 찌르면서 허사가 돼버린 그 여자들의 수고를 비웃는 무서운 순간이 다가왔다. 그 절망 속의 웃음은 연극이 가져다줄 수 있는 것 중에서 가장 어렵고 뛰어난 효과를 나타내는 것이다. 그 웃음은 눈물보다도 더 감동적이다. 불행을 대하는 그 쓰디쓴 아이러니는 가슴을 도려내는 것 같은 표현이기 때문이다. 마음의 고통이 이와 같이 무참한 기쁨을 가져다줄 때에, 자기가 피를 흘림으로써 복수하고 있는 가혹한 적을 잔인하게 만족시킬 때에, 그것은 얼마나 큰 고통인가!

그때 루실은 분명히 감명을 받은 듯하였고, 모친은 그 때문에 걱정이 된 것 같았다. 근심스럽게 딸 있는 쪽으로 몸을 돌리는 것이 보였기 때문이다. 오스왈드는 그녀가 있는 쪽으로 가려는 듯이 일어섰다. 그러나 곧 자리에 앉았다. 코린나는 잠시 동안 기뻤다. 그러나 한숨을 쉬면서 말하였다.

"예전에 그토록 사랑스럽던 루실이 이제는 젊고 감수성이 있는 처녀로 성장하였구나. 그녀가 사랑하게 될지도 모르는 남성은 그녀를 위해 아무런 희생을 치르지 않아도 된다. 동생이 아무런 방해도 받지 않고 맛볼 수 있는 행복을 내가 빼앗아도 될까?"

연극이 끝나자 코린나는 들킬까 두려워 모두가 퇴장한 후에 나가려고 하였다. 그래서 조그만 출구 뒤에 몸을 숨겼는데, 그곳에서는 복도에서 일어나는 일이 훤히 내다보였다. 루실이 밖으로 나가자 그녀를 보려고 인파가 몰려왔다. 사방에서 그녀의 미모를 감탄하는 소리가 들려왔다. 루실은 차차 무안해졌다. 몸이 불편하고 병을 앓고 있는 에저몬드 부인은 딸이 부축하고 있었고 사람들도 경의를 표하여주었으나 도저히 군중을 밀치고 나갈 수 없었다. 아는 사람도 없었고, 두 사람 곁에 동행한 남성도 없었다. 넬빌 경은 두 사람이 고생하는 것을 보고 서둘러서 다가갔다. 한쪽 팔을 에저몬드 부인에게, 다른 쪽 팔을 루실에게 내밀자, 루실은 고개를 숙이고 얼굴이 온통 빨개지면서 수줍게 팔을 잡았다. 그런 모습으로 그들은 코린나의 앞을 지나갔다. 오스왈드는 그의 불쌍한 연인이 고통스러운 광경을 목격하리라고는 상상조차 하지 못하였다. 뒤따르는 수많은 찬미의 무리에 둘러싸여, 영국 제일의 미인을 데리고 가는 그의 모습은 제법 당당하였기 때문이다.

제 5 장

코린나는 무참하게 흐트러진 마음으로 집에 돌아왔다. 앞으로 어떤 결심을 하여야 좋을지, 어떻게 그녀가 온 사실을 넬빌 경에게 알려야 좋을지, 또 뭐라고 온 이유를 설명해야 좋을지 알 수 없었다. 시간이 갈수록 연인의 애정에 대한 믿음을 잃어가고 있었기 때문에, 그녀가 만나려고 하는 사람이 낯선 사람인 듯 느껴졌고, 그토록 열렬히 사랑하였으나 이제는 그녀가 누구인지도 알아보지 못하는 사람같이 생각되었다. 이튿날 밤 그녀는 넬빌 경의 집으로 인편을 보냈다. 그래서 그녀는 그가 에저몬드 부인의 집에 있는 것을 알게 되었다. 그 이튿날도 같은 대답이었다. 그러나 에저몬드 부인은 병중이어서 회복하는 대로 곧 영지로 돌아갈 예정이라는 것도 알게 되었다. 코린나는 넬빌 경에게 그녀가 영국에 와 있는 것을 알리기 위하여 그때를 기다리고 있었다. 그러나 매일 저녁 그녀가 외출하여 에저몬드 부인의 집 앞에 가 보면 어김없이 오스왈드의 마차가 와 있었다. 알 수 없는 괴로움으로 마음이 조여왔다. 그리고는 다시 집으로 돌아오고, 그 다음날 같은 코스를 밟아 같은 고통을 맛보곤 하였다. 코린니는 오스월드가 에저몬드 부인을 찾아가는 것은 그 딸과 결혼하려는 의도라고 생각하였는데, 그것은 잘못된 생각이었다.

연극을 보던 날, 오스왈드가 두 사람을 마차에 태우고 가는 동안 부인은 그에게 인도에서 객사한 에저몬드 경의 친척의 상속 문제가 그녀

딸에게도 코린나에게도 관련되어 있기 때문에 그녀의 집에 와서 이탈리아에서 해결할 문제에 관하여 가르쳐달라고 말하였다. 오스왈드는 가겠다고 약속하였다. 그 순간 그가 잡고 있던 루실의 손이 떨리는 것을 느꼈다. 그는 코린나로부터 편지가 오지 않는 까닭에 그는 이미 사랑받지 않는다고 믿었고 그 소녀의 동요에 감동되는 자신을 느꼈다. 그렇지만 그는 코린나와의 약속을 어길 생각이 없었고, 그녀가 반지를 끼고 있기 때문에 그녀의 동의 없이 다른 여성과의 결혼도 있을 수 없는 일이었다. 다음날 그는 코린나를 위한 일이라 생각하고 에저몬드 부인을 찾았다. 그러나 에저몬드 부인은 몸이 상당히 아팠고, 부인의 딸은 런던에서 이렇게 혼자 외롭게 친척도 없이 (에저몬드 씨는 런던에 없었다) 어느 의사를 찾아야 할지 모른 채 불안해하고 있었다. 따라서 오스왈드는 부친의 친구였던 부인을 돕는 것은 그의 의무라고 생각하였다.

에저몬드 부인은 본래 성미가 까다롭고 거만하며, 오스왈드 외에는 마음을 털어놓지 않았다. 그를 날마다 그녀 집에 다녀가게 하면서도 딸과 결혼시키려는 의향을 비추는 말은 한마디도 하는 일이 없었다. 그 아름다운 용모 때문에 루실은 가장 욕심나는 신부감이 되어 있었다. 그녀가 연극 공연에 모습을 나타낸 이래 런던에 그녀의 존재가 알려져, 집 문 앞에는 나라의 대귀족의 방문이 그치질 않았다. 에저몬드 부인은 변함없이 어느 누구도 들여보내지 않았다. 전혀 외출도 하지 않았고 오직 넬빌 경만을 맞아들였다. 이러한 배려에 어찌 그가 기분이 좋지 않을 수 있겠는가? 이와 같이 아무것도 부탁하지 않고 불평도 하지 않으면서 그에게 모든 것을 맡겨버리는 말없고 너그러운 태도가 그에게 깊은 감동을 주었다. 그러나 그는 부인의 집에 그가 모습을 드러내는 것이 어떤 약속으로 받아들여질까봐 염려되었다. 코린나의 상속 문제가 깨끗하게 정리되었더라면, 에저몬드 부인이 건강을 회복하였더라면, 더 이상 찾아가지 않았을 것이었다. 그러나 그녀는 좋아졌다고 생각되면 다시 병이 도졌다. 먼저보다도 중태였다. 혹시나 이때 그녀가 죽는다면 루실은 모친이 누구하고도 교제가 없었기 때문에 런던에서 오스왈드 외에 달리 의지할 데가 없게 된다.

루실은 넬빌 경에게 그를 좋아한다고 짐작하게 할 만한 말을 단 한 마디도 꺼낸 적이 없었지만, 그는 그녀의 안색이 갑자기 변하고 금방 눈을 내리깔고 숨소리가 빨라지는 것으로 짐작이 갈 때도 있었다. 말하자면 그는 이 소녀의 마음을 애정 어린 호기심으로 살피고 있었다. 그녀는 얌전하기 그지없어 그는 항상 그녀의 진심을 알 수 없었고 늘 의아해했다. 정열이 최고조에 달하여 웅변으로 표현되어도 상상력을 다 채워줄 수는 없다. 사람은 항상 무언가를 더 원하며, 그것을 얻지 못하면 식어버리고 싫증을 낸다. 반면 구름 사이로 보이는 미세한 빛은 오랫동안 호기심을 지속시키며 앞으로 다른 생각, 새로운 발견을 약속하는 듯이 보인다. 그러나 이 기대가 이루어지는 일은 없다. 그리고 이 모든 침묵과 미지의 매력이 밝혀지고 나면 신비감 또한 시들고, 또다시 활기찬 성격의 자연스러움과 힘을 그리워하게 된다. 아! 이토록 천상의 기쁨이 우리들의 운명과 인연이 없는 것이라면, 믿음과 의심, 행복과 불행으로 결국 무산되고 마는 마음의 매혹, 영혼의 환희를 어떻게 오래 지속할 수 있을까! 천상의 기쁨은 때때로 우리의 마음을 스쳐 지나갈 뿐이다. 오로지 우리 자신에게 우리의 기원과 희망을 상기시키기 위하여.

에저몬드 부인은 회복하였으며, 이틀 후에 스코틀랜드로 출발하기로 결정하였다. 그녀는 그곳 넬빌 경의 영지 옆에 있는 에저몬드 경의 영지를 둘러보고 싶어하였다. 그녀는 그가 동행하여줄 것을 바라고 있었다. 그가 그의 연대가 출발하기 전에 스코틀랜드에 돌아갈 계획을 말한 적이 있었기 때문이다. 그러나 그는 거기에 대하여 아무 말도 하지 않았다. 루실은 이때 그를 쳐다보았으나 그래도 그는 말이 없었다. 그녀는 갑자기 일어서서 창문 쪽으로 갔다. 잠시 후에 넬빌 경은 핑계를 대고 그녀 쪽으로 가 보았다. 그녀의 눈에 눈물이 고이는 것 같았다. 그는 마음이 아파 한숨을 쉬었다. 그는 연인이 야속하게도 그를 잊고 있다는 사실을 새삼 떠올리며, 이 어린 소녀가 코린나보다 더 정조 관념을 가지고 있지 않을까 하는 의혹을 품었다.

오스왈드는 그가 방금 루실에게 일으킨 마음의 아픔을 덜어주려고 노력하였다. 아직 어린아이 같은 얼굴에 기쁨을 돌려주는 것은 즐거운 일이다! 내성의 흔적을 아직 찾아볼 수 없는 이러한 용모에 마음의 아픔 따위는 어울리지 않는다. 넬빌 경의 연대는 그 다음날 아침에 하이드 파크에서 사열을 할 예정이었다. 그래서 그는 에저몬드 부인에게 딸과 함께 사륜 마차로 그곳에 구경을 하러 오고 싶은지 그리고, 사열이 끝난 후 부인이 타고 있는 마차 옆에서 루실과 함께 말을 타고 산책을 해도 되겠는지 물었다. 루실은 언젠가 말을 꼭 타고 싶다고 말한 적이 있었다. 그녀는 여느 때의 얌전한 표정으로 어머님을 바라보았으나 승낙을 받고 싶은 간절한 마음이 역력히 표정에 나타나 있었다. 에저몬드 부인은 잠시 생각에 잠겼다. 그리고 나서 날로 쇠약해져가는 가냘픈 손을 넬빌 경에게 내밀며 말하였다.

"경께서 원하신다면, 좋습니다."

이 말에 오스왈드는 너무도 강한 인상을 받아, 그가 제안한 일을 취소할까 하는 생각을 할 정도였다. 그러나 루실이 갑자기 여태까지 볼 수 없었던 활기로 어머니의 손을 잡고 감사의 뜻으로 입을 맞추었다. 넬빌 경은 그 순간 그토록 고독하고 외로운 나날을 보내고 있는 이 순진한 사람으로부터 기쁨을 빼앗을 용기가 도저히 나지 않았다.

제 6 장

코린나는 이 주일 전부터 극심한 불안에 시달리고 있었다. 아침마다 넬빌 경에게 그녀가 와 있는 것을 알려야 할지 망설이다가 밤에는 그가 루실의 집에 있는 것을 알고는 말할 수 없는 고민 속에서 지냈다. 괴로운 밤을 보낸 다음날에는 더욱 자신이 없어지곤 하였다. 어쩌면 이제는 그녀를 더 이상 사랑하고 있지 않은 남자에게 그 사람 때문에 무심코 저지른 행동을 알리는 것이 창피스러웠다.

"혹시 이탈리아에서의 모든 추억이 그에게서 지워진 것은 아닐까? 이젠 여자에게 뛰어난 정신이나 정열적인 마음이 필요없다고 생각하게 된 것은 아닐까? 그 사람이 좋아하는 것은 열여섯 살의 뛰어난 미모와 그 나이의 천사와 같은 표정과 이제까지 한번도 느끼지 못했던 첫사랑을 자기가 선택한 사람에게 바치는 수줍고 신선한 마음일 거야."

코린나는 여동생의 장점에 자극받아 그 매력과 겨룬다는 것이 부끄러웠다. 이 무장 해제된 순진함에 비하면 재능은 계략으로, 지성은 독재로, 정열은 폭력으로 생각되었다. 코린나는 아직 스물여덟 살밖에 되지 않았으나 여자가 남자의 마음을 잡는 데 자신이 없어 고민하는 인생의 그러한 시기를 벌써 예감하고 있었다. 결국에는 질투와 자존심이 마음속에서 뒤얽히게 되었다. 그래서 그렇게도 두렵고 그렇게도 바라던 오스왈드와의 재회의 날을 하루하루 늦추고 있었다. 그의 연대가 다음날 하이드파크에서 사열하는 것을 알고, 그녀는 그곳으로 가기로 결심하였다. 루실이 그곳에 올지 모르니 오스왈드의 마음을 그녀 눈으로 확인해 볼 작정이었다. 우선 그녀는 공들여 몸을 치장하고 그리고 나서 갑자기 그 앞에 나타날 생각을 하였다. 그러나 화장을 하면서 그녀의 검은머리,

이탈리아의 햇볕에 약간 검게 탄 피부, 뚜렷하기는 하나 자기로서도 판단할 수 없는 표정을 보니 그녀의 매력에 자신이 없어지고 말았다. 거울 속에는 줄곧 여동생의 천사와 같은 얼굴이 보일 뿐이었다. 그래서 입으려고 하였던 의상을 모두 벗어던지고 베네치아식의 검은 드레스를 입고 베네치아 사람이 걸치는 망토로 얼굴과 몸을 덮고서 마차 안으로 뛰어들었다.

하이드파크에 들어가자마자 오스왈드가 연대의 선두에 서서 나타나는 것이 보였다. 그는 군복을 입고, 훌륭하고 위엄 있는 모습을 하고 있었다. 기품 있고 절묘하게 말을 거느리고 있었다. 들려오는 음악은 의기양양하고 평온하였으며 목숨을 바칠 것을 숭고한 곡조로 권고하고 있었다. 우아하면서도 간소한 복장을 한 수많은 남자들과 아름답고 겸손한 여자들의 얼굴에는 남성적인 미덕과 내성적인 미덕이 각각 새겨져 있었다. 연대의 병사들은 오스왈드를 믿음과 충성으로 바라보고 있는 것 같았다. 유명한 곡「영국 국가」가 연주되었는데, 이것은 영국인 모두의 심금을 울리는 곡이었다. 코린나는 소리쳤다.

"오, 훌륭한 나라다! 나의 조국이기도 하건만, 왜 나는 조국을 떠났을까? 많은 미덕 안에서 개인의 명예 같은 것이 무슨 소용이 있을까, 오, 넬빌, 그대에게 어울리는 아내가 된다면 얼마나 영예로운 일일까요?"

군악대의 연주가 들려오자 코린나에게는 오스왈드가 이제부터 무릅쓰게 될 위험이 선명하게 떠올랐다. 그녀는 그의 눈에 뜨이지 않은 채 오랫동안 그를 바라보고 눈물을 흘리며 생각하였다.

"그이가 살아남아야지, 내가 살지 못하더라도! 오, 신이시여! 살아야 할 사람은 그이입니다."

이때 에저몬드 부인의 마차가 도착하였다. 넬빌 경은 그녀 앞에서

검을 내리고 공손히 절을 하였다. 그 마차는 몇 번을 왕복하였다. 루실은 보는 사람마다 감탄을 자아내었다. 오스왈드는 코린나의 심장을 찌르는 시선으로 루실을 바라보고 있었다. 이 불행한 여인은 그 눈빛을 알고 있었다. 그것은 예전에 그녀를 바라보던 눈빛이었다.

넬빌 경이 루실에게 빌려준 말들은 하이드파크의 오솔길을 굉장한 속도로 달리고 있었다. 한편 코린나의 마차는 빠르게 달리는 말들의 소음 속에서 마치 장례 행렬과도 같이 천천히 가고 있었다.

"아! 이렇지는 않았어."

하고 코린나는 생각하였다.

"아니야, 카피톨리노 언덕에서 그 사람과 처음 만났을 때 이렇지는 않았어. 저이가 개선 마차에 타고 있던 나를 고통의 늪으로 밀어 떨어뜨린 것이야. 저이를 사랑하고 있지만, 인생의 모든 기쁨은 사라지고 말았어. 저이를 사랑하지만, 자연의 모든 은혜는 시들고 말았어. 오, 하느님! 제가 이미 세상을 떠났을 때 저이를 용서해주세요."

오스왈드가 말에 올라 코린나가 타고 있는 마차 옆을 지나갔다. 그녀가 입고 있는 이탈리아식의 검은 옷이 이상하게 섬뜩하게 느껴져 그는 말을 멈추었다. 그 마차를 한 바퀴 돌고는 발길을 다시 돌려 그 안에 모습을 감추고 있는 여자가 누구인지 다시 보려고 하였다. 이러는 동안 코린나의 심장이 몹시 심하게 뛰었고, 그녀는 기절하고서 그에게 들킬까봐 두려워하였다. 그녀는 있는 힘을 다하여 자제를 하였고, 넬빌 경은 애초의 생각을 버렸다. 사열이 끝나자 코린나는 더 이상 오스왈드의 주의를 끌지 않기 위해서 사람들의 눈을 피하여 마차에서 내렸다. 사람들의 눈에 띄지 않도록 나무와 군중 뒤에 몸을 숨겼다. 오스왈드는 그때 에저몬드 부인의 사륜 마차에 다가가서 병졸이 끌고 온 순한 말을 부인에게 보이고 부인의 마차 곁에서 루실이 그 말을 탈 수 있도록 허락해달라고 청하였다. 부인은 딸을 잘 도와달라고 말하며 승낙하였다. 넬빌 경은 말에서 내려와 있었다. 그가 모자를 벗고 마차의 문 앞에서 지극히 공손하고도 친절한 말투로 부인에게 말을 건네는 모습을 보고 코린나는 그가 딸의 매력에 너무도 매료되어 그녀의 어머니에게 지나친 친절을 베푼다고 생각되었다.

루실이 마차에서 내렸다. 그녀는 승마복 차림이었는데, 황홀할 만큼 아름다운 모습이었다. 머리 위에 흰 날개 장식이 달린 검은 모자를 쓰고 공기처럼 가벼운 그녀의 아름다운 금발이 그녀의 예쁜 얼굴 위를 살짝 가리고 있었다. 오스왈드는 손을 아래로 내려 루실이 그 위에 발을 딛고 올라가 말에 탈 수 있도록 해주었다. 루실은 그런 역할을 해주는 것이 병졸일 것이라고 생각하고 있었다. 넬빌 경에게 그런 대우를 받고 나니 얼굴이 빨갛게 달아올랐다. 그는 어서 오르라고 간청하였다. 루실이 드디어 그 손 위에 발을 올려 가볍게 말에 뛰어오르니, 마치 그 몸동작은 우리의 상상력이 섬세한 색깔로 그려내는 요정들 중의 한 사람을 연상시켰다. 그녀는 구보로 달리기 시작하였다. 오스왈드가 그녀를 놓치지 않기 위하여 그 뒤를 따랐다. 한 번은 말이 비틀거렸다. 넬빌 경이 즉시 말을 멈추게 하고 조심스럽게 고삐와 재갈을 살폈다. 또 한 번은 말이 난폭해진 듯한 착각에 빠졌다. 그러자 그는 안색이 죽은 사람처럼 창백해져서 믿을 수 없을 정도로 빠르게 말을 몰아 눈 깜빡할 사이에 루실이 타고 있는 말로 달려갔다. 말에서 뛰어내려 그녀 앞으로 달려갔다. 루실은 말을 감당하지 못한 채 이번에는 오스왈드를 쓰러뜨리는 것이 아닌가 하여 겁에 질려 있었다. 그러나 그는 한 손으로 고삐를 잡고 다른 손으로 루실을 도왔고 그녀는 뛰어내리면서 그에게 가볍게 기대었다.

루실에 대한 오스왈드의 마음을 코린나에게 확인시키기에 더 이상 무엇이 필요할까? 지난날에 그녀에게 보여주던 관심의 표시를 보지 않았던가? 더구나 그녀가 평생 동안 절망할 정도로, 넬빌 경의 눈빛이 그녀를 사랑하고 있을 때보다도 더 수줍고 내성적이라는 것도 알 수 있지 않았던가? 그녀는 두 번씩 손가락에서 반지를 빼었다. 오스왈드의 발밑에 반지를 던질 작정으로 군중을 밀어제쳐보려 하였다. 죽게 되리라는 희망에 순간적으로 용기를 얻어 결심을 하였다. 그러나 남쪽의 태양 아래에서 태어난 여자가 군중의 관심을 자기의 사랑의 감정에 끌어들일 수가 있을까? 곧 코린나는 이런 순간 오스왈드 앞에 자신의 모습을 드러낸다는 생각에 소름이 끼쳐 군중을 멀리하고 그녀의 마차로 돌아갔다. 인기척이 없는 오솔길을 건너갈 때 오스왈드는 멀리서 좀전에 그를 놀라게 했던 검은 모습을 다시 보았다. 그 인상이 이번에는 더욱 강렬하였다. 그렇지만 그는 그가 느낀 마음의 흔들림을 양심의 가책 탓으로 돌렸다. 그는 그날 처음으로 마음속 깊이 코린나에게 충실하지 못했다는 가책의 감정을 느꼈다. 집으로 돌아오자 그는 아직 그의 연대가 승선하지 않았기 때문에 당장 스코틀랜드로 떠날 결심을 하였다.

제 7 장

코린나는 정신이 나간 상태로 집에 돌아왔다. 이때부터 몸은 쇠약해질 따름이었다. 그녀가 영국에 와 있는 일, 그 동안 겪은 그녀의 고통을 보누 넬빌 경에게 알리려고 편지를 쓰기로 결심하였다. 그녀는 처음부터 심하게 꾸짖는 소리로 편지를 시작하였는데, 곧 찢어버리고 말았다.

"사랑에 질책이 무슨 소용이야?"

하고 그녀는 신음하였다.

"사랑이 자발적으로 생기는 감정이 아니라면, 모든 감정 중에 가장 깊고 순수하며 너그러운 것이 될 수 있을까? 불평을 한다고 어쩌겠어? 달라진 목소리, 달라진 눈빛에 그이의 마음이 숨어 있는 걸. 모든 것이 밝혀지고 있잖아?"

그녀는 다시 편지를 쓰기 시작하였다. 이번에는 루실과 결혼하면 그가 지내야 할 단조로운 나날을 그려보려고 하였다. 영혼과 정신에 완벽한 조화가 없으면 사랑의 행복은 오래가지 않는다는 것을 알려주고 싶었다. 그러나 이 편지도 처음 편지보다 더 사정없이 찢어버렸다.

"만약 그 사람이 나의 가치를 모른다면, 내가 꼭 그것을 가르쳐주어야만 할까?"

하고 그녀는 말하였다.

"내 동생에게 이렇게까지 말해야 하는 걸까? 내가 그 사람에게 납득시킬 정도로 내 동생이 못났을까? 설령 그렇다 치더라도 어렸을 때 엄마처럼 안아주었던 내가 그렇게 말해도 될까? 아! 아니야, 그렇다고 해서 무조건 동생의 행복만을 원하여서도 안 돼. 내가 그렇게 갈망하는 동안 인생은 흘러가겠지. 죽음이 보이기 한참 전에도, 무언가 달콤하고 꿈꾸는 것이 우리들을 점차 삶에서 떼어놓겠지."

그녀는 다시 한번 펜을 들어 자신의 불행에 대해서만 썼다. 그러나 써가면서 자신에 대한 연민 때문에 편지를 눈물로 흠뻑 적셨다.

"아니야."

하고 그녀는 다시 말하였다.

"이 편지는 보낼 수 없어. 그가 내 말을 들어주지 않는다면, 나는 그를 미워하게 될 거야. 들어준다고 하더라도 그이가 희생을 치르는 것이 아닌지, 딴 여자를 잊지 못하고 사뭇 생각하는 것이 아닌지 나로서는 알 도리가 없겠지. 만나서 이야기를 해보고 그이의 약속의 증거인 이 반지를 내어주는 것이 좋겠어."

그녀는 당신은 자유입니다라는 말만 적고는 서둘러 편지를 접었다. 편지를 주머니 속에 넣고 오스왈드의 집에 가기 위하여 밤이 오기를 기다렸다. 대낮에는 사람들이 보게 되어 수치스럽게 느껴졌다. 그러나 그녀는 넬빌 경이 언제나 에저몬드 부인의 집을 향해 떠나는 시간보다 빨리 가려고 하였다. 그래서 마치 유죄 선고를 받은 노예처럼 벌벌 떨면서 여섯시에 떠났다. 한번 신뢰를 잃으면 사랑하는 것이 이토록 두려워진다! 아! 정열적인 사랑이란 가장 믿음직한 보호자 같기도 하고 가장 무서운 주인 같기도 하다.

코린나는 마차를 넬빌 경의 저택 앞에 세우고 문을 열고 나온 남자에게 그이가 있는지 떨리는 목소리로 물었다. 그 사람은 대답하였다.

마님, 경께서는 반시간 전에 스코틀랜드로 떠나셨습니다.

이 소식에 코린나는 가슴이 찢어지는 듯이 아파왔다. 그녀는 오스왈드를 만날 수 있다는 생각에 떨렸다. 그러나 그녀의 마음은 벌써 말로 다하지 못하는 흥분을 초월하고 있었다. 기운을 내서 이제 곧 그의 목소리를 들을 수 있다고 스스로 타일렀다. 그런데 그와 만나기 위해서 며칠 더 기다렸다가, 다시 하나의 단계를 뛰어넘기 위한 새로운 결심을 하지 않으면 안 되다니. 그렇지만 코린나는 어떻게 해서라도 그를 다시 만나고 싶었다. 따라서 그녀는 이튿날 에든버러를 향해 떠나기로 하였다.

제 8 장

런던을 떠나기 전에 넬빌 경은 그의 은행가가 있는 곳에 들렀다. 코린나의 편지가 한 통도 와 있지 않은 것을 알게 되자 그는 괴로운 심정으로 이제 자기 따위는 생각지도 않는 사람을 위하여 과연 견실한 가정의 행복을 희생시켜야 하는지 생각해보았다. 그렇지만 그는 또다시 이탈리아로 편지를 보낼 결심을 하였다. 여태까지 6주 동안 몇 번이고 해왔던 것같이, 코린나에게 답장을 하지 않는 이유를 묻고 그녀가 반지를 돌려보내지 않는 한 절대로 딴 여자와 결혼하지 않겠다는 뜻을 여전히 밝히기 위해서였다. 그는 매우 괴로운 심경으로 여행길에 올랐다. 그는 루실에 대해서 잘 알지는 못했지만, 그녀를 사랑하고 있었다. 그도 그럴 것이 루실로부터는 스무 마디도 채 들어보지 못하였기 때문이다. 한편 그는 코린나를 그리워하였다. 두 사람이 헤어지게 된 사연에 마음이 아팠다. 한쪽의 수줍어하는 매력에 사로잡히자, 이번에는 다른 쪽의 화려한 기품, 탁월한 웅변이 생생하게 떠올랐다. 만약 이때에 코린나가 그 어느 때보다도 그를 사랑하고 있고, 그의 뒤를 따라 모든 것을 버렸다는 사실을 알게 되었다면 그는 두번 다시 루실과 만나지 않았을 것이다. 그러나 그는 이미 버림받았다고 생각하고 있었다. 그리고 루실과 코린나의 각자의 성격을 보고 냉정하고 말이 없는 편이 차라리 깊은 감정을 감추고 있는 것이라고 생각하게 되었다. 그는 잘못 생각하고 있었다. 정열적인 마음의 주인은 모든 방법을 동원하여 자기의 본심을 털어놓는다. 억제할 수 있는 것은 원래 강하지 않은 것이다.

넬빌 경이 루실에게 더욱 관심을 갖게 되는 새로운 이유가 생겼다. 그의 영토로 돌아와 에저몬드 부인의 영토 가까이 지나가게 되자, 호기심이 생겨 그곳에 가보게 되었다. 그는 루실이 항상 공부하고 있는 작은 방을 보여달라고 하였다. 이 방은 오스왈드가 프랑스에서 지내고 있는 동안 그의 부친이 루실 곁에서 지내던 시절의 추억이 많이 서려 있는 곳이었다. 부친이 세상을 뜨시기 몇 달 전에 공부를 가르쳐주신 그 장소에 루실은 대리석으로 된 대를 세워놓았는데, 거기에 저의 또 한 분의 아버님을 기념하여 라는 글을 새겨놓았다.

그리고 책상 위에 한 권의 책이 놓여 있었다. 오스왈드는 그 책을 열었다. 그것은 부친의 사색이 담겨 있는 책이었다. 첫 페이지에 부친의 필적으로 이렇게 씌어 있었다.

고통 속에 있는 나에게 위로가 되어준 사람에게, 더없이 순수한 마음을 지닌 사람에게, 부군이 될 사람에게 영예와 행복을 주게 될 천사와 같은 여성에게.

오스왈드는 그가 존경하는 분의 생각이 뚜렷하게 나타난 글을 얼마나 감격해하며 읽었던가! 그는 오스왈드의 부친으로부터 받은 사랑의 증거들에 대해 루실이 한마디도 하지 않은 것을 보고 깜짝 놀랐다. 그는 그녀가 흔하지 않은 배려에서, 또 혹시 그가 의무감에서 선택하면 어쩌나 하는 우려에서 침묵하였다고 생각하였다. 말하자면 그는 이 고통 속에 있는 나에게 위로가 되어준 사람에게 라는 말에 아찔하였다.

"그것은 루실이다."

하고 그는 소리쳤다.

"나 때문에 고통받고 계셨던 아버지를 위로하여드린 것은. 그런데 나는 그녀의 어머니가 돌아가시려 하고 있고, 나 이외에는 달리 위로해 줄 사람도 없는데 그녀를 본 척도 하지 않다니! 아! 코린나, 그토록 화려하고 세련된 당신도 루실처럼 충실하고 헌신적인 벗을 필요로 하시나요?"

코린나는 더 이상 화려하지도 세련되지도 못하였다. 그를 위해 모든 것을 버렸지만 그를 만날 수도 없고 멀리 떠날 힘도 없는 채, 여관에서 여관으로 헤매고 있었다. 에든버러로 가는 길 중간쯤에 있는 조그만 마을에서 병에 걸려 더 이상 아무래도 길을 재촉할 수 없게 되었다. 기나긴 고통스러운 밤에는, 그녀가 그곳에서 죽는다면 본명을 알고 있는 테레지나만이 무덤에 그 이름을 적어주겠지 하고 생각하였다. 이탈리아에서는 그녀를 찬양하려고 밀려드는 무리에 한 발짝도 뗄 수 없었던 여성으로서 이 무슨 변화이며 무슨 운명인가! 단 하나의 감정이 이토록 모든 것을 앗아간단 말인가? 드디어 일주일 동안 많은 고민을 한 끝에 그녀는 다시 외롭게 길을 떠났다. 오스왈드와 만나는 것이 길을 떠난 궁극의 목적이었으나 심한 기대와 괴로운 감정이 뒤섞여 가슴 아픈 불안한 생각밖에 없었다. 코린나는 넬빌 경의 집에 도착하기 전에 그곳에서 멀지 않은 곳에 있는 그녀 부친의 영지에 잠시 들르고 싶었다. 에저몬드 경은 그곳에 묻히기를 원하였다. 그녀는 그 후 한번도 그곳에 가 본 일이 없었고, 그곳에서는 겨우 한 달 동안 부친과 단둘이 지낸 적이 있었다. 그녀에게는 그때가 영국에서 가장 행복했던 시절이었다. 그 추억이 부친의 살던 곳을 보고 싶다는 생각으로 이어졌으나, 에저몬드 부인이 이미 그곳에 와 있다는 생각은 하지 못하였다.

성에서 몇 마일 떨어진 곳의 넓은 길에서 코린나는 마차 한 대가 뒤집혀 있는 것을 발견하였다. 그녀의 마차를 멈추자, 부서진 마차에서 방금 받은 충격에서 벗어나지 못한 노인이 기어나오는 것이 보였다. 코린나는 그를 서둘러 구하고는 이웃 마을까지 데려다주겠노라고 제안하였다. 노인은 기뻐하며 그 제안에 응하고는 딕슨이라고 자신을 소개하였다. 코린나는 그 이름을 넬빌 경으로부터 여러 번 들었던 생각이 났다. 그녀는 그녀 인생의 유일한 관심사를 사람 좋은 노인이 말하도록 유인하였다. 딕슨 씨는 유난히 말하기를 좋아하는 사람이었다. 코린나의 이름도 모른 채 단지 그녀가 영국인이라고만 생각하고 묻는 말에 각별한 뜻이 담겨 있다고는 잔혀 예상하지 못했다. 그는 상세히 알고 있는 것을 모두 말하기 시작하였다. 코린나의 친절이 고마워 코린나를 즐겁게 해주려는 마음에서 말이 많아졌다.

그는 자신이 어떻게 넬빌 경에게 부친의 뜻을 전달하였는지 이야기하였다. 그에 의하면 부친은 넬빌 경이 원하는 결혼을 반대하였다는 것이다. 그는 코린나의 가슴을 도려내는 듯한 말을 되풀이하면서, 그에게 전해준 편지 안의 글을 인용하였다.

"그의 부친께서는 아들이 이탈리아 여자와 결혼하는 것을 금하셨어요. 부친의 뜻을 거역한다면, 부친의 추억을 소홀히하는 것이 되겠지요."

딕슨 씨는 이런 가혹한 말만으로 그치지 않았다. 그는 한술 더 떠서 오스왈드와 루실은 서로 좋아하는 사이이며 에저몬드 부인도 그 결혼을 열망하고 있지만 넬빌 경이 이탈리아에서 코린나와 맺은 약혼 때문에 거기에 찬성하지 못하고 있다고 단언하였다.

코린나는 온몸을 흔드는 것 같은 동요를 억누르며 말하였다.

"뭐라구요! 넬빌 경이 루실 에저몬드 양과 결혼할 수 없는 것은, 단지 그 사람이 이탈리아에서 맺은 약혼 때문이라고요?"

"틀림없이 그렇다고 생각합니다."

하고 딕슨 씨는 다시 질문을 받은 것이 기뻐서 말을 이었다.

"사흘 전에 저는 넬빌 경을 만났습니다. 그분은 이탈리아에서 맺은 관계가 어떤 것인지 제게 설명은 안 했지만, 자기 스스로 만약 제가 자유라면 루실과 결혼하겠습니다 라고 말했고 저는 이 말을 에저몬드 부인에게 전했습니다."

"만약 자유라면!"

하고 코린나는 되풀이하였다.

이때 그녀의 마차는 딕슨 씨의 목적지에 도착하여 문앞에 그를 내려주었다. 그는 답례를 하고 싶어 어디에서 그녀와 다시 만날 수 있는지 물었다. 코린나의 귀에는 아무것도 들리지 않았다. 대답도 못한 채 그의 손을 잡고, 한마디도 없이 헤어졌다. 날이 저물었지만, 그녀는 부친의 유해가 잠들어 있는 곳에 가고 싶었다. 심란한 마음에 그녀는 이 성묘가 어느 때보다 더 절실하게 느껴졌다.

제 9 장

에저몬드 부인은 이틀 전부터 그녀의 영토에 와 있었다. 마침 그날 저녁은 그녀의 집에서 큰 무도회가 열리는 날이었다. 이웃들과 영지의 사람들이 그녀의 귀가를 축하하기 위해 모이고 싶어하였다. 루실 역시 혹시 오스왈드가 올지도 모른다는 희망에서 그것을 원하였다. 코린나가 도착하였을 때 실제로 그는 그곳에 와 있었다. 코린나는 거리에 많은 마차들이 있는 것을 보고, 그녀의 마차를 조금 떨어진 곳에 멈추게 하였다. 마차에서 내리자 부친이 각별한 사랑을 베풀어주었던 장소가 눈에 들어왔다. 그때와 지금은 얼마나 차이가 있는가, 그녀는 그때 불행하다고 생각했었다. 그런데 지금의 처지는 어떠한가! 이런 식으로 인생에서 공상의 고통은 현실의 슬픔으로 벌을 받는다. 그것은 진정한 불행이 무엇인지 너무도 처절하게 가르쳐준다.

코린나는 왜 성에 불이 밝게 켜졌는지, 지금 성안에 어떤 사람들이 와 있는 것인지 알아보았다. 우연히도 코린나의 하인이 물어본 사람은 그때 그 자리에 와 있었던 넬빌 경이 영국에서 고용한 하인이었다. 코린나의 귀에 그 대답이 들려왔다.

그는 말하였다.

무도회랍니다. 오늘 에저몬드 부인이 여시는 거예요. 제 주인인 넬빌 경께서 이 성의 후계자이신 따님 루실 에저몬드 양과 함께 무도회를 여신 것이죠.

이 말에 코린나는 몸이 떨렸지만 결심에는 전혀 변함이 없었다. 쓰라린 호기심에 이끌려 그녀는 많은 고통이 그녀를 위협하는 장소로 다가갔다. 그녀는 하인에게 저쪽으로 가도록 눈짓하고, 정원으로 혼자 들어갔다. 정원의 문이 열려 있었고 어둠이 깔린 시간이었기 때문에 오랫동안 사람들의 눈에 띄지 않고 산책할 수 있었다. 10시였다. 무도회가 시작되자 오스왈드는 루실과 영국의 콘돌 댄스를 추었다. 이 춤은 야회에서 다섯 번 내지 여섯 번 반복된다. 그러나 언제나 같은 남자와 같은 여자가 추게 되고 가끔은 즐거움에 엄숙함이 섞이기도 하는 춤이다.

루실의 춤은 고상하였지만 활기가 없었다. 그녀의 마음을 가득 채우고 있는 사랑의 감정도 원래 타고난 엄숙한 성격을 가중시킬 뿐이었다. 그 지방의 사람들은 모두 그녀가 넬빌 경을 사랑하고 있는지 궁금해하였고, 어느 때보다도 주의 깊게 그녀를 처다보았기 때문에 그녀는 오스왈드 쪽으로 눈조차 돌릴 수 없었다. 그녀는 너무도 수줍어하였기 때문에 눈에도 귀에도 아무것도 들어오지 않았다. 이토록 당황하고 얌전한 모습에 넬빌 경도 처음에는 감동하였다. 그러나 줄곧 이런 상태의 연속이므로 그는 좀 피곤해지기 시작하였다. 그는 그곳에 줄지어 서 있는 남녀들이나 딘쿄토운 음악을 이탈리아의 활기차고 우아한 곡이나 춤과 비교하여보았다. 이런 생각은 그를 깊은 몽상에 빠지게 하였다. 그때 만약 코린나가 넬빌 경의 마음을 알 수 있었다면 잠시나마 행복을 맛보았을 것이다. 그러나 운이 없는 그녀는 부친의 영토에 와서 이방인이 된 느낌이었다. 남편이 되기를 바라던 사람 가까이에서 고독을 느끼면서, 예전에는 그녀의 것이라고 생각하던 집의 어두컴컴한 오솔길을 아무 생각 없이 되는 대로 걷고 있었다. 발이 땅에 닿지 않았다. 고통스러운 동요만이 그녀에게 버틸 수 있는 힘을 주었다. 어쩌면 그녀는 정원에서 오스왈드와 마주칠지도 모른다고 생각하였다. 그러나 그녀 자신이 무엇을 바라는지조차 알 수 없었다.

성은 고지대에 자리잡고 있었고, 그 아래로 강이 흐르고 있었다. 한쪽 기슭에는 나무가 많이 자라고 있었으나 건너편에는 안개로 덮인 건조한 암산밖에 없었다. 코린나는 걷다 보니 강기슭까지 와 있었다. 그곳에서는 무도회의 음악 소리와 물 흐르는 소리가 함께 들려오고 있었다. 무도회의 등불 빛이 저 위에서부터 물결 사이까지 비추고 있는데, 창백한 달빛은 홀로 건너편 기슭의 황폐한 벌판을 비추고 있었다. 햄릿의 비극에서처럼 망령들이 향연이 벌어지고 있는 궁전의 주변을 떠돌고 있는 것 같았다.

불운한 코린나는 홀로 버림받아 한 발만 내디디면 영원한 망각 속으로 빠져들어갈 참이었다.

"아!"

하고 그녀는 외쳤다.

"만일 내일 그이가 쾌활한 친구들과 함께 이 강기슭을 산책하다가 한 번은 사랑한 적이 있는 여자의 시체와 부딪치게 된다면, 그는 내 한을 풀어줄 감정을 갖지 않을까? 내가 괴로워한 것같이 그도 괴로워할까? 아니야, 아니야."

하고 그녀는 말을 이었다.

"죽음으로 얻는 것은 복수가 아니고 휴식이야."

그녀는 매우 빨리, 그러나 규칙적으로 흐르고 있는 강물을 말없이 바라보았다. 사람의 마음이 소용돌이로 가득할 때에도 자연은 그토록 질서정연하다. 그녀는 넬빌 경이 노인을 구하기 위하여 바다로 뛰어들었던 일을 기억하였다.

"그때 그 사람은 얼마나 친절하였던가!"

하고 코린나는 소리쳤다.

"아!"

하고 그녀는 울며 말하였다.

"어쩌면 지금도 그럴 거야! 내가 괴롭다고 왜 그를 비난하지? 어쩌면 그는 내가 고통을 받는 것을 모르고 있을 거야. 그가 나를 본다면……"

그래서 그녀는 갑자기 연회 중간에 넬빌 경을 불러달라고 하여 그 순간 그와 이야기를 해보아야겠다는 결심을 하게 되었다. 그녀는 성을 향해 다시 올라갔다. 그녀의 몸 동작은 이 새로운 결심이 오랜 망설임 끝에 찾아온 것임을 보여주고 있었다. 그러나 가까이 감에 따라 심하게 떨려 창문 앞에 있는 돌 벤치 위에 앉지 않을 수 없었다. 춤을 구경하려고 몰려든 농부들의 무리 때문에 그녀는 사람들의 눈을 피할 수 있었다.

그때 넬빌 경은 발코니에 나와 밤의 차가운 공기를 마시고 있었다. 그곳에 있던 몇 그루의 장미나무가 코린나가 늘 지니고 있던 향수를 생각나게 하였고, 그 느낌 때문에 그는 오싹하였다. 이 길고 지루한 연회는 그를 피곤하게 하였고, 그는 연회를 잘 꾸려가던 코린나의 세련된 취미와 미술 전반에 걸쳐 가지고 있던 지성을 기억하였다. 그가 루실을 그의 배우자로 적합하게 생각하게 되는 것은 오직 규칙적인 가정 생활에서뿐이라고 느꼈다. 상상력이나 시와 조금도 연관이 없는 이 모든 것이 그에게 코린나에 대한 추억을 더듬게 하였고, 새삼 그리움을 더하게 만들었다. 그가 이런 기분에 젖어 있을 때 친구 한 사람이 다가와서 잠시 이야기를 나누었다. 그때 코린나는 그의 목소리를 들었다.

사랑하는 사람의 목소리가 주는 이 말할 수 없는 감동! 다정함과 두려움의 알 수 없는 결합! 왜냐하면 그 감정은 너무도 격하여서 우리의 불쌍하고 연약한 본성은 그것을 마주 대하기를 스스로 두려워하기 때문이다.

오스왈드의 친구가 말하였다.

"이 무도회가 재미없으신가 보죠?"

"아니요."

오스왈드는 분명하지 않게 대답하였다

"아니, 재미있습니다."

그는 한숨을 쉬며 다시 한번 대답하였다.

이 한숨과 우울한 말투가 코린나를 매우 기쁘게 하였다. 그녀는 오스왈드의 마음을 되돌리고 그에게 다시 그녀의 존재를 알려줄 수 있다고 확신하며 급히 일어났다. 넬빌 경을 불러달라고 말하기 위하여 그 집의 하인이 있는 쪽으로 급하게 나아갔다. 만약에 그녀가 이대로 행하였더라면, 그녀와 오스왈드의 운명은 어떻게 달라졌을까!

이때 루실이 창가로 다가와 무도회 의상이 아닌, 흰옷 입은 여자가 어두운 정원을 배회하는 것을 보고 호기심에 사로잡혔다. 창문에서 얼굴을 내밀어 주의깊게 살펴보니 언니의 모습이었다. 그러나 그녀는 언니가 7년 전에 죽었다는 사실을 의심하지 않았기 때문에, 그 모습을 보고 두려운 나머지 정신을 잃고 쓰러졌다. 모두가 도우려고 달려왔다. 코린나는 말을 걸려고 하는 하인을 놓쳤기 때문에 사람들 눈에 띄지 않도록 오솔길 쪽으로 물러갔다.

루실은 의식을 회복하였으나 무엇 때문에 놀랐는지 말하려고 하지 않았다. 그러나 어린 시절부터 모친에게서 신앙심에 관련된 모든 생각을 주입식으로 교육받아왔기 때문에, 그녀는 부친의 묘지 쪽으로 걸어가는 언니의 모습이 나타난 것은 그녀가 묘지를 잊고 있는 것을 책망하기 위해서이고, 경배의 대상인 유해에게 먼저 바쳐야 하는 경건한 의무를 소홀히하고 연회에 참석한 잘못을 깨우쳐주기 위해서라고 생각하였다. 아무도 보고 있지 않다는 생각이 들었을 때 루실은 무도회에서 빠져나왔다. 코린나는 루실이 정원에 혼자 있는 것을 보고 놀랐다. 그러나 넬빌 경도 곧 동생을 따라나올 것이 아닌가 하는 생각이 들었다. 넬빌 경이 그의 맹세를 모친에게 알리는 허락을 받기 위해 남의 눈을 피해 상의를 하려고 동생을 불러낸 것만 같았다. 그런 생각이 드니 그녀는 꼼짝할 수가 없었다. 그러나 곧 루실이 부친의 무덤이 있는 곳으로 짐작되는 숲 쪽으로 방향을 잡고 걷는 것을 알게 되었다. 그리고 이번에는 먼저 그곳으로 애도의 눈물을 흘리러 가지 않은 것을 자책하였다. 나무와 어둠에 몸을 숨기며 조금 거리를 두고 여동생 뒤를 따랐다. 드디어 에저몬드 경의 유해를 모셔놓은 석관이 보였다. 그녀는 깊은 충동으로 걸음을 멈추고 나무에 기댈 수밖에 없었다. 루실도 역시 멈추어 서서 무덤을 향하여 경건하게 몸을 굽혔다.

 이 순간 코린나는 본능적으로 여동생 앞에 모습을 나타내어 아버지의 이름으로 자신의 신분과 남편을 돌려달라고 청하여보려고 하였다. 그러나 루실이 서둘러 묘비 쪽으로 몇 걸음 다가가, 코린나의 용기가 꺾였다. 여자의 마음이란 너무도 격하기 쉽고 동시에 겁이 많아 아무것도 그것을 누르지도, 또 움직이지도 못한다. 루실은 아버지의 무덤 앞에 무릎을 꿇었다. 화환으로 장식한 금발을 풀어버리고 천사와 같은 눈을 들어 하늘을 쳐다보며 기도를 하였다. 코린나는 나무들 뒤에 숨어 달빛이 은은하게 비추는 동생의 모습을 쉽게 볼 수 있었다. 그녀는 돌연 친절하고 전적으로 너그러운 마음에 사로잡히는 것을 느꼈다. 그 맑고 경건한 신앙심의 표정, 아직 어린 시절의 모습이 남아 있는 앳된 얼굴을 바라보았다. 루실에게 어머니 노릇을 해주던 때가 떠올랐다. 자신의 일에 대해서도 생각해보았다. 그녀는 삼십을 앞두고 있었고 그 무렵부터는 젊음도 시들어가게 마련이지만, 여동생에게는 앞으로 무한한 미래가 있었다. 어떤 고통스러운 추억도 없고, 남 앞에서, 또 자기의 양심 앞에서 변명해야 할 과거도 없는 미래가 동생의 앞에 펼쳐져 있었다.

"만약 루실 앞에 모습을 드러내고,"

하고 그녀는 생각하였다.

"말을 건다면, 아직까지 평온하였던 그녀의 마음은 곧 흐트러지고 두번 다시 평화를 찾지 못할 테지. 나는 이미 충분히 고통을 겪었지만, 아직 더 견딜 수 있다. 그러나 티 없는 루실이라면 한순간의 평화로부터 더없이 심한 동요 속으로 밀려 떨어지게 된다. 저 아이를 품에 안고 재운 것도 바로 나 아닌가. 그런데 저 아이를 고뇌의 구렁텅이로 떨어뜨리게 할지 모르는 것도 나란 말인가!"

코린나는 이런 생각을 하고 있으면서도 그녀의 마음속에서는 사랑과 자기 희생을 강요하는 무사무욕의 감정, 그리고 고양된 영혼이 치열한 전쟁을 벌이고 있었다.

루실은 이때 커다란 소리로 말하였다.

"아, 아버지! 저를 위하여 빌어주세요."

코린나는 그것을 듣고, 역시 무릎을 꿇고 아버지의 가호가 두 자매에게 있기를 빌며 사랑보다 더 맑은 감정으로 눈물을 흘렸다. 루실은 기도를 그치지 않고 다음과 같이 분명한 소리로 말하였다.

"아, 언니. 하늘에서 저를 위하여 중개자가 되어주세요. 언니는 어릴 때 저를 사랑하여주셨잖아요. 계속 저를 지켜주세요."

아! 이 기도가 코린나를 얼마나 감동시켰던가! 루실이 드디어 열띤 목소리로 말하였다.

"아버지, 아버지를 잊고 있던 순간을 용서해주세요. 그것은 아버지께서 명하신 감정 때문이었어요. 아버지께서 제 남편으로 정해주신 사람을 사랑하면서 조금도 죄책감을 느끼지 않아요. 아버지의 계획을 이룩하여주세요. 그리하여 그가 평생의 반려자로 저를 선택하게 해주세요. 저는 그이와 함께 지내는 것이 아니라면 행복할 수 없어요. 그렇지만 제가 사랑하고 있다는 사실을 그는 전혀 모를 거예요. 저의 떨리는 마음이 비밀을 누설하는 일은 절대 없을 테니까요. 아, 신이여! 아, 아버지! 당신의 딸을 불쌍히 여겨주세요. 그리고 오스왈드의 경의와 애정을 받기에 합당한 자가 되도록 하여주세요!"

"네."

코린나도 낮은 소리로 되풀이하였다.

"아버지, 저 아이의 기도를 들어주세요. 그리고 아버지의 또 다른 딸에게도 평온하고 조용한 죽음을 주세요."

코린나는 억지로 기운을 내어 이 엄숙한 맹세를 말하고 나서, 품안에서 오스왈드가 준 반지를 동봉한 편지를 꺼내어 서둘러 그 자리를 떠났다. 그녀는 이 편지를 보내면서 그녀가 영국에 와 있는 것을 알리지 않는다면, 그들의 관계는 깨질 것이며 그렇게 되면 오스왈드를 루실에게 넘기는 것이 된다고 생각하였다. 이 무덤 앞에 서고 보니, 그와 그녀를 갈라놓는 장애물이 이제까지 없었던 강한 힘으로 뇌리에 다가왔다. 그녀는 딕슨 씨가 그의 부친은 이탈리아 여자와의 결혼을 금하였어요 라고 하던 말이 생각났다. 그녀의 부친도 오스왈드의 부친과 손을 잡은 듯이 느껴졌고, 부친의 권위 전체가 그녀의 사랑을 단죄하는 것 같았다. 루실의 순진함·젊음·청순함이 그녀의 상상력을 고양시켰다. 그녀는 한순간일망정 오스왈드로 하여금 조국과 가정, 그리고 그 자신과 마찰이 없도록 하기 위하여 자기를 희생시키는 것이 자랑스럽게 생각되었다.

성으로 가까이 감에 따라 들려오는 음악 소리가 코린나의 용기를 지탱하여주었다. 나무 발치에 앉아 있는 불쌍한 눈먼 노인이 무도회의 소리에 귀를 기울이고 있는 듯이 보였다. 그녀는 노인 쪽으로 다가가서 그녀가 주는 편지를 성에 있는 아무 하인에게나 전해달라고 부탁하였다. 이렇게 하여 그녀는 넬빌 경이 편지를 가지고 온 사람이 여자라는 사실을 알아차릴 수 있는 위험도 피해갔다. 실제로 코린나가 그 편지를 맡기는 광경을 본 사람이라면, 그 편지에 그녀의 인생의 운명이 담겨 있는 것을 느꼈을 것이다. 그 눈빛, 떨리는 손, 엄숙하고 떨리는 목소리, 이 모든 것이 끔찍한 순간을 예고하고 있었다. 운명이 우리에게 덮치고, 불행한 인간은 그를 뒤따라오는 숙명의 노예와 같이 되어 꼼짝 하지 못하게 되는 그런 순간을.

코린나는 멀리서 그 노인을 지켜보고 있었다. 충실한 개가 그 노인에게 길잡이 노릇을 해주고 있었다. 그녀는 노인이 넬빌 경의 하인 한 사람에게 편지를 전하는 것을 보았다. 그때 마침 하인은 성으로 다른 편지를 전하러 가는 중이었다. 모든 상황이 더 이상 희망을 품을 여지가 없는 방향으로 돌아가고 있었다. 코린나는 그 하인이 문으로 들어가는 것을 보려고 몸을 뒤로 돌리며 몇 걸음 더 나아갔다. 더 이상 하인이 보이지 않고 넓은 길로 나서자 음악 소리만 들려올 뿐 성의 불빛마저 보이지 않게 되었을 때, 이마에 식은땀이 주르르 흘러내렸다. 죽을 듯한 경련이 일어났다. 그녀는 앞으로 걸어가려고 하였지만 기운이 없었다. 그녀는 의식을 잃고 길에 쓰러졌다.

제18부
피렌체에서의 나날들

제 1 장

　　델푀유 백작은 스위스에서 얼마 동안을 지낸 후, 로마에서는 미술품에 싫증을 냈듯이 알프스의 자연에도 너무 권태로워져서 갑자기 영국으로 떠날 생각을 하게 되었다. 그곳에 가면 확실히 심오한 사상이 있다고 들었기 때문이었다. 그리고 어느 날 아침에 눈을 뜨면서 그는 그것이야말로 그에게 필요한 것이라고 확신하게 되었다. 이 세번째의 발상은 앞선 두 번의 선택만큼 쉽게 얻어지진 않았지만, 넬빌 경에 대한 애정이 돌연 되살아났고, 어느 날 아침 문득 진정한 우정에서만 행복이 있다고 되뇌면서 스코틀랜드를 향해 길을 떠났다. 그는 우선 넬빌 경이 사는 고장으로 가보았으나 그는 집에 없었다. 에저몬드 부인의 집에서 그를 다시 만날 수 있을 것이라는 사실을 알고 그를 보기 위하여 바로 말에 올랐다. 그만큼 그는 친구와 다시 만날 필요를 느꼈다. 그는 길을 재촉하는 도중에 길가에 꼼짝 하지 않고 쓰러져 있는 여자를 발견하였다. 멈추고 말에서 내려, 그 사람을 구하기 위하여 서둘러 갔다. 죽을 듯이 창백한 얼굴이 코린나의 얼굴임을 알게 되었을 때, 그의 놀라움은 얼마나 컸던가! 그는 강한 연민의 정에 휩싸였다. 그녀를 옮기기 위하여 그의 하인들을 시켜 나뭇가지로 들것을 만들었다. 그는 코린나를 에저몬드 부인의 집으로 옮겨갈 생각이었다. 그때 마침 코린나의 마차에 남아 있던 테레지나가 여주인이 돌아오지 않자 걱정이 되어 찾아왔다. 여주인을 이 지경으로 만든 사람은 넬빌 경이 틀림없다고 생각하고 이웃 마을로 옮기기로 결정하였다. 델뢰유 백작은 코린나 곁에서 시중을 들고, 이 불행한 여자가 고열과 정신착란에 시달리는 일주일 동안 그녀의 곁을 떠나지 않았다. 이렇게 그녀를 돌보아준 것은 바람둥이 남자였고, 그녀의 심장을 찌른 것은 마음 착한 남자였다.

의식을 회복하였을 때 코린나는 이러한 운명의 대조에 너무 놀랐다. 그녀는 델뢰유 백작에게 뜨거운 감격을 머금고 새삼 감사의 뜻을 전했다. 그는 위로의 말을 황급히 찾으며 대답하였다. 그는 진지한 말보다는 당당한 행동이 장점이었고, 코린나는 그가 친구라기보다는 구조대원과 같이 생각되었다. 그녀는 정신이 들고 나서 어떻게 된 일인지 생각해 보려고 하였다. 오랫동안 그녀가 무슨 일을 하였는지, 또 왜 그런 일을 하기로 결심했는지 기억이 나지 않았다. 어쩌면 그녀는 그녀가 치른 희생이 너무나도 큰 것임을 깨닫기 시작하였고, 영국을 떠나기 전에 적어도 넬빌 경에게 마지막 작별 인사 정도는 하고 싶었다. 그런데 마침 그녀가 의식을 회복한 그 다음날 신문에서 우연히 눈에 띈 이 기사를 읽게 되었다.

'에저몬드 부인은 최근 이탈리아에서 사망한 것으로 여겨왔던 전실의 딸이 로마에 건재해 있고, 코린나라는 이름으로 대단히 문학적 명성을 떨치고 있는 것을 알게 되었다. 에저몬드 부인은 엄숙히 그녀를 딸로 인성하고 얼마 전에 인도에서 객사한 에저몬드 경의 동생의 유산 상속을 나누기로 결정하였다.

넬빌 경은 다음 주 일요일에 고(古)에저몬드 경의 막내딸이며, 미망인의 외동딸 루실 에저몬드 양과 결혼하기로 되었다. 서약서는 어제

서명되었다.'

이 기사를 읽으며 코린나는 그녀의 불행 앞에서 정신을 똑똑히 차리고 있었다. 그녀는 갑작스러운 충격에 휩싸이면서 인생에 대한 모든 관심을 잃었다. 그녀는 자기 자신이 사형 선고를 받았지만, 언제 사형이 집행될지 모르는 사람처럼 생각되었다. 이때부터 그녀의 마음속에는 오직 절망적인 체념만이 남아 있을 뿐이었다.

델푀유 백작이 방으로 들어왔다. 그는 그녀가 정신을 잃었을 때보다도 더 창백한 것을 보고 불안해서 무슨 일이 있느냐고 물어보았다.

"더 나쁘지는 않아요. 모레 일요일에 떠나고 싶어요."

그녀는 가라앉은 목소리로 말하였다.

"플뤼머스까지 가서 이탈리아행 배를 타겠어요."

"제가 따라가도록 할게요."

하고 델푀유 백작이 씩씩하게 대답하였다.

"어차피 영국에서 저를 잡아두는 것은 아무것도 없으니까요. 당신을 모시고 갈 수 있다면 좋은 일이죠."

"백작님께서는 좋은 분이세요."

하고 코린나는 말을 이었다.

"정말 좋은 분이세요. 겉으로만 판단해서는 안 되는데……"

거기에서 그녀는 잠시 그쳤다가 다시 말했다.

"플뤼머스까지만 도와주세요. 혼자서 그곳까지 갈 수 있을지 자신이 없으니까요. 그렇지만 배에 오르면 배가 실어다줄 테니까, 어떤 상태라도 괜찮아요."

그녀는 델푀유 백작에게 혼자 있게 해달라고 눈짓을 하고 나서 고통을 이겨낼 힘을 달라고 신 앞에서 오랫동안 눈물을 흘렸다. 이제 혈기에 넘치는 코린나는 그림자도 남아 있지 않았다. 힘찬 생명력은 말라버

제18부 피렌체에서의 나날들 **247**

리고, 자기 자신이 무엇을 하는지도 모른 채 기진맥진해져서 그녀는 조용히 침묵을 지키고 있었다. 그녀는 불행에 지고 말았다. 늦든 빠르든 아무리 도전적인 사람이라고 할지라도 불행의 멍에 밑에는 몸을 굽히게 되는가?

일요일에 코린나는 델푀유 백작과 함께 스코틀랜드를 떠났다.
"오늘이다."
마차를 타기 위하여 침대에서 일어나면서 코린나는 말하였다.
"오늘이야!"

델푀유 백작은 그녀에게 묻고 싶었지만 그녀는 아무 대답도 하지 않고 다시 입을 다물었다. 그들이 어느 교회 앞을 지나가게 되자, 코린나는 델푀유 백작에게 잠시 동안 들어가도 괜찮겠느냐고 물어보았다. 제단 앞에 무릎을 꿇고, 거기에서 오스왈드와 루실의 모습을 그려보며 두 사람을 위해 기도하였다. 그러나 너무 심한 충격에 일어서지 못하고 비틀거렸다. 그녀를 마중 나온 테레지나와 델푀유 백작에게 의지하지 않고서는 한 걸음도 뗄 수 없었다. 교회 안의 사람들은 그녀를 보내기 위해 일어서서 연민의 정을 표현하였다.

"제가 몹시 불편해 보이는가 봐요."
하고 그녀는 델푀유 백작에게 말했다.
"저보다 더 젊고 화려한 사람들이 많이 있네요. 저 사람들은 이 시간에 교회에서 당당한 걸음으로 나가는군요."

델푀유 백작에게 이 말의 끝부분은 들리지 않았다. 그는 좋은 사람이었지만 사려 깊은 사람이 아니었다. 코린나를 좋아하기는 하였지만 그녀의 슬픔이 지겨워 여행하는 동안 줄곧 그녀를 거기에서 빼내려고만 하였다. 마치 인생의 고통을 잊기 위해서는 잊으려는 마음만 먹으면 된다는 식이었다. 그는 몇 번이고 그녀에게, 그러니까 제가 말씀드렸지 않습니까 라고 말하였다. 참으로 기이한 위로의 방식이었고, 사람의 고뇌를 무시하는 자기 만족이었다!

코린나는 괴로워하는 것을 감추기 위해 매우 애쓰고 있었다. 경박한 마음의 소유자 앞에서 강한 사랑의 감정을 표시하는 것이 부끄러웠기 때문이었다. 이해받지 못하는 일, 설명을 요하는 일, 뭔가 짐작으로밖에는 알릴 수 없는 일에는 부끄러운 감정이 따르게 마련이다. 코린나 역시 델푀유 백작이 보여주는 헌신의 표시가 오히려 귀찮고 불만스러웠다. 그러나 그 사람의 목소리·말투·눈짓에는 기분 전환을 하고 싶고 즐기고 싶다는 마음이 너무도 뚜렷이 나타났기 때문에, 그의 관대한 행동을 그 자신도 잊고 있듯이 가끔 잊곤 하였다. 물론 자기의 선행에 가치를 두지 않는 것에는 분명 높은 인품이 서려 있다. 그러나 좋은 일을 하고서도 무관심하게 있는 태도는, 그 자체는 훌륭하다고 볼 수 있으나, 어떤 성격의 사람에게는 그것 역시 변덕스러움을 나타내는 것일 수도 있다.

코린나는 악몽에 시달리고 있는 동안 그녀의 비밀을 거의 모두 누설하였고, 델푀유 백작은 신문을 통해 그 나머지 일에 대해서도 알고 있었다. 그 사람은 자주 *코린나의 문제*에 대하여 상의하려고 하였으나, 이 단어만으로도 그녀의 신뢰감에 찬물을 끼얹기에 충분하였다. 그녀는 넬빌 경이라는 이름을 꺼내지 말아달라고 부탁하였다. 델푀유 백작과 헤어져야 할 시간이 다가오자 코린나는 그에게 어떻게 감사의 뜻을 표하여야 할지 알 수 없었다. 혼자 있는 것이 편하기도 했지만 그녀에게 그렇게 잘해준 사람과 헤어지는 것이 아쉽기도 하였다. 그녀는 고맙다는 말을 하려고 하였다. 그러나 그는 아주 자연스럽게 더 이상 고맙다는 말을 할 필요가 없다고 해서 그녀는 입을 다물었다. 그녀는 에저몬드 부인에게 그녀가 숙부의 유산 상속권을 전부 포기한다는 뜻을 전하는 일을 그에게 일임하였다. 그녀가 영국에 온 사실을 계모에게는 알리지 말고, 마치 이탈리아에서 전갈을 받은 것처럼 꾸며달라고 부탁하였다.

"그럼 넬빌 경에게는 그 사실을 알려도 될까요?"

그때 델푀유 백작이 물었다.

이 말에 코린나는 부들부들 떨렸다. 그녀는 한참 말이 없다가 이렇게 말하였다.

"머지않아 말씀하셔도 돼요. 네, 머지않아서요. 로마에 있는 저의 친구들이 백작님께 말씀하셔도 좋은 때를 알려드릴 거예요."

"하여튼 건강 조심하세요."

하고 델푀유 백작이 말하였다.

"제가 당신에 관하여 걱정한다는 것은 알고 계시지요?"

"정말이세요?"

하고 코린나는 미소를 지으며 대답하였다.

"하지만 저도 백작님의 말씀이 옳다고 생각하고 있어요."

델푀유 백작은 배까지 걸어가는 데에 그녀를 부축하여주었다. 그녀는 배에 오를 때에 영국 쪽을 돌아보았다. 그녀가 이제 영원히 떠나려는 나라, 또한 그녀의 사랑과 고뇌의 대상이 살고 있는 나라를. 두 눈에 눈물이 넘쳤다. 그것이 델푀유 백작 앞에서 보인 첫번째 눈물이었다.

"아름다운 코린나,"

하고 그는 말하였다.

"무정한 남자 따위는 잊으세요. 당신을 그렇게 따뜻하게 아껴주는 친구들을 생각하세요. 그리고 아시겠지요, 당신이 지니신 장점을 꼭 살리셔야 해요."

이 말에 코린나는 델푀유 백작이 잡고 있던 손을 떼고 몇 발짝 물러섰다. 그리고는 무의식중에 한 거동을 후회하고 돌아와 조용히 작별 인사를 하였다. 델푀유 백작은 코린나의 마음속에서 일어난 일을 전혀 눈치채지 못하였다. 그는 그녀와 함께 보트에 올라 선장에게 그녀를 잘 부탁한다고 쾌활하게 말하였다. 여정이 즐겁도록 친절하고 조심스럽게 사소한 데까지 모두 참견하였다. 보트로 돌아와 할 수 있는 만큼 오랫동안 손수건을 흔들고 배를 향하여 인사하였다. 코린나는 고마운 마음으로 응답하였다. 그러나 그녀의 신세가 얼마나 한심한가! 그녀가 믿어야 할 사람이 저기에 있는 저 친구란 말인가?

부담 없는 감정은 종종 오래가기도 한다. 감정이 밀착되지도 않지만 그렇다고 관계가 깨지지도 않기 때문이다. 그 감정은 상황에 따라 사라졌다 돌아오곤 한다. 반면 깊은 애정은 돌이킬 수 없이 갈라져서 그 자리에 고통의 상처밖에 남기지 않을 수 있다.

제 2 장

코린나의 배는 순풍 덕분에 한 달도 못 되어 리보르노에 도착하였다. 그 동안 그녀는 거의 언제나 열이 내리지 않았다. 그녀는 너무도 낙담하여서, 마음의 고통이 병이 되어 주변의 것들이 흐릿해지고 뚜렷한 윤곽을 찾을 수 없게 되었다. 귀국하여 처음에 로마로 갈지 망설였다. 그곳에서는 그녀의 절친한 친구들이 기다리고 있었지만, 오스왈드를 알게 된 장소에서 사는 것이 어쩐지 꺼림칙하였다. 그녀는 자기의 집과 하루에 두 번씩 그가 열고 들어오던 문을 그려보았다. 그 없이 다시 그곳에서 산다고 생각해보니 오싹 소름이 끼쳤다. 그래서 그녀는 피렌체로 가기로 마음먹었다. 그녀는 그녀의 수명이 오랫동안 고통을 이겨낼 수 없다는 것을 느끼고, 점차 삶에서 이탈해 혼자 사는 것부터 시작해야 한다고 생각하고 있었다. 친구들로부터도 멀리 떨어져야 할 것 같았고, 그녀의 성공을 기억하는 도시로부터도, 또 그녀의 마음에 용기를 북돋아 주려고 애쓰고, 어쩔 도리가 없는 낙망으로 그 어떤 노력조차 하지 않으려고 하는 그녀에게 예전의 모습을 보여달라고 조르는 사람들의 삶으로부터도 멀리 떨어져야 할 것 같았다.

흥미진진한 나라 토스카나를 횡단해 가면서도, 꽃향기 그윽한 피렌체에 다가가면서도, 이탈리아에 돌아왔다는 생각을 해보아도 코린나는 슬픔밖에 느끼지 못하였다. 지난날에는 만취하였던 전원의 아름다움도 우울함을 안겨줄 뿐이었다. 밀튼은 *참으로 가공할지어다. 그토록 평화스러운 대기도 진정시키지 못하는 절망은!* 이라고 말하고 있다. 자연을 맛보는 데에는 사랑이나 종교가 필요하다. 그런데 가엾은 코린나는 지상에서 제일가는 행복을 잃어버린 채, 감수성이 많고 불행한 영혼에게 신앙심만이 줄 수 있는 평안함을 아직 얻지 못하고 있었다.

토스카나는 경작이 잘되어 있는 명랑한 나라이지만, 로마 주변과 같이 상상력이 자극받는 일은 전혀 없다. 고대 로마인이 예전에 토스카나에 살고 있던 민족의 여러 원시적인 제도를 없애버렸기 때문에 로마나 나폴리에서 흔히 볼 수 있는 흥미있는 고대 유적은 거의 아무것도 남아 있지 않다. 그러나 그곳에서는 또 다른 역사적인 아름다움을 느낄 수 있는데, 그것은 그 도시에 중세 공화국의 특성이 새겨져 있다는 점이다. 시에나에 있는 사람들이 모이는 광장이나 행정관이 연설을 하는 발코니는 깊이 생각할 줄 모르는 나그네마저 놀라게 한다. 그곳에 민주적인 정부가 존재했다는 것을 직감할 수 있게 하기 때문이다.

토스카나어를 듣는 것은 최하층민이 떠드는 경우라도 참으로 즐겁다. 그들의 상상력과 우아함이 넘치는 말씨는 아테네의 도시에서 민중이 아름다운 그리스어를 음악을 연주하듯이 말할 때에 맛보는 것과 같은 즐거움을 상기시킨다. 모든 사람이 한결같이 교양 있고 모두가 상류 계급으로 보이는 국민들 사이에 자기가 있다고 생각되는 것은 매우 독특한 느낌이다. 그것은 여하간에 언어의 순수성이 순간적으로 일으키는 착각이다.

피렌체의 외관은 메디치 가문이 지배하기 이전의 역사를 상기시킨다. 족장의 궁전은 호신용으로 일종의 성의 모습같이 세워졌다. 바깥쪽에는 아직 각 파[17]의 군기가 매어져 있는 쇠 바퀴가 보인다. 결국 그곳에서는 피렌체 전체의 이익을 위한 무력 집결보다도 각 가문의 병력 유지가 중요시되었다. 이 도시는 내전에 대비하여 세워져 있는 것 같다. 재판소에는 탑이 있고 그곳에서 적의 상황을 정찰하고 방어할 수 있다. 각 가문끼리 증오가 심하였기 때문에 궁전은 별나게 건축된 것을 볼 수 있다. 왜냐하면 궁전의 주인들은 적의 집들이 파괴된 땅 위에 그것들이 지어지는 것을 수치로 생각하였기 때문이다. 이곳에서 팟치가(家)가 메디치가에 대하여 음모를 꾸몄다.[18] 저기에서 교황 당이 황제 당을 살해하였다. 말하자면 싸움과 대적의 흔적이 가는 곳마다 있다. 그러나 이제는 모든 것이 잠들고 건축물의 돌들만이 어떤 표정을 보존해오고 있다. 사람들은 이제 서로 증오하지 않는다. 더 이상 주장할 일도 없고, 힘도 영광도 없는 나라에 관해 의논할 일도 없기 때문이다. 오늘날 피렌체 사람들이 보내는 생활은 대단히 단조롭다. 날마다 오후가 되면 아르노 강변으로 산책을 나가고, 저녁이 되면 서로 산책을 다녀왔느냐고 묻는 것이 고작이다.

코린나는 번화가에서 좀 떨어진 별장에 자리잡았다. 그녀는 카스텔 포르테 공에게 피렌체에 정착할 생각임을 알렸다. 이 편지는 코린나가 쓴 유일한 편지였다. 일상 생활의 모든 일들이 너무 두려웠기 때문에 그녀가 내려야 할 아주 사소한 결정이나 지시는 고통을 가중시키는 원인이 되었기 때문이다. 그녀는 완전한 무위 속에서 나날을 보낼 수밖에 없었다. 일어나고, 잠자고, 다시 일어나서 책을 펴도, 한 줄도 눈에 들어오지 않았다. 줄곧 몇 시간이고 창가에서 지내는 일도 종종 있었다. 그러다가 빠른 걸음으로 정원을 산책하곤 하였다. 또 어느 때에는 꽃향기에 흠뻑 젖어보려고 꽃다발을 지녀보기도 하였다. 나중에는 존재 자체가 끝없는 고통으로 그녀를 괴롭혔다. 그녀는 사고력이라고 하는 이 파괴적인 능력을 진정시키기 위하여 이리저리 대책을 강구하여보았다. 사고력은 이미 예전의 다채로운 사색이 아니라 단 하나의 생각, 그녀의 가슴을 터지게 하는, 잔인한 가시가 달린, 오직 하나의 모습을 그려줄 뿐이었다.

제 3 장

어느 날 코린나는 피렌체에서 이 도시를 장식하고 있는 아름다운 교회를 보러 가기로 마음먹었다. 로마에서 성 베드로 대성당에서 몇 시간 지내다 오면 늘 마음이 가라앉았던 것을 기억하고는 피렌체 교회에서도 같은 구원을 받고 싶었다. 시내로 가기 위하여 아르노 강기슭에 있는 밋신 숲을 빠져나갔다. 유월의 황홀한 해질녘이었고, 대기는 엄청나게 많은 장미 향기로 가득하였다. 산책하는 사람들의 얼굴은 모두가 행복해 보였다. 신이 모든 사람에게 나누어준 행복에서 자기만 제외되어 있는 것을 보고 코린나는 더욱 슬퍼졌다. 그렇지만 그녀는 신이 사람들에게 선을 베푼 것에 대해 진심으로 기뻐하였다.

"나만 우주의 질서에서 제외되어 있구나."

하고 그녀는 마음속으로 생각하였다.

"모든 사람에게는 각자의 행복이 있어. 내 목숨을 빼앗아가는 고통을 감내하는 이 끔찍한 능력은 나만이 가진 특별한 것이야. 아, 신이여! 그렇지만 이 고통을 겪는 자로 왜 저를 택하셨습니까? 당신의 성스러운 아들처럼 *저도 역시 그 잔을 저에게서 거두어주소서*[19] 하고 청할 수는 없겠습니까?"

코린나는 주민들의 활기차고 바쁘게 움직이는 모습에 놀랐다. 더 이상 삶에 아무런 흥미도 갖지 않게 되고 나서 그녀는 걸음을 왜 걷는지, 왜 집으로 돌아가고 있는지, 왜 서두르는지, 도무지 알 수 없었다. 피렌체의 거리 위를 천천히 걷고 있으면서도 어디로 갈 작정이었는지 생각이 나지 않아 멍하니 있곤 하였다. 결국 피렌체 대성당 옆에 있는 산 조반느 세례당(洗禮堂)을 위하여 기베르티[20]가 조각한 유명한 청동의 문 앞에 와 있었다.

그녀는 잠시 그 엄청난 작품을 살펴보았다. 청동의 여러 민족이 작지만 뚜렷하게 다채롭고 다양한 표정을 보여주고 있는데, 그러한 모든 것이 예술가의 하나의 사상, 하나의 정신을 보여주고 있다.

"참으로 대단한 인내력이고 후세에 대한 대단한 경의다!"

하고 코린나는 소리쳤다.

"그렇지만 단순히 기분풀이로, 또는 무지로 무시하고 지나가는 군중들 중에 몇 명이나 이 문을 주의깊게 살펴볼까! 아! 인간이 망각을 면한다는 것은 얼마나 어려운 일인가! 죽음은 얼마나 막강한가!"

줄리아노 데 메디치가 암살된 것은 이 대성당 안에서였다. 얼마 떨어지지 않은 산 로렌초 성당[21]에는 대리석으로 되어 있고 보석들로 치장된 예배당이 있는데, 그곳에는 메디치가의 무덤과 미켈란젤로가 그린 줄리아노와 로렌초의 조상이 있다. 동생의 암살자에 대한 복수를 골똘히 생각하고 있는 로렌초 데 메디치[22]의 조상은 *미켈란젤로의 회상이라*

제18부 피렌체에서의 나날들

고 불리는 명예를 받을 만하다. 이러한 조상의 발밑에 '새벽과 밤'이라고 적혀 있다. 한쪽의 눈뜸과 그리고 특히 다른 쪽의 잠에는 뛰어난 표현이 있다. 어느 시인이 '밤'의 동상에 대하여 시를 썼다. 그것은 그녀는 잠자고 있지만 깨어 있다. 믿어지지 않는다면, 그녀를 깨워보라. 말을 걸어올 것이다 라는 말로 끝을 맺고 있다. 미켈란젤로는 문학에 몰두하고 있었다. 문학이 없으면 어떠한 분야에서도 상상력은 곧 시들고 만다. 그는 '밤'의 이름으로 응답하였다.

잠드는 것도 감미로운 일이지만, 대리석이 되어 더욱 즐겁군요.
도처에 부정과 치욕이 범람하는데, 보이지 않고 들리지 않으니 얼마나 다행인가요.
그러므로 저를 잠에서 깨우지 말아주세요.
부탁이에요. 작은 소리로 말씀해주세요.*6

미켈란젤로는 인간의 모습에 고대의 미나 오늘날의 기교적인 미와 닮지 않은 개성을 부여한 현대의 유일한 조각가이다. 사람들은 거기에서 중세의 정신, 힘있고 우울한 영혼, 변치 않는 활동, 뚜렷한 형태, 정열의 흔적을 지니고 있지만 미의 이상 따위는 전혀 묘사하지 않은 이목구비를 보게 된다. 미켈란젤로는 그 자신이 만들어낸 유파의 천재이다. 그는 아무것도, 고대인마저도 모방하지 않았기 때문이다.

그의 무덤은 산타 크로체 교회 안에 있다. 그는 자신이 필립포 브루넬레스키가 세운 둥근 지붕[23]이 바라보이는 창문을 마주하며 안치되기를 원했다. 마치 죽은 후에도 성 베드로 대성당의 모델이 그 둥근 지붕을 바라보며 감동하려는 듯이. 이 산타 크로체 교회는 어쩌면 유럽에서 가장 눈부신 사자(死者)들이 모여 있는 교회이다. 코린나는 두 줄로 되어 있는 무덤 사이를 거닐며 깊은 감동을 느꼈다. 하늘의 비밀을 밝혔다고 하여 이곳에서 갈릴레이는 박해당하였다. 더욱 소급하면 범죄자로서보다는 관찰자로서 범죄술을 피력한 마키아벨리가 있다. 그의 가르침은 압제를 당하는 사람보다는 압제자에게 도움이 된다. 아레티노,[24] 이 남자는 자신의 인생을 농담에 바치고 지상에서 죽음 이외에 심각한 것은 아무것도 경험하지 않았다. 보카치오는 그 밝은 상상력으로 내전과 페스트라는 이중의 재난에 맞섰다. 단테에게 경의를 표한 그림은, 피렌체 사람들은 유형 중에 어이없이 단테를 죽이고 말았으면서도 아직까지 그의 영광을 자랑할 수 있다는 듯하다.(9) 이외에도 몇 개의 훌륭한 이름이 떠오른다. 생전에는 유명하였던 이름도 세대가 바뀌어가는 동안에 울려퍼지는 일이 없어지고, 나중에는 완전히 사라지고 만다. (10)

그토록 숭고한 추억들로 장식된 교회는 코린나의 열정을 깨웠다. 살아 있는 사람들은 그녀에게 실망감을 주었으나 말없이 그곳에 있는 사자들은 어쨌든 한때라도 그녀가 지난날에 잡혀 있던 공명심을 부추겼다. 그녀는 착실한 걸음걸이로 교회 안을 거닐었다. 예전에 품고 있던 몇몇 생각이 뇌리에 스쳤다. 둥근 천장 밑 제단 주변을 젊은 사제들이 낮은 목소리로 노래하면서 천천히 걷고 있는 것이 보였다. 그녀는 사제 한 사람에게 무슨 의식인가 물었다.

우리들의 사자를 위해서 기도하는 것입니다.

하고 그는 대답하였다.

"그렇다, 그대들의 사자라고 말하는 것도 당연하다."

하고 코린나는 생각하였다.

"아마도 이것이 당신네들에게 남겨진 유일한 명예로운 재산일 것이다. 아! 오스왈드는 도대체 왜 나의 천부적인 재능, 내 열정에 공명하는 사람들의 마음에 열정을 불러일으키는 재능을 눌러버린 것일까? 오신이여!"

하고 그녀는 무릎을 꿇고 소리쳤다.

"당신이 제게 주신 재능을 돌려달라고 비는 것은 허무한 자만에서 오는 것이 아닙니다. 당신을 위하여 살고 죽을 줄 알았던 저 이름없는 성인들이야말로 틀림없이 가장 훌륭한 사람들입니다. 그러나 죽어가는 사람들에게는 각자 다른 생애가 있습니다. 미덕을 찬양하는 재능, 기품 있고 인간다운 참다운 것에 몸을 바치는 재능이 하늘나라의 바깥에 있는 뜰에라도 들어갈 수 있게 해주십시오."

코린나가 이 기도를 마치면서 눈을 아래로 떨어뜨리자, 무릎에 닿은 무덤의 묘비명이 눈에 띄었다.

나의 새벽에 홀로, 나의 저녁에 홀로, 지금도 여기에서 홀로.

"아!"

하고 코린나가 소리쳤다.

"내 기도에 대한 응답이로구나. 이 지상에서 홀로일 때, 무슨 경쟁의식을 갖게 될까? 설령 내가 성공하였다고 하더라도 누구와 그것을 나눌 수 있을까? 누가 내 운명에 관심을 가져줄까? 어떠한 감정이 내 정신을 일에 집중시켜줄까? 나에게는 보상으로 그의 눈길이 필요하였다."

또 다른 비문이 그녀의 주의를 끌었다.

나를 불쌍하게 여기지 마세요.

하고 젊어서 죽은 남자가 말하고 있었다.

이 무덤에 있는 것으로 내가 얼마나 고생을 면한지를 아신다면!

"이런 말들이 얼마나 삶에서의 해탈을 고취시켜주는가!"

하고 코린나는 눈물을 흘리면서 말하였다.

"도회지의 소음 바로 옆에, 모든 비밀을 알기를 원하는 사람에게 그것을 가르쳐주는 교회가 있구나. 그런데 사람들은 이곳에 들어오지 않고 지나간다. 망각이라는 불가사의한 환상이 세상을 움직이고 있다."

제 4 장

한때 코린나의 마음을 편하게 해주던 경쟁 의식의 충동이 이튿날까지 이어져 그녀는 피렌체의 화랑으로 갔다. 오래 전부터 좋아했던 미술에 대한 기호를 되찾은 것이 기뻐서, 지난날의 자신의 관심사에 대한 흥미를 거기에서 찾아보고자 하였다. 피렌체에서 미술은 아직 매우 공화제적이다. 조상과 회화가 어느 시간에나 전시되고 있다. 정부로부터 급료를 받고 있는 전문가가 공무원의 자격으로 걸작들의 해설을 맡는다. 메디치가 정신의 힘을 빌려 그들의 권력을 정당화하려고 하던 때, 또 적어도 사상의 자유스러운 활력이 행동에 영향을 끼친다고 설파하고 싶어하던 때에, 이탈리아, 특히 피렌체에서 언제나 모든 분야의 뛰어난 인재를 대우하던 것이 지금까지 남아 있는 경우이다. 피렌체의 서민은 예술을 좋아하고 이 취미를 이탈리아의 어느 곳보다도 확고한 토스카나의 신앙심과 결합시키고 있다. 그들이 그리스, 로마의 인물상을 그리스도교의 역사와 혼동하고 있는 것을 자주 볼 수 있다. 어느 피렌체의 서민 남자들은 외국인에게 유디트[25]라고 부르는 미네르바 상[26]과 다윗[27]이라 부르는 아폴론 상[28]을 보여주고 있다. 트로이 공략을 그리고 있는 저부조를 설명할 때 카산드라[29]는 성실한 그리스도 교인이다 라고 분명하게 말하고 있다.

피렌체의 화랑은 소장품이 많아 거기에서 며칠을 보내더라도 아직 다 보았다고 장담하지 못할 것이다. 코린나는 미술품을 대충 보고 다녔으나 방심 상태여서 흥미가 생기지 않았고 고통스러웠다. 니오베의 조상이 그녀의 흥미를 불러일으켰다. 깊은 고뇌 속에 있는 그 평안함, 그 기품에 감탄하였다. 물론 비슷한 상황에서 진짜 어머니였다면 그 모습이 완전히 일그러졌을 것이다. 그러나 예술의 이상이 절망 속에서도 아름다움을 풍겨주고 있다. 천재의 작품 안에서 마음을 움직이는 것은 불행 그 자체가 아니고 그 불행에 대항하는 정신의 힘이다. 니오베의 조상 근처에 죽음을 맞이하고 있는 알렉산드로스[30]의 두상이 있다. 두 개의 용모에는 생각할 거리가 많이 있다. 니오베의 이목구비에는 모성애의 고민이 나타나고 있다. 몸이 갈기갈기 찢기는 듯한 불안한 모습으로 딸을 품에 껴안고 있다. 이 놀라울 정도로 잘 표현된 용모에 나타난 고통은 종교심 따위에 도움을 청하지 않는 고대인에서 볼 수 있는 숙명적인 양상을 띠고 있다. 니오베는 희망도 없이 하늘로 눈을 들어올린다. 왜냐하면 거기에서는 신들이 바로 적이기 때문이다.

    코린나는 집으로 돌아오자, 방금 보고 온 것들을 곰곰이 생각해보려고 하였다. 그리고 예전에 그렇게 하였듯이 시를 지어보려고 하였다. 그러나 집중할 수가 없어서 쪽마다 막히고 말았다. 즉흥시를 짓던 재능과는 얼마나 거리가 먼 이야기인가! 하나씩 어휘를 찾아내는 것이 힘겹고 말을 지어도 종종 아무런 맥락도 없었으며, 그 말이란 다시 읽어보니 마치 고열이 났을 때의 헛소리와도 같아서 깜짝 놀라 무서워질 정도였다. 그녀는 이제 자신의 상태에 관한 것밖에는 생각할 수 없다고 느끼고 자신의 고통을 묘사하기 시작하였다. 그러나 그것은 이미 모든 사람의 마음에 응할 수 있는 보편적인 사상, 감정이 아니었다. 그것은 고통의 절규, 밤에 참새가 지저귀는 것과도 같은 보잘것없는 단조로운 외침 소리에 불과하였다. 표현에는 힘이 들어가고, 흥분이 너무 노출되어 있고, 뉘앙스가 없었다. 그것은 단순한 불행이었지 재능은 아니었다. 물론 잘

쓰기 위하여서는 참다운 감동을 필요로 하지만, 그렇다고 하여 그것이 가슴을 갈기갈기 찢는 것이어야 할 필요는 없었다. 행복은 어느 것에도 빠질 수 없는 것이며 몹시 우울한 시에서조차 힘과 지적인 기쁨을 가정하는 말로 시작하지 않으면 안 된다. 진정한 고통에는 원래 다양성 같은 것은 있지도 않다. 거기에서 나오는 것은 끊임없이 같은 생각으로 다시 이끄는 어두운 불안밖에는 없다. 이렇듯 불길한 운명에 의해 추격당하는 기사는 무수한 미로를 허무하게 헤매다가 결국은 언제나 같은 장소로 돌아오고 만다.

코린나의 건강 상태는 그 재능마저 흐트러지게 하였다. 그녀의 종이 위에는 다음과 같은 몇 개의 사색이 적혀 있었다. 그 순간에는 그 다음을 계속 쓸 수 있을 것이라는 생각에 그녀는 쓸데없는 노력을 기울이고 있었다.

제 5 장

코린나의 시색 단상

나의 재능은 이미 고갈되었다. 나는 그 사실이 슬프다. 사실 내 이름이 그에게 어느 정도는 영광이 되기를 바랐다. 내가 쓴 것을 읽고 그가 공감해주기를 바랐다.

그가 고국의 관습으로 돌아가더라도, 우리 두 사람을 이어주는 생각과 느낌을 변치 않고 간직해줄 것으로 기대하였던 것은 나의 잘못이었다. 나와 같은 인간은 불미스러운 말을 듣게 마련이지만 거기에 대해서는 한 가지 답변밖에 없다. 그것은 내가 갖고 있는 정신과 영혼이다.

그러나 그것이 대부분의 사람에게 무슨 소용이 있을까!

그렇지만 뛰어난 정신과 영혼을 기피하는 것은 잘못이다. 뛰어나다고 하는 것은 매우 도덕적인 것이다. 왜냐하면 사람은 모든 것을 깨닫게 되면 용서해줄 줄 알게 되며, 깊이 생각하면 너그러운 마음을 갖게 되기 때문이다.

마음속의 모든 것을 고백했던 두 사람이, 신과 영혼의 영원한 것과 고통에 관하여 서로 말을 나누었던 사람들끼리 왜 갑자기 남이 되었을까? 사랑의 예기치 못하였던 수수께끼! 열렬한 애정 아니면 무정, 둘 중의 하나란 말인가! 순교자와 같은 믿음, 아니면 단순한 우정보다 더한 싸늘함. 이 지상에서 뜻밖의 일은 하늘에서 오는 것인가, 땅 위의 정열에서 오는 것인가? 그것을 따라야 하는가, 싸워야 하는가? 아! 마음속의 폭풍우가 지나가주길!

재능은 마지막 자원일지도 모른다. 도메니키노는 수도원에 감금당하였을 때, 감옥의 벽에 훌륭한 그림을 그렸다. 그가 그곳에 있었다는 증거로 걸작을 남겼다. 그러나 그는 외적인 상황에 고통받고 있었다. 고통은 마음속에 있는 것이 아니었다. 그가 감옥에 있을 때 할 수 있는 일은 아무것도 없었고, 모든 근원이 다 시들었다.

가끔 전혀 모르는 남의 시선으로 나의 모습을 쳐다보면 내 자신이 불쌍해진다. 나는 재능이 있고, 성실하고, 착하고 너그러우며 감수성이 풍부하였다. 어찌 하여 이 모든 것이 이토록 지독하게 나쁜 쪽으로 변하는 것일까? 세상은 악의로 넘쳐 있는 것일까? 우리가 가지는 재능은 우리에게 힘을 주지 않고 거꾸로 무기를 빼앗는 것일까?

유감이다. 나는 약간의 재능을 가지고 태어났다. 아무리 유명해져도 아무도 내가 어떤 인간이지 알지 못한 채 죽어갈 것이다. 만약 내가 행복하였다면, 만약 마음의 고열이 나의 몸을 태워 없애지 않았다면, 나는 높은 곳에서 인간의 운명을 바라보고 그곳에서 자연과 하늘 사이의 미지의 관계를 발견하였을 것이다. 그러나 불행의 갈고리가 나를 놓아주지 않았다. 숨을 쉬려고 할 때마다 그 갈고리가 말썽이니 어떻게 자유롭게 생각할 수 있겠는가?

그는 왜 그만이 비밀을 알고 있고 그에게만 마음을 고백한 여자를 행복하게 해주려고 하지 않았을까? 아! 닥치는 대로 사랑하는 여자들과는 헤어져도 좋다. 그러나 사랑하는 사람을 흠모해야 직성이 풀리는 여자, 상상력이 충동질을 하여도 날카로운 판단력을 지니는 여자는 이 세상에 단 한 사람밖에 없다.

나는 시인들 틈에서 인생을 배웠다. 그러나 인생은 내가 배운 대로는 아니었다. 현실에는 삭막한 것이 있었고 그것을 바꾸려고 해보아도 소용이 없다.

나의 성공을 돌이켜보면 분노의 감정이 생긴다. 어차피 사랑받지 못한다면 왜 나를 매력적이니 뭐니 하는가? 환멸이란 더 끔찍한 것인데도, 왜 나에게 믿음을 주는 것일까? 그가 나보다 나은 재기·영혼·상냥함을 찾을 수 있을까? 아니다. 그는 결코 그럴 수 없다. 그러고도 만족하겠지. 사회와 조화를 이루었다고 생각할 것이다. 사회란 얼마나 많은 기쁨과 얼마나 많은 인위적인 고통을 안겨주는 것일까!

태양과 별들이 수놓고 있는 창공 앞에서 우리에게 필요한 것은 서로 사랑하고 서로 어울린다고 생각하는 것뿐이다. 그러나 사회, 사회란! 사회는 얼마나 사람의 마음을 무정하게, 정신을 박약하게 하는 것인가! 얼마나 무자비하게 남의 말에 좇아 살게 하는 것인가! 만약 사람들이 어느 날 남들의 영향에서 해방된 후 만난다면, 마음이 얼마나 맑은 공기로 차 있겠는가? 얼마나 새로운 생각, 참다운 감정이 마음속에 되살아나 있을 것인가!

자연 역시 잔인하다. 지난날의 내 얼굴, 그것도 시들어간다. 참다운 애정을 느꼈다고 해도 헛일이다. 어두침침한 눈은 더 이상 나의 영혼을 비추지 않고, 기도드릴 때에 눈물로 적시는 일도 없을 것이다.

　　나에게는 아무리 글로 적어도 다 표현할 수 없는 고통이 있다. 나에게는 그럴 힘이 없지만, 인간만이 그 수수께끼의 깊은 골짜기를 찾아낼 수 있다.

　　남자가 전쟁에 나가서 생명을 걸고 명예와 위험의 열정에 몸을 던지는 일은 얼마나 행복한 일인가! 그러나 여자를 편안하게 해주는 것은 집 외에는 아무것도 없다. 여자의 생활은 불행을 눈앞에 보고서도 꼼짝하지 못하는 길고 긴 형벌이다!

　　가끔 음악을 듣게 되면 지난날에 내가 갖고 있던 노래 · 춤 · 시의 재능이 생생하게 떠오른다. 나는 불행으로부터 해방되고 싶고 또 기쁨을 찾고 싶다. 그러나 갑자기 안에서 감정이 복받쳐 올라와 나를 떨게 만든다. 마치 햇빛이나 살아 있는 사람이 가까이 오면 그 모습을 감추어야 하는데, 아직 이승에 미련을 둔 망령과도 같이.

　　세상이 우리에게 제공하는 기분풀이를 즐기고 싶었다. 예전에 나는 그것이 좋았고 열을 올리기도 하였다. 그러나 혼자서 생각에 잠겨 있다 보면 너무 멀리 앞으로 마음이 나아가게 된다. 나의 재능은 그것이 충실히 그려내있던 삼성에 의하여 증가되었다. 이제는 내 시선도, 사고도 움직이려고 하지 않는다. 활력 · 기품 · 상상력이여, 그대들은 어찌되었는가? 아! 아주 잠깐 동안일망정 다시 한번 희망을 갖고 싶다! 그러나 모든 것은 끝났다. 사막은 가혹하고 강도 물방울도 말라버려서 하루의 행복을 얻는 일이 평생의 운명만큼이나 어려운 것이다.

　　그는 나에게 죄를 지었다고 생각한다. 그에 비하여 다른 남자들은 어쩌면 그렇게 느긋하고 편협하고 천해**빠졌을까**! 그런데 그이는 천사이다. 내 운명을 태워버리는 불타는 칼을 지닌 천사이다. 우리들이 사랑하는 사람은 우리들이 이 세상에서 범한 잘못을 벌주는 사람이다. 신이 그에게 권능을 부여한다.

잊을 수 없는 것은 첫사랑이 아니다. 첫사랑은 하고 싶은 욕망에서 생긴다. 그러나 인생을 알게 되고, 쓴맛 단맛을 다 맛보게 되면 그때까지 진정으로 찾아 헤매던 정신과 영혼을 만나게 된다. 상상은 사실에 의해 압도당해, 우리는 불행할 수밖에 없다 .

마치 사랑 외에는 살길이 없다는 듯이, 사랑을 위하여 죽다니 얼마나 미친 짓인가! 하고 대부분의 남자들은 말한다. 어떤 종류의 열정이라도 그것을 느끼지 못하는 사람들에게는 우스갯소리에 불과하다. 시·헌신·사랑·종교는 같은 근원에서 나온다. 이러한 감정을 미치광이짓이라고 보는 남자들이 있다. 생활에 대한 배려에서 벗어나면 모두가 미친 짓이라는 것이다. 그런데 그외에도 도처에 잘못과 착각은 있을 수 있다.

내가 특별히 불행한 이유는 나를 이해하여주는 사람이 그 사람뿐이기 때문이다. 그도 역시 그를 이해하여주는 사람이 나밖에 없음을 언젠가 깨닫게 될 것이다. 나는 세상에서 제일 유순하면서도 까다로운 사람이다. 친절한 사람이라면 모두 나에게 한때의 친구가 될 수 있지만, 절친한 사람으로서, 참된 사랑으로서 내가 사랑할 수 있는 사람은 이 세상에 오스왈드밖에 없다. 상상력·재기·감수성의 완벽한 조화! 세계에서 이런 조화를 또다시 볼 수 있을까? 저 잔인한 사람은 이런 자질들을 지니고 있었다. 적어도 매력이 있었다!

다른 사람들에게 무슨 할말이 있을까? 누구에게 말을 건넬 수 있을까? 어떤 목적이나 관심이 나에게 남아 있는가? 가장 심한 고통, 가장 감미로운 감정을 알고 난 내가 무엇을 두려워하는가? 무엇을 기대하는가? 핏기가 가셔 생기 없는 미래는 이미 과거의 망령밖에 아무것도 아니다.

어찌 하여 행복한 날은 이렇게 순식간에 가버리는가? 행복한 것보다 더 허무한 것이 있는가? 고통만이 자연의 섭리인가? 육체의 고통이 경련이라면, 영혼의 고통은 일상적인 상태이다.

아! 이 세상에서 오래가는 것은 눈물밖에 없다.

페트라르카*7, 31

다른 삶! 피안의 세계! 그것이 내 희망이다. 그러나 이쪽 삶의 힘이 크기 때문에 하늘에서도 지상에서와 같은 감정을 갖기를 원한다. 북쪽의 신화에는 구름 사이에서 사슴을 쫓는 사냥꾼들이 그려져 있다. 그러나 무엇으로 사냥꾼들을 망령이라고 할 수 있는가? 현실은 어디에 있는가? 확실한 것은 고통뿐이다. 무자비하게 구속되어 있는 것은 고통뿐이다.

나는 끊임없이 불멸에 관하여 생각한다. 이것은 사람들이 가져다주는 불멸은 아니다. 단테의 말처럼 오늘날을 고대라고 부를 사람들은 더 이상 내 흥미를 끌지 않는다. 그러나 나는 내 마음의 소멸을 믿지 않는다. 네, 신이여, 저는 그것을 믿지 않습니다. 그가 원하지 않았던 제 마음은 이제 당신의 것입니다. 또 인간은 제 마음을 멸시하여도 당신은 그것을 감히 받아주시리라고 믿습니다.

나는 이제 오래 살지 못할 것이다. 그렇게 생각하면 마음이 편안해진다. 이 상태로 시들어가는 것은 감미롭고 고통을 덜 느끼게 된다.

사람이 고통에 흔들리게 되면 왜 믿음이 더 강해지지 않고 미신에 빠지게 되는지 모르겠다. 어떠한 일도 예측을 하지만 아직까지 그 어느 것도 믿을 수 없다. 아! 행복하기만 하다면 신앙이란 참으로 즐거운 일이다. 오스왈드의 아내는 신에게 어떤 감사를 느낄 것인가!

물론 고통은 인간을 단련시켜준다. 사람은 머리 속에서 자신의 불행과 과오를 서로 연결시킨다. 언제나 보이지 않는, 어차피 우리들의 눈에는 보이지 않는 끈이 이 두 개를 이어주고 있는 것 같다. 그러나 이러한 효과에서 구원을 얻는 것도 한계가 있다.

나에게 깊은 내성이 필요하다. 이것을 얻기까지는,

…… 더욱 평온한 생으로 천천히 옮겨가는 일*8

내가 낫지 못할 병에라도 걸리게 된다면 차라리 마음이 편할 것 같다. 죽음으로 다가가는 인간의 생각은 매우 순진하다. 따라서 나는 지금 상태에서 갖게 되는 감정을 좋아한다. 인생의 상상을 초월하는 수수께끼는 정열로도 고뇌로도 천재로도 해명할 길이 없다. 기도에 의해서는 모습을 드러내게 될까? 어쩌면 가장 단순한 생각이 이러한 비밀을 밝힐지 모른다! 어쩌면 우리들은 꿈속에서 몇 번이고 거기에 다가가는지 모른다. 그러나 마지막 한 걸음을 내딛지 못하여 모든 노력은 허사가 되고 혼은 지치고 만다. 내 영혼이 휴식을 취할 시간이다.

드디어 멎었다. 그토록 날쌔게 움직이고 있던 심장이*9

이폴리토 핀데몬테

제 6 장

카스텔 포르테 공은 로마를 떠나 피렌체에 와서 코린나 가까이에 거처를 정하였다. 그녀는 이 우정의 표시를 매우 고맙게 생각하였다. 그러나 자신이 예전과 같이 대화의 매력을 더 이상 발휘할 수 없는 것이 좀 어색하였다. 멍하니 입을 다문 채 있었다. 건강이 나빠졌기 때문에 마음속에 있는 감정을 잠시라도 떨쳐버릴 수 있는 힘이 없었다. 이야기할 때에 친절하게 관심을 가질 수는 있었지만, 남의 호감을 사고 싶은 충동을 받는 일은 없었다. 사람이 한번 불행한 사랑을 하고 나면 다른 애정까지도 모두 식게 되어 자기의 마음에 무엇이 일어나고 있는지 자신도 알 수 없게 된다. 행복으로 승리를 거두어 얻는 것이 많아지면 그만큼 불행으로 잃는 것도 많다. 자연 전체를 즐기려고 하는 감정은 생활과 사회와의 관계에 여유를 갖게 한다. 그러나 이 헤아릴 수 없는 희망을 잃었을 때 생활은 빈곤해지고, 스스로 조금도 움직일 수 없게 된다. 그렇기 때문에 여성에게나 남성에게 자신들이 품는 사랑을 존중하고 경의를 품도록 명하는 많은 의무가 생기는 것이다. 이 사랑의 감정은 정신과 마음을 영원히 황폐화시킬 수 있기 때문이다.

카스텔 포르테 공은 예전에 코린나가 좋아하던 화제를 꺼내려고 하였다. 언젠가 그녀는 몇 분 동안이나 대답을 하지 못한 적도 있었다. 처음에는 그가 말하는 내용이 귀에 들어오지 않았기 때문이다. 그 목소리와 뜻이 겨우 귀에 들어오면 그녀는 무언가를 말하긴 하였는데, 거기에는 지난날의 화술에서 감탄의 대상이 되었던 광채도 활기도 찾아볼 수 없었다. 그녀는 대화를 몇 분 동안 이끌다가 다시 몽상에 젖곤 하였다. 결국 그녀는 친절한 카스텔 포르테 공을 실망시키지 않기 위해 다시 시도를 해보곤 하였는데, 번번이 말을 틀리게 하든지 방금 말한 것과 상반된 것을 말하곤 하였다. 그러면 그녀 자신도 한심하여 웃으면서 친구에게 그녀가 저지른 이런 잘못에 대한 용서를 구하였다.

카스텔 포르테 공은 대담하게 오스왈드의 이야기를 하고 싶었다. 코린나가 그 화제를 좋아할 것같이 생각되었기 때문이다. 그러나 그 화제가 끝나면 그녀가 매우 괴로워하여서, 그는 그 이야기는 절대로 꺼내어서는 안 된다고 생각하게 되었다. 카스텔 포르테 공은 마음이 착한 사람이었다. 그러나 남자, 특히 한 여자에게 뜨겁게 마음이 쏠린 남자는 아무리 너그러운 사람이라고 하여도, 그녀가 그 외의 남자에게 갖는 애정을 달랠 수 없다. 그에게도 약간의 자존심이 있었고, 그녀에게는 소심한 데가 있었기 때문에 충분히 친밀한 신뢰감은 일어나지 않았다. 친밀감이 생긴다고 하여도 무슨 소용이 있겠는가? 슬픔은 스스로 낫기를 기다리는 수밖에 달리 약이 없다.

코린나와 카스텔 포르테 공은 매일 아르노 강변을 나란히 산책하였다. 그는 관심을 끌도록 조심스럽게 대충 여러 가지 화제로 친절하게 이야기하였다. 그녀는 그의 손을 잡고 그에게 고마워하며, 때로는 영혼에 관련되는 일에 대해 이야기하려고 하였다. 눈에는 눈물이 넘쳤다. 흥분은 건강에 좋지 않았다. 그녀가 창백해지고 떠는 것을 보기가 괴로워서 이 친구는 서둘러 그녀를 이러한 생각으로부터 돌려놓도록 노력하였다. 한 번은 그녀가 갑자기 보통 때처럼 기품 있게 농담을 하기 시작하였다. 카스텔 포르테 공은 놀라고 기뻐서 그녀를 바라보았다. 그러나 그녀는 금방 눈물을 흘리고 말았다.

그녀는 저녁 식사 때에 돌아와 손을 내밀며 이렇게 말하였다.

"죄송해요. 기분 좋게 해드리고 싶었는데, 베푸시는 친절에 보답하고 싶었는데, 그러나 잘 안 되네요. 지금 이대로 저를 너그럽게 보아주세요."

카스텔 포르테 공은 코린나의 건강을 염려하였다. 지금 당장 사태가 절박한 것은 아니었으나, 행복한 상황이 갖추어져 그녀의 체력을 회복시키지 않는 한 그녀의 수명이 오래가지 못할 것 같았다. 이 무렵 카스텔 포르테 공은 넬빌 경으로부터 한 통의 편지를 받았다. 그가 결혼하였다고 명백히 밝히고 있었기 때문에 상황에는 아무런 변화도 없었지만 그 편지에는 코린나가 읽으면 몹시 감동할 만한 말이 적혀 있었다. 카스텔 포르테 공은 그 편지를 여자 친구에게 보이면 깊은 감동을 일으키게 할지 어쩔지 몰라 깊이 생각해보다가, 그녀가 몹시 허약해 보였기 때문에 결국 보이지 않았다. 그가 결단을 내리지 못하고 있는 동안 넬빌 경이 보내온 두번째 편지를 받게 되었는데, 이번에도 코린나를 위로해줄 수 있는 정감으로 가득 찬 내용이었다. 미국으로 출정한다는 소식도 함께 적혀 있었다. 그래서 카스텔 포르테 공은 단호하게 아무 말도 하지 않기로 마음먹었다. 그런데 그것은 분명 잘못한 일이었다. 왜냐하면 코린나의 쓰라린 고통의 원인은 넬빌 경으로부터 아무 소식이 없는 것이기 때문이다. 그녀는 그것을 누구에게도 말하려고 하지 않았다. 그러나 영원히 헤어진 사람이라고는 하나, 오스왈드로부터 한마디나마 회상이나 후회의 말을 들을 수 있었다면 그것은 그녀에게 소중한 것이 되었을 것이다. 그녀에게 가장 괴로웠던 일은 그의 이름을 말하거나 들을 기회조차 주어지지 않는 완전한 침묵이었다.

아무에게도 말할 수 없는 고통, 날이 가고 해가 가도 아무런 변화도 느낄 수 없고 어떠한 사건도 어떠한 변화도 느낄 수 없는 고통은 여러가지 쓰라린 생각을 경험하는 것보다 더 괴로운 것이다. 카스텔 포르테 공은 코린나로 하여금 잊도록 하기 위하여 격언을 따랐다. 그러나 상상력이 강한 사람에게 망각이란 없다. 그렇기 때문에 그녀에게는 생각을 안으로 파고들게 하기보다는 같은 기억을 끊임없이 반추시켜 나중에는 눈물도 마르게 하는 편이 더 좋았을 것이다.

제19부
오스왈드의 이탈리아 귀환

제 1 장

그럼 코린나가 그토록 쓰라린 희생을 치렀던 그 슬픈 잔칫날 이후 일어난 일들을 살펴보기로 하자. 넬빌 경의 하인은 무도회에서 몇 통의 편지를 전해주었다. 그는 그것을 읽기 위하여 밖으로 나갔다. 그의 운명을 결정하는 편지가 있다고는 생각도 하지 못한 채, 먼저 런던의 은행가가 보내온 몇 통의 편지를 열어보았다. 그러나 코린나의 필적을 보았을 때, 이어서 *당신은 자유입니다* 라는 말과 함께 반지를 보았을 때, 쓰디쓴 생각과 더불어 울화가 치밀어올랐다. 두 달 동안이나 그는 코린나로부터 편지를 받지 못하고 있었는데, 그러한 무소식이 이렇게 짧은 말로 간단히 끝나버린 것이다! 그는 그녀의 변심을 의심하지 않았다. 에저몬드 부인이 말한 코린나의 경솔함과 바람기가 동시에 생각이 났다. 점점 그녀에 대한 반감이 우러나왔다. 그녀에게 공정하지 못할 정도로 아직 그녀를 사랑하고 있었기 때문이다. 몇 달 동안, 그 자신은 코린나와 결혼한다는 생각을 완전히 포기하고 루실에게 매우 끌리고 있었다는 사실은 까맣게 잊고 있었다. 자기를 바람둥이 여자에게 버림받은 불쌍한 남자라고 생각하였다. 그는 불안과 분노, 비애 때문에, 그러나 무엇보다도 자존심 때문에 그를 버린 여자를 다시 한번 보고 싶은 충동을 느꼈다.

애정에 있어서 자존심은 그다지 자랑스러운 것이 못 된다. 그것은 자신에 대한 사랑이 상대에 대한 애정보다 더 위에 있을 때 외에는 생기지 않는다. 만약 넬빌 경이 로마나 나폴리에 있던 때처럼 코린나를 사랑하고 있었다면, 그녀의 과실에 대해 한을 품더라도 그녀를 떠나는 일은 없었을 것이다.

에저몬드 부인은 넬빌 경의 동요를 눈치챘다. 겉으로 보기에 냉정하였지만 그녀는 정열적인 여인이었다. 그녀가 앓고 있는 고질병이 오히려 딸에게 유리하게끔 계략을 꾸미는 데 골몰하게 해주었다. 불쌍한 귀여운 딸이 넬빌 경을 사랑한다는 사실을 눈치채고 있었다. 그녀가 딸에게 그를 소개해 딸의 행복을 위태롭게 하였다고 근심하였다. 따라서 그녀는 한순간도 놓치지 않고 여자의 직감으로, 또 끊임없는 관심과 애정만이 가능하게 하는 통찰력으로 오스왈드의 마음속을 꿰뚫고 있었다. 다음날 아침 부인은 코린나의 문제, 다름아닌 그녀가 내주려고 생각하고 있는 코린나의 숙부의 상속권을 구실로 삼아 넬빌 경에게 이야기를 하자고 청하였다. 이 대화로 인하여 그녀는 그가 코린나에게 불만을 품고 있는 것을 알게 되었다. 그녀는 당당히 복수를 하라고 그를 부추기면서 그녀를 자기의 의붓딸로 인정하겠다는 제안을 하였다. 넬빌 경은 부인이 갑자기 마음을 바꾼 데에 놀랐다. 그렇지만 그는 그 속셈을 알고 있었다. 비록 말로 표현하지는 않았다고 하지만, 의붓딸로 인정하겠다는 제안은 결과적으로 그가 루실과 결혼하면 어떻겠느냐는 제안이었던 셈이다. 생각보다 행동이 앞서게 되는 이러한 순간에 그는 루실의 모친에게 구혼을 하였다. 너무 기쁜 나머지 에저몬드 부인은 넋을 잃고, 너무 빨리 예라고 대답하지 않을 정도로 겨우 평정을 유지할 수 있었다. 넬빌 경은 그 방에 들어갈 때에는 생각조차 하지 못한 약혼을 하고 방에서 나왔다.

에저몬드 부인이 루실에게 그를 맞이하기 위한 준비를 시키고 있는 동안 그는 심한 흥분 상태로 정원을 산책하고 있었다. 그가 루실을 좋아하는 것은 그가 그녀를 잘 모르기 때문이며, 어차피 밝혀질 신비스러운 매력 위에 그의 행복을 쌓아올리는 것이 재미있기 때문이라고 혼자 생각하였다. 코린나에 대한 따뜻한 감동이 다시 되살아났다. 그녀에게 써 보낸, 마음의 갈등이 반영된 편지가 생각났다. 그는 소리를 질렀다.

"그 사람이 나를 체념해도 무리는 아니야. 나에게는 그녀를 행복하게 해줄 용기가 없었으니까. 그러나 그녀도 나 이상 괴로웠겠지. 그리고 그 차디찬 한 줄…… 그러나 그 한 줄은 눈물로 흠뻑 젖어 있지 않았는가?"

이렇게 말하면서 그는 자기도 모르게 눈물을 흘렸다. 이와 같은 생각에 잠겨 그가 성에서 너무 멀리 간 까닭에 에저몬드 부인의 하인들이 오랫동안 찾아다닐 지경이었다. 부인은 그를 기다리고 있다는 말을 전하기 위하여 하인들을 보내었다. 그는 스스로 성의가 없는 것에 놀라 서둘러 성으로 돌아갔다.

방으로 들어가자, 무릎을 꿇고 머리를 모친의 품에 묻고 있는 루실이 보였다. 이러한 식으로 그녀는 마음에 와 닿는 예절을 지니고 있었다. 그녀는 넬빌 경의 목소리가 들리자 눈물에 젖은 얼굴을 들고 손을 그에게 내밀며 말하였다.

"경, 어머니와 헤어지지 않아도 좋다는 말씀이 정말이세요?"

오스왈드는 결혼을 승낙하는 루실의 이러한 귀여운 태도에 대단히 마음이 끌렸다. 이번에는 그가 무릎을 꿇고 에저몬드 부인에게 루실의 얼굴을 그 쪽으로 기울이게 해달라고 부탁하였다. 이렇게 하여 이 순진한 사람은 소녀 시절을 졸업시켜주는 최초의 각인을 받았다. 이마가 대번에 빨개졌다. 오스왈드는 그녀를 바라보면서 참로 맑은 신성한 인연을 맺었다고 느꼈다. 아무리 루실의 아름다움이 매혹적이라고 하더라도 그 천사와도 같은 겸손보다는 감명적이지 못하였다.

결혼식으로 정해진 일요일까지의 나날은 결혼 준비로 지나갔다. 이 동안 루실은 보통 때보다 더 말이 없었다. 그러나 그녀가 말하는 것은 기품이 있고 소박하였다. 넬빌 경은 그녀의 말 한마디 한마디에 공감을 했다. 그렇지만 그는 그녀 곁에 있으면서 왠지 공허감을 느끼고 있었다. 대화는 시종 질문과 답으로 구성되어 있었다. 그녀는 대화에 끼여들려고 하지 않았고 길게 말하려고 하지 않았다. 일단 그 맛을 들이기 시작하면 그것 없이는 못 견디는 저 활기, 그칠 줄 모르는 생기가 없었다. 넬빌 경은 코린나 생각이 났다. 그러나 코린나의 말소리를 듣지 못하게 된 지금으로서는 이 추억이 세월이 가면서 막연한 참회의 망상이 되어 주기를 바라는 마음이었다.

루실은 모친으로부터 아직 언니가 살아서 이탈리아에 있다는 것을 듣자, 그것에 대하여 넬빌 경에게 물어보고 싶어서 견딜 수가 없었다. 그러나 에저몬드 부인이 그렇게 하는 것을 금지하였기 때문에 보통 때처럼 그 명령에 이유를 달지 않고 복종하였다. 결혼식날 아침, 오스왈드의 가슴에는 코린나의 기억이 유별나게 생생히 떠올라 새삼스럽게 그 집념이 두려워졌다. 그러나 그는 부친에게 기도를 올렸다. 마음속으로 이렇게 하는 것은 부친을 위한, 하늘에 계신 부친의 축복을 받기 위한 것이며 그는 이승에서 부친의 뜻에 따르고 있는 것이라고 말하였다. 이러한 감정으로 정신을 가다듬은 후 에저몬드 부인의 집에 가서는, 루실에게 미안한 마음이 들어 자신을 책망하였다. 그가 그녀를 바라봤을 때, 그녀의 모습은 그야말로 눈이 부셨다. 땅으로 내려온 천사가 유한한 인생을 살아가는 인간에게 하늘의 미덕이 어떤 것인가를 알려주기 위하여 내려온다면 다른 모습을 선택할 수 없을 정도였다. 두 사람은 제단으로 나아갔다. 모친은 딸보다도 더 감동하고 있었다. 인생을 아는 사람이라면 어떤 결심을 막론하고 큰 결심을 하였을 때 느끼지 않을 수 없는 불안이 마음속 깊이 스며들어 있었기 때문이다. 루실에게는 희망밖에 없었다. 그녀에게는 소녀 시절과 청춘기가, 기쁨과 사랑이 한데 섞여 있었다. 제단에서 돌아올 때 그녀는 오스왈드의 팔에 소심하게 다가섰다. 이렇게 하여 그녀는 그녀의 보호자를 확인하였다. 오스왈드는 사랑스럽게 그녀를 쳐다보았다. 그는 마음속 깊은 곳에서 루실의 행복을 위협하는 장애를 느끼고 있었고, 그녀를 그 불행으로부터 지키겠다고 다짐하는 것 같았다.

에저몬드 부인은 성으로 돌아와 사위에게 말하였다.

"이제야 마음이 놓이네요. 이제 루실의 행복은 경에게 맡겼어요. 나에겐 앞으로 살날이 얼마 남지 않았기 때문에 나를 대신할 사람이 있다고 생각하니 위로가 되는군요."

넬빌 경은 이 말에 매우 흡족하였다. 불안하기는 하였지만, 감동을 느끼며 그에게 부과된 의무에 대한 생각에 여념이 없었다. 며칠이 흘러 루실은 이제 가까스로 남편을 수줍은 눈길로 쳐다볼 수 있게 되었고, 남편이 그녀를 이해해줄 것이라는 믿음을 갖게 되었다. 그때 불행한 사건이 일어나 처음에는 그렇게 잘되어 나갈 것처럼 보이던 두 사람의 결합을 방해하였다.

제 2 장

딕슨 씨가 신혼 부부를 보려고 찾아왔다. 낙상 사고의 충격으로 오랫동안 병중이었다고 말하며 결혼식에 참석하지 못한 것을 사과하였다.

그 낙상 사고에 대하여 질문받았을 때 그는 이 세상에서 가장 매력적인 여성에게 구조를 받았다고 하였다. 오스왈드는 그때 루실과 배드민턴을 즐기고 있었다. 그녀가 이 운동을 하고 있는 모습은 대단히 우아하였다. 오스왈드는 그녀를 보고 있었고, 딕슨 씨의 이야기는 귀에 들려오지도 않았다. 이번에는 딕슨 씨가 오스왈드를 향하여 소리를 크게 질렀다.

"경, 그 사람은 분명히 당신에 관해서 많은 이야기를 들었음에 틀림없었어요. 저를 구해준 미지의 미녀는 당신의 처지에 관해서 질문을 많이 하였거든요."

"누구 이야기를 하시는 거예요?"

하고 넬빌 경은 운동을 계속하면서 대답하였다.

"그 매력적인 여성 말이에요."

하고 딕슨 씨는 말하였다.

"고민 때문에 많이 수척해 있었지만 당신 일에 관하여 매우 많은 관심을 보이며 말했어요."

이 말이 이번에는 넬빌 경의 관심을 끌었다. 그래서 그는 딕슨 씨에게 다시 한번 말해달라고 다가왔다. 오가고 있던 말에 전혀 관심이 없던 루실은 모친의 부름을 받고 갔다. 오스왈드는 딕슨 씨와 단둘이 되자 방금 말한 여성이 누구인지 물었다.

"모르겠어요."

하고 딕슨 씨는 대답하였다.

"발음으로 보아 영국인으로 알았는데, 영국 여성들 중에 그만큼 친절하고 세련되게 말을 하는 사람은 흔히 볼 수가 없거든요. 불쌍한 늙은 이인 저를 마치 딸인 양 돌봐주었어요. 그 여자와 함께 있는 동안 저는 제가 타박상을 입었다는 사실도 잊고 있었지 뭐예요. 그러나 오스왈드, 당신이 이탈리아에서 그랬던 것처럼 영국에서 불성실하지는 않았겠지요? 그렇지만 멋진 저의 은인은 당신의 이름을 말할 때에 창백해져서 떨고 있었거든요."

"뭐라고요! 누구 이야기를 하시는 것입니까? 영국 여성이라고 하셨어요?"

"네, 틀림없이."

하고 딕슨 씨는 대답하였다.

"외국인이 우리와 같은 억양으로 영어를 발음할 수 없다는 것은 아시잖아요."

"그래 그 여자의 얼굴 모습은요?"

"아! 제가 여태까지 본 모습 중 가장 인상적이에요. 고생을 했는지 창백하고 여위어 있기는 하였지만."

화려한 코린나는 이 말과는 거리가 멀었다. 그러나 그녀가 병을 앓고 있는 것은 아닐까? 만일에 그녀가 영국에 와 있다면, 또 만일에 그녀가 찾아온 사람을 만나지 못하였다면, 그녀는 몹시 괴로워하지 않았겠는가? 이러한 근심이 갑자기 오스왈드를 덮쳤다. 극도의 불안에 시달려 질문을 계속하였다.

딕슨 씨는 그 미지의 여성의 말씨에는 여태까지 어떤 여성에게서도 보지 못한 기품과 우아함이 있었다고 하였다. 천사와 같은 친절한 마음이 그녀의 눈빛에 나타나 있으나 수척하여 힘이 없어 보이더라고 하였다. 그것은 코린나의 평상시의 모습과는 다르지만 그러나 다시 한번 생각해보건대 고생 때문에 변한 것은 아니었을까?

"그녀의 눈과 머리카락 색깔은 무엇이었습니까?"

하고 넬빌 경이 물어보았다.

"칠흑 같은 검정색이었어요."

넬빌 경은 새파래졌다.

"말하면서 그녀는 생기가 있던가요?"

"아니요."

하고 딕슨 씨는 계속하였다.

"가끔 저에게 질문이나 대답을 하기 위해서 몇 번 말을 했을 뿐이에요. 그러나 그녀가 입 밖에 낸 얼마 안 되는 말은 대단히 매력적이었어요."

그가 말을 계속하려고 하는데, 에저몬드 부인과 루실이 들어왔다. 그는 입을 다물었다. 넬빌 경은 질문을 그치고 깊은 생각에 잠겼다. 딕슨 씨와 다시 둘만이 될 때까지 산책을 하기 위하여 밖으로 나갔다.

에저몬드 부인은 그의 슬퍼하는 모습에 놀라, 두 사람의 대화에서 사위를 슬프게 할 만한 일이 있었는지 딕슨 씨에게 물어보기 위하여 루실을 내보냈다. 딕슨 씨는 그녀에게 그가 말하였던 것을 거리낌 없이 들려주었다. 에저몬드 부인은 당장 진상을 알아내고 만약 코린나가 스코틀랜드에 오스왈드를 찾아온 것을 알게 되면 그가 얼마나 괴로워할 것인가를 생각하며 오싹해하였다. 그녀는 오스왈드가 또다시 딕슨 씨에게 물어볼 것이라고 생각하여, 그의 의심을 다른 데로 돌릴 수 있는 대답을 하여달라고 딕슨 씨에게 부탁하였다. 사실 딕슨 씨는 두번째의 대화에서 넬빌 경의 의심을 더하게 하지는 않았지만 그렇다고 의심을 풀어주지도 못했다. 오스왈드에게 처음으로 떠오른 생각은 하인이 서너 달쯤 전에 그에게 전해준 편지가 모두 우편으로 온 것인지, 아니면 다른 방법으로 받은 일이 없는지 알아보는 것이었다. 그 하인은 다른 방법으로 받은 일은 없다고 대답하였다. 그러나 방을 나갔다가 돌아와서 넬빌 경에게 이렇게 말하였다.

"그러고 보니 무도회 날에 어떤 소경 한 명이 주인님께 전해달라고 하면서 저에게 편지 한 장을 주었던 것 같습니다. 그러나 그거야 틀림없이 구걸을 청하기 위한 것이려니 했어요."

"소경이라고!"

하고 오스왈드는 대답하였다.

"아니, 난 그런 편지를 받은 적이 없어. 그 소경을 찾아오지 않겠나?"

"네, 그거야 어렵지 않죠."

하고 하인은 대답하였다.

"마을에 살고 있으니까요."

"어서 가서 찾아오너라."

하고 넬빌 경은 말하였다. 그리고 그는 소경이 도착하길 참을성 있게 기다릴 수 없어 미리 나가 있다가 마을 어귀에서 마주쳤다.

"그런데 자네,"

하고 그는 말하였다.

"무도회 날에 성으로 와서 나에게 편지를 전해주었지. 누가 건네준 것인가?"

"나리께서는 제가 소경인 줄 알고 계신데, 어떻게 제가 그것을 말씀드릴 수 있겠습니까?"

"여자분이던가?"

"네, 나으리. 제가 알기에 그 여자분은 대단히 부드러운 목소리를 갖고 계셨습니다. 하지만 눈물을 흘리고 계셨지요. 네, 우는 소리를 제가 틀림없이 들었으니까요."

"울고 있었다고,"

하고 오스왈드는 계속하였다.

"그래 그 여자분이 자네에게 뭐라고 하던가?"

"할아버지, 이 편지를 오스왈드의 하인에게 전해주세요. 그리고 나서 곧 말을 바꿔 넬빌 경이라고 하였습니다."

"아! 코린나!"

하고 오스왈드는 외쳤다. 그리고 자기도 모르게 노인에게 몸을 기대었다. 금방이라도 쓰러질 것 같았기 때문이었다.

"나으리,"

하고 눈먼 노인은 계속하였다.

"나무 밑에 앉아 있는데 그분이 제게 그 일을 시키셨어요. 바로 그 일을 하고 싶었지만, 나이 탓에 몸을 일으키는 데에도 힘이 들었습니다. 그분은 저를 도와주시고, 오랫동안 손에 쥐어보지 못한 많은 돈을 주셨습니다. 잡아주시고 있는 손이, 나으리, 꼭 당신의 손과 같이 떨리고 있는 것을 느꼈습니다."

"이제 되었네."

하고 넬빌 경은 말하였다.

"자, 노인장, 그분에게 받았던 것과 같이 여기에 돈이 있네. 우리 두 사람을 위하여 기도하여주게나."

그리고 나서 그는 그곳을 떠났다.

그때부터 그의 마음은 무서운 불안에 시달렸다. 모든 면으로 조사를 해보았으나 소용이 없었다. 코린나가 그를 만나기를 원치 않으면서 스코틀랜드에 왔다고는 도저히 생각할 수 없었다. 그녀의 행동의 동기에 관하여 이리저리 궁리해보았다. 그가 느끼는 비탄이 하도 심하였기 때문에 아무리 그가 그것을 겉으로 나타내지 않으려고 해도 에저몬드 부인의 눈을 피할 수 없었고, 루실도 그가 얼마나 불행한지 모를 수 없었다. 그의 슬퍼하는 모습은 그녀로 하여금 줄곧 생각에 잠겨 있게 하였으므로, 집 안은 죽은 듯이 고요하였다. 그때 넬빌 경은 처음으로 카스텔 포르테 공에게 편지를 썼다. 공은 그 편지를 그녀에게 보여주어야 한다고 생각하지 않았다. 만약 그녀가 그것을 읽었더라면 그 편지에 표현되고 있는 깊은 우려에 틀림없이 감명받았을 것이다.

카스텔 포르테 공의 답장이 넬빌 경에게 도착되기 전에, 델쾨유 백작이 플뤼머스에서 코린나를 떠나 보내고 돌아왔다. 그는 코린나에 관하여 그가 아는 바를 말하려는 의도는 없었다. 그러나 그는 그가 중대한 비밀을 알고 있다는 것, 그가 비밀을 지킬 만큼 입이 무겁다는 사실을 아무도 알아주지 않는 것에 화가 났다. 넬빌 경은 처음에 그가 던지는 어렴풋한 암시를 별뜻 없이 듣다가, 그것이 코린나와 무슨 관련이 있을지 모른다는 생각을 갖기 시작하였다. 그는 델쾨유 백작에게 맹렬하게 질문을 퍼부었다. 그러나 질문을 받기 시작하자, 그는 전혀 입을 열지 않았다.

그렇지만 결국 오스왈드는 그로부터 코린나에 대한 이야기를 모두 끌어내었다. 델쾨유 백작은 그녀를 위하여 그가 해준 일, 그녀가 줄곧 그에게 감사하고 있었던 일, 그녀가 버림받은 괴로움 때문에 아주 나쁜 상태에 있었던 일을 말하는 것이 즐거웠다. 결국 백작은 그가 하는 이야기가 넬빌 경에게 어떤 영향을 주는지 털끝만큼도 눈치채지 못한 채, 당시로서는 단순히 영국 속담에 나오는 *자기 이야기의 주인공이 되는 것* 외에는 다른 목적을 갖지 않고 이야기에 열중했다. 델쾨유 백작은 이야기를 다 끝내고 나서야 그가 엄청난 잘못을 저질렀다는 생각에 가슴이 아팠다. 오스왈드는 그때까지는 자기를 지탱하고 있었다. 그러나 갑자기 괴로워 미칠 것 같았다. 그는 스스로를 가장 잔인하고 비열한 남자라고 자책하였다. 그는 코린나의 헌신·애정·체념, 그를 죄인이라고 생각할 때조차 지니고 있던 그녀의 너그러움을 떠올려보았다. 그런데 그는 무정과 경박함으로 그것에 답한 것이다. 그는 줄곧 아무도 그녀가 사랑했던 것만큼 그를 사랑하지 않을 것이며, 그는 그녀에게 저지른 잔인

성의 대가로 어떻게든 벌을 받을 것이라고 되뇌고 있었다. 이탈리아에 가서 단 하루, 단 한 시간이라도 그녀와 만나고 싶었다. 로마와 피렌체는 이미 프랑스에 점령되어 있었고,[32] 그의 연대는 배에 오를 예정이었기 때문에 그곳을 떠나는 것은 명예를 실추시키는 일이었다. 그는 아내의 마음을 갈기갈기 찢어놓을 수 없었고, 잘못으로 잘못을, 또 고통으로 고통을 보상할 수 없었다. 끝으로 그는 전쟁의 위험에 희망을 걸게 되었고, 그 생각으로 조금 마음이 편안해졌다.

그는 이러한 마음에서 카스텔 포르테 공에게 두번째 편지를 썼다. 공은 이번에도 코린나에게 보이지 않겠다고 결심하였다. 카스텔 포르테 공은 답장에서 그녀의 슬퍼하면서도 체념하고 있는 모습을 알려왔다. 공은 그녀의 입장에서 자존심이 상하고 상처를 받았으므로, 그녀가 처하고 있는 상태를 과장하기는커녕 줄여서 알려왔다. 넬빌 경은 그의 사랑으로 인하여 그녀를 그토록 불행하게 하였으니 그의 미련 때문에 그녀를 괴롭혀서는 안 된다고 생각하고 군도로 떠났다. 그의 하루하루는 고뇌와 후회의 감정으로 견디기 힘든 것이 되었다.

제 3 장

루실은 오스왈드의 원정이 슬펐다. 둘이서 함께 지내던 마지막 무렵에, 그가 그녀에게 침묵으로 일관했기 때문에 가뜩이나 수줍은 성격의 루실은 남편에게 아무 말도 건넬 엄두를 내지 못하였고, 임신했다는 사실조차 알리지 못하였다. 그는 군도에 도착한 이후에야 겨우 에저몬드 부인의 편지를 통해 그 사실을 알게 되었다. 그때까지 딸은 모친에게까지 숨기고 있었다. 그러므로 넬빌 경은 루실의 전송하는 태도가 매우 냉정하다고 생각했다. 그는 그녀의 마음속에서 무슨 일이 벌어지고 있는지 잘 몰랐다. 그리고는 그녀의 말없는 괴로움을 그가 베네치아에서 코린나와 헤어질 때 그녀가 보여주었던 웅변적인 비탄과 비교해보고, 서슴없이 루실이 그를 별로 사랑하지 않는다고 생각하였다. 그렇지만 남편이 없던 4년 동안 루실은 하루도 행복한 날이 없었다. 딸의 출생으로 남편이 직면하고 있는 위험으로부터 잠시 마음을 돌릴 수 있을 뿐이었다. 또 다른 슬픔이 이 근심에 덧붙여졌다. 그녀는 점차 코린나에 관계된 모든 것, 또 그녀와 넬빌 경과의 관계를 알게 되었다. 델푀유 백작은 1년 가까이 스코틀랜드에서 지내면서 자주 루실과 에저몬드 부인을 만났으나 코린나의 영국 방문의 비밀을 누설하지 않았다고 굳게 믿고 있었다. 그러나 그는 그와 비슷한 이야기를 여러 번 말했고, 대화가 지루해지면 루실의 흥미를 끄는 화제를 끄집어내지 않고는 못 견디는 그의 성미 때문에, 결국 루실은 모든 것을 알게 되었다. 아직 세상을 모른다고는 하나 그녀도 델푀유 백작의 입을 열게 할 수 있을 정도의 재주는 있었다. 그만큼 그 일은 별로 어렵지 않았다.

　에저몬드 부인의 병세는 날마다 심해졌기 때문에, 딸이 무슨 일을 하고 있는지, 또 그토록 고통스러워하는 이유가 무엇인지 알지 못했다. 그러나 딸이 몹시 슬퍼하는 것을 보고 마음의 고통에 관하여 털어놓게 하였다. 에저몬드 부인은 코린나가 영국에 온 사실을 가차없이 비판하였다. 루실은 거기에서 또 다른 느낌을 받았다. 그녀는 점차 코린나에게 질투를 느꼈고, 그가 그토록 사랑받은 여인에게 그렇게 잔인할 수 있는 오스왈드에게 혐오감을 품게 되었다. 또한 그녀는 다른 여자의 행복을 그와 같이 희생시킬 수 있는 남자가 과연 자기를 행복하게 해줄 수 있을까 하는 두려움이 드는 것 같았다. 변함없이 언니에 대하여 관심과 감사의 마음을 잊지 않고 있었다. 그러다 보니 언니가 불쌍해졌다. 오스왈드가 그녀를 위하여 보여준 희생에 우쭐하기는커녕, 그녀가 코린나보다 사회적 지위가 좋다는 이유만으로 오스왈드에게 선택되었다는 생각에 괴로웠다. 그녀는 결혼 전에 그가 망설이던 일, 그 후 얼마 되지 않아서 슬퍼하던 일을 떠올렸다. 그러다 보니 그녀는 매일 남편이 그녀를 사랑하지 않는다는 괴로운 생각에서 헤어나지 못했다. 에저몬드 부인이 딸의 마음을 달래주었더라면 이러한 정신 상태에 도움이 되었을 것이다. 그러나 그녀는 너그러운 데가 전혀 없고 의무와 그것에 합당한 감정밖에는 이해하지 못하고 거기에서 벗어나는 것은 무엇이든지 배척하는 사람이었다. 신경을 써서 달래기는커녕, 그에게 양심의 가책을 느끼게 하는 유일한 방법은 화를 내 보이는 것이라고 생각하고 있었다. 그녀는 루실의 걱정을 마음 깊이 나누어, 이렇게 사랑스러운 사람이 남편의 사랑을 받지 못하는 데에 화를 내었다. 딸에게 스스로 생각하고 있는 것보다 훨씬 남편에게 사랑받고 있다고 타이르며 일을 거들기는커녕 딸의 자존심을 더욱 자극하고 그 점에서 더욱 불안하게 하였다. 모친보다 온화하고 양식이 있는 루실은 모친의 충고를 그대로 따르지는 않았지만, 항상 그 말이 귓가에 맴돌았다. 따라서 넬빌 경에게 보내는 편지에는 그녀의 속마음보다 더 정이 담겨 있지 않았다.

    오스왈드는 그 동안 전쟁에서 뛰어난 공훈을 세우고 두각을 나타내고 있었다. 수없이 죽을 고비를 넘겼다. 공명심에 불타기보다는 모험을 즐겨서였다. 그가 모험을 낙으로 삼고 있다는 사실은 잘 알려져 있었다. 전투가 벌어진 날에 그는 더 명랑하고, 원기 왕성하며 즐거워하였다. 포탄 소리가 소란스러워지면 그는 기쁨으로 흥분하였다. 그때만은 그의 마음을 누르는 무거운 짐도 가벼워지고 편히 숨을 쉴 수가 있었다. 그는 병사들이 따르고 동료들로부터 존경받는 활기찬 생활을 하고 있었다. 그것이 그에게 행복을 주지는 않았지만 어쨌든 미래에 대해서와 마찬가지로 과거에 대해서도 생각하지 않도록 해주었다. 아내의 편지도 처음에는 냉담하게 생각되었지만, 그것도 만성이 되었다. 코린나의 추억이 열대 지방의 아름다운 밤에 자주 떠올랐다. 밤이 되면 인간은 자연과 조물주에 대하여 자주 생각하게 된다. 날마다 날씨와 전쟁이 생명을 위협하기 때문에, 이토록 죽음에 직면하여서 자신을 죄인이라고 생각할 겨를이 없었다. 금방 죽을 것 같으면 적도 용서해준다. 그와 유사한 상황에서 인간은 스스로에게도 같은 감정을 품는다. 넬빌 경은 오직 그녀가 그의 죽음을 알게 되면 눈물을 흘릴 것이라는 생각만 하였다.

살아남을 가망이 전혀 없다고 생각되는 위험의 한복판에서 그는 루실보다 코린나를 생각하는 적이 많았다. 둘이서 죽음에 관한 이야기를 너무도 많이 나누었고, 종종 진지한 여러 사상에 대해서도 깊은 대화를 나누었기 때문에 전쟁과 위험이 항상 함께하는 상황에서 중요한 사색에 잠겨 있을 때에는 여전히 코린나와 말을 나누고 있는 듯한 기분이었다. 그녀가 그에게 화를 내고 있다고 믿으면서도 혼자 있을 때 말을 거는 것은 언제나 코린나였다. 부재와 불성실에도 불구하고 둘은 아직까지 서로 잘 어울리는 것 같았다. 반면 마음 착한 루실이 그에게 혐오감을 갖고 있다고는 생각조차 하지 못하고 다만 슬픈 사색을 하지 않도록 지켜주고 싶은 사람으로 기억할 뿐이었다. 드디어 넬빌 경의 연대에 영국으로 돌아오라는 명령이 떨어졌고 그는 귀환하였다. 그는 전쟁의 활기에 비하여 배 안의 평화가 마음에 들지 않았다. 육체의 활동이 지난날 코린나와의 대화에서 맛본 상상력의 기쁨을 대신하였다. 그는 그녀와 헤어진 후 아직까지 휴식을 취하지 않고 있었다. 그는 그의 병사들에게 신임을 받는 비결을 터득하고 있었고 애착과 열광을 고무시켰기 때문에 돌아오는 동안 병사들의 칭찬과 충성 덕분으로 새삼스럽게 군대 생활에 대한 흥미를 다시 갖게 되었다. 이 열기는 그들이 하선할 때까지 완전히 사라지지 않았다.

제 4 장

넬빌 경은 노섬벌랜드에 있는 에저몬드 부인의 영지를 향하여 떠났다. 그는 4년 동안이나 가족과 떨어져 있었기 때문에, 그들 사이엔 새로운 이해가 필요하였다. 루실은 마치 죄라도 지은 것처럼 수줍어하며 3살 된 딸을 그에게 보였다. 그 아이는 코린나를 닮아 있었다. 임신하고 있는 동안 루실의 생각은 언니의 추억으로 가득 차 있었다. 그래서인지 줄리엣이라는 이름의 그 아이는 코린나를 빼닮아놓은 듯한 눈과 머리를 하고 있었다. 넬빌 경은 그것을 알아채고 당황하였다. 그는 아기를 두 팔로 들어 가만히 가슴에 안았다. 루실에게는 그의 행동이 코린나를 그리워하는 모습으로밖에 보이지 않았다. 그래서 그때부터는 줄리엣에게 보이는 넬빌 경의 애정이 반드시 유쾌한 것만은 아니었다.

루실은 더욱 아름다워졌다. 20살이 거의 다되어 있었다. 그녀의 아름다움은 압도적이었으며 넬빌 경은 경의를 품었다. 에저몬드 부인은 이미 병상을 떠날 수 없는 상태였고, 그것을 불쾌해하며 슬퍼하고 있었다. 그렇지만 그녀는 즐거운 마음으로 넬빌 경과 재회하였다. 혹시 그의 부재 중에 죽어서 딸을 외롭게 남기고 가는 것이 아닌가 하고 몹시 불안해하였기 때문이다. 넬빌 경은 바쁜 생활의 습관에 익숙해져 있었기 때문에 서의 하루 종일 장모의 방에 갇혀 있는 것이 힘들었다. 그녀는 이미 사위나 딸 외에는 방에 들이지 않았다. 루실은 여전히 넬빌 경을 사랑하고 있었다. 그러나 그녀에게는 사랑받고 있지 않다는 생각에서 오는 괴로움이 있었고, 자존심 때문에 코린나에 대한 남편의 애정을 그녀가 알고 있다는 사실과 그로 인한 질투를 숨기고 있었다. 이러한 거북함이 보통 때의 조심성에 덧붙여져 본래 모습보다 더 차가웠고 더 말이 없었다. 그녀는 남편으로부터 대화를 하려고 좀더 노력한다면 매력적일 것이라는 충고를 들었을 때에도, 이 충고 속에 들어 있는 코린나의 추억을 생각하며 그것을 그대로 받아들이지 못하고 상심하였다. 루실은 온화한 성격이었으나 매사에 현실적인 생각을 모친으로부터 이어받고 있었다. 따라서 그녀는 넬빌 경이 상상력의 기쁨, 미술의 매력을 찬양할 때면, 이탈리아에 대한 추억 때문에 이런 말을 한다고 생각하고 넬빌 경의 정열에 찬물을 끼얹는 것이었다. 그녀는 오로지 코린나 때문에 이런 말이 나온다고 생각하고 있었기 때문이었다. 이런 처지만 아니었더라도 그녀는 남편의 말을 잘 새겨듣고 그의 마음에 들도록 노력하였을 것이다.

에저몬드 부인은 병 때문에 성격의 결함이 두드러지게 나타나 단조로운 일상 생활의 규율에서 벗어나는 모든 것에 반감을 나타내었다. 매사에 까다로워지고, 고통 때문에 짜증이 난 상상력은 정신적으로나 육체적으로나 별의별 잡념에 시달리고 있었다. 그녀는 세상을 곧 떠나는 아쉬움을 남기지 않기 위해서인지 생활비를 최소한도로 줄이고 싶어하였다. 그러나 어떤 사람도 자기의 사사로운 의견을 내세우지 않듯이 그녀도 지나치긴 하지만 도덕의 일반적인 원칙에 의거하여 말하였다. 아주 조그만 즐거움도 잘못이라고 하고, 전날과 조금만 일정이 바뀌어도 의무를 내세워 하루를 망쳐버리기가 예사였다. 루실은 모친에게 순종하긴 하였지만 어느 모로 보나 모친보다는 재기가 있었고 성격도 유연하였다. 에저몬드 부인이 자기는 오직 오스왈드의 이탈리아 취향에 적대감을 표현하기 위하여 일부러 그렇게 하는 것이라고 딸에게 설득하지만 않았어도, 루실은 에저몬드 부인의 엄격하고 더욱 심해져가는 주장을 적당히 견제하기 위하여 남편과 한편이 되었을 것이다.

그녀는 이렇게 말하였다.

"그런 불행한 취향에 다시는 빠지지 않도록, 의무의 힘을 빌려 계속 싸워야 한단다."

확실히 넬빌 경도 의무를 존중하기는 하였지만, 에저몬드 부인보다는 넓은 관점에서 그것을 생각하였다. 그는 의무를 근원으로 소급하여 생각하고 의무란 우리들의 진정한 성향과 완전히 조화되어 있고, 그것의 희생을 강요한다든지, 끊임없이 갈등을 초래할 턱이 없다고 생각하고 있었다. 말하자면 미덕이란 인생을 괴롭히지 않을뿐더러 지속적인 행복에 도움이 된다는 생각을 가지고 있었고, 미덕을 이 지상에서 인간에게 허락된 일종의 예지와 같은 것으로 보아야 한다고 생각하였다.

가끔 오스왈드는 그의 사고를 전개시킬 때 코린나의 표현을 본뜨는 즐거움에 젖곤 하였다. 자신의 입을 통해 그녀의 말을 하고는 그것을 듣는 것이 즐거웠다. 그가 그런 식으로 생각하고 이야기하는 것을 보면 에저몬드 부인은 곧 불쾌감을 표현하였다. 새로운 사상은 나이든 사람의 마음에 들지 않는다. 그들은 나이가 들기 시작하면서 세상이란 득을 보기는커녕 잃는 장소일 뿐이라고 생각한다. 루실은 넬빌 경이 이야기에 열중하는 것을 보고 직감적으로 코린나에 대한 애정의 여운이 남아 있음을 알아채었다. 그녀는 자신의 마음속에 무엇이 일어나고 있는지 남편에게 들키지 않도록 눈을 내리깔았다. 그는 아내가 그와 코린나의 관계를 알고 있다고는 전혀 짐작도 못하고, 그가 열을 올려 말하고 있는 동안에 아내가 삼자코 있는 것은 냉정한 성격 탓이라고 생각하였다. 그에게 대답해주는 지성을 찾기 위해서는 누구에게 말을 걸어야 좋을지 모르는 가운데, 마음속에서는 과거에 대한 후회가 전에 없이 심하게 되살아나 그는 더할 수 없는 우울 속에 빠지게 되었다. 그는 코린나에 대한 소식을 듣기 위하여 카스텔 포르테 공에게 편지를 한 장 썼다. 그 편지는 전쟁 때문에 배달되지 않았다. 영국의 기후 때문에 그의 건강은 심하게 나빠져갔고, 의사들은 가슴이 다시 나빠지기 전에 이탈리아에서 겨울을 보내라고 거듭 충고하였다. 그러나 그것은 생각도 할 수 없는 일이었다. 프랑스와 영국 사이에 평화 조약이 성립되어 있지 않았기 때문이다. 한 번은 그가 장모와 아내 앞에서 의사가 이탈리아 여행을 권하고 있지만 장애가 있어 갈 수 없다고 말하였다.

"평화 조약이 있다고 하더라도"

하고 에저몬드 부인은 말하였다.

"경께서 이탈리아를 다시 찾으시는 일이 있어선 안 됩니다."

"만일 경의 건강에 필요하시면"

하고 루실이 도중에 끼여들었다.

"가셔야겠지요."

그 말이 넬빌 경에게 기분 좋게 들렸기 때문에 그는 바로 감사의 뜻을 전했다. 그러나 이 감사가 그녀에게 상처를 주었다. 그녀는 거기에서 남편이 길 떠날 차비를 하려는 의향을 눈치채었다.

봄에 평화 조약이 성립되었다.[33] 이탈리아 여행을 할 수 있게 된 것이다. 넬빌 경이 건강하지 않은 몸에 관하여 말할 때마다 루실은 남편의 병에 대한 걱정도 걱정이었지만 남편이 겨울을 이탈리아에서 지내고 싶다고 암시하는 것이 아닐까 하여 불안하였다. 남편의 병이 심각하다는 것은 알고 있었지만 끓어오르는 질투 때문에 자칫하면 영국에 있으면 위험하다고 의사가 말하는데에도 불구하고 이 말을 누그러뜨릴 만한 이유를 찾아보려고 노력하였다. 넬빌 경은 루실의 이러한 행동을 무관심과 이기주의 탓으로 봤으며 두 사람은 서로 상처를 주고 있었다. 두 사람 모두 서로 생각하는 바를 솔직하게 털어놓지 않았다.

드디어 에저몬드 부인이 위독한 상태에 빠져, 루실과 넬빌 경 사이에 이미 부인의 병세밖에는 서로 할말이 없었다. 불쌍한 여인은 마지막 한 달 동안 말도 하지 못하였다. 이제 그녀는 그녀가 말하고 싶어하는 것을 눈물과 손을 쥐는 방법으로밖에는 표현하지 못하였다. 루실은 절망하고 있었다. 오스왈드는 진심으로 동정하고 밤마다 환자를 간호하였다. 11월이 되자 그가 몸을 아끼지 않고 간호를 한 탓에 건강이 나빠졌다. 에저몬드 부인은 사위가 애정을 보여주는 것에 만족스러워하였다. 병세 악화로 그녀의 성격상의 결함은 좀 나아져가고 있었다. 죽음이 다가오면 마음의 동요가 모두 가라앉게 마련이다. 대개의 성격상의 결함은 그 동요에서 오는 것이다.

이 세상을 떠나는 날 밤, 그녀는 루실과 넬빌 경의 손을 잡아 포개어 그녀의 가슴 위에 꼭 얹었다. 그때 하늘에 눈동자를 고정시키더니, 눈과 손을 움직이는 외에 달리 표현을 하지 못하는 것을 애석하게 여기는 어떤 기색도 보이지 않았다. 그리고는 바로 숨을 거두었다.

열심히 장모의 간호를 맡았던 넬빌 경은 위독한 상태에 빠졌다. 불쌍한 루실은 너무도 고민한 나머지 불안을 견디지 못하였다. 넬빌 경은 헛소리로 몇 번이나 코린나의 이름과 이탈리아를 말하였다. 꿈속에서 늘 *태양과 남쪽 나라, 따뜻한 대기*를 찾고 있었다. 열이 심해 경련이 일어나면 그는 이렇게 말하였다.

"이 북쪽은 너무 추워. 몸이 따뜻해질 수가 없어."

의식을 회복하자 루실은 이탈리아 여행을 할 만반의 준비를 갖추어 놓고 있었다. 그는 놀랐다. 의사의 지시가 있었기 때문이라고 그녀는 말하였다.

"허락하여주신다면,"

하고 그녀는 말하였다.

"딸과 저도 당신과 함께 가고 싶어요. 아이는 아버지로부터도 어머니로부터도 떨어져서는 안 되니까요."

"물론,"

하고 그는 말하였다.

"우리들은 헤어져서는 안 돼요. 그러나 이 여행이 당신에게 부담이 되지 않을까요? 말해봐요, 내가 포기를 하지요."

"아니에요."

하고 루실이 말하였다.

"힘든 것은 그게 아니고……"

넬빌 경은 그녀를 바라보며 손을 잡았다. 그녀는 더 설명을 하려다가 어머니 생각이 나서 마음속에 있는 질투심을 털어놓는 것을 돌연 그만두었다. 그리고 이렇게 말을 이었다.

"저의 첫째 관심은, 경, 믿어주세요. 당신의 건강 회복이에요."

"이탈리아에는 당신의 언니가 있어요."

하고 넬빌 경은 말을 계속하였다.

"알고 있어요."

하고 루실이 대답하였다. 그리고 남편에게 물어보았다.

"무슨 소식이라도 있나요?"

"아니요. 제가 미국으로 떠난 후 그녀가 어떻게 되었는지 전혀 모르고 있어요."

하고 넬빌 경은 대답하였다.

"그렇군요! 이탈리아에 가면 알 수 있겠죠."

"당신은 언니를 아직 사랑하고 있어요?"

"그럼요."

하고 루실은 대답하였다.

"어린 시절에 귀여워해준 것을 잊지 못하고 있어요."
"아! 잊어서는 안 되지요."

하고 넬빌 경은 한숨을 쉬면서 말하였다. 두 사람 모두 입을 다물고 이야기를 하지 않았다.

오스왈드는 코린나와 화해를 하기 위하여 이탈리아에 갈 생각이 전혀 아니었다. 그러한 생각을 한다는 것은 너무 지나친 짓이었다. 그러나 만일 그를 위협하는 가슴의 병을 고쳐야 하는 것이 아니더라도, 이탈리아에서 죽으면서 마지막 이별로 코린나의 용서를 받는 것도 나쁘지 않다고 생각하였다. 그가 그 언니와 사랑하는 사이였다는 것을 루실이 알고 있는 줄은 생각하지 못했다. 더구나 아직까지도 그를 괴롭히는 양심의 가책을 그가 혼수 상태에서 잠꼬대같이 발설하였다는 사실도 모르고 있었다. 그는 아내의 총기를 인정하지 않았다. 왜냐하면 그것은 스스로 아무것도 만들어내지 않으며, 또 자기의 의견을 말함으로써 다른 사람의 관심을 끌어들인다기보다는 오히려 남들이 무엇을 생각하고 있는지를 아는 데 필요한 총명함이었기 때문이다. 오스왈드는 루실이 아내로서의 의무를 다하고 나름대로 남편을 사랑하는 아름답고 차가운 사람이라고 생각하였다. 그러나 그는 루실의 감수성을 이해하지 못하였다. 그녀는 그것이 눈에 띄지 않게 최대한의 노력을 기울이고 있었다 이런 상황에서 그녀가 무엇 때문에 괴로워하는가를 말하지 않은 것은 자존심 때문이었다. 그러나 만약 완벽하게 행복한 경우라도 아무리 남편일망정 그에게 강렬한 애정을 노출하는 행위는 스스로 용납하지 못하였을 것이나. 그녀는 정열적인 감정을 나타내는 것을 수치스러운 일이라고 여기는 듯하였다. 비록 그녀 자신이 그런 정열적인 감정을 가질 수 있더라도, 그녀가 받아온 교육에 따라 자제하는 것을 원칙으로 하고 외롭게 입을 다물고 있었다. 그녀가 느끼는 바를 나타내면 안 된다고 믿고 있었으나, 그렇다고 해서 다른 이야기를 꺼낼 마음도 아니었다.

제 5 장

넬빌 경은 프랑스의 추억이 되살아날까 두려워하고 있었다. 그래서 그곳을 빨리 빠져나왔다. 이번 여행에서 루실은 원하는 것도 제안하는 일도 없었기 때문에 그가 혼자서 모든 것을 결정하였다. 그들은 걸어서 도피네와 사부아의 경계가 되는 산에 도착하여 소위 *사닥다리 계단*이라고 부르는 곳을 올랐다. 바위 가운데로 뚫린 길이었으며, 입구는 깊은 동굴의 입구와 같았다. 여름의 화창한 날씨에도 그 길은 내내 어두컴컴하였다. 때는 12월 초로 아직 눈은 내리지 않았다. 그러나 시들어가는 계절인 가을도 끝나가고 겨울이 되려고 하는 무렵이었다. 길은 낙엽에 덮여 있었는데, 그 잎사귀들은 바람에 날려온 것들이었다. 자갈길에는 서 있는 나무도 없었다. 말라버린 자연의 유해 근처에는 다음해의 희망인 잔가지조차 없었다. 산의 풍경이 넬빌 경의 마음에 들었다. 평야로 되어 있는 나라에서 땅은 인간을 받쳐주고 양육하는 외에 다른 목적을 갖지 않는 듯하였다. 그러나 그림과 같은 지방에서는 창조주의 전능하신 힘이 새겨져 있는 것 같다. 그렇지만 인간은 도처에서 자연과 친숙해지고, 그들이 개척한 길은 산을 따라 오르고 깊은 골짜기를 내려가는 것이다. 인간은 이미 자기 자신이라고 하는 신비 외에는 다가가지 못하는 것이 없다.

모리엔느 지방에서 한 걸음 나아갈 때마다 겨울 날씨가 심해졌다. 몽스니 고개[34]에 가까이 가니 마치 북쪽을 향하고 있는 듯한 느낌이었다. 한번도 여행을 한 적이 없는 루실은 말이 밟고 가는 빙판을 두려워하였다. 오스왈드 앞에서 불안한 눈치를 보이지 않았으나 어린 딸을 데리고 온 것을 자주 후회하였다. 그녀는 이번에 자신이 결단을 내린 것이 오로지 도의적인 책임 때문이었을까를 곰곰이 생각해보았다. 또 그녀가 지니고 있는 지극한 모정과 딸을 데리고 있는 모습이 오스왈드의 사랑을 더 받게 해줄 거라는 심산에서 이런 결정을 내린 것은 아닐까 하는 생각도 해보았다. 루실은 매우 내성적인 성격이어서, 자신의 행동에 대한 망설임과 은밀한 자문자답으로 지쳐버리곤 하였다. 덕이 있으면 있을수록 배려가 많게 되고, 그와 함께 양심의 가책도 많아진다. 루실은 자신의 기질에 대한 피난처를 신앙에서 얻을 도리밖에 없었고, 마음속으로 드리는 오랫동안의 기도로 겨우 안정을 되찾았다.

  그들이 몽스니 고개를 향하여 가자 자연은 더 무서운 양상을 띠는 것 같았다. 쌓인 눈 위에 더 많은 눈이 내렸다. 단테가 묘사한 얼음의 지옥에라도 들어간 것 같았다. 땅 위에 있는 모든 것은 심연의 바닥으로부터 산의 정상까지 단조로운 광경을 보여주었다. 똑같은 색깔이 다양한 식물의 모습을 지워버리고 말았다. 강은 그대로 산 밑을 흐르고 있었으나 온통 다 흰색으로 변해버린 전나무가 유령처럼 강물에 비치고 있었다. 오스왈드와 루실은 말없이 이 광경을 바라보았다. 이와 같이 얼어붙은 자연 앞에서 말은 무력해 보이고, 입을 다물게 된다. 그때 돌연 광대한 설원에 상복을 입은 남자들의 행렬이 보였다. 그 사람들은 교회로 관을 옮기고 있었다. 춥고 인기척이 없는 들판에 모습을 보이는 유일한 생명체인 사제들이 서서히 발을 내디디고 있었다. 만약 죽음에 대한 생각이 그 사람들의 발의 움직임을 무겁게 하지 않았더라면 무서운 날씨 때문에 그들은 빨리 걸었을 것이다. 자연과 인간의, 식물과 생명의 장례 행렬, 이 두 개의 색채인 백과 흑, 그런 것만이 시선을 끌고 서로 뚜렷하게 떠오르고 마음을 공포로 가득 채웠다. 루실이 작은 소리로 말하였다.

"너무나 슬픈 예감이 드네요!"

"루실."

하고 오스왈드가 말을 막았다.

"천만에, 저것은 당신과는 아무 상관이 없는 것이오."

'아!'

하고 그는 혼자 생각하였다.

'코린나와 이탈리아 여행을 하였을 때에는 이런 징조가 없었는데. 그녀는 지금 어떻게 되었을까? 내 주변에서 일어나고 있는 이러한 불길한 일이 앞으로의 재난을 알리는 것은 아닐까?'

루실은 여행으로 인한 피로 때문에 정신 상태가 불안정하였다. 오스왈드는 이 두려움을 이해하지 못하였다. 남자들, 특히 그와 같이 용감한 성격의 남자들은 이런 공포와는 거리가 멀기 때문이다. 루실은 이럴 때에 그녀의 심경을 전혀 눈치채지 못하는 남편을 무심하다고 생각하였다. 그럼에도 모든 것은 루실을 더욱 불안하게 하였다. 서민층의 남자들은 위험에 닥치면 일종의 행복감을 느끼는데, 그것은 그들 방식의 상상력 때문이다. 그들은 상류 사회의 사람들을 겁먹게 하는 이야기를 들려주고 그 효과를 즐긴다. 겨울철에 몽스니 고개를 넘으려고 할 때 나그네들도 여관 주인도 소위 그들이 산이라고 부르는 그 산의 새로운 정보를 그때그때마다 듣는다. 그런가 하면 목적지로 이어지는 골짜기의 감시자인 부동의 괴물 이야기를 늘어놓기도 한다. 그들은 무서운 이야깃거리가 어디 없을까 하고 날씨를 관찰한다. 돌풍이라도 올 것 같으면 그 사람들은 이방인들에게 산에 오르지 말라고 소리쳐 외친다. 하늘을 덮는 천과 같이 펼쳐지는 흰 구름이 바람이 불 것이라는 예고이다. 몇 시간이 되지 않는 사이에 지평선이 구름으로 어두워진다.

루실은 넬빌 경이 모르는 사이에 가능한 한 많은 정보를 수집하고 있었다. 그는 이러한 위험도 알지 못한 채 이탈리아에 돌아온 감격에만 젖어 있었다. 루실은 여행 그 자체보다도 아직 여행의 목적 쪽에 마음이 가 있었고 무엇이든 나쁜 쪽으로 생각하고 입 밖에 내지 않고 있었으나 그녀와 딸의 안전을 충분히 지켜주지 않는 남편을 원망하고 있었다. 몽스니 고개를 넘는 날 아침, 몇 명의 농부가 루실을 둘러싸고 돌풍이 올 것 같은 날씨라고 하였다. 그렇지만 그녀와 딸을 메고 갈 사람들은 걱정할 것 없다고 장담하였다. 루실은 넬빌 경을 쳐다보았다. 날씨가 걱정이 된다고 하는 판에 남편이 태평한 것을 보고 루실은 새삼 그의 무모한 태도에 마음이 상해서, 출발하고 싶다고 서둘러 말하였다. 오스왈드는 아내가 무슨 뜻으로 그런 결단을 내렸는지 눈치채지 못하고, 말을 탄 채로 모녀가 타고 있는 들것을 뒤따랐다. 올라가는 길은 비교적 쉬웠다. 그러나 상행에서 하행으로 바뀌는 평원의 중간쯤 왔을 때 사나운 비바람이 일어났다. 눈보라 때문에 안내인들은 눈을 뜰 수가 없었고, 루실은 여러 번 비바람 때문에 짙은 안개에 둘러싸인 오스왈드를 시야에서 놓치고 말았다. 알프스 산의 정상에서 나그네들을 구조하는 수도사가 경보를 알리는 종을 울리기 시작하였다. 이 신호는 그것을 울리는 덕 있는 사람의 자비를 알리는 것으로, 그 소리 자체에 무언가 오싹해지는 데가 있었고 대기를 진동하는 종소리는 안도감보다는 두려움을 주었다.

루실은 오스왈드가 수도원에 멈추어 그곳에서 밤을 지내자고 말해주기를 바랐다. 그러나 그녀는 자신이 원하는 바를 말하지 않았기 때문에 그는 해가 지기 전에 서둘러 목적지에 도착하는 것이 좋겠다고 생각하였다. 루실의 들것을 든 사람들이 걱정스럽게 산을 내려갈 것인지 물었다.

"네."

하고 루실이 대답하였다.

"경께서 아무 반대도 하지 않으시니까요."

루실이 딸을 데리고 있었는데도 그녀의 두려움을 말하지 않은 것은 잘못이었다. 그러나 누구나 자기는 사랑하는 데 사랑을 받지 못한다고 생각하면 매사에 상처받기 쉬우며 인생의 순간순간은 고뇌와 굴욕으로 얼룩지게 된다. 오스왈드는 가장 위험한 하산의 방법인데도 말을 타고 있었다. 그러나 그는 그렇게 해야만 아내와 딸을 시야에서 놓치지 않는다고 생각했기 때문이다.

루실이 산 위에서 내려가는 길을 보니, 이 길은 너무 경사가 심해서, 만약 길가로 난 심연을 보지 못한다면 내려가는 길 자체가 바로 낭떠러지 같다는 느낌이 들었다. 그녀는 어찌 할 바를 모르고 아이를 품에 꼭 껴안았다. 오스왈드가 그것을 보고는 말에서 내려 스스로 들것을 멘 인부들에 가담하였다. 오스왈드가 하는 행동에는 매우 기품이 있었고 루실은 아내와 딸에 대한 그의 헌신적인 배려를 보고 눈에 눈물이 고이는 것을 느꼈다. 그러나 그가 일어서는 순간, 사나운 바람이 불어닥쳐 인부들은 땅에 무릎을 꿇고 외쳤다.

"*아 하느님, 저희를 구해주세요!*"

그때 루실은 다시 기운을 차리고 들것 위로 몸을 일으켜 줄리엣을 넬빌 경에게 내주며 이렇게 말하였다.

"여보, 당신의 딸을 받으세요."

오스왈드는 아이를 품에 안고 루실에게 대답하였다.

"당신도 와요. 두 사람 다 태울 수 있으니까."

"아니에요."

하고 루실이 대답하였다.

"아이만이라도 살려주세요."

"살려달라고!"

하고 넬빌 경이 루실의 말을 따라하였다.

"그럼 위험하단 말이오?"

그리고 들것 인부들을 향해 외쳤다.

"어쩌자고 이렇게 했단 말이냐. 말을 하지 않고서……"

"저 사람들은 저에게 위험하다고 말했어오."

하고 루실이 참견하였다.

"하지만 당신은 아무 말도 안 했잖소!"

하고 넬빌 경이 말하였다.

"나에게 아무 말도 해주지 않다니, 내가 무슨 잘못이라도 했단 말이오?"

이렇게 말하며 그는 딸아이를 외투 안으로 감싸고 깊은 수심에 잠겨 저 아래 땅 쪽으로 눈을 돌렸다. 그러나 루실의 수호자인 하늘은 구름 사이로 한줄기 빛을 보내어 폭풍우를 잠재우고 비옥한 피에몬테 평야를 보여주었다. 한 시간 후에 전원이 무사히 노바라에 도착하였다. 노바라는 몽스니 고개를 경유하였을 때 처음 발을 딛게 되는 이탈리아의 도시이다.

숙소에 들어가자 루실은 아이를 품에 안았다. 방으로 올라가 무릎 꿇고 신에게 마음을 다하여 기도하였다.

오스왈드는 루실이 기도를 올리고 있는 동안 골몰히 생각에 잠겨 난로에 기대어 있다가 루실이 일어나자 손을 내밀며 말하였다.

"루실, 당신은 그래 무서웠군요?"

"네, 여보."

하고 그녀는 대답하였다.

"그렇다면 왜 출발하였어요?"

"당신이 너무 떠나고 싶어하셔서요."

"그렇게 모른단 말이오?"

하고 넬빌 경은 대답하였다.

"내가 걱정하는 것은 오직 당신이 위험한지, 혹은 두려운지를 아는 것뿐이오."

"줄리엣을 위해 그렇게 걱정해주셨어야 했어요."

하고 루실은 말하였다.

그녀는 아이의 몸을 따뜻하게 해주기 위하여 불 가까이에 가서 자기의 무릎 위에 앉히고, 눈과 비를 맞아 이마에 찰싹 달라붙은 머리를 빗겨주었다. 이때의 어머니와 딸의 모습은 매력적이었다. 오스왈드는 따뜻한 눈으로 두 사람을 바라보았다. 그러나 또다시 대화는 침묵으로 끊기고 말았다. 만약 대화를 하였더라면 그들은 서로를 따뜻이 이해해 줄 수 있었을 것이다.

그들은 토리노에 도착하였다. 그해의 겨울은 추웠다. 햇빛을 쬐도록 되어 있는 이탈리아의 넓은 주택이 추운 계절에는 썰렁해 보였다. 사람들은 커다란 원형 천장 밑에서 더 작아 보였다. 원형 천장은 여름에는 시원하고 편리한 것이나 한겨울에는 집의 넓은 공간을 느끼게 할 뿐이어서, 집 주인은 마치 거인국의 피그미족 같아 보였다.

마침 알피에리의 서거 소식이 전해진 때였다.[35] 고국에 대한 자부심을 갖고 싶어하는 모든 이탈리아 사람들에게 그것은 거국적인 장례였다. 넬빌 경은 어디를 가나 애도의 표정을 보았다. 그는 지난날에 이탈리아에서 받았던 인상을 이제 다시 받을 수 없었다. 그토록 사랑했던 사람이 없었으므로 그에게는 자연도 예술도 매력을 잃고 있었다. 그는 토리노에서 코린나의 소식을 물었다. 5년 동안 아무것도 출판하지 않고 사람들의 눈을 피하여 숨어 살고 있다고 하였다. 그러나 그녀가 피렌체에 있는 것만은 틀림없다고 단언하였다. 그는 그곳에 가기로 결심하였다. 루실에 대한 애정을 배반하는 것이 아니라, 그곳에서 코린나에게 하다못해 그녀가 스코틀랜드에 왔던 사실을 몰랐다는 변명이라도 하고 싶었다.

롬바르디아 평원을 횡단할 때에 오스왈드는 외쳤다.

"아! 느릅나무의 잎이 무성하고 푸른 포도넝쿨이 그 사이를 기어가고 있을 때에 이곳은 얼마나 아름다웠던가!"

루실은 이렇게 혼자 중얼거렸다.

"코린나가 함께 있었을 때, 아름다웠겠지."

하천이 수없이 가로지르고 있는 이 평야에서는 흔히 있는 일이지만, 습기 찬 안개 때문에 들판의 전망이 뿌옇게 잘 보이지 않았다. 밤에는 숙소에서 마치 홍수와도 같은 남국의 호우가 지붕 위로 떨어지는 소리가 들렸다. 집 안으로도 침수가 되었는데, 타오르는 불처럼 물이 사람의 뒤를 쫓아오고 있었다. 루실은 이탈리아의 매력을 느껴보려고 하였으나 허사였다. 처음에 오스왈드의 눈에 그랬던 것처럼, 그녀의 눈에도 장막으로 가리기 위하여 모든 일이 벌어지고 있는 듯하였다.

제6장

오스왈드는 이탈리아에 들어온 이래 이탈리아어를 한마디도 할 수 없었다. 마치 그 말에는 오스왈드의 마음을 아프게 하는 것이 있기 때문에 말하는 것도 듣는 것도 피하려는 듯이 보였다. 넬빌 경 부부가 밀라노의 숙소에 도착한 날 저녁, 방문을 두드리는 소리가 들렸고, 매우 새까맣고 매우 특색 있게 생긴 그러나 표정이 부자연스러운 로마인 한 명이 방안으로 들어왔다. 무언가를 표현하기 위한 표정을 짓고 있었으나, 그 표정엔 영혼이 빠져 있었다. 그리고 얼굴 위에 우아한 미소와 시인인 척하는 눈짓이 판에 박혀 있었다. 그는 문에 들어서자마자 어머니와 아이, 남편을 찬양하는 시 구절을 즉흥으로 읊기 시작하였다. 온 세상의 모든 어머니·아이·남편에 대한 칭찬이었는데, 그 과장된 허풍은 마치 말과 진실 사이에는 아무런 상관이 없다는 듯이 제목을 겉돌았다. 그렇지만 그 로마인은 이탈리아어의 매력을 흠뻑 느낄 수 있는 듣기 좋은 음을 사용하였다. 그가 힘을 주어 낭송하는 모습은 그가 하는 말에 내용이 없다는 것을 더욱 잘 나타내주었다. 오스왈드는 실로 오랜만에 사랑하는 언어를 이런 식으로 처음 듣게 되니, 일그러진 추억이 되살아나는 듯하여 무척 괴로웠다. 우스꽝스러운 작자에 의해 슬픈 감회를 새삼 다시 맛보게 되다니 못 견딜 일이었다. 루실은 오스왈드의 처참한 심경을 알아채고 즉흥시인을 말리려고 하였다. 그러나 그에게는 아무 소리도 들리지 않았고, 그는 성큼성큼 방안을 활보하였다. 쉴새없이 외치고 몸을 흔들며 청중들이 싫증을 내는데도 전혀 아랑곳하지 않았다. 그의 동작은 태엽이 감긴 기계 같아서 정해진 시간에만 멈추는 것이었다. 결국 그 시간이 다가와 넬빌 부인은 가까스로 그를 그만두게 하였다.

그가 떠난 후, 오스왈드는 말하였다.

"이탈리아에서 시의 언어는 이렇게 쉽게 모방이 되지만, 시를 읊을 자격이 없는 사람들에겐 하지 못하게 했으면 좋겠군."

"정말 그렇군요."

하고 루실이 다소 쌀쌀하게 대답하였다.

"감탄해야 할 일을 이런 식으로 생각나게 하는 것은 정말 기분 나쁜 일이겠지요."

이 말은 넬빌 경의 마음을 아프게 하였다.

"뿐만 아니라 그렇게 심한 대조를 보면 오히려 천재의 위력을 느끼게 되어요."

하고 그는 말하였다.

"그토록 무참하게 추락한 이 나라의 말도 당신의 언니, 코린나가 그녀의 생각을 표현하기 위해서 사용할 때에는 천상의 시로 변하지요."

하며 그는 시치미를 떼고 말하였다.

루실은 이 말에 아찔하였다. 이번 여행 동안 오스왈드는 코린나라는 이름을 한번도 입에 올리지 않았다. 더구나 *당신의* 언니라는 말은 더욱 그랬다. 왠지 그 말에는 비난의 뜻이 담겨 있는 듯하였다. 금방이라도 울음이 터질 듯하였다. 만일에 그녀가 그대로 했더라면 그 순간은 인생에서 가장 달콤한 시간이 되었는지도 모른다. 그러나 그녀는 눈물을 참았다. 그러자 부부 사이의 어색함은 더욱 견디기 힘들게 되었다.

그날까지는 날씨가 안 좋았는데, 다음날에는 햇빛이 나고 조국으로 돌아온 망명자처럼 찬란하게 빛을 내었다. 루실과 넬빌 경은 맑게 갠 날에 밀라노의 대성당을 보러 갔다. 성 베드로 대성당이 현대 건축의 걸작인 것과 마찬가지로 그것은 이탈리아 고딕 건축의 걸작이었다. 십자가 모양으로 세워진 이 교회는 풍요롭고 활기찬 밀라노 시 위로 솟아 있는 아름다운 고뇌의 상징이다. 종각의 정상까지 올라가는 도중에 볼 수 있는 각각의 정교한 작품들은 그저 놀라울 뿐이었다. 건축 전체가 그 높은 정상까지 장식되고 조각되고 윤곽이 뚜렷이 드러나 있어서, 말하자면 감상하기 위한 공예품 같았다. 이러한 공사를 완성시키기 위하여 얼마만큼의 인내와 시간이 소요되었을까! 옛날부터 하나의 같은 목적을 향한 끈기가 세대에서 세대로 이어져 인류는 각자의 사상에 흔들리지 않고 그 사상처럼 견고한 건축물을 쌓아올리게 되었다. 고딕 교회는 사람에게 경건한 마음을 갖게 한다. 호라스 월폴[36]은 교황들은 고딕 교회로 인하여 고양된 신앙심이 가져다준 재산을 현대식의 교회를 세우는 데 바쳤다 라고 말하였다. 채색된 스탠드글라스를 통하여 들어오는 빛, 건축의 색다른 모양, 말하자면 교회의 전체 외관은 무한이라고 하는 신비의 말없는 표현이다. 그런데 우리들은 이 무한으로부터 절대로 자유로울 수 없고, 또 그것을 이해하지도 못하면서 우리들 마음속에서 느끼고 있다.

루실과 넬빌 경은 땅이 눈으로 새하얗게 덮인 날에 밀라노를 떠났다. 이탈리아의 눈처럼 슬픈 것은 없다. 사방으로 둘러싸인 짙은 안개의 장막 아래로 사라져가는 자연의 모습은 우리에게 익숙지 않은 광경이다. 모든 이탈리아인은 악천후를 공공의 재난으로 생각한다. 오스왈드는 루실과 여행을 하면서 이탈리아에 대하여 추파를 던져보아도 받아들여지지 않는 느낌을 받았다. 그곳의 겨울은 다른 어느 곳보다 환영받지 못한다. 상상력은 겨울을 위한 것이 아니기 때문이다. 넬빌 경 부부는 피아첸차, 팔마, 모데나를 통과하였다. 그곳의 교회와 저택은 주민의 인구와 자산의 비율로 보아 너무 크다. 이런 도시는 대귀족의 도착에 앞서 들어온 몇 사람의 신하들이 그들을 영접하기 위하여 준비한 것 같다.

넬빌 경 부부가 타르 강을 건너려고 한 날 아침, 마치 두 사람에게 이번 이탈리아 여행을 우울하게 하기 위하여 미리 마련되어 있던 것처럼 지난밤부터 강물이 범람하고 있었다. 알프스 산맥과 아펜니노 산맥에서 넘쳐 내리는 이 강물은 무서울 정도였다. 멀리서 마치 천둥이 울리는 소리처럼 강물이 범람하는 소리가 들려왔다. 물의 흐름이 빠르기 때문에 이미 범람하였을 때 그와 동시에 경보가 울리게끔 되어 있다. 이러한 강물에 다리를 놓는다는 것은 생각도 할 수 없다. 강물이 끊임없이 강바닥을 바꾸어놓아 어떤 때는 평야의 높이를 능가하기 때문이다. 오스왈드와 루실은 갑자기 강 근방에서 꼼짝도 하지 못하게 되었다. 배는 급류에 떠내려가버리고, 서두를 줄 모르는 이탈리아인들이 그들을 급류 때문에 새로 만들어진 강가로 데려다줄 때만을 기다려야 했다. 이러는 동안 루실은 온몸이 언 채로 생각에 잠겨 산책을 하고 있었다. 짙은 안개로 강물과 지평선을 분간할 수 없었다. 그 광경은 태양 빛에 그을린 이탈리아인의 눈에 보이는 고운 강이기보다는 오히려 스틱스 강가의 시적 묘사를 생각나게 하는 것이다. 루실은 심한 추위로 딸아이가 걱정이 되어 어부의 임시 막사로 데리고 갔다. 그곳에서는 러시아에서와 같이 방 한가운데에 불을 떼고 있었다.

    루실은 넬빌 경에게 미소를 지으며 말하였다.
    "당신의 아름다운 이탈리아는 도대체 어디에 있는 거죠?"
    "언제 볼 수 있을지 모르겠군요."
    하고 그는 힘없이 대답하였다.
    팔마와 그 도로변에 있는 도시에서는 멀리에서도 테라스의 모양을 한 지붕이 그림과 같이 내다보인다. 그것이 이탈리아의 도시에 동양적인 정서를 보태주고 있었다. 교회와 종각이 이러한 평평한 지붕의 한복판에 묘하게 돋보이고 있다. 북쪽 지방에서 돌아오게 되면 적설 방지용의 끝이 뾰족한 지붕에 매우 불쾌한 인상을 받는다. 팔마는 아직까지 코레지오[37]의 몇몇 걸작품을 간직하고 있었다. 넬빌 경은 루실을 어느 교회로 데리고 갔다. 그곳에는 코레지오의 「계단의 성모」라고 불리는 프레스코화가 있었다. 그것은 커튼에 가려져 있었다. 커튼을 열었을 때, 루실은 줄리엣에게 그림을 잘 보여주려고 그녀를 두 팔로 안았다. 이 순간 모녀의 모습이 우연히도 성모자 상과 거의 똑같아졌다. 루실의 얼굴은 코레지오가 그린 겸손하고 기품 있는 이상형에 너무 많이 닮아 있어 오스왈드의 시선은 그림에서 루실로, 루실에서 그림으로 왔다갔다하였다. 그녀가 그것을 눈치채고 눈을 내리뜨자 더욱 놀랄 만큼 흡사했다.

어쩌면 코레지오는 하늘을 우러러보는 눈만큼이나 내리뜬 눈에도 감동적인 표현을 할 수 있었던 유일한 화가인지도 모른다. 그녀의 시선을 가리고 있는 덮개는 어느 점으로 보아도 감정과 사상을 손상시키지 않고 그 시선에 더 많은 매력, 천상 신비의 매력을 더해주고 있었다.

이 성모의 그림은 벽에서 곧 벗겨질 것만 같았다. 바람이 한 번만 불어와도 떨어져나갈 것같이 물감이 나풀거린다. 그것 때문에 이 그림은 순간적인 것에 으레 따르게 마련인 우울한 매력을 지니고 있고, 사람들은 사라져가는 이 그림의 아름다움에 쓰라린 마지막 이별을 고하기 위해 다시 보러 온다.

교회를 나서자 오스왈드는 루실에게 말하였다.

"이 그림은 얼마 안 가서 없어지겠지요. 그러나 내 눈에는 언제나 저 그림의 모델이 있어요."

이 다정한 말이 루실을 흐뭇하게 하였다. 그녀는 오스왈드의 손을 잡았다. 그 친절한 말에 그녀의 마음이 자신을 가져도 좋으냐고 물어보려고 하였다. 오스왈드의 말투가 차갑게 느껴질 때에는 그녀는 자존심 때문에 불평을 할 수가 없었다. 또 그가 다정한 말을 해주어 행복할 때에는 그 순간이 더 오래 지속되길 바라면서 행복의 순간이 흐트러질까봐 걱정이 되어 아무 말도 하지 못하였다. 이렇듯 그녀의 영혼과 정신은 결국 침묵을 지키기 위한 이유를 찾아내었다. 그녀는 시간이 흐르면 체념과 행복이 자신의 걱정을 말끔히 지워줄 날이 올 것이라고 믿었다.

제 7 장

넬빌 경의 건강은 이탈리아의 기후로 인해 회복되어가고 있었다.

그러나 그의 마음은 끊임없이 심한 불안에 시달리고 있었다. 가는 곳마다 코린나의 소식을 물어보았다. 그러나 토리노에서와 같이 그녀는 피렌체에 있을 것이지만 아무도 만나지 않고 아무것도 쓰지 않게 되고 나서는 소식이 끊겼다는 대답이었다. 아! 지난날에 코린나의 이름은 이런 식으로 취급되지 않았다. 그녀의 행복과 빛을 잃게 한 자는 용서받을 수 있을까?

볼로냐에 가까이 다가가면 멀리서부터 높이 솟아오른 두 개의 탑에 놀라게 된다. 유달리 그 중 하나는 보기가 무서워질 정도로 기울어져 있다. 그 탑은 본래 그렇게 만들어져 그대로 몇 세기를 거쳐온 것이라고 위로해보아도 소용이 없다. 그 광경은 상상력을 괴롭힌다. 볼로냐는 각 분야의 많은 교양인이 살고 있는 도시이다. 그러나 그곳의 민중으로부터 받는 인상은 불쾌하다. 루실은 소문으로 듣고 있던 바와 같이 이탈리아의 아름다운 말을 기대하였으나 볼로냐의 사투리에 놀라고 말았다. 볼로냐의 사투리로 말하자면, 북방의 국어마저도 이토록 귀에 거슬리지는 않을 것이다. 오스왈드와 루실이 볼로냐에 도착한 것은 사육제가 한창인 때였다. 낮이나 밤이나 고함 소리와도 같은 함성이 들려왔다. 나폴리의 천민 라자로네와 같은 사람들이 밤에는 볼로냐의 길가에 있는 아케이드에서 잠을 잔다. 겨울 동안에는 토기에다가 얼마 안 되는 불을 넣어 가지고 다니며, 거리에서 먹고 외국인의 뒤를 끈질기게 구걸하며 따라다닌다. 루실은 밤에 이탈리아의 도시에서 들려오는 아름다운 노랫소리를 기대하였지만 소용없는 일이었다. 이탈리아의 도시들은 날씨가 추울 때에는 조용하다. 볼로냐에 익숙해지지 않은 사람들은 이 도시가 고함 소리로 가득 찬 것에 놀라게 된다. 서민들의 은어는 욕에 가까울 정도로 귀에 거슬린다. 밑바닥 백성들의 생활 습관은 북방보다도 남방 쪽이 훨씬 거칠다. 원주민들의 생활 습관 때문에 사회 질서는 점점 더 세련되어진다. 그러나 거리에서의 생활을 가능하게 해주는 태양 때문에 서민들의 생활 습관에 야성적인 냄새가 배는 것이다.(11)

　오스왈드와 넬빌 부인은 몰려오는 거지들의 습격을 받지 않고는 한 발짝도 나갈 수가 없었다. 그것은 이탈리아에서 흔히 있는 봉변이다. 쇠창살이 거리를 향해 나 있는 볼로냐의 감옥 앞을 지나가게 되면, 죄수들이 보기에도 흉한 모습으로 허튼 짓을 하면서 지나가는 사람들에게 큰 소리로 말을 걸고 상스러운 농담을 하고 깔깔대면서 구원을 청하는 것을 볼 수 있다. 결국 이곳에서는 모든 사람들이 한결같이 품위 없는 서민과 같은 인상을 준다.

　루실이 말하였다.

　"영국에서는 서민들이 지위가 높은 사람들에게 그들도 다 같은 시민이라는 것을 보여주기 위해서 이런 방법을 쓰지는 않잖아요, 오스왈드, 이런 나라가 당신의 마음에 드신다는 말씀이세요?"

　오스왈드는 대답하였다.

　"신께서는 내가 절대로 조국을 버리지 않도록 지켜주세요. 아펜니노 산맥을 넘으면 토스카나에도 들려올 테고 진짜 이탈리아를 볼 수 있어요. 그렇게 되면 당신도 이탈리아에 대해서 나쁘게 생각하지 않게 될 거예요."

　이탈리아 국민은 상황에 따라 전혀 다른 방법으로 평가된다. 흔히 사람들이 이 나라에 대해서 주장하는 불편함을 실제로 겪게 되기도 한다. 그런가 하면 그것이 전혀 맞지 않을 경우도 있다. 대부분의 지방이 정부를 갖고 있지 않은 나라, 최하층이든 상류 사회이든 여론이 전혀 먹혀들지 않는 나라, 종교가 도덕보다도 예배 쪽에 더 관심을 갖는 나라, 그런 나라에서는 국민을 일반화시킬 수 없고, 다만 개인적인 특질들을 보게 될 뿐이다. 그러므로 여행자는 우연히 마주친 개인적인 일로 그 나라를 칭찬하기도 하고 비웃기도 한다. 개인적으로 알게 되는 이탈리아인이 이 국민에 대한 평가를 좌우한다. 이탈리아의 제도에도, 풍속에도, 국민 정신에도 정확하게 근거를 둘 수 없는 평가인 것이다.

오스왈드와 루실은 함께 볼로냐에 있는 훌륭한 그림들을 보러 갔다. 오스왈드는 한바퀴 돌아본 후 도메니키노가 그린 시빌라 앞에 오랫동안 서 있었다. 루실은 그가 그 그림에 흥미를 느끼고 있는 것을 알게 되었다. 그가 오랫동안 넋을 잃고 처자의 존재조차 잊고 있는 것을 보고, 마침내 그녀는 용기를 내어 남편 곁으로 가서 도메니키노의 시빌라 쪽이 코레지오의 성모보다 더 마음에 와 닿는 것이 있느냐고 조심스럽게 물었다. 기습을 당한 오스왈드는 루실이 왜 이 질문을 하는지 알고 놀라, 아무 대답도 하지 못한 채 잠시 그녀를 바라본 후에 이렇게 말하였다.

"시빌라는 더 이상 계시를 주지 않아요. 그녀의 천재, 재능, 모든 것은 끝났어요. 그러나 코레지오의 천사와 같은 초상은 그 매력을 잃지 않았지요. 한 사람에게 많은 고통을 준 불쌍한 남자는 다른 한 사람을 배반하는 일이 절대 없을 거예요."

그는 이렇게 말하고 당황하는 빛을 보이지 않기 위해 밖으로 나갔다.

제20부
결말

제 1 장

오스왈드는 볼로냐의 화랑에서 있었던 일로 그가 짐작했던 것 이상으로 루실이 그와 코린나와의 관계를 잘 알고 있다는 사실을 파악하게 되었다. 이제야 비로소 그는 그녀가 냉정하고 말이 없었던 것이 혹시 남모르는 마음의 고통에서 오지 않았을까 하는 염려를 하게 되었다. 루실이 줄곧 두려워하고 있던 지난 일에 대한 변명이 머리에 떠올라 이번에는 오스왈드 쪽이 고민하였다. 일단 넬빌 경이 원하여서 말을 꺼내면 모든 것이 해명되었을 것이다. 그러나 코린나와 다시 만나려고 하는 이때에 코린나의 일을 고백하고 무언가를 약속하는 파국에 빠진다는 것은 그에게 너무나도 난감한 일이었다. 말하자면 언제나 어색한 감정이 감돌고 있는 사람, 그 마음속을 잘 알고 있지 못하는 사람을 상대로 자기가 능히 동요할 수 있는 이야기를 꺼낸다는 것은 쉽지 않은 일이었다.

아펜니노 산맥을 넘으니 거기서부터는 아름답고 이탈리아다운 날씨가 되었다. 바다에서 불어오는 바람이 여름 내내 숨이 막힐 정도였으나, 그 무렵에는 더위가 덜한 편이었다. 잔디는 파릇파릇하였다. 가을이 거의 저물어가는 계절이었는데도 벌써 봄기운이 느껴지는 듯하였다. 시장에서는 온갖 종류의 과일, 오렌지나 석류를 볼 수 있었다. 토스카나의 말이 들려오기 시작하였다. 드디어 아름다운 이탈리아의 추억이 고스란히 되살아났다. 그러나 거기에는 아무런 기대도 섞여 있지 않았다. 이런 모든 느낌 속에는 과거만이 있었다. 남쪽의 달콤한 공기는 루실의 마음에도 영향을 미쳤다. 넬빌 경이 용기를 주었다면, 그녀는 더욱 자신을 갖고 더욱 생기를 되찾았을 것이다. 그러나 그들은 둘 다 내성적인 성격 탓에 서로 눈치를 보느라고 서로의 마음을 털어놓으려고 하지 않았다. 코린나였더라면 이런 경우 루실이 숨기고 있는 일도 오스왈드의 비밀도 당장 알아내었을 것이다. 두 사람 모두 조심성이 많은 사람이었다. 서로 닮았기 때문에 더욱더 두 사람 사이는 어색해질 수밖에 없었다.

제 2 장

넬빌 경이 피렌체에 도착하여 카스텔 포르테 공에게 편지를 보내자 얼마 안 되어 공이 찾아왔다. 오스왈드는 그를 보고 감개무량하여 오랫동안 말을 잇지 못하였다. 겨우 정신을 가다듬고 코린나의 소식을 물었다.

"그녀에 관해서 슬픈 이야기밖에 해드릴 게 없네요."

하고 카스텔 포르테 공은 대답하였다.

"상태도 안 좋고 날이 갈수록 쇠약해지고 있어요. 저 이외에는 아무도 만나주지 않아요. 자주 집중도 하지 못해요. 그러나 그녀가 좀 진정되었을 때 우리는 경의 이탈리아 방문을 알게 되었어요. 솔직히 말씀드리면 그녀는 그 소식을 듣고 몹시 흥분하여 내렸던 열이 다시 오르더군요. 경과의 일을 어떻게 할 작정인지에 대해서는 이야기가 없었어요. 하긴 제가 조심하느라고 경의 이름을 입 밖에 내지 않았으니까요."

"제발,"

하고 오스왈드가 말하였다.

"5년 전쯤 저에게서 받으신 편지를 그 사람에게 보여주실 수 없으시겠어요. 그 편지 안에 루실의 남편이 되기 전에 그녀가 영국에 온 사실을 알 수 없었던 모든 사정이 자세히 적혀 있어요. 그녀가 그것을 읽은 다음 저를 만나도록 해주세요. 할 수만 있다면 제가 취한 행동에 대한 변명을 하고 싶어요. 이제 와서 그녀의 관심을 살 수는 없겠지만, 아무래도 그녀의 이해를 구하고 싶어요."

"분부대로 하겠어요, 경."

하고 카스텔 포르테 공은 말하였다.

"무엇이라도 그녀에게 도움이 된다면 좋겠군요."

그때 넬빌 경 부인이 들어왔다. 오스왈드는 카스텔 포르테 공이라고 소개하였다. 그녀는 쌀쌀맞게 인사를 하였다. 공은 그녀를 유심히 쳐다보았다. 그는 그녀의 미모에 놀라는 듯하였다. 지금의 코린나를 생각하니 한숨이 나왔다. 그는 밖으로 나갔다. 넬빌 경이 뒤를 따랐다.

"대단한 미인이시네요."

하고 카스텔 포르테 공이 말했다.

"저렇게 젊고 순수할 수가! 저의 불쌍한 여자 친구에게 이제 그런 빛은 찾아볼 수 없어요. 그러나 경, 경과 처음 만났을 때 그녀도 저만큼 빛났다는 사실을 잊으셔서는 안 돼요."

"네, 잊지 않고말고요."

하고 넬빌 경은 큰소리로 말하였다.

"네, 저는 결코 제 자신을 용서하지 못할 거예요."

그리고 하고 싶은 말을 다하지 못한 채 입을 다물었다.

그날은 아무 말 없이 어두운 마음으로 지냈다. 루실은 그의 기분을 바꾸어보려고 애쓰지 않았고, 오스왈드는 그러는 그녀가 마음에 걸렸다. 그는 마음속으로 생각하였다.

'코린나였다면 내가 슬퍼하고 있을 때 위로하여주었을 텐데.'

다음날 아침 그는 걱정이 되어 일찌감치 카스텔 포르테 공의 저택으로 나섰다.

"그래서!"

하고 그는 말하였다.

"그 사람이 뭐라고 하던가요?"

"만나뵙고 싶지 않은 것 같아요."

하고 카스텔 포르테 공은 대답하였다.

"그 이유는?"

"어제 그녀에게 갔었어요. 동요하고 괴로워하는 모습이 뚜렷했어요. 그녀는 그럴 기운이 없는데도 큰 걸음으로 방안을 왔다갔다하고 있었어요. 창백한 얼굴이 때때로 붉어졌고, 그러다가 다시 창백해지곤 했어요. 저는 경께서 만나고 싶어하신다는 말씀을 전하였어요. 그녀는 잠시 말이 없더니 드디어 이렇게 말하더군요. 그대로 전해드리겠어요. 그것을 원하실 테니까요.

그는 저를 너무나도 괴롭힌 사람이에요. 아무리 원수가 저를 감옥에 쳐넣고, 추방이나 배척을 했다고 하더라도 이렇게까지 가슴을 찢어놓지는 않았을 거예요. 저는 그를 용서하였다가 화를 내기도 하면서, 아무도 견디어내지 못할 끝없는 고통의 지옥을 버텨왔어요. 저는 오스왈드에게 사랑 못지않게 열광도 지니고 있었어요. 그는 그 점을 잊어서는 안 돼요. 언젠가 그에게 말한 적이 있어요. 그를 사랑하지 않게 되는 것보다 숭배하지 않게 되는 편이 훨씬 힘들 것이라고요. 그는 제 신앙의 대상을 모독하였고, 자의적이든 타의적이든 간에 어쨌든 저를 배반하였어요. 이제 그는 제가 믿고 있던 사람이 아니에요. 그 사람이 제게 어떻게 하였죠? 거의 1년 동안 그에게 사랑을 느끼게 하고 그 사랑을 즐겼어요. 그리고 저를 지켜주고 그의 마음을 행동으로 증명해야 할 때 그가 그렇게 하였나요? 지금 그가 희생을 치렀나요? 아니면 너그럽게 행동하였나요? 그가 무슨 큰소리를 칠 수 있어요? 그는 지금 행복하고 사회에서 특권적인 지위를 얻고 있어요. 저는 죽어가고 있어요. 저를 가만히 놓아두세요."

"냉혹한 말이군요."

하고 오스왈드는 말하였다.

"그녀는 고통으로 기분이 언짢은 상태예요."

하고 카스텔 포르테 공이 말하였다.

"기분이 가라앉을 때도 있었어요. 때로는, 이런 말씀을 드려 죄송합니다만, 저에게 경의 변명을 하기도 하죠."

"그럼 당신은 저를 죄인으로 생각하신다는 말씀이군요?"

하고 넬빌 경이 말하였다.

"진심을 말씀드려도 될까요? 저는 그렇게 생각해요."

하고 카스텔 포르테 공은 말하였다.

"여자 일로 실수를 하였다고 해도 세상에서 뭐라고 하지는 않죠. 오늘 숭배받고 있는 연약한 여성은 내일 부수어질지도 몰라요. 아무도 그녀를 지켜주지 않으니까요. 그렇기 때문에 제가 그런 여성들을 더 배려하는지도 모르겠어요. 여성들에 대하여 도덕을 지키고 안 지키고는 우리들의 마음에 달려 있어요. 여자를 괴롭혔다고 해서 우리 남자들에게 아무런 지장이 없다고 하더라도, 그 잘못은 크다고 봐요. 단두로 찌르면 법으로 처벌되지만, 감수성이 강한 마음을 찢는다고 해도 실없는 이야깃거리밖엔 되지 않지요. 그러니 차라리 칼에 찔리는 편이 더 나아요."

"사실은,"

하고 넬빌 경은 말하였다.

"저 역시 불행했어요. 이 말씀이 제가 드릴 수 있는 유일한 변명이에요. 그렇지만 예전 같으면 코린나가 들어주었을 테지요. 이제 그녀가 해줄 수 있는 일은 아무것도 없겠죠. 그렇지만 저는 그녀에게 편지를 쓰고 싶어요. 두 사람을 갈라놓는 벽을 넘어 연인의 목소리를 들어주리라 믿어요."

"편지를 그녀에게 전해드리겠어요."

하고 카스텔 포르테 공이 말하였다.

"그러나 제발 조심하세요. 당신은 지금 그녀가 어떤 상태인지 모르세요. 지난 5년 동안 달리 마음을 돌릴 기회가 없었기 때문에 절망만 깊어갔어요. 지금 그녀가 어떤지 알고 싶으세요? 제가 애원하여도 체념하지 않고 별난 기분풀이로 그린 그림이 있어요. 그것을 보시면 당신께서도 짐작이 가실 거예요."

이 말을 마치고 카스텔 포르테 공은 서재의 문을 열었다. 넬빌 경은 뒤따랐다. 우선 코린나의 초상화가 눈에 들어왔다. 『로미오와 줄리엣』의 제1막에 등장하였던, 그가 가장 매혹되었던 날의 코린나였다. 자신감과 행복감이 그녀의 모습 전체에서 풍겨나왔다. 그 축제 때의 광경이 넬빌 경의 기억에 고스란히 되살아났다. 그가 그리운 추억 속에 잠겨 있을 때, 카스텔 포르테 공은 그의 손을 잡고 검은색 커튼을 당겨 또 다른 그림을 보여주었다. 그는 영국에서 돌아온 후 줄곧 입고 있던 의상 그대로, 바로 그해에 그리게 한 코린나의 초상을 가리켰다. 오스왈드는 이 복장을 한 여성의 모습이 돌연 머리 속에 떠올랐다. 하이드파크에서 보았던 바로 그 여성이었다. 그러나 그가 유달리 놀란 것은 생각지도 못할 정도로 변한 코린나의 모습 때문이었다. 죽은 사람과 같이 창백하고 두 눈을 반쯤 감은 그녀가 거기 있었다. 긴 속눈썹으로 눈은 흐릿해 보이고, 핏기가 없어진 뺨에는 그늘이 드리워 있었다. 초상화 밑에는 「충실한 목동」의 시가 써 있었다.

겨우 그는 이 말을 할 수 있었네.
그녀는 장미꽃이었다고*10

"아니!"
하고 넬빌 경은 말하였다.
"그녀가 지금 이렇다는 말이에요?"
"네."
하고 카스텔 포르테 공은 대답하였다.
"2주 전부터 더 악화되고 있어요."
이 말에 넬빌 경은 정신을 잃고 밖으로 뛰쳐나갔다. 너무 괴로워서 정신을 똑바로 차릴 수가 없었다.

제 3 장

그는 집에 돌아와 하루 종일 그의 방에서 꼼짝도 하지 않았다. 루실이 저녁 식사 시간을 알리기 위하여 살짝 문을 두드렸다. 그는 문을 열고 말하였다.
"루실, 오늘은 혼자 있게 해줘요. 이렇게 하는 나를 원망하지 말아요."

루실은 손을 잡고 있던 줄리엣 쪽으로 몸을 돌려 아이를 안고는 한 마디도 하지 않고 가버렸다. 넬빌 경은 문을 닫고 코린나 앞으로 보내는 편지가 놓여 있는 책상으로 다가갔다. 그는 눈물을 흘리면서 생각에 잠겼다.

"루실마저 괴롭히고 있는 것인가? 나는 무엇 때문에 살고 있는가? 사랑하는 사람을 불행하게 해놓고."

코린나에게 보내는 넬빌 경의 편지

당신이 이 세상에서 제일 관대한 분이 아니라면 제가 무슨 염치로 말씀을 드릴 수 있겠어요? 당신이 저를 비난하셔도 제 마음이 아프겠지만, 그보다 더욱 가혹한 것은 당신의 고통을 보고 제 마음이 찢어지는 것이에요. 저는 사람도 아니에요. 코린나, 사랑하던 사람을 몹시 괴롭혔으니까요. 아! 저 자신을 완전히 짐승 같다고 생각하니 저 역시 괴로워요. 당신을 처음 만났을 때 당신도 아시다시피 저는 무덤까지도 따라올 것 같은 슬픔에 짓눌려 있었어요. 행복 같은 것은 바라지도 않았죠. 오랫동안 당신에게 끌리는 마음과 싸워야 했어요. 결국 그것을 이겨내지 못하고 승복하였을 때에도 여전히 제 마음속에는 슬픈 감정과 불행한 숙명의 예감이 존재하고 있었어요. 어떤 때에는 당신이 아버지께서 하늘에서 내려주신 은총이 아닐까 하는 생각이 들었어요. 아버지께서는 저의 운명을 보살펴주시고, 생전에 저를 사랑하여주셨듯이 제가 이 세상에서 사랑받기를 원하실 테니까요. 그런가 하면 어떤 때에는 외국 여자와 결혼하여 저의 의무와 처지에 알맞지 않는 방향으로 빗나가는 것은 아버지의 뜻에 어긋날지도 모른다고 의심해보았죠. 제가 영국으로 돌아가자 이 중 두번째의 생각이 우세하게 되었어요. 영국에서 저는 아버지께서 미리 당신과의 결혼을 금지하신 것을 알게 되었어요. 만약에 아버지께서 살아 계셨다면 그 점에 관하여 아버지의 권위와 싸웠을 것이에요. 그러나 이 세상에 존재하지 않는 사람은 우리들의 소리를 들을 수 없고, 힘을 잃은 그들의 의사는 비장하고 성스러운 성격을 지니게 되지요.

저는 다시 조국의 관습과 굴레 속으로 돌아갔어요. 그리고는 아버지께서 저의 처로 내정해놓으신 당신의 동생을 만났어요. 그녀는 평온하고 규칙적인 생활을 하는 데 어울리는 사람이었어요. 저는 위험한 인생을 두려워하는 연약한 성격을 타고났죠. 정신은 새로운 희망에 이끌리면서도 말이에요. 저는 너무도 많은 고뇌를 경험하였기 때문에, 저의 병든 마음은 추억 속에 깊이 뿌리박은 저의 본래의 애정과 상반되는 너무도 강한 감동이나 결심을 강요받는 것이 두려웠어요. 그렇지만, 코린나, 만일에 당신이 영국에 계신 것을 알았더라면, 당신과 떨어지는 일은 절대로 없었을 거예요. 그 기막힌 애정의 증거가 길 잃은 제 마음을 이끌어주었을 테지요. 아! 그럴 수도 있었다는 말이 무슨 소용이 있겠어요! 그렇다면 우리들은 행복했을까요? 제가 행복할 수 있는 사람일까요? 확실히 알 수는 없지만, 저라는 사람은 아무리 아름다운 운명이라고 하더라도, 다른 또 하나의 운명을 아쉬워하느라 그것을 선택할 수 없는 사람이 아닐까요?

당신이 저에게 자유를 돌려주셨을 때 저는 화가 났어요. 세상의 많은 남자들이 당신을 만났을 때 생각하는 것과 같은 생각을 하였어요. 그렇게 뛰어난 사람은 얼마 안 가서 저를 필요로 하지 않을 것이라고 생각했던 거예요. 코린나 저는 당신의 마음을 짓밟고 말았어요. 그러나 희생을 치르는 사람은 저 혼자라고 생각했어요. 저 혼자 비탄에 빠져서, 저만 당신을 그리워할 뿐 당신은 저를 잊고 있다고 생각했어요. 결국 상황은 저를 꼼짝 못하게 묶고 말았죠. 루실이 마음을 줄 만한 가치가 있고 또 그 이상의 사람이라는 것을 부정하지 않아요. 그러나 당신이 영국에 오신 것과 제가 당신을 불행하게 만들었다는 것을 알고 제 인생은 고통의 연속뿐이었어요. 저는 4년 동안 전쟁터에 나가 죽으려고 했어요. 제가 죽은 것을 알게 되면, 틀림없이 당신은 제가 왜 죽었는지 알아줄 것만 같았어요. 확실히 당신은 후회와 고통의 생활, 이 무정한 자에게 어울리지 않는 절개를 보여주었어요. 그러나 남자의 운명은 한결같은 마음을 지키기에 너무도 어려운 복잡한 인간 관계에 흔들릴 수 있다는 점도 참작하여주세요. 저는 저 자신 행복하지 못할 뿐만 아니라 남도 행복하게 해주지 못했어요. 당신과 헤어지고 나서 저는 혼자였으며 누구와도 마음속 깊이 우러나오는 대화를 할 수 없었죠. 아이 엄마, 제가 여러 가지 명목으로 사랑하지 않으면 안 되는 사람은 저의 사색에도 비밀에도 아무런 도움이 되지 않아요. 저는 늘 슬픔에 젖어 있었고, 그 때문에 코린나, 지난날 당신이 회복시켜주었던 그 병에 다시 걸리고 말았어요. 당신도 제가 목숨을 아낀다고 생각하진 않으시겠지요. 저는 이탈리아에 병을 고치러 온 것이 아니라, 당신께 이별을 고하러 왔어요. 사정이 이런데도 단 한 번만이라도 저를 만나주실 수 없으세요? 만나뵙고 싶어요. 이것은 당신을 위한 것이에요. 제가 괴로워서 결심하는 것이 아니에요. 제가 비참해지는 것은 문제가 아니에요! 만일에 당신과 이야기하지 못하고 당신의 용서를 받지 못하고 이곳에서 떠나 영원히 무거운 짐을 지고 있다 하여도 그것이 뭐가 문제이겠어요! 저는 불행해져야 해요. 또 분명히 그렇게 될 것이에요. 만일 저를 당신의 친구로 생각하여주신다면, 당신이 저에게 얼마나 중요한 사람이있는지 아신다면, 만일 당신이 그것을 저의 눈으로, 속마음과는 전혀 다른 운명을 살게 된 죄인의 눈으로 보신다면 당신의 마음이 좀 가벼워지실 것이에요.

저는 저의 굴레를 소중히 여기고, 당신의 여동생을 사랑하고 있어요. 그러나 사람의 마음이란 이토록 묘하고 모순된 것인지, 당신에게 품고 있는 사랑은 여전히 마음 깊은 곳에 숨어 있어요. 저에 대하여 쓸 말은 아무것도 없군요. 말씀드릴 수 있는 것은 오직 저에 대한 유죄 선언이에요. 그렇지만 당신 앞에서 무릎 꿇는 저를 보신다면, 저의 잘못과 의무를 차치하고라도 당신이 저에게 어떤 분인지 간파하실 수 있을 거예요. 둘이서 이야기를 나누다 보면 편안한 마음을 되찾으실 것이라고 생각돼요. 아! 두 사람 모두 몸이 쇠약해지고 하늘이 우리에게 앞으로 긴 인생을 약속하고 있는 것 같지 않군요. 우리 중에 먼저 가는 사람은 이 세상에 남은 연인이 자기를 그리워하고 사랑한다는 것을 알아야 하지 않겠어요! 죄 없는 사람만이 이런 기쁨을 얻어야 하겠지요. 그러나 죄지은 사람에게도 그것을 허락하여주세요.

코린나, 숭고한 분, 사람의 마음을 읽을 수 있는 당신, 저의 말 못하는 심경을 헤아려주세요. 이전에 그렇게 하신 것같이 저를 이해하여주세요. 당신을 만나게 하여주세요. 저의 핏기 없는 입술로 당신의 힘없는 손에 입맞춤하게 해주세요. 아! 이런 고통을 만든 것은 저뿐이 아니에요. 우리 두 사람을 태워버린 것은 동일한 감정이에요. 서로 사랑하고 있는 두 사람을 덮친 것은 운명이에요. 그러나 그 운명은 한 사람을 죄인으로 만들었어요. 코린나, 그런데 그 죄인이라고 해서 아무 할말이 없을까요?

코린나의 답장

만약 당신이 용서하여달라고 하시면, 저는 한시도 거절할 수 없어요. 생각만 하여도 몸서리쳐질 정도로 당신 때문에 고통을 받았는데도 왜 당신에게 원한의 마음이 생기지 않는지 저도 모르겠어요. 미움에 사로잡히지 않기 위해서는 아직도 당신을 사랑해야 해요. 저를 이렇게 미움에서 해방시켜준 것이 종교의 힘만은 아니에요. 정신을 차릴 수 없을 때가 많았죠. 가장 다행스러운 순간은, 가슴이 눌려 갑갑하여 그날 안으로 죽을 것 같을 때에요. 나중에는 이 세상의 어떤 것도, 미덕마저도 믿을 수 없을 때가 있었죠. 저에게 당신은 이 세상의 미덕을 상징하는 그 자체였기 때문에, 감탄과 사랑을 동시에 잃었을 때 저에게는 더 이상 느낌이나 사색의 길잡이가 없었어요.

하늘의 도움이 없었다면 저는 어떻게 되었을까요? 이 세상에 당신의 추억이 물들어 있지 않은 것은 아무것도 없어요. 오직 한 개의 안식처가 제 마음속에 남아 있었어요. 신께서는 그곳에서 저를 맞이하여주셨죠. 저의 육신은 날로 쇠약해가고 있어요. 그렇지만 저를 지탱해주고 있는 열광은 달라요. 불멸에 어울리는 일, 저는 기꺼이 인생의 유일한 목적인 그것을 믿고 있어요. 행복이나 고통, 그 무엇도 이 목적을 위한 수단일 뿐이죠. 그러니까 당신은 이 세상에서 제 인생의 뿌리를 송두리째 뽑아내기 위해서 선택된 사람이에요. 너무도 강한 인연에 의하여 저는 그것에 집착하고 있었던 것이지요.

당신이 이탈리아에 도착하신 것을 알았을 때, 당신의 필적을 다시 보았을 때, 당신이 강 너머 기슭에 계시다는 것을 알았을 때, 제 마음은 죽도록 괴로웠어요. 제 감정과 싸우기 위해서, 당신이 제 여동생의 남편이라는 사실을 잠시도 잊지 않도록 노력하였어요. 아무것도 숨기지 않고 말씀드리겠어요. 당신을 다시 만난다는 것은 제게 너무 큰 행복이고, 말로 표현할 수 없는 감동이기에, 새롭게 설레는 제 마음은 몇 세기를 거쳐 얻은 평화를 내팽개치고 당신을 만나고 싶어하는 것 같아요. 그러나 신은 이런 위기 속에 저를 그냥 내버려두지 않으세요. 당신은 다른 사람의 남편 아니세요? 그러니 제가 당신에게 무슨 말씀을 드릴 수 있겠어요? 당신의 품안에서 죽는 일이 저에게 허락되어 있나요? 제가 아무것도 희생하지 않은 채, 마지막 날과 마지막 시간을 맞이하겠다면 제가 양심을 위해서 한 일이 무엇이 있겠어요? 지금 저는 이전보다 자신을 갖고 신의 심판을 받을 것 같아요. 당신과의 만남을 단념할 수 있었으니까요. 이 중대한 결심이 영혼을 달래주겠지요. 당신의 사랑을 받았을 때의 행복은 우리들의 본성과 어울릴 수 없는 것이에요. 그 행복은 우리를 동요하게 하고, 불안하게 하고, 곧 사라지는 것이니까요! 그러나 습관적인 기도, 자기 완성, 모든 일을 의무감에서 결정하도록 하는 종교적인 심상의 생활은 평온 그 자체예요. 당신의 목소리를 한 번 듣는 것만으로도 제가 얻고 있다고 생각되는 이 휴식의 생활에 어떤 타격을 입을지 자신이 없어요. 건강이 나빠지셨다는 소식을 듣는 것만으로도 괴로웠으니까요. 아! 간호하는 사람은 제가 아니잖아요. 그러나 당신과 고통을 함께하는 사람은 아직도 저예요. 경, 당신의 하루하루에 신의 축복이 있으시기를, 행복하시길, 신의 자비로 행복을 얻으시길 빌어요. 신과의 남모르는 의사 소통에 의하여 우리는 우리의 운명을 하늘에 맡기고, 그것에 대한 응답의 소리를 듣는 것 같아요. 그러한 소통이 두 사람을 한마음으로 만들어주어요. 당신은 아직도 행복을 찾고 계세요? 아! 저의 사랑보다 더한 것을 찾을 수 있으세요? 당신이 저에게 신세계의 황무지로 따라가는 것을 허락하셨다면, 제가 저의 운명에 감사하였을 것을 알고 계세요? 제가 노예처럼 당신의 시중을 들었을 것을 알기나 하세요? 당신이 저를 성실하게 사랑하셨다면, 당신을 천사와 같이 섬기고 당신 앞에 엎드렸을 것을 아세요? 그래서 당신은 이 애절한 사랑에 무엇을 하셨어요? 이 세상에서 오직 하나뿐인 애정에 어떤 대접을 하셨어요? 불행 역시 사랑과 마찬가지로 하나뿐이에요. 그러니까 더 이상 행복을 바라지 마세요. 그것을 얻을 수 있다고 생각하고 저에게 상처를 주지 마세요. 저와 함께 기도해주세요. 기도를 통해 우리들의 사색이 하늘에서 만날 수 있을 거예요.

그렇지만 저는 스스로 임종이 가까이 왔다고 느끼게 되면, 아마도 당신이 지나가는 것을 보려고 어딘가에 서 있을 것 같아요. 제가 그렇게 하지 않을 수 있겠어요? 제 눈이 흐려져, 밖의 아무것도 보이지 않게 되면 당신의 모습이 떠오르겠지요. 만일 다시 한번 당신을 만난다면, 그 환상은 좀더 확실한 것이 되지 않겠어요? 고대인의 신들은 절대로 죽음에는 참여하지 않았어요. 저는 당신을 죽음으로부터 멀리 떼어놓겠어요. 그러나 저는 지금의 당신 얼굴을 쇠약해진 마음속에 기억하고 싶어요. 오스왈드, 오스왈드, 제가 도대체 무슨 말을 한 것인가요! 제가 당신의 추억에 잠기게 되면 제가 어떤 상태가 되는지 짐작하시겠지요.

왜 루실은 저를 만나려고 하지 않았을까요? 당신의 아내이지만 제 여동생이기도 해요. 저는 친절한 말을, 너그러운 말을 해주고 싶어요. 그리고 당신의 딸을 왜 저에게 데려오지 않는 거죠? 당신을 만나서는 안 되겠죠. 그러나 당신을 둘러싸고 있는 사람은 제 가족이에요. 저는 저의 가족으로부터 거절당하는 건가요? 불쌍한 어린 줄리엣이 저를 보고 슬퍼하면 안 되나요? 제 모습이 유령 같기는 하지만, 당신의 아이에게 미소를 지어줄 수는 있어요. 그럼 안녕히 계세요, 경, 안녕. 당신은 제가 당신을 동생이라고 부를 수 있을 것 같으세요? 당신이 제 동생의 남편이니 말이에요. 아! 어찌되었던 제가 죽으면 당신은 상복을 입고 친척으로서 장례에 참석하겠지요. 유해가 처음 옮겨지는 곳은 로마예요. 지난날 제가 탔던 개선 마차가 달리던 거리를 제 시신을 담은 관이 지나가게 해주세요. 당신이 저에게 왕관을 돌려주셨던 장소에도 들러주세요. 아니에요, 오스왈드, 아니에요. 이런 생각을 하는 것은 잘못이에요. 당신을 슬프게 할 생각은 없어요. 저는 오직 당신이 저를 위해 눈물을 흘려주시길, 가끔 하늘을 쳐다봐주시길 부탁드려요. 제가 하늘에서 당신을 기다리고 있을 테니까요.

제 4 장

오스왈드는 코린나의 편지에 가슴이 찢어지는 듯한 감명을 받아 평정을 되찾지 못한 채 며칠을 보냈다. 그는 루실과 마주치는 것을 피하기 위해 코린나의 집으로 연결되는 강가에서 몇 시간이고 보내곤 하였다. 몇 번씩이나 강물에 몸을 던지고 싶은 충동을 느꼈다. 차라리 죽어버리면, 파도가 살아 있을 때 들여 보내주지 않았던 집 쪽으로 어차피 옮겨줄 것이 아닌가? 코린나의 편지로 그녀가 동생을 만나고 싶어하는 것을 알게 되었다. 그 소원에 놀랐으나 그것을 들어주고 싶었다. 그러나 어떻게 루실과 그 문제를 상의할 것인가? 그는 그의 슬픔이 그녀의 마음을 상하게 한다는 것을 잘 알고 있었다. 그는 분명 그녀가 먼저 말을 걸어오기를 바랐지만, 그가 먼저 말을 꺼낼 엄두를 내지는 못하였다. 그리고 루실이 항상 사용하는 수법은 변명거리를 주지 않기 위하여 이야기를 무난한 화제로 돌려 산책을 권하는 것이었다. 그녀는 가끔 피렌체를 떠나 로마와 나폴리에 가고 싶다고 말하였다. 넬빌 경은 구태여 반대하지 않았다. 그저 며칠 후에 가자고 말할 뿐이었다. 그러면 루실은 냉정한 표정으로 그것을 받아들이는 것이었다.

오스왈드는 아무튼 코린나에게 딸을 보여주고 싶었다. 몰래 하인을 시켜 딸을 그녀에게 데려가도록 하였다. 딸이 돌아오는 것을 보기 위해서 마중나가 있다가 재미있었느냐고 물었다. 줄리엣은 이탈리아어로 대답하였고, 그녀의 발음이 코린나와 닮았기 때문에 오스왈드는 깜짝 놀랐다.

"아가야, 그 말을 어디에서 배웠니?"

하고 그는 말하였다.

"지금 만나고 온 분에게 배웠어요"

하고 그녀는 대답하였다.

"그래 그분은 너를 어떻게 만나주시던?"

"저를 보고 몹시 우셨어요."

하고 줄리엣이 말하였다.

"이유는 모르겠지만 저를 안고 우셨어요. 또 많이 아파하셨는데, 그 때문에 무척 괴로워하셨어요."

"그래, 얘야, 그 부인이 네 마음에 들던?"

하고 넬빌 경은 계속 질문하였다.

"네, 무척 좋아요."

하고 줄리엣이 말하였다.

"날마다 가고 싶어요. 아는 것을 가르쳐주시겠다고 했어요. 제가 코린나를 닮았으면 좋겠다고 하셨어요. 그런데 아버지, 코린나가 누구예요? 그분은 그 말씀을 해주시지 않던데요."

넬빌 경은 더 이상 대답하지 않았으며 눈물을 보이지 않으려고 곁을 떠났다. 그는 매일 줄리엣이 산책할 때마다 그녀를 코린나에게 데려가도록 일러두었다. 어쩌면 이와 같이 루실의 동의 없이 딸을 마음대로 하고 있는 것은 잘못인지도 몰랐다. 그러나 얼마 안 되어 딸은 모든 분야에서 생각할 수 없을 정도로 발전하였다. 이탈리아어 교사는 그녀의 발음에 놀랐다. 음악 교사는 수업의 처음부터 감탄을 연발하였다.

코린나가 딸의 교육에 영향을 주는 것만큼 루실에게 괴로운 일은 없었다. 그녀는 가엾은 코린나가 쇠약해진 병든 몸에도 불구하고 마치 후손에게 기꺼이 남겨주고 싶은 유산처럼 그녀의 모든 재능을 줄리엣에게 가르쳐주고 넘겨주기 위해서 필사의 노력을 기울인다는 사실을 딸로부터 듣게 되었다. 그녀를 넬빌 경과 떼어놓으려고 한다는 생각만 없었더라면 루실은 감동하였을 것이다. 그러나 그녀는 혼자서 딸을 지도하고 싶은 당연한 욕구와 눈부시게 딸의 능력을 키워주는 공부를 그만두게 할 수 없다는 자책감 사이에서 싸우고 있었다. 어느 날 넬빌 경은 줄리엣이 음악 지도를 받고 있는 방 앞을 지나게 되었다. 그녀는 자기 키에 알맞은 리라 모양의 하프를 코린나가 하는 식으로 쥐고 있었다. 그녀의 가느다란 팔과 예쁜 눈이 코린나를 많이 닮아 있었다. 아름다운 한 폭의 세밀화 같은 모습이 모든 것에 티 없이 맑은 매력을 부과하는 어린이의 우아함과 어우러져 있었다. 오스왈드는 이 광경에 몹시 감탄하여 말문이 막히고 몸이 떨려와 그 자리에 주저앉았다. 줄리엣은 그때 코린나가 티볼리 별장의 오시안의 그림 앞에서 넬빌 경에게 들려주었던 스코틀랜드의 곡을 연주하고 있었다. 오스왈드는 그 곡을 들으며 숨도 제대로 쉬지 못할 정도였기 때문에 루실이 등뒤에 와 있는 것을 알아차리지 못하였다. 줄리엣이 연주를 끝내자 부친은 딸을 무릎에 앉히고 말하였다.

"아르노 강변에 사시는 부인이 이렇게 연주하라고 가르쳐주셨구나."

"네."

하고 줄리엣은 대답하였다.

"하지만 그분은 그렇게 하시기가 힘드세요. 저를 가르쳐주실 때에도 자주 몸이 나빠지셨어요. 제가 몇 번씩 하시지 말라고 말렸는데도,

그러지 않으셨어요. 단지 저에게 이 곡을 해마다 11월 17일이 되면 아버지께 연주해드릴 것을 약속하게 하셨어요.

"아! 그럴 수가!"

하고 넬빌 경은 소리질렀다. 그리고 눈물을 쏟으며 딸에게 입맞추었다.

그때 루실이 나타나 줄리엣의 손을 잡고 남편에게 영어로 말하였다.

"경, 너무하세요. 딸의 애정마저 저에게서 빼앗아가려고 하시다니. 불행 속에서도 딸만이 제게 위로가 되어주었어요."

이렇게 말하고 나서 그녀는 줄리엣을 데리고 나가버렸다. 넬빌 경이 쫓아가도 소용이 없었고, 루실은 그를 만나주지 않았다. 저녁 시간에 그녀는 혼자서 가는 곳도 말하지 않고 나갔고 여러 시간이 흘렀다. 그는 무척이나 그녀를 걱정하였다. 그때 그녀가 뜻밖에도 친절하고 편안한 표정으로 돌아왔다. 겨우 그는 마음을 놓고 그녀에게 말을 걸어 성의껏 용서를 빌고자 하였다. 그러나 그녀는 말하였다.

"제발 경, 우리 두 사람 모두에게 필요한 변명은 다음으로 미루어요. 곧 제가 이렇게 부탁드리는 뜻을 아시게 될 거예요."

저녁 식사 동안 그녀는 보통 때보다 훨씬 더 대화를 하는 데에 성의를 보였다. 이렇게 며칠이 흘렀다. 그 동안 루실은 평소보다 더 상냥하고 활기를 띠게 되었다. 넬빌 경은 이러한 변화를 도무지 이해할 수 없었다. 이유는 이것이었다. 루실은 딸이 코린나를 찾아가는 것, 또 코린나가 아이에게 가르쳐주는 공부의 진전에 넬빌 경이 관심을 갖는 이 모든 것에 화가 나 있었다. 오랫동안 가슴속에 싸놓고 있던 것이 이 순간 폭발한 것이다. 발끈하여 제정신이 아닐 때에 일어난 일이기는 하지만, 그녀는 순식간에 마음을 정하고, 코린나를 만나 앞으로도 남편에 대한 자기의 사랑을 흔들어놓을 작정인지 따지려고 집을 나섰다. 루실은 머리 속에서 단단히 할말을 생각해두었으나 그것은 코린나의 집 문 앞까지 갈 때뿐이었다. 만약 그때 코린나가 창밖으로 그녀를 발견하고 테레지나를 시켜 안으로 들어오게 하지 않았더라면, 그녀는 겁이 나서 집 안에 들어갈 엄두도 내지 못하였을 것이다. 루실은 코린나의 방에 올라가 언니의 모습을 보자 그 동안 치밀었던 화가 오간 데 없이 사라지고 말았다. 그뿐 아니라 차마 볼 수 없는 건강 상태에 연민의 감정이 끌어올라 흐느끼며 언니를 껴안았다.

그리고 두 자매는 서로 솔직한 대화를 하기 시작하였다. 코린나가 먼저 숨김없이 털어놓고 말하였다. 루실이 그녀의 뒤를 따르지 않을 수 없었다. 코린나는 모든 사람에게 주고 있던 영향을 동생에게도 미쳤다. 그녀와 이야기를 하게 되면 아무것도 숨길 수 없었고, 사양할 수도 없었다. 코린나는 그녀의 수명이 얼마 남지 않았다는 사실을 루실에게 감추지 않았다. 창백한 얼굴, 쇠약한 모습이 충분히 그것을 입증해주고 있었다. 그녀는 털어놓고 루실에게 말하기 까다로운 화제를 꺼내었다. 루실과 오스왈드의 행복에 관한 이야기였다. 카스텔 포르테 공의 말을 들어서가 아니라 자신의 통찰력에 의해서 가정에 갑갑하고 싸늘한 공기가 감도는 것을 느낄 수 있었다. 그래서 그녀는 자신의 재치와 또 죽음이 눈앞에 다가와 있는 현실을 내세워 너그럽게도 열심히 루실과 넬빌 경을 더욱 행복하게 해주기 위해 골몰하였다. 넬빌 경의 성격을 잘 알고 있는 그녀는 왜 넬빌 경이 사랑하는 아내가 현재 그녀가 취하고 있는 방법과는 약간 다른 식으로 행동하기를 바라는지 깨우쳐주었다. 말하자면 이런 식이었다. 자연스러운 신뢰를 주어라. 왜냐하면 그는 천성적으로 조심스러운 성격이라 쉽게 신뢰하지 않기 때문이다. 더욱 관심을 보여라. 왜냐하면 그는 의기소침할 수 있기 때문에. 또 명랑하게 대해라. 왜냐하면 그 자신이 슬픔에 잠겨 있으니까. 코린나는 인생의 화려한 나날을 보내고 있을 무렵의 자기 자신에 대하여 말하였다. 타인을 비판하듯이 자기 자신을 비판하였다. 그리고 루실에게 바른 행동, 엄격한 도덕과 함께 매력, 자연스러움을 갖춘다면, 거기에다가 때로는 결점을 고치려고 하면서 남편의 기분을 맞추어주려는 노력까지 덧붙인다면 얼마나 사랑스러운 사람이 될 것인지 열심히 타일렀다.

코린나는 루실에게 말하였다.

"그들의 잘못에도 불구하고 더 나아가 그 잘못 때문에 사랑받는 여자들도 있었어. 이 수수께끼를 설명하자면, 그 여자들은 용서받기 위해 스스로 사랑스러운 사람이 되기 위해서 노력했다는 점이야. 또 어색한 분위기를 절대 만들지도 않았어. 왜냐하면 그녀들은 관용을 구하고 있었거든. 그러니까 루실, 너의 완벽함을 뽐내어선 안 돼. 너의 매력은 그것을 의식하지 않고 과시하지 않는 데 있는 것이야. 너는 어디까지나 너인 동시에 또 나이어야 해. 아무리 네가 미덕이 있다고 하여도 조금이라도 매력을 소홀히하여서는 안 되고, 또 그 미덕을 내세워 오만하고 차가운 여성이 되어서도 안 돼. 만일에 누가 실제로 잘나지도 않았는데 잘난 척을 한다면 오히려 남의 기분을 별로 나쁘게 하지 않아. 왜냐하면 당연한 권리를 행사하는 것이 별 이유 없이 우쭐대는 것보다 더 냉정하게 느껴지기 때문이야. 사랑이란 당연히 받아야 할 것을 주는 것이 아니야."

루실은 언니가 베풀어준 친절에 고맙다고 말하였다. 그러자 코린나가 말하였다.

"내가 더 산다고 해도, 난 이제 그렇게 할 수 없어. 그러나 곧 죽게 될 테니 나의 유일한 소원은 오스왈드가 너와 네 딸에게서 남아 있는 나의 영향을 보는 것뿐이야. 그리고 어쨌든 그가 기뻐할 때에는 언제나 코린나 생각이 떠오르기를 바래."

루실은 매일 언니의 집으로 찾아와 명랑하고 겸손하게, 그리고 사려 깊은 마음으로 오스왈드가 가장 총애했던 사람을 닮는 법을 열심히 배웠다. 루실의 새로운 매력을 발견하고 오스왈드의 호기심은 나날이 더해갔다. 그는 곧 그녀가 코린나를 만났다는 사실을 알게 되었다. 그러나 그 일에 대하여 루실로부터 아무 말도 듣지 못했다. 그도 그럴 것이 코린나는 처음 루실과 이야기할 때부터 두 사람의 관계를 비밀로 해달라는 부탁을 하였던 것이다. 코린나는 오스왈드를 루실과 함께 한 번 만나볼 작정이었으나, 단 그녀의 수명이 얼마 남지 않았을 때여야만 했다. 그녀는 모든 것을 말하고 싶었고, 행동에 옮기고 싶었다. 그러나 그녀가 이 계획을 비밀에 부치고 있었으므로 루실도 그 계획이 어떻게 실현될지 몰랐다.

제 5 장

　코린나는 자기가 소생하지 못하리라는 것을 느끼고 이탈리아에, 특히 넬빌 경에게 그녀의 천재가 빛나던 시절을 회상시키는 마지막 이별의 말을 남기고 싶었다. 이것이 그녀의 약점이지만, 우리는 그녀를 용서해줄 수밖에 없다. 그녀의 정신 안에는 언제나 사랑과 영광이 용해되어 있었다. 이 세상의 모든 집착을 다 버리겠다고 마음먹은 순간에조차도 그녀는 그녀를 버린 무정한 남자가 다시 한번 깨닫기를 바랐다. 그 남자가 사경으로 몰고 간 사람은 사랑에 있어서도 정신에 있어서도 최고였던 젊은 여성이었음을 깨우쳐주고 싶었다. 코린나는 이제 더 이상 즉흥시를 지을 기운이 없었다. 그러나 그녀는 고독 속에서 여전히 시를 쓰고 있었고, 오스왈드가 이탈리아에 온 때부터 이 일에 강한 관심을 되찾은 듯이 보였다. 가능한 한 그녀는 죽기 전에 그녀의 재능과 성공 등, 말하자면 불행과 사랑으로 잃었던 것을 그에게 생각나게 해주고 싶었다. 따라서 그녀는 그 동안 그녀가 지은 것을 발표할 날을 정하였다. 장소는 피렌체의 아카데미 홀로 결정하였다. 루실에게 그 계획을 말하고 남편을 데려오라는 부탁을 하였다.

"그런 부탁을 하여도 괜찮겠지,"

하고 그녀는 말하였다.

"내가 이런 모습인데."

코린나의 결심을 알고 오스왈드는 몹시 당황하였다. 그녀가 스스로 시를 읽는단 말인가? 어떤 주제를 택할 것인가? 그녀와 만나게 될지 모른다는 것만으로도 오스왈드는 완전히 제정신이 아니었다. 정해진 날은 이탈리아에서는 그 예를 찾아보기 드문 겨울날이어서 잠시 북국에 있는 것 같은 느낌을 주었다. 무섭게 휘몰아치는 바람소리가 집 안에까지 들렸다. 빗줄기가 유리창을 세차게 두들기고 있었다. 게다가 1월 중순인데도 천둥까지 가세하여 악천후의 쓸쓸함에 공포를 더하여주었다. 하긴 이런 일은 다른 곳과는 달리 이탈리아에서 종종 일어난다. 오스왈드는 한마디도 하지 않았다. 그러나 바깥에서 느껴지는 모든 감각이 그의 마음을 더욱 두렵게 하였다.

그는 루실과 함께 홀에 도착하였다. 많은 사람들이 그곳에 모여 있었다. 눈에 띄지 않는 컴컴한 구석에 의자가 한 개 마련되어 있었다. 오스왈드의 주변에서, 코린나가 저기에 앉을 거라느니, 중병에 걸려 있기 때문에 코린나가 그녀의 시를 직접 낭송하지 못한다느니 하는 소리가 들려왔다. 그녀는 너무도 많이 변했기 때문에 자신의 모습을 보이기가 두려웠다. 그래서 그녀는 오스왈드를 볼 수 있지만 자신의 모습은 보이지 않는 방법으로서 이 방법을 택하였다. 그녀는 그가 와 있는 것을 알고 베일을 쓴 채 안락의자가 놓인 곳으로 걸어갔다. 그녀가 앞으로 나가기 위해서 누군가 그녀를 부축해주어야만 했다. 그녀의 걸음걸이는 비틀거렸다. 그녀는 때때로 멈추어 서서 숨을 돌리곤 하였다. 그 짧은 거리가 힘든 여행길 같았다. 이렇듯 인생의 마지막 걸음은 느리고 힘들다. 그녀는 의자에 앉아 오스왈드를 찾아보려고 두리번거렸다. 그의 모습을 보자 완전히 무의식적인 행동으로 일어서서 두 팔을 그를 향해 내밀었다. 그러나 곧 다시 주저앉아 얼굴을 돌렸다. 마치 인간의 정열이 더 이상 통하지 않는 세계에서 아이네아스를 만났을 때의 디도와도 같이. 정신을 잃고 다가가려고 하는 넬빌 경을 카스텔 포르테 공이 만류하였다. 여러 사람 앞에서 코린나에게 경의를 표하여야 한다고 그를 말린 것이다.

    꽃으로 만든 관을 쓰고 흰옷을 입은 소녀가 준비되어 있는 단상에 나타났다. 이 소녀가 코린나의 시를 노래하기로 되어 있었다. 그 부드럽고 예쁜 얼굴, 인생의 쓴맛이 하나도 배어 있지 않은 얼굴과 그녀가 이제부터 낭독하려고 하는 말 사이에는 깊은 대비가 있었다. 그러나 이 대비 자체가 코린나의 마음에 들어 선택한 것이었다. 그것은 그녀의 지쳐버린 영혼이 지니는 너무도 어두운 생각에 청명한 그 무엇을 던져주고 있었다. 고귀하고 감미로운 음악이 청중들에게 이제부터 그들이 갖게 될 인상을 예고하는 듯하였다. 불행한 오스왈드는 악몽에 시달리는 밤에 끔찍한 모습으로 나타나는 유령과도 같은 코린나로부터 시선을 뗄 수가 없었다. 그는 오열하면서 백조의 노래를 들었다. 이 백조의 노래는 그가 큰 잘못을 저지른 여인이 아직까지도 그를 향해 마음속으로 부르는 노래였다.

코린나의 최후의 노래

　오, 동포 여러분, 저의 장엄한 인사를 받아주세요. 이미 밤이 제 앞에 다가오고 있어요. 그러나 밤에 하늘은 더 아름답지 않은가요? 수천 개의 별들이 하늘을 수놓고 있어요. 하늘은 낮에 보면 사막에 지나지 않아요. 이같이 영원한 어두움은 찬란한 빛 속에서는 보이지 않던 수많은 사상을 밝혀주고 있어요. 그러나 그것을 알려줄 수 있는 목소리는 점점 더 약해져가는군요. 영혼은 이제 자기 자신으로 돌아가 마지막 열기를 모으려고 하고 있어요.

　저는 저의 젊음이 시작되는 때, 로마 여성이라는 이 이름을 영광스럽게 하는 사람이 되겠다고 맹세하였고, 지금까지도 이 말은 제 마음을 들뜨게 하고 있어요. 로마인 여러분은 저에게 영광을 안겨주었어요. 자유의 민족인 여러분은 여자를 신전으로부터 추방하는 일도, 불멸의 재능을 일시적인 질투심에 희생시키는 일도 하지 않았어요. 여러분은 언제나 천재가 지닌 원동력에 갈채를 보내요. 여러분은 시대를 풍요롭게 하는 것을 영원으로부터 발굴해낸 불굴의 승리자, 전리품 없는 정복자예요.

　자연과 인생은 저에게 얼마나 많은 신뢰를 주었던가요! 저는 모든 불행은 많이 생각하지 않고 많이 느끼지 않는 데에서 오는 것이며, 이 세상에서 이미 하늘의 행복을 얻을 수 있다고 믿고 있었어요. 그것은 지속되는 열광과 변함없는 사랑에 다름아니죠.

　아니, 저는 너그러운 영혼의 이러한 열광을 후회하지 않아요. 아니, 저를 기다리고 있는 흙먼지는 제 눈물에 젖겠지만, 제가 우는 것은 그 때문이 아니에요. 만약 제가 이 세계에 나타나는 신의 뜻을 찬양하기 위해서 하프를 켤 수만 있다면, 저는 제 운명을 다한 셈이고, 하늘의 은혜를 받을 자격이 있을 거예요.

오, 신이여! 당신은 결코 재능이라고 하는 제물을 거절하시지 않아요. 시의 찬사는 종교와 같은 것이며, 생각의 날개는 당신에게로 다가가는 데 도움을 주어요.

종교에는 치우친 것, 예속된 것, 한정된 것이 없어요. 그것은 넓고 끝이 없으며 영원해요. 또 천재는 우리들을 종교로부터 떼어놓지 않아요. 그리고 상상력은 그 최초의 도약으로부터 인생의 한계를 뛰어넘어요. 어떠한 분야에서든 숭고함은 신성을 나타내지요.

아! 만약에 제가 종교만을 사랑하였더라면, 폭풍우와도 같은 정을 피하고 하늘만을 생각하고 있었더라면, 이토록 시간 앞에서 무너지는 일은 없었을 텐데. 화려한 공상들이 망령들로 뒤바뀌지는 않았을 텐데. 불행한 여인이여! 저의 천재는, 아직까지도 그것이 존속한다면, 고통받는 능력에 의해서만 느껴질 뿐이군요. 저를 못살게 구는 적의 세력을 보고서야 저에게 재능이 남아 있음을 알 수 있어요.

그럼 안녕, 조국이여, 안녕, 제가 태어난 나라여. 어린 시절의 추억이여, 안녕. 여러분은 죽음과 어떻게 만나시겠어요? 제가 쓴 글에 여러분은 공감해주시겠지요. 아, 저의 벗들이여, 그대들이 어느 곳에 계시든, 안녕히 계세요. 코린나는 이런 고통을 받을 정도로 부끄러운 행동을 한 적이 없어요. 아무튼 코린나는 동정받을 가치가 없는 여자가 아니에요.

아름다운 이탈리아여! 그대가 그대의 매력을 송두리째 약속한다고 해도 소용없는 일이에요. 버림받은 마음을 위하여 무엇을 해줄 수 있겠어요? 고통을 더하기 위하여 소원을 다시 북돋우겠어요? 운명에 도전하기 위하여 행복을 바라겠어요?

저는 얌전히 운명에 순종하겠어요. 오! 저보다 오래 사실 여러분!

봄이 돌아오면 제가 얼마나 그 아름다움을 사랑하였는지 기억해주세요. 얼마나 수없이 그 대기와 향기를 찬미하였던가요? 가끔 제 시를 기억해주세요. 거기에 제 영혼이 담겨 있어요. 그러나 운명의 여신인 사랑과 불행이 저의 최후의 노래에 영감을 불어넣어주었어요.

우리에게 신의 뜻이 실현될 때에 마음속에서 울려나오는 음악이 죽음의 천사가 당도한다고 우리에게 알려주어요. 그 천사를 무서워할 것도, 괴로워할 것도 없어요. 비록 천사는 어둠에 싸여 다가오고 있지만 흰 날개를 달고 있어요. 많은 징조가 천사가 오는 것을 알려주고 있어요.

바람이 속삭이면 천사의 소리가 들리는 것 같아요. 해가 지면 천사가 끌고 가는 치마의 주름 같아 보이는 커다란 그림자가 있어요. 한낮에 생명이 있는 사람들의 눈에 맑게 갠 하늘밖에 보이지 않을 때, 아름다운 태양이라고밖에 느끼지 못할 때, 죽음의 천사가 부르는 자는 저 멀리에서 머지않아 자연의 모든 것을 보지 못하도록 자기의 눈을 덮어버릴 한 줌의 구름을 보고 있어요.

그러므로 이제 저에게 희망·젊음·마음의 감동은 없어요. 거짓으로 아쉬운 체하는 것은 더더욱 거리가 멀어요. 만약 몇몇 사람이 저를 위하여 눈물을 흘린다면, 아직도 저 자신 사랑받고 있다고 생각된다면, 그것은 제가 사라져가기 때문이겠죠. 그러나 만약 저에게 생명이 다시 주어진다고 해도, 그 생명은 곧 저에게 다시 칼을 들이대겠죠.

그대, 로마여, 그대에게로 제 시체가 옮겨지겠죠. 그토록 많은 사람이 죽어가는 것을 보아온 그대, 제가 떨리는 발로 지체 높은 망령들에게 다가가는 것을 용서하여주세요. 제가 슬퍼하는 것을 용서하여주세요. 약간은 숭고하고 약간은 풍부한 감정과 사상이 저와 함께 소멸해가는군요. 또한 제가 자연으로부터 받은 모든 능력 중에서 남김없이 발휘한 것은 고통받는 능력뿐이에요.

　어쨌든 우리 모두 복종하도록 해요. 죽음의 커다란 신비는 그것이 무엇이든 간에 평안함을 줄 테니까요. 말없는 무덤이여, 저에게 대답하여주세요. 자비로우신 신이여, 저에게 대답하여주세요! 저는 지상에서 선택하였지만 제 마음은 이제 더 이상 안식처를 찾지 못하고 있어요. 그대가 저를 대신하여 결정하세요. 그럼 제 운명이 좀더 나아질 거예요.

　이렇게 코린나의 최후의 노래는 끝을 맺었다. 방안에서는 슬프고도 무거운 박수 소리가 울려나왔다. 넬빌 경은 심한 흥분을 억제할 수 없어 의식을 잃고 말았다. 코린나는 그 광경을 보고 그가 있는 쪽으로 가려고 하였다. 그러나 그녀가 아무리 일어서려고 하여도 그럴 힘이 없었다. 그녀는 집으로 옮겨졌다. 그때부터 그녀는 살아날 가망이 전혀 없었다.
　그녀는 평소 존경하는 사제를 모셔오게 하여 오랫동안 이야기를 나누었다. 루실이 그녀를 찾아왔다. 오스왈드의 괴로움에 마음이 움직여 언니의 발밑에 몸을 던지고 그를 만나달라고 간절히 청하였다. 코린나는 그 청을 거절하였다. 원한 때문은 아니었다. 그녀는 이렇게 말하였다.
　"그가 내 마음을 아프게 한 것을 용서하겠어. 남자는 자기가 나쁜 짓을 한다는 것을 몰라. 게다가 사회는 남자에게 여자의 마음을 행복으로 채웠다가 절망의 구렁텅이로 떨어뜨리는 일 따위를 장난으로 여기도록 부추기고 있어. 그러나 나는 죽는 순간에 하느님의 은총으로 평안을 되찾을 수 있었어. 오스왈드를 본다면 내 마음은 죽음의 고통과는 어울리지 않는 감정으로 가득 찰 거야. 종교만이 이 무서운 죽음으로 옮겨가는 신비를 알고 있어. 나는 그토록 내가 사랑하였던 사람을 용서해."
　그녀는 힘없는 소리로 계속하였다.

"그가 너와 함께 행복하게 살아가길! 그러나 다음에 그가 세상을 뜰 때가 되면, 그때 코린나를 기억해주길 바래. 신께서 허락하신다면, 코린나가 그를 지켜줄 거야. 목숨을 앗아갈 정도로 뜨거운 사랑을 할 때에는, 사랑을 그만둘 수는 없기 때문이야."

오스왈드는 문턱에 서서 코린나의 명백한 거절에도 불구하고 몇 번이나 들어가려고 하다가 고통 때문에 들어가지 못하였다. 루실은 한 사람에서 다른 사람으로, 절망과 고통 사이를 오가는 천사 구실을 하였다.

어느 날 밤 코린나가 좀 나아졌다고 생각되어, 루실은 남편에게 얼마 동안 딸과 함께 지내자고 청하여 허락을 받았다. 그들은 사흘 동안 코린나를 만나지 못하였다. 그 동안 코린나는 병세가 갑자기 나빠져 모든 종교 의식을 마쳤다. 그녀는 그녀의 진지한 고해를 받아준 늙은 사제에게 또렷하게 말하였다.

"신부님, 신부님께서는 저의 비참한 운명을 알고 계시니 판단해주세요. 저는 남이 저에게 지은 죄의 원수를 갚지 않았어요. 진짜 고통스러웠지만 몰인정하게 굴지 않았어요. 저의 죄는 사랑한 죄예요. 제가 잘못을 저지르고 지나친 행동을 한 데에다가 인간의 오만과 약점까지 보태지 않았다면 사랑한 죄 때문에 벌받지는 않겠지요. 신부님, 그렇죠! 신부님은 저보다 오래 사셨잖아요. 하느님께서 저를 용서하실까요?"

"용서하실 것입니다, 자매님."

하고 노사제는 말하였다.

"그러길 빕니다. 그대의 마음은 신의 것입니까?"

"그렇습니다, 신부님."

하고 그녀는 대답하였다.

"이 초상화(그것은 오스왈드의 초상화였다.)를 저에게서 멀리 치워주세요. 그리고 권력을 얻기 위해서도, 재능을 얻기 위해서도 아니고,

고통을 받고 십자가 위에서 돌아가시기 위해 지상에 내려오신 저분의 그림을 제 가슴 위에 얹어주세요. 고통과 죽음에 그것이 꼭 필요해요."

그때 코린나는 카스텔 포르테 공이 침대 옆에서 울고 있는 것을 알았다.

"친구여,"

하고 그녀는 그에게 손을 내밀며 말하였다.

"그 순간에는 당신만이 제 곁에 계셔야 해요. 저는 사랑을 위해 살아왔는데, 당신마저 계시지 않았다면 혼자 죽을 뻔했군요."

이 말을 하자 눈물이 흘렀다. 그리고 나서 그녀는 다시 말하였다.

"그러나 이제는 도움이 필요없어요. 친구들도 인생의 문턱밖에는 따라올 수 없어요. 거기에서부터 그 고통도 깊이도 모를 사념들이 시작되겠죠."

그녀는 다시 한번 하늘을 보기 위하여 창가의 안락의자로 옮겨졌다. 루실이 그때 들어왔고, 불쌍한 오스왈드도 견디지 못하고 그녀의 뒤를 따라 들어와 코린나의 곁에 무릎을 꿇었다. 그녀는 말을 걸려고 하였으나 그럴 힘이 없었다. 그녀는 눈을 들어 하늘을 쳐다보았다. 그러자 구름에 가린 달의 보습이 보였다. 나폴리에 가는 도중 바닷가에서 멈추었을 때, 넬빌 경에게 가리킨 것과 같은 모습이었다. 그때 그녀가 죽어가는 손으로 그에게 구름을 가리켰다. 그러자 마지막 숨이 끊기고 구름을 가리키고 있던 손이 아래로 떨어졌다.

그 후 오스왈드는 어떻게 되었을까? 그는 처음에 정신착란 상태에 빠져 정신이나 생명에 위험한 것이 아닌가 하고 염려가 될 정도였다. 그는 로마에서 코린나의 장례식에 참석하였다. 오랫동안 티볼리에 파묻혀 지내면서 아내와 딸이 따라오는 것을 원치 않았다. 결국에는 애착과 의무감이 그를 그들 곁으로 인도하였다. 그들은 함께 영국으로 돌아왔다.

넬빌 경은 그 후 누구보다도 품행 단정하고 청렴한 가정 생활의 모범을 보였다. 그러나 그는 과거의 자기 자신의 행실을 용서하였을까? 세상은 그의 행실을 탓하지 않았지만, 그것으로 그의 마음은 편했을까? 중요한 것을 잃은 후에 평범한 운명으로 만족했을까? 알 수 없는 일이다. 또 그 점에 대하여 그를 비난하고 싶지도 용서하고 싶지도 않다.

■ 원주

* 1 Illo Virgilium me tempore dulcis alebat
    Parthenope..........................
* 2 ······ La favella, i costumi,
    L'aria, i tronchi, il terren, le mura, i sassi! 메타스타시오의 시.
* 3 Bella Italia, amate sponde,
    Pur vi torno à riveder.
    Trema in petto e si confonde
    L'alma oppressa dal piacer.
* 4 사브란 씨 M. de Sabran의 시.
* 5 ······ et coniferi cupressi ─베르길리우스
* 6 Grato m'è il sonno, e più l'esser di sasso.
    Mentre che il danno e la vergogna dura,
    Non veder, non sentir m'è gran ventura,
    Però non mi destar, deh parla basso.
* 7 Ahi! null' altro che pianto al mondo dura.
* 8 ······ Tranquillo varco
    A più tranquilla vita.
* 9 Fermossi al fin il cor che balzò tanto. ─ Ippolito Pindemonte
* 10 A pena si puo dir : Questa fu rosa.

(1) 『종교도덕강의』 중 '그들의 부모에 대한 자녀의 의무에 대하여.' 1권 원주 (19) 참조.
(2) 『종교도덕강의』 중 '관용에 관하여.' 1권 원주 (19) 참조.
(3) 영국의 대신, 엘리엇 씨는 나폴리에서 넬빌 경과 같은 방법으로 한 노인의 생명을 구하였다.
(4) 코린나라는 이름을 사람들의 입에 잘 오르내리는 이탈리아의 즉흥시인 코릴라와 혼동해서는 안 된다. 코린나는 서정시로 유명한 그리스 여성이다. 핀다로스도 그녀의 가르침을 받았다.
(5) 코린나가 믿고 있는 것과 같이 다이아몬드가 변심을 알린다는 근거 없는 편견이 옛날

부터 전설로 내려온다. 이 전설은 매우 특이한 특징을 지닌 스페인의 시에 다시 인용된다. 칼데론의 비극을 보면 포르투갈의 페르난도 왕자가 그를 포로로 잡은 푸에스 왕에게 이 시를 바친다. 왕자는 형인 에드왈드 왕이 그를 되찾기 위하여 그리스도 교도의 도시를 이 무어인의 왕에게 내주느니보다는 차라리 옥사하는 편이 낫다고 생각하였다. 무어인의 왕은 이 거절에 화가 나서 고귀한 왕자에게 부당한 대우를 하였으나, 왕자는 그를 설득하기 위하여 자비와 관용이 최고 권력자의 참다운 모습이라는 것을 상기시켰다. 왕자는 이 세계의 왕이라고 할 만한 것을 모두 인용한다. 동물 중에서는 사자·돌고래·독수리를 인용하였고, 식물과 돌 중에서도 가장 뛰어난 특징을 지니고 있는 것을 가려내었다. 그러면서 그때 왕자는 쇠보다 단단한 다이아몬드가 그 주인이 배신을 당하려 한다는 것을 알려주기 위하여 스스로 부스러져 가루가 된다고 말하였다. 자연 전체가 인간의 감정이나 운명과 관계가 있다고 보는 이 견해가 과학적으로 옳은지는 알 수 없다. 그 견해는 상상력을 즐겁게 하는 것이며, 대개의 시, 특히 스페인의 시인은 거기에서 위대한 아름다움을 끌어내고 있다.

나는 아우구스트 빌헬름 슐레겔의 독일어 번역에 의해 칼데론을 알고 있을 뿐이다. 그러나 독일의 최고 시인인 이 작가가 스페인·영국·이탈리아·포르투갈의 시의 아름다움을 더할 수 없이 완벽하게 모국어로 옮길 수 있었다는 것은 이 나라 사람이라면 다 알고 있는 사실이다. 이렇게 행해진 번역으로 시를 읽게 되면, 원래의 시가 무엇이든 간에 생동감 있는 이해를 할 수 있다.

(6) 프랑스의 유명한 의사 뒤브뢰유 씨는 그만큼 저명한 프레메자 씨와 절친한 친구 사이였다. 뒤브뢰유 씨가 치명적인 전염병에 걸려 그를 걱정하는 방문객이 많아지자 뒤브뢰유 씨는 프레메자 씨를 불러 말하였다.

"이 모두를 내보내야 하네. 자네도 알다시피 내 병은 전염이 되지 않나. 자네 외에는 이곳에 남아 있으면 안 된다니까."

참으로 기막힌 말이지 않은가! 이런 말을 들은 사람은 얼마나 행복한가! 프레메자 씨는 친구가 죽은 후 이 주 만에 죽었다.

(7) 풍속을 묘사하는 이탈리아의 희극 작가 중에서는 로마 사람인 롯시 경을 빼놓으면 안 된다. 그는 그의 희곡에서 관찰과 풍자의 정신을 보여주었다.

(8) 탈마[36]는 런던에서 몇 년 간 지내고 두 나라 연극 예술의 특징과 아름다움을 그 뛰어난 재능 안에 결합시킬 수 있었다.

(9) 단테가 죽은 후에, 피렌체의 사람들은 고국으로부터 멀리 떨어져 죽게 한 것을 부끄럽게 생각하고 라벤나(교황령)에 매장된 시신을 피렌체로 옮겨오게 해달라고 교황에게 사절단을 보냈다. 그러나 교황은 추방되었던 단테를 보호한 나라야말로 진정한 단테의 조국이라고 생각하였고, 그의 무덤을 소유하는 명예를 놓치지 않으려는 의도에서 그 진정을 거절하였다.

(10) 알피에리는 산타 크로체 교회 안을 산책하면서 처음으로 명예를 사랑하게 되었다고 말하였다. 그래서 그는 그곳에 묻혔다. 그가 사랑하였던 연인 알바니 백작 부인과 자신을 위하여 생전에 미리 써놓았던 묘비명은 그들의 오랜, 완벽한 우정을 보여주는 감동적인 간결한 표현이다.

(11) 볼로냐에서 오후에 2시간 동안 일식이 있다고 하였다. 사람들은 그것을 보기 위하여 공공 장소에 모였다. 그런데 일식이 지체되자 그들은 참지 못하고, 마치 기다리고 있는 배우를 불러내듯이 빨리 나오라고 고함을 질러대었다. 마침내 일식이 시작되었다. 그러나 흐린 날씨 탓에 멋진 광경이 연출되지 않자, 그들은 그들의 기대에 미치지 못했다고 소리치며 야유하였다.

■ 옮긴이 주

1) 1792년 8월 10일. 파리 민중이 루이 16세의 튈르리 궁전을 습격하여 왕권이 무너진 날.
2) 1793년 2월 프랑스 공화국은 영국과 네덜란드에 선전 포고를 한다.
3) 1793년 1월. 루이 16세가 단두대에서 처형된다. 3월에는 혁명 재판소가 설치되어 지롱드파가 국민공회로부터 추방된다. 이어 공화국 헌법(93년 헌법)이 공포된다. 지롱드파의 처형 후 로베스피에르 등에 의한 공포 정치가 94년 테르미도르의 실각까지 이어진다.
4) De Profundis: 울가타가 옮긴 『시편』의 "주여 저는 깊은 구렁텅이에서 주님의 이름을 부르나이다." '통한의 시편' 이라고 불리고, 죽은 자를 위한 기도 안에서 부르게 된다.
5) Triton: 그리스 신화에 나오는 해신으로, 역시 해신인 포세이돈과 정령 암피트리테의 아들. 인어의 모습을 하고 있었으며, 소라고둥의 명수이다. 시대가 지나면서 복수형인 트리토네라는 이름으로 바뀌었다.
6) Marcus Tullius Cicero: 고대 로마의 문인 · 철학자 · 변론가 · 정치가. 처음에 그는 집정관이 되어 카틸리나의 음모를 타도하고 '국부' 의 칭호를 받기도 하였다. 그러나 카이사르와 반목하여 정계에서 쫓겨나 문필에 종사했지만, 카이사르가 암살된 뒤에 안토니우스를 탄핵하였기 때문에 앙심을 품은 안토니우스의 부하에게 암살되었다.
7) Germanicus Caesar: 로마의 장군 · 정치가. 아우구스투스 황제의 후손이며, 4년에 티베리우스 황제의 양자가 되었다. 아내 대아그리피나와의 사이에 칼리굴라, 소아그리피나 등 9남매를 두었다.
8) Porcia(42년에 죽음): 카이사르의 암살자인 브루투스의 아내. 남편의 사망 소식을 듣고 자살하였다.
9) 그리운 사람, 제일 사랑하는 이여라는 뜻.
10) 파리에 망명한 몬티가 마렝고의 승리에 경의를 표하기 위해서 쓴 유명한 오드의 제1절. 마담 드 스탈이 보나파르트의 승리에 바쳐진 오드를 인용하는 것은 이상한 점이다.
11) 베네치아 공화국은 1801년에 오스트리아에 합병된다.
12) 1508년에 유럽은 너무나 강대한 베네치아에 대항하여 동맹을 맺었다.
13) 슈타우펜 왕조의 신성로마 황제(재위: 1152~1190)인 프리드리히 1세로, 붉은 턱수염 때문에 이런 별칭을 얻었다.
14) 이스토리아는 크로아티아 북서부의 지방, 1797년에 베네치아에 귀속된다. 달마티아는 아드리아해 동부의 지방, 로마 제국의 속주였다가 헝가리 영토가 되고 1797년에 베

네치아로 넘어간다.
15) 곤돌라의 뱃노래.
16) 『신약성서』의 「요한복음」 제8장에서 예수님이 "너희 중에 누구든지 죄 없는 사람이 먼저 저 여자를 돌로 쳐라"라고 하신 말씀.
17) 중세 피렌체에서는 신성로마 황제를 지지하는 당과 교황을 지지하는 당의 항쟁이 계속되고 있었다. 단테는 1301년에 피렌체에서 로마 교황청으로 파견되었던 동안에 정변으로 승리한 교황파에 의하여 종신 국외 추방형을 선고받았다.
18) 피렌체 공화국에서 메디치가와 동등한 위치의 유력한 은행가였던 팟치가는 1478년에 로렌초 암살의 음모를 꾸미다 실패하였다.
19) 『신약성서』, 「마태오복음」 26장 39절 게세마니 동산에서의 기도, 또 「누가복음」 22장 42절에 같은 말이 있다.
20) Lorenzo Ghiberti(1378~1455): 이탈리아의 조각가. 금 세공인으로 출발하였으나, 1410년에 피렌체 세례당 제2문의 청동양각 제작자를 선정하는 콩쿠르에 참가하여, 당선되었다. 1403년에 제2문의 제작을 정식으로 위촉받은 기베르티는 21년 만인 1424년에 완성하였다. 이어 1425년에 제3문을 위촉받은 기베르티는 27년 동안이나 파고 새긴 끝에 1452년에 『구약이야기』 10면의 정교한 양각을 완성하였다.
21) 이탈리아 피렌체에 있는 성당. 이 성당은 브루넬레스키가 모든 디자인을 시도한 최초의 작품이자 최초의 르네상스식 건축이다. 고성기실과 신성기실이 있는데, 신성기실은 미켈란젤로가 1521~1534년에 건조한 것으로, '메디치가의 예배당'으로서 유명하다.
22) 이탈리아 피렌체의 정치가·시인. 문예 부흥기의 시인으로 피렌체 공화국의 수반(1469~1492)을 지냈다. 메디치가 및 피렌체의 황금 시대를 가져왔으며, 로렌체 일 마그니피코(위대한 로렌초)로 불렸다. 그의 남동생인 줄리아노가 1478년 4월 대성당에서 습격당하였다. 줄리아노는 피살되고 로렌초는 동생의 복수를 하였다.
23) Filippo Brunelleschi: 피렌체 출생, 이탈리아의 건축가·조각가로 피렌체의 산타마리아 델 피오레 성당의 돔을 1436년에 완성하였다.
24) Pietro Aretino: 이탈리아의 시인·극작가·풍자 문학가. 1527년 이래 베네치아에 정주하면서 당시의 권세가를 풍자하는 작품을 발표하였다. 군후들은 이 시인의 신랄한 비판의 대상이 되는 것을 피하기 위해 금품을 보냈다고 한다. 주요 저서로 『서간집』(6권, 1537~1557), 『오라치아』(1546)가 있다.
25) 『구약성서』 역사서 『유디트』에 적혀 있는 것같이 이스라엘을 구한 여성, 유디트라는 미모의 한 유대인 과부가 민족의 위급함을 맞아, 미모를 이용하여 베툴리아를 완전 포위하고 있는 아시리아군의 적진 속에 들어가 적장 홀로페르네스를 유혹하여 그 목을 베어 가지고 옴으로써 이스라엘을 구하고 동족에게 용기를 북돋아주었다고 한다.
26) 로마 신화에 나오는 전쟁과 지성을 관장하는 여신으로 그리스 신화의 아테나와 같은

신이다.
27) David: 기원전 10세기 고대 이스라엘의 제2대 왕. 이새의 아들로서, 소년 시절 사무엘이 사울 왕의 후계자로 지목하였다. 성장하여 사울 왕을 섬기고 블리셋의 거인 골리앗을 돌로 때려 죽여 용맹을 떨쳤다. 예루살렘을 수도로 정하였다. 『구약성서』『시편』의 많은 부분의 저자로 되어 있다. 그의 사적은 『구약성서』『사무엘』상(上) 16장 이하와 『열왕기』상 2장 및 『역대기』상 11~29장에 자세히 기록되어 있다.
28) 그리스 신화의 광명·의술·예언·가축의 신. 올림포스 12신 중 하나로, 제우스와 레토의 아들. 여신 아르테미스와는 쌍둥이 동기간이다. 레토는 제우스의 아내 헤라의 질투로 출산할 장소를 찾지 못하다 델로스 섬으로 도망가 그곳에서 아폴론을 낳았다고 한다.
29) 그리스 신화에 나오는 여자 예언자. 트로이 왕 프리아 모스와 헤카베의 딸. 알렉산드라라고도 불리었다. 아폴론 신의 사랑을 받아 예언하는 방법을 전수받았으나, 그의 사랑을 거절했기 때문에 아폴론이 노하여 그녀에게 전수한 예언의 힘을 사람들이 믿지 못하게 하였다. 트로이 함락 후, 포로가 된 그녀는 그리스군의 총수인 아가멤논 왕의 첩이 되어 왕비에 의해 살해되었다.
30) 마케도니아의 왕(재위: 기원전 336~323). 필립포스 2세와 올림피아스의 아들로서 알렉산더 대왕, 알렉산드로스 3세라고도 한다. 그는 그가 정복한 땅에 알렉산드리아라고 이름지은 도시를 70개나 건설하였다고 한다.
31) 페트라르카, 『칸초니에레』, 「소네트」 323.
32) 나폴레옹에게 로마는 1798년 초에, 피렌체는 1799년에 각각 점령되었다.
33) 1802년 3월, 영국과 프랑스가 아미앵 강화 조약을 체결하였다.
34) 이탈리아어로 몬텐체시오 고개. 해발 고도 2,084m. 이탈리아와 프랑스 국경에 놓여 있는 알프스의 산길.
35) 이탈리아의 비극 작가인 알피에리는 1803년 10월에 사망하였다.
36) Horace Walpole(1717~1797): 영국의 소설가. 프랑스, 이탈리아를 여행하고, 귀국 후 하원의원이 되었다. 그는 10권이 넘는 방대한 서간집 안에서 1732~1797년 사이에 쓴 서간을 모아놓고 있다. 대표작 『오트란트 성』(1764)은 영국에 공포소설의 유행을 가져오게 하였고, W. 스콧, A. 뒤마 등 낭만파에게 큰 영향을 끼쳤다.
37) Correggio(1489~1534): 이탈리아 르네상스 최성기를 대표하는 북이탈리아파 화가. 본명은 안토니오 알레그리이며, 코레지오는 출생지명을 따서 붙인 통칭이다. 1520~1524년 파르마의 산 조반니 에반젤리스타 성당의 원형 천장화 「예수승천」을 비롯해 기타 장식화를 그리는 일에 종사하고 1524년부터는 파르마 대성당의 원형 천장화와 벽화 장식에 착수하여, 무수한 천사와 성자들에게 둘러싸여 승천하는 성모를 환상적으로 그렸다. 파르마 회화관의 『성 히에로님스의 성모』『스코델라의 성모』와 드레스

덴미술관의 『성야(聖夜)』 『성 조르조의 성모』 등은 1527~1530년 겨울의 추위로 원형 천장의 일을 쉬고 있을 때 제작한 것으로 종교화로서는 그의 마지막 대작이다.

38) Talma(1763~1826): 마담 드 스탈의 친구인 프랑스 배우. 비극에 뛰어났으며 연극의 사실성을 높였다.

■ 옮긴이 해설

19세기 낭만주의를 이끈 여성주의 소설

"『코린나』는 지금까지 씌어진 소설 중에서 가장 나쁜 것이다. 사건의 전개가 부드럽지 못하고, 신경질적이며, 가소롭다는 의미에서 낭만적이다."

마담 드 스탈의 전기를 쓴 크리스토퍼 해롤드가 1960년에 한 이와 같은 말에 귀를 기울인다면, 1805년에서 1807년 사이에 집필된 이 책을 오늘날 번역하여 펴내는 것은 도저히 이해가 되지 않는 일일 것이다. 그러나 바로 그 뒤에 나오는 다음의 말은 이 책의 간행을 정당화한다.

"이 점을 제외하면 이 소설은 비상한 정신과 기질의 소산이다. 그것은 어떤 때에는 투명하고 어떤 때에는 독자를 혼동시키며, 그 작품의 의도를 분석해보고자 하는 사람들을 여러 가지 매혹적인 미궁에 빠지게 한다."

이 작품을 제대로 읽기 위한 전제는 세계적인 문학 작품이 대부분 그러하듯이, 이 작품을 적절한 역사적 문맥 안에서 관찰해야 한다는 점이다. 마담 드 스탈은 프랑스 혁명 후 제정기(帝政期)의 주요 작가의 한 사람이다. 프랑스 제정기의 역사는 우리에게 비교적 잘 알려져 있지만, 그 시대의 문학과 철학은 그 중요성에 비하여 잘 알려져 있지 않다. 특히 『독일론』(1810)을 써서 독일의 문학과 철학을 예찬한 마담 드 스탈은 독일과 전쟁을 치른 프랑스인들의 민족적인 감정과 자존심이 개입되어 오랫동안 제대로 평가를 받지 못하였다. 그것은 『독일론』이 나오기 전의 여러 저술에 대해서도 마찬가지여서, 그녀의 작품은 여전히 공격적이며 논쟁적인 관점에서 다루어지고 관대하게 취급되지 않았다. 이 작가에 대하여 이전보다 공정한 연구가 이루어지고, 따라서 마담 드 스탈이 문학사에서 점차로 정당한 위치를 찾게 된 것은 근래 30년 정도의 일이다.

안느 루이즈 제르멘 네케르는 1766년 4월 21일 프랑스 파리에서 태어났다. 그의 아버지 자크 네케르는 스위스 제네바 출신으로, 이미 30세에 텔뤼송 은행의 부행장이 되었고, 3년 후에는 행장으로 승진하였다. 그러나 그것만으로 만족할 수 없었던 그는 동인도회사의 사장이 되었고 곧 정치에 뛰어들어, 1777년부터 4년 간 프랑스의 재무장관을 지냈다. 그는 1764년에 쉬잔 퀴르쇼와 결혼했는데, 그녀는 스위스 목사의 딸이었다. 프랑스 혁명의 불안정한 시기에 그는 여러 번 부침을 거듭하여 때로는 몰락을 맛보았지만 다시 왕에게 불림을 받기도 하였다.

마담 드 스탈은 이러한 아버지를 거의 미신적으로 사랑하였고, 이는 이 소설에서 오스왈드를 통해 형상화되어 있다. 마담 드 스탈은 어려서부터 정신적으로, 또 사회적으로 아버지를 닮고 싶은 욕망에 의해 자아가 형성되었다. 그러나 가정 이외에는 뚜렷이 설 곳을 찾지 못하던 당시 여성의 위치 때문에 그녀 역시 다른 여성들처럼 남자를 통하여 행동하는 것으로 만족할 수밖에 없었다. 따라서 마담 드 스탈은 당대에 파리에서 제일 큰 살롱을 운영하던 어머니의 모범을 좇아 자신이 직접 살롱을 열었다. 스웨덴의 주프랑스 대사 에릭 마그누스 드 스탈 홀스타인 남작과의 결혼(1786년 1월 14일)은 그녀로 하여금 상류 사교계로의 진출을 허용하였다. 그녀는 이러한 지위를 이용하여 여러 정치가와 사상가, 문인을 자신의 살롱에 받아들였다. 그리고 다른 한편으로 직접 집필 활동을 하였는데, 작가로서 그녀는 『루소론』(1788)으로 시작하여 20여 편의 광범위한 문학 작품을 남겼다.

　　여기서 번역된 소설 『코린나』는 1807년에 출간된 작품으로, '이탈리아 이야기'라는 부제가 말해주듯이 이탈리아를 다룬 소설이다. 사실 그녀는 『문학론』(1800) 이후에 집필한 소설 『델핀』(1803)의 출간으로 말미암아 나폴레옹과의 관계가 악화되었고, 파리로부터 추방 명령을 받았다. 나폴레옹은 이 소설이 반사회적이고 반도덕적인 위험한 작품이라고 생각하였다. 이 추방 명령으로 그녀는 1803년에 프랑스 국경을 넘었고 독일 땅에 체류하였다. 그 후 그녀의 독일 체류는 1808년까지 이어진다. 따라서 그녀의 이탈리아 여행과 『코린나』의 집필은 크게 보아 독일에 체류하는 기간 중에 이루어진 일이다. 그녀가 이탈리아를 찾게 된 직접적이고 개인적인 동기는 부친의 죽음이다. 그녀는 1804년 4월에 부친의 사망 소식을 들었다. 자신이 베를린에서 춤을 추고 있는 사이에 아버지가 운명하였다는 사실을 알고 양심의 가책을 받은 그녀의 슬픔은 광적이었다. 그리하여 마담 드 스탈의 건강은 악화되었고, 의사들은 그녀에게 이탈리아에서 요양할 것을 권하였다.

　　이탈리아에 가기 전에 마담 드 스탈은 당대의 다른 지식인들과 마찬가지로 고대 로마의 작가와 예술가를 통하여 이탈리아를 알고 있을 뿐이었다. 그러나 차차 르네상스 시대의 저서들을 탐독하게 되었고, 아리오스토, 타소, 마키아벨리의 저서를 읽으며 이탈리아에 대한 지식을 넓혀나갔다. 그녀의 이탈리아에 대한 지식은 이미 『문학론』에서부터 조금씩 나타나고 있다. 그러나 그 수준은 보통 이상을 넘지 못하였고, 중세의 암흑으로부터 단테를 부각시킬 수 있는 정도에 그쳤다. 그녀는 또한 이탈리아의 음악을 좋아하였으나, 그 경치나 역사적 건축물의 아름다움에 대해서는 미처 눈뜨지 못한 상태였다. 그녀는 이탈리아에 관한 책도 몇 권 읽었는데, 예를 들면 샤를 빅토르 드 본스테텐과 독일 출신의 덴마크 여류 시인 프리데리케 브룬의 작품들, 드 크류드넬 부인의 『바레리』, 샤토브리앙의 『퐁탄느의 편지』, 괴테의 『이탈리아 여행기』 등이었다. 마담 드 스탈의 이탈리아 여행에는 슐레겔과 시스몽디가 동반하였는데, 슐레겔은 문학과 예술 일반에 관한 전문가였고, 시스몽디는 이탈리아 역사에 대한 전문가였다. 시스몽디는 후에 마담 드 스탈의 권유로 『중세 이탈리아 공화국 역사』(1807)를 출간하기도 하였다.

마담 드 스탈은 1804년 12월 초에 이탈리아를 향하여 출발하였다. 그녀의 세 자녀, 즉 오귀스트(14살)와 알베르(12살), 알베르틴(7살)을 데리고 갔으며, 몇 명의 하인도 동반하였다. 여행의 처음부터 그녀는 아주 사소한 것까지 모든 것을 관찰했고, 그것은 모두 수첩에 자세히 기록되었다. 그녀의 이탈리아 여행 수첩을 보면 기후까지도 소설의 그것과 일치한다. 예를 들면 오스왈드와 루실이 몽스니 고개를 넘는 것은 마담 드 스탈 자신이 알프스를 넘던 때의 경험으로, 시간상으로 1년이 다를 뿐이다. 당시 이탈리아의 정치 상황 역시 소설에 그대로 반영되어 있다. 소설의 시간적 배경은 1794년 가을에서부터 1804년 겨울까지이므로, 이 기간의 이탈리아 정치 상황을 간략하게 개관하여보는 것도 이 소설을 이해하는 데 도움이 될 것이다. 프랑스 혁명 이전에 이탈리아는 여러 작은 나라들, 즉 피에몬테, 사르디니아, 롬바르디아, 베네치아, 바티칸 공국, 제노바, 파르마와 모데나 공국, 시칠리아의 여러 나라로 나뉘어 있었다. 1792년에 프랑스 혁명군은 사부아를 점령한 후 나폴리와 전쟁을 치르고 있었다. 1794년에는 혁명군이 제노바까지 침입하였으나 오스트리아, 사르데냐, 나폴리의 연합군에 의해 다시 한번 쫓겨났다. 나폴레옹은 1796년 이탈리아 주재 프랑스군의 총사령관이 되었고, 1797년에는 밀라노, 만투아, 파르마와 모데나의 일부로 세잘피 공화국을 수립하였다. 1798년에는 바티칸 공국이 로마 공화국이 되었으며 제노바는 리구리아 공화국이 되었다. 베네치아는 프랑스에 점령되었다. 영국, 오스트리아, 러시아의 제2동맹 전쟁에서 연합군이 승리했기 때문에 프랑스는 다시 쫓겨났다. 나폴레옹은 1800년에 북부 이탈리아를 점령하였고, 이어 다른 부분도 정복하였다. 아미앵 강화 조약에 의해 프랑스는 나폴리, 로마, 엘바 섬을 포기해야 했다. 1802년 1월에는 세잘피에서 이탈리아 공화국이 수립되었고, 나폴레옹은 통령이 되었다. 1805년에 황제가 된 나폴레옹은 이탈리아에 왕국을 세우고 자신이 왕이 되었다.

　마담 드 스탈의 여행은 튜린 지방에 1주일 머무는 것으로 시작되었다. 1804년 12월 28일이나 29일쯤에 밀라노에 도착하여 시인 몬티를 방문했는데, 그는 당대의 가장 유명한 이탈리아 문인 중 한 명이었다. 몬티는 이탈리아의 자유를 노래하였고, 나폴레옹을 찬양하기도 하였다. 마담 드 스탈은 그와 친분 관계를 유지했고, 많은 편지를 주고받았다. 마담 드 스탈은 이미 코페에서부터 이탈리아어에 대한 상당한 지식을 갖추고 있었으며, 여행하는 동안 어학 실력이 점차 늘어 다양한 사투리도 알아들을 수 있을 정도였다고 한다. 마담 드 스탈은 볼로냐에서 도메니키노의 시빌라 그림을 직접 보았고, 그것은 소설에서도 여러 번 언급되고 있다. 아펜니노 산맥을 넘으면서 기후가 좋아졌는데, 이것 역시 소설에 나타난 그대로이다. 그 후 마담 드 스탈은 로마로 직행하여 1805년 2월 3일부터 2월 17일까지 그곳에 체류하였다.

　마담 드 스탈이 로마를 방문하였을 당시 교황은 나폴레옹의 대관식에 참가하기 위하여 파리에 가고 없었다. 교황은 5월 16일 파리에서 돌아왔는데, 그녀가 이미 두번째 로마 체류를 마친 후였기 때문에, 소설에서 묘사하고 있는 교황의 모습은 실제로 그녀가 경험한 것이 아니었다. 그러나 로마에서 그녀가 체험한 많은 사건들은 그대로 소설에 재현되어 있다. 예를 들어 『코린나』에 나오는 사육제의 광경이나 카노바의 아틀리에 방문 등은 실제로 그녀가 겪은 것이다. 또한 소설에서 코린나가 카피톨리노 언덕에서 대관식을 하는 장면은 마담 드 스탈이 아르카디아 회합(1690년에 만들어진 예술 아카데미)에 참가하여 민초니의 소네트를 직접 번역하여 낭송하였던 기억을 되살린 것이다.

1805년 2월 17일에 마담 드 스탈은 나폴리로 떠났다. 그녀는 이곳의 자연에 매우 큰 감동을 받아, 나중에 「나폴리에 관한 서간」이라는 글까지 썼을 정도이다. 3월 13일 그녀는 다시 로마로 돌아왔는데, 그때 마담 드 스탈을 안내한 사람은 포르투갈의 젊은 외교관 동 페드로였다. 그 역시 마담 드 스탈처럼 아버지를 여읜 참이어서 그들은 쉽게 가까워질 수 있었고, 그들의 만남은 감상적인 성격을 지니게 되었다. 소설에서 코린나의 안내로 오스왈드가 로마를 구경하는 것은 바로 이와 같은 경험의 소산이다. 로마에서 돌아오는 길에 마담 드 스탈은 피렌체를 거쳐, 파두아에서 시인 체사로티를 만났다. 그외에도 그녀는 이탈리아에서 많은 시인·화가·건축가를 만났고, 또 프로페르티우스, 티불스, 베르길리우스, 호라티우스, 오비디우스, 타키토스 등을 탐독하였다. 그 결과로, 그녀는 이탈리아에 관한 본격적인 소설의 틀을 짜나가는 데 필요한 지식을 축적할 수 있었다. 또 베네치아의 역사에 대해서는 시스몽디의 안내를 받았으며, 그 내용은 소설에 그대로 반영되었다. 그녀가 밀라노에 닿았을 때에 세잘피 공화국은 이미 왕국으로 변해 있었고, 나폴레옹이 등극한 후였다. 마담 드 스탈은 밀라노에서 튜린을 거쳐 다시 친정집인 스위스 제네바 호반의 코페성으로 돌아왔다.

코페성에서 그녀는 1807년까지 『코린나』를 거의 다 완성하였다. 그녀는 파리로부터 40리유(약 160킬로미터) 이내로 들어오면 안 된다는 추방 명령을 어기고, 파리에서 약 50킬로미터 떨어진 마담 드 카스텔란의 집에서 그 책을 최종적으로 완성하였다. 그리고 이 책의 인기도를 알게 될 때까지 기다렸다. 또한 그녀는 정치와는 관계없다고 여겨지는 소설의 출간이 나폴레옹의 적개심을 가라앉혀주기를 기대하였다. 그러나 그녀의 이러한 기대는 무산되었다. 나폴레옹은 그 책에서 마담 드 스탈이 그에 대해 언급해주기를 바랐지만, 그녀는 단 한마디도 황제의 이야기를 적지 않았던 것이다.

애초부터 나폴레옹은 마담 드 스탈을 못마땅하게 여기고 있었다. 그는 자기 편과 적의 진영 모두를 한군데에 모이도록 하는 그녀의 살롱에 대하여 경계심을 품었다. 두 사람의 대립은 점점 더 노골적이 되어갔고, 그 자체로 하나의 이야기를 만들어낼 수 있을 정도로 드라마틱하게 전개되어 나갔다. 그는 그녀를 항상 감시하는 한편으로, 그녀의 작품을 반감을 가지고 읽었는데 그 이유는 그녀의 주위에 자신의 반대 세력이 형성되는 것을 의식했기 때문이었다. 그는 『코린나』에 대해서 이렇게 평하였다.

"나는 그녀를 보고 듣고 느낄 수 있었다. 나는 도망가고 싶어서 책을 집어던지기도 하였다. 그러나 나는 계속 끝까지 읽을 수 있었다. 그것이 어떻게 끝이 나는지 알고 싶었기 때문이다. 그만큼 그 책은 흥미있는 작품이었다."

이 책은 즉각적으로 대단한 성공을 거두었다. 그것은 우선 소설로서, 나아가 이탈리아의 위대한 문화의 충실한 그림으로서, 또 그것이 표현하는 미학적 사상에 의해서 모두 성공을 거두었다. 사람들은 소설의 주인공이 작가 자신임을 알아차렸고, 마담 드 스탈을 코린나라고 불렀다. 마담 드 스탈은 여행 일정뿐 아니라. 소설의 인물 역시 자신의 주변의 인물에서 따왔다. 오스왈드는 복합적인 성격을 지니고 있어서 거의 예측이 불가능한 것으로 보이지만, 그녀에게 로마를 안내하였던 동 페드로와 옛 애인 뱅자맹 콩스탕의 결합으로 추정된다. 그리고 카스텔 포르테 공의 모델이 된 사람은 이탈리아 여행에 동행하였던 아우구스트 빌헬름 슐레겔과 마티유 몽모랑시라고 할 수 있다. 델뢰유 백작은 클로드 오셰의 성격에서 따온 부분이 많다. 말티그 씨는 탈레랑에 해당하고 레이몽 백작은 분명히 네케르의 자취를 담고 있다. 그러나 네케르는 분명 오스왈드의 부친 넬빌 경을 통해서 구체화되고 있는데, 그의 저술 『종교도덕강의』의 긴 문장이 소설의 몇 군데에서 거르지 않은 채 그대로 인용될 정도이다.

우리는 이제까지 소설 『코린나』의 집필 배경을 작가의 체험과 관련하여 개략적으로 살펴보았다. 그것은 이 글의 처음에 제기한 질문, 즉 '우리는 왜 오늘날 이 소설을 읽는가?'에 대한 답을 하기 위해서 당연히 전제되어야 하는 작업이다. 하나의 문학 작품은 그것이 산출된 시대와 공간, 작가를 떠나서 결코 자유로울 수 없다고 생각한다. 만약 그렇다고 한다면, 그것은 문학 작품을 작가가 우리에게 호소해오는 정신의 산물로 보지 않고 단순히 수사학적인 형식으로 축소시킬 때 가능할 것이다. 이와 마찬가지로 문학 작품이 내적 구조의 아름다움을 무시하고 사상만을 담고 있다면, 그것 역시 문학으로서의 가치를 지니고 있다고 할 수 없다. 이런 의미에서 마담 드 스탈의 소설에 대하여 우리가 내려야 할 평가는 결코 쉽지 않다.

우선 마담 드 스탈은 프랑스 문학사에서 대단히 중요한 위치를 차지하고 있는 작가이다. 그녀는 시대적으로 세기의 전환기를 살았을 뿐 아니라 문학사적으로 볼 때 프랑스에서 이미 고갈될 대로 고갈되어버린 낡은 고전주의의 아성을 무너뜨리고 외국의 사조인 낭만주의를 들여옴으로써 프랑스 문학에 젊음과 활기를 불어넣으려고 하였다. 그러나 마담 드 스탈의 이러한 업적은 나폴레옹이 내린 추방 명령의 결과 독일 땅을 밟게 되었기 때문에 얻어진 소득이다. 할 수 없이 넘게 된 라인 강 너머에서 그녀는 독일이라는 미지의 세계를 발견하였고, 특히 독일 낭만주의라고 하는 보화를 건져올린 것이다.

따라서 그녀의 작품은 독일 체험을 전후로 하여 그것이 표방하는 이념에 있어서 차이를 보인다. 여기에 소개하는 『코린나』는 『독일론』과 더불어 그 이후의 작품으로 낭만주의 문학의 중요한 소개서로서, 또한 스스로 낭만주의 소설의 전형을 보이는 훌륭한 예로서 평가되고 있다. 특히 『코린나』에 나타나는 '무한(無限)과 절대(絶對)'의 주제는 이미 루소로부터 시작되었지만 프랑스 혁명기의 혼란한 시기에 잃게 된 감성의 복구라는 측면과 더불어 낭만주의 문학의 중요한 특징을 이루는 요소이다. 그러나 이제까지 마담 드 스탈의 문학사적인 위치나 비평서에 대해서는 많은 관심을 기울이던 평자들도 그녀의 소설에 대해서는 별로 주목을 하지 않았고, 또 비교적 관대한 평을 내리지도 않았다. 심지어 그녀의 소설을 가리켜 "매우 시대에 뒤떨어진 소설"이라고 혹평을 하는 사람도 있다. 이는 물론 이 작가에 대한 총체적인 연구의 부족, 그 중에서도 특히 소설에 대한 연구의 미흡함에서 그 이유를 찾아볼 수 있을 것이다.

그럼에도 불구하고 이 소설을 읽은 후에 아마도 처음의 크리스토퍼 해롤드의 지적대로 "사건의 전개가 부드럽지 못하고 신경질적"이라는 의견에 고개를 끄덕일 독자들도 적지 않을 것으로 생각된다. 또한 위에 언급한 그 많은 실제 상황과 허구의 일치는 작가의 창조적인 재능을 의

심하게도 할 것이다. 무엇보다도 마담 드 스탈이 사용하고 있는 빈약하고 제한된 어휘는 한없이 풍부하고 세련된 어휘에 익숙해질 대로 익숙해진 현대의 독자에게 자유로운 상상의 부유(浮游)를 오히려 방해할 수도 있다. 그러나 이러한 단점에도 불구하고, 오늘날에도 『코린나』가 계속 읽힐 수 있는 이유는 특히 이 소설이 지니고 있는 다음의 세 가지 근대적인 특징 때문이 아닐까 생각된다.

우선 첫째로 지적할 수 있는 특징은, 이 소설이 세계주의적이라는 점이다. 여기에는 이탈리아·영국·프랑스가 등장한다. 그외에도 구체적인 인물로서 형상화되어 있지는 않지만, 철학과 문학 이념이 도처에 존재하고 있는 독일을 포함시킨다면, 유럽의 네 나라가 배경인 셈이다. 마담 드 스탈은 소설이라는 형식을 빌려 이미 『문학론』에서부터 그녀가 지속해온 인류학적 고찰과 예술론을 매우 훌륭하게 종합하고 있다. 북방 민족과 남방 민족의 분류에서 시작하여, 각 나라의 역사와 정치 형태, 사회 제도가 예술에 미치는 효과, 나아가 그녀가 독일에 가서 발견한 낭만주의 문학 이론의 소개 등을 주인공의 대화를 통하여 실제의 작품을 예로 들어가며 생생하게 소개하는 것이다. 그런데 마담 드 스탈이 다루는 작가나 예술가 또는 그 작품에 대한 설명이 매우 높은 수준의 교양과 지식을 요구하기 때문에, 험난한 산의 등반을 즐기듯이 쉽지 않은 독서에 흥미를 느끼는 독자라면, 소설 안에 포함된 그 풍부한 읽을거리에 벌써 가벼운 흥분을 느끼게 될 것이다. 뿐만 아니라 소설 『코린나』에서 각 나라를 대표하는 주인공들의 입을 통해 전개되는 예술 논쟁은 비단 18세기 말과 19세기 초의 유럽을 이해하는 데 도움을 줄 뿐만 아니라, 여전히 이 땅에서 현재를 살고 있는 우리에게도 유효하다. 특히 세계화라는 말이 전혀 생소하지 않게 유행처럼 번지고 있는 요즘, 1807년에 씌어진 이 소설은 개별성과 보편성의 문제, 개별적 가치와 전체화의 문제를 우리에게 새삼 제기하며, 과연 강대국 중심의 전체화가 인류 문명의 앞날에 대한 해답이 될 수 있는지 진지하게 물어오기 때문이다.

둘째, 『코린나』는 진정한 여성주의를 내세우는 소설이다. 여기에서 '진정한'이라는 형용사를 붙인 이유는, 여성의 권리를 단순히 사회적인 역학 구도 안에서 신장시키려는 것을 목적으로 하는 통상의 페미니즘과는 차원을 달리하기 때문이다. 물론 『코린나』는 뛰어난 여성이 그 능력 때문에 남자로 대표되는 사회에서 받아들여지지 않는다는 주제를 다룸으로써 통상의 여성주의를 표방하고 있기는 하다. 그러나, 『코린나』의 여성주의는 여성에 대한 좀더 본질적인 성찰과 그로 인해 여성성에 대한 좀더 적극적인 옹호로 이어진다. 소설을 읽어보면 소설 내에 설정된 오스왈드와 코린나의 갈등에서 현실적으로 파국을 맞이하는 것은 코린나 쪽이지만, 결국 마담 드 스탈이 보여주려고 하는 것은 죽음으로써 승리하는 코린나의 예술혼임을 알 수 있다. 마담 드 스탈은 이 예술의 세계를 여성의 범주에 넣음으로써 남성의 범주인 정치적인 힘과 대결시키고 있는 점이 특기할 만하다. 이 소설에 나타나는 대립은 오스왈드/코린나, 영국/이탈리아, 정치/예술, 남성/여성으로 분류된다. 오스왈드가 속한 세계인 영국은 부권(父權)이 지배하는 나라로서, 군사 강국, 정치적 선진국이다. 그곳에서는 사회 제도에서부터 가정의 규율까지 모든 것이 질서정연한 것으로 묘사되어 있다. 반면 이탈리아는 여권(女權)을 존중하는 나라로서, 모든 것이 무질서하며 민중은 계몽되지 않았고 통일된 나라조차 갖고 있지 못하다. 마담 드 스탈이 이탈리아에 관한 소설을 쓰면서, 영국을 그 상대역으로 설정한 것은 매우 흥미로운 일이다. 18세기 계몽주의 사상의 세례를 받고 자란 그녀에게 영국은 언제나 따라야 할 모범이었다. 그녀는 자신이 이념적으로 동조한 프랑스 혁명 이후에도 변함없이 영국식 입헌군주제를 지지하였다. 그런 그녀가 『코린나』를 집필

하면서 영국으로 대변되는 '힘'의 세계에 드디어 반격을 가한 것이다. 그러나 그 반격은 같은 힘으로써가 아니라, 힘없는 예술과 여성의 이름으로, 다시 말해 코린나와 이탈리아의 이름으로 이루어졌다는 점에서 주목할 만하다. 『코린나』의 이러한 면모는 오늘날 페미니즘을 논하는 많은 사람들에게 여성주의의 새로운 차원의 지평을 열어주리라고 기대한다.

셋째, 이 소설은 매우 시적인 소설이다. 언뜻 보기에 이 책은 매우 감상적인 여행 안내서라고 해도 과언이 아닐 정도로 공간이나 눈에 보이는 것의 묘사가 지나치다. 만약 누군가 한 손에 이 책을 펼쳐 들고서 로마의 이곳저곳을 다녔다고 말한다고 해도 하등 놀라운 일이 아니다. 그러나 꼼꼼히 살펴보면 소설의 묘사는 객관적인 사실에 근거하고 있기보다는 소설의 인물들의 심상을 대변하고 있다. 로마와 나폴리, 베네치아, 피렌체의 묘사는 매우 의도적으로 오스왈드와 코린나의 사랑과 이별, 죽음 등 이야기의 흐름에 따라 배치되어 있다. 뿐만 아니라 같은 사물조차도 그것을 바라보는 시점에 따라 모습을 달리하기까지 한다. 이쯤 되고 보면 이 소설은 하나의 거대한 수수께끼로 둔갑한다. 마담 드 스탈이 인용하고 있는 그 많은 예술품·유적·폐허와 자연의 묘사도 그 장소에 당연히 있기 때문에 행해진 것이 아니라, 작가의 치밀한 의도 아래 주인공의 심정을 대변하고 스토리의 전개를 암시하기 위하여 있는 것이다. 따라서 이 소설은 마치 현대 소설이 그렇듯이 읽는 사람에 따라 의미가 다양해진다. 이러한 풍요로움에 이탈리아의 유적과 예술품에 묻어 있는 역사적 의미까지 중첩되어 있어서, 『코린나』는 우리에게 아는 만큼 보이고, 또 보는 방향과 각도에 따라 그 모양이 달리 보이는 재미있는 수수께끼가 되는 것이다.

■ 작가 연보

1766   4월 22일, 안-루이즈-제르멘 네케르 파리에서 출생.

1777   6월, 부친 자크 네케르 재무 대신이 됨.

1785   9월 30일, 17세 연상인 파리 주재 스웨덴 대사 스탈 드 홀스타인 남작과의 결혼이 결정됨.

1786   1월 6일, 베르사유에서 결혼 계약 성립. 결혼식은 14일, 파리의 스웨덴 대사관 교회에서 거행. 9월, 『소피 혹은 비밀스러운 감정』 완성, 『루소의 저술과 성격에 관한 시론』 집필 시작.

1787   7월 22일, 첫 아이 구스타빈 출생. 스웨덴 왕과 왕비가 아이의 후견인이 됨. 소설 『잔 그레이』 완성.

1788   연말에 『루소의 저작과 성격에 관한 시론』이 단행본으로 출간.

1789   4월 7일, 구스타빈 사망. 5월~8월, 『드 기베르 씨에게 바치는 조사』 씀. 8월 31일, 장남 오귀스트 파리에서 출생. 10월, 『소피』와 『잔 그레이』를 한 권의 책으로 엮어 출간.

1792   11월 20일, 차남 알베르 롤에서 출생.

1793   1월~5월, 『정열론』 집필 시작. 9월 초순 『왕비의 재판에 관한 고찰』 출간.

1794   4월, 몇 년 전부터 쓰고 있던 중편소설 『쥘마』 출간. 5월 15일, 오래 전부터 병상에 누워 있던 마담 네케르 보리외에서 사망. 연말, 『평화에 관한 고찰』이 프랑수아 드 팡주에 의해 스위스에서 초판 출간.

1795	2월, 『평화에 관한 고찰』 파리에서 출간. 4월 또는 5월 초 『작품집 모음』(『소설에 관하여』 포함) 출간.
1796	9월 또는 10월 초 『정열론』 출간.
1797	6월 8일, 장녀 알베르틴 파리에서 출생. 6월부터 10월 사이 『혁명을 종결시키기 위한 현상황에 관하여』 집필(이 책은 출간되지 않음). 10월 말 『문학론』 집필 시작.
1800	4월 말, 『문학론』 출간. 언론으로부터 거센 비판을 받음. 여름 내내 『델핀』을 집필하고 독일어를 배움. 7월~8월, 『문학론』 재판 작업. 11월 중순 『문학론』 재판 출간. 12월, 이듬해 5월까지 파리 체류. 스탈과 이혼.
1802	5월 9일, 스탈 남작 폴리니에서 사망. 12월, 『델핀』 출간.
1803	10월 15일, 파리로부터 40리유(160Km) 이상 떨어져야 한다는 명령을 받음. 10월 25일, 콩스탕과 두 아이를 동반하고 독일로 출발.
1804	4월 9일, 네케르 사망. 12월 11일, 슐레겔과 함께 이탈리아로 출발. 시스몽디는 도중에 그들과 합류. 12월 29일, 밀라노에 다음해 1월 14일까지 머문다. 거기서 시인 몬티를 알게 됨.
1805	2월 4일, 로마에 도착하여 2월 17일까지 머문 후, 나폴리로 가서 3월 9일까지 체류. 3월 중순, 로마로 돌아와 5월 8일경까지 체류. 로마의 사교계에 출입. 5월, 피렌체, 베네치아를 거쳐, 6월 4일 밀라노에 도

착. 6월 15일, 코페로 출발. 『코린나』 집필 시작.

겨울을 제네바에서 보냄. 희곡 『사막에서의 아가』를 씀.

1806   11월 29일, 뫼랑 근처의 샤토 다코스타에 거주. 그곳에서 『코린나』 완성하여 원고를 수정.

1807   5월 1일, 『코린나』 출간. 즉시 대대적인 성공을 거둠. 가을, 『주느비에브 드 브라방』을 씀.

1808   7월 초, 『독일론』 집필 시작. 콩스탕 다시 나타남.

1810   4월, 출판업자 니콜 『독일론』을 인쇄하기 시작. 9월 23일, 『독일론』의 교정 마침. 9월 24일, 로비고가 마담 드 스탈에게 48시간 이내에 떠날 것과 『독일론』 원고 및 교정쇄의 회수를 명령. 10월 14일과 15일에 헌병이 책을 폐기 처분. 11월 초, 존 로카를 만나 애인 관계기 됨.

1811   5월, 『10년 간의 망명』 집필 개시. 『사포』 집필. 『사자왕 리처드』의 집필을 위한 참고 자료 수집.

1812   4월 7일, 로카와의 사이에서 아들 루이-알퐁스 로카 코페에서 출생. 9월, 『프랑스 혁명에 대한 고찰』 및 『10년 간의 망명』 제2부 집필 시작.

1813   1월, 『자살에 관한 고찰』 출간.

7월 12일, 스웨덴 군에서 장교로 복무하던 차남 알베르 드 스탈 북부 독일에서 결투로 사망. 『독일론』 프랑스어로 출판됨. 다음해에 걸쳐

다른 많은 작품을 출간하고 또 수정판을 냄.

1815   9월, 마담 드 스탈은 슐레겔과 병중인 로카와 함께 이탈리아로 출발.

1816   1월, 밀라노에서 『번역의 정신에 관하여』 발간. 남은 겨울을 피사에서 지냄. 2월 20일, 피사에서 딸 알베르틴과 브로글리 공작 결혼. 10월 10일, 코페에서 비밀리에 로카와 결혼식을 올림.

1817   2월 21일, 마비 증상. 7월 14일, 사망. 유언서가 개봉된 후에 아들 알퐁스 로카를 법적으로 인정하기 위한 절차가 행하여짐. 7월 28일, 코페에서 장례.

1818   1월 30일, 존 로카 사망. 사위 브로글리 공작과 아들 오귀스트 드 스탈의 배려로 『프랑스 혁명에 대한 고찰』 발간.

1820   『10년 간의 망명』과 『전집』 출간.

■ 기획의 말

'대산세계문학총서'를 펴내며

근대 문학 100년을 넘어 새로운 세기가 펼쳐지고 있지만, 이 땅의 '세계 문학'은 아직 너무도 초라하다. 몇몇 의미있었던 시도에도 불구하고, 전체적으로는 나태하고 편협한 지적 풍토와 빈곤한 번역 소개 여건 및 출판 역량으로 인해, 늘 읽어온 '간판' 작품들이 쓸데없이 중간되거나 천박한 '상업주의적' 작품들만이 신간되는 등, 세계 문학의 수용이 답보 상태에 머물러 있었음을 부인하기 힘들다. 분명한 자각과 사명감이 절실한 단계에 이른 것이다.

세계 문학의 수용 문제는, 그 올바른 이해와 향유 없이, 다시 말해 세계 문학과의 참다운 교류 없이 한국 문학의 세계 시민화가 불가능하다는 의미에서, 보다 근본적으로, 우리의 문화적 시야 및 터전의 확대와 그 질적 성숙에 관련되어 있다. 요컨대 이것은, 후미에 산힌 우리의 좁은 인식론적 전망의 틀을 깨고 세계 전체를 통찰하는 눈으로 진정한 '문화적 이종 교배'의 토양을 가꾸는 작업이며, 그럼으로써 인간 그 자체를 더 깊게 탐색하기 위해 '미로의 실타래'를 풀며 존재의 심연으로 잠잠하는 작업이라 할 수 있다.

우리의 현실을 둘러볼 때, 그 실천을 위한 인문학적 토대는 어느 정도 갖추어진 듯이 보인다. 다양한 언어권의 다양한 영역에서 문학 전공자들이 고루 등장하여 굳은 전통이나 헛된 유행에 기대지 않고 나름의 가치있는 작가와 작품을 파고들고 있으며, 독자들 또한 진부한 도식을 벗어나 풍요로운 문학적 체험을 원하고 있다. 새롭게 변화한 한국어의 질감 속에서 그 체험이 이루어지기를 바라는 요청 역시 크다. 그러므로 필요한 것은 어쩌면 물적 토대뿐일지도 모른다는 판단이 우리를 안타깝게 해왔다.

이러한 시점에서, 대산문화재단의 과감한 지원 사업과 문학과지성사의 신뢰성 높은 출판을 통해 그 현실화의 첫발을 내딛게 된 것은 우리 문화계의 큰 즐거움이 아닐 수 없다. 오늘의 문학적 지성에 주어진 이 과제가 충실한 결실을 맺을 수 있도록, 우리는 모든 성실을 기울일 것이다.

'대산세계문학총서' 기획위원회